Cuentos
de Navidad

Charles Dickens

BIBLIOTECA UNIVERSAL
DE CLÁSICOS JUVENILES

Cuentos de Navidad

Charles Dickens

VERSIÓN ÍNTEGRA

BIBLIOTECA UNIVERSAL
DE CLÁSICOS JUVENILES

Versión íntegra
no adaptada ni abreviada

Título original: *The Christmas Books*
Traducción: Tradutex
Grabados de las portadillas: **Canción de Navidad
o una historia navideña de espectros**, John Leech,
edición inglesa 1843; **Las campanas, cuento
de duendes**, M. Doyle, edición inglesa 1845;
**El grillodel bosque, un cuento fantástico
y hogareño**, John Leech, edición inglesa 1846.
Diseño de cubierta: David de Ramón

© de las ilustraciones:
G & LGE. GESTIONI E LAVORAZIONI GRAFICHE, S.R.L.
TORINO (Italia)

© EDICIONES GAVIOTA, S. L.
Manuel Tovar, 8
28034 MADRID (España)
ISBN: 84-392-0913-4
Depósito legal: LE. 690-2001

Printed in Spain - Impreso en España
EDITORIAL EVERGRÁFICAS, S. L.
Carretera León - La Coruña, km 5
LEÓN (España)

CHARLES DICKENS Y LOS CUENTOS DE NAVIDAD

La panorámica vital del novelista inglés Charles Dickens cubre (1812-1870) el esplendor de la Inglaterra de la Revolución Industrial victoriosa. Frente al modelo revolucionario francés, del otro lado del estrecho, los ingleses, metódicos, prácticos, pragmáticos, habían confiado en la máquina y en la marina para solucionar los problemas de este mundo. Inglaterra era el telar de Europa, la fábrica de Europa, y el agente de comercio del mundo. Hasta tal punto fueron capaces de confundir desarrollo industrial y avance en las relaciones humanas, que el argentino Alberdi escribiría aquello de que «la libertad es una máquina que, como el vapor, requiere para su manejo maquinistas ingleses de origen».

Y Dickens es el cronista fiel de su época. Por su comedia humana desfilan los personajes que llevan las riendas del nuevo mundo industrial y las criaturas que han sido avasalladas por el progreso mecánico. Todo ello teñido de esa visión utópica del pasado, de ese regusto por una mítica Inglaterra feudal y rural, por el sano pueblo no contaminado por el progreso.

David Copperfield, que intenta abrirse camino en la turbulenta selva del mundo victoriano estudiando taquigrafía y prosigue sus dificultades de burgués marginal, en pugna por comprender el nuevo mundo, es un personaje en parte autobiográfico que centra una de las grandes novelas de Dickens. Pero son muchas más las que le han dado justa fama: Oliver Twist, The Pickwick Papers, Great Expectations *o* A Tale of Two Cities *(Historia de dos ciudades), la acción de la cual se sitúa, significativamente, en la Francia revolucionaria de finales del siglo XVIII.*

¿Qué vigencia tiene Dickens en nuestros días? Ante todo, su gran calidad literaria. La novela cobra con él aspectos impresionistas; aúna el costumbrismo —en que se iniciara como periodista— y la riqueza de la descripción psicológica. Dickens es un gran guionista cinematográfico, si se permite la expresión.

Y como gran creador, la crítica social, la ironía ante la hipocresía de los liberales reformistas en el poder da paso a un cariño profundo por la fibra humana y moral de los personajes. Los grandes dramas de las criaturas: el amor, el odio, la duda, la traición, la miseria. Los eternos espectáculos de la devoción materna, de la amistad profunda. Inglaterra cambia, parece decirnos, pero aunque cambie el mundo, la sociedad sólo podrá mantenerse basada en una entrañable solidaridad humana.

Por eso no toma partido. No es un escritor revolucionario. Deja que el lector decida, conversa con él, sin ocultarle sus opiniones. Juega con la cámara —siguiendo con la metáfora— y así describe sus personajes del pueblo desde dentro y los burgueses y nobles desde fuera; como dice Lukács, «los escritores realistas suelen plasmar predominantemente desde dentro aquellas clases o capas sociales con las cuales, desde su punto de vista, se proyecta una imagen total del mundo».

Llegamos así a los cuentos de Navidad. Y es curioso. No se refieren específicamente a la Navidad, ni tienen grandes analogías entre sí. Los une, evidentemente, la finalidad, la finalidad moralista. Robert Louis Stevenson confesaba haber llorado leyéndolos, haberse sentido mejor después de su lectura. Y ese era el propósito del hábil novelista. Es bueno y apropiado que cuando llegan las fiestas de diciembre, los hombres miren a su alrededor y se sientan hermanos. Y lloren un poco. Y vibren al contacto mutuo.

Tanto la Canción de Navidad como Las campanas aparecen, además, en la década de 1840, que afectó duramente a las clases populares inglesas: los «hambrientos cuarenta» se les llama. Y Dickens cumplió su deber de hombre honrado apelando a la caridad pública. El grillo del hogar tiene otro enfoque, pero comparte con los anteriores el tono moralizante y tierno.

Todos los cuentos de Navidad son pequeñas obras maestras, trabajadas en miniatura; no pasan de un cuento sencillo en el que el protagonismo corresponde a las clases populares. Y en todos ellos hay cierto elemento mágico, místico o sobrenatural. Cierto pudor de llamar a las cosas por su nombre hace que aparezcan duendes, fantasmas, geniecillos, ángeles de la guarda laicos que impulsan al hombre al bien. Rozando el tema de la predestinación, las historias navideñas tienen todas final feliz.

Son pequeños esbozos de la mano de un genio. Y aunque el tiempo mantenga el tono folletinesco con el que fueron escritos —y que era el código de sus lectores—, hoy revela en él la plenitud de la vida. Dickens canta la vida en todas sus formas. No sólo la vida humana, sino la pletórica vida vegetal, animal, artificial. ¡Qué maravilloso «cántico general» en sus descripciones de tiendas de comestibles, en su exaltación de primitivo flamenco ante cada fruto, cada especia, cada vianda! ¡Qué maravillosos «extras» en sus películas, poblando las calles miserables de los barrios de trabajadores, paseando con displicencia por las señoriales calles londinenses! Todo es vida, todo exulta vida, todo canta la vida.

Y esperemos que el lector considere estas obritas como un buen aperitivo que le lleve, que le acucie, a la lectura de esas grandes novelas de Charles Dickens que permanecen como hitos de la literatura universal.

PREFACIO GENERAL DE DICKENS SOBRE LOS CUENTOS DE NAVIDAD

PREFACIO A LA PRIMERA EDICION ECONOMICA

He incluido mis pequeños cuentos de Navidad en esta edición económica cumpliendo un deseo que me ha sido expresado en repetidas ocasiones y con la esperanza de que los mismos demuestren en general ser aceptables en una forma tan asequible.

El reducido espacio dentro del cual fue necesario limitar estos cuentos de Navidad cuando fueron publicados originariamente, hicieron que su redacción presentara una cierta dificultad, y que esencialmente se les dotara del sistema que les es propio. Nunca intenté una gran elaboración de detalle en la creación del personaje dentro de tales límites, en la creencia de que tal cosa no tendría éxito. Mi propósito era que en una especie de mascarada fantástica, justificada por el buen humor de esa época, despertara algunos pensamientos pacientes y cariñosos, nunca fuera de lugar en una tierra cristiana. Me complace pensar que no me aparté de mi propósito por compleo.

Londres,
septiembre 1852

CANCION DE NAVIDAD O UNA HISTORIA NAVIDEÑA DE ESPECTROS

PREFACIO

Por medio de este librito espectral, me he esforzado en plasmar el espectro de una Idea que no haga perder a mis lectores la confianza en sí mismos, en sus semejantes, en la fiesta navideña, ni en mí. Que la Idea vague alegremente por sus hogares, y que nadie la atrape.

Su afectísimo amigo y seguro servidor,
C. D.
Diciembre de 1843.

EL ESPECTRO DE MARLEY

Lo primero que hay que decir es que Marley estaba muerto. Sobre eso no hay ninguna duda. Su certificado de entierro lo firmaron el sacerdote, el funcionario, el enterrador, y el que presidió el duelo. Lo firmó Scrooge, y el apellido Scrooge valía en las casas de cambio para todo lo que se quisiera. El viejo Marley estaba tan muerto como el clavo de una puerta.

¡Bueno! No es que yo sepa, ni que tenga ninguna idea, de que un clavo de una puerta es algo especialmente muerto. Me hubiera parecido más lógico pensar, por mi parte, que un clavo de un ataúd debe ser la pieza más muerta que hay en ninguna ferretería. Pero la sabiduría de nuestros antepasados se basaba en símiles, y mis manos impuras no lo cambiarán, para que no se hunda el país. Por tanto, me permitirán repetir con énfasis la frase de que Marley estaba tan muerto como el clavo de una puerta.

¿Sabía Scrooge que había muerto? Naturalmente. ¿Acaso podría haber sido de otro modo? Scrooge y él habían sido amigos desde hacía un montón de años. Scrooge era su único albacea testamentario, su único administrador, su único heredero universal, su único legatario, su único amigo y su único afligido. Y aunque Scrooge no estuviera terriblemente afligido por el triste suceso, la verdad es que era un excelente negociante y el mismo día del funeral lo celebró con toda solemnidad con una indudable ganga.

Al referirme al funeral de Marley recuerdo el punto de partida de este relato. No había ninguna duda: Marley estaba muerto. Si no lo entendemos claramente, no surgirá nada maravilloso de la historia que voy a relatar. Si no estuviéramos totalmente convencidos de que el padre de Hamlet murió antes de comenzar la tragedia, no sería nada extraño que se paseara por las noches, cuando soplaba el viento del este, por sus propias murallas, como no resulta extraño que otro caballero de mediana edad se apareciera de improviso a la caída del sol en un lugar agitado por el viento ––el cementerio de San Pablo, por ejemplo––, literalmente para asombrar la mente débil de su hijo.

Scrooge nunca borró el nombre del viejo Marley. Y se mantuvo, año tras año, en la puerta de la oficina este letrero: Scrooge y Marley. La empresa se llamaba Scrooge y Marley. Algunos, que conocieron la empresa más tarde, le llamaban a Scrooge, Scrooge, y a veces Marley; pero contestaba, indistintamente, y ambos nombres le parecían iguales.

¡Oh! Pero era avaro como un puño, Scrooge. ¡Era un viejo pecador, astuto, que empujaba, arañaba, asía y agarraba! Duro y afilado como el pedernal, del que jamás ningún acero logró sacar el fuego generoso; secreto e introvertido; solitario como una ostra. El frío de su interior había congelado sus rasgos, afilado su nariz apuntada y arrugado sus mejillas. Dio rigidez a su paso, enrojeció sus ojos e hizo palidecer sus labios. Su voz astuta y enfadosa sonaba con desagrado. Una escarcha brillaba en su cabeza, en sus cejas y en su tiesa barba. Con él iba siempre una temperatura baja, helaba su oficina en los días de mayor calor, y no la calentaba ni un grado en Navidad.

El calor y el frío externos tenían poca influencia en Scrooge. Ni el calor le calentaba, ni el tiempo helado podía enfriarlo. No había viento más amargo que el suyo, ni caía nieve con peores intenciones que las suyas, ni había lluvia menos abierta a la compasión. El tiempo inestable no podía molestarle. Tan sólo en algo se diferenciaban de él la pesada lluvia, la nieve, la helada o la ventisca: con frecuencia se calmaban de forma admirable. Scrooge no se calmaba nunca.

Nadie le paraba en la calle para decirle, con mirada alegre: «Querido Scrooge, ¿cómo estás? ¿Cuándo vendrás a visitarme?». Ningún mendigo le pidió limosna, ningún niño le preguntó la hora que era, nunca jamás en sus vidas ni hombres ni mujeres le preguntaban ninguna dirección a Scrooge. Hasta el perro del ciego parecía conocerle, y si le veía aparecer, arrastraba de su amo hasta que entrara en un callejón o en un portal, y luego agitaba el rabo, como si dijera: «Mejor no ver, que recibir mal de ojo, amo en tinieblas».

Pero, ¿acaso le importaba algo todo eso a Scrooge? La verdad es que le encantaba. Abrirse camino por los caminos multitudinarios de la vida, advirtiendo a todos los seres humanos que se mantuvieran a distancia, era lo que deseaba Scrooge, y por eso le llamaban loco.

Erase una vez, en uno de los mejores días del año, el día de Nochebuena, que el viejo Scrooge estaba sentado, muy ocupado en su despacho. El tiempo era frío, oscuro, cortante, brumoso por todas partes. Scrooge podía oír a la gente, en el patio exterior, ajetreada arriba y abajo, golpeándose los pechos con las manos, y dando patadas en el suelo para calentar los pies. Los relojes de la ciudad acababan de dar las tres, pero ya el día era muy oscuro y se veían las luces de las velas en las ventanas de las oficinas vecinas, cual manchas rojizas en el aire marrón y denso. La niebla penetraba por todas las rendijas y ojos de cerraduras, y en el exterior era tan densa, que aunque el patio era muy estrecho y las casas de enfrente muy próximas, parecían fantasmas. Al ver cómo bajaba la nube de niebla, oscureciéndolo todo, podía pensarse que la Naturaleza vivía muy cerca, y que fabricaba cerveza a gran escala.

La puerta de la oficina de Scrooge estaba abierta, para poder controlar así a su empleado, que copiaba cartas en una pequeña y lúgubre celda, una especie de cubil, que estaba más allá de la oficina. Scrooge había encendido un pequeño fuego, aunque el fuego del empleado era tan pequeño que parecía un solo trozo de carbón. El empleado no podía añadir carbón, porque Scrooge guardaba la carbonera en su propia habitación, y estaba claro que si el empleado se presentara con la paleta para coger carbón, el dueño le diría que había llegado el momento de despedirlo. Así que el empleado se ponía una bufanda blanca, e intentaba calentarse con la vela, esfuerzo en el que fracasaba, pues no era un hombre de mucha imaginación.

—¡Feliz Navidad, tío! ¡Dios le guarde! —gritó una voz alegre.

Era la voz del sobrino de Scrooge, quien llegaba tan de improviso que ese grito fue la primera indicación que el tío tuvo de su llegada.

—¡Bah! —exclamó Scrooge—. ¡Tontadas!

Al caminar tan deprisa entre la niebla y la helada, el sobrino se había calentado tanto que llegó arrebolado; su rostro estaba enrojecido y hermoso; brillaban sus ojos y salía vapor de aire de su boca.

—¿Navidad una tontada, tío? —replicó el sobrino—. No piensa así, ¿verdad?

—¡Lo pienso, sí señor! ¡Feliz Navidad! ¿Qué razón hay para estar felices? ¿Qué derecho tienes a la felicidad? No eres más que un pobre.

—Venga —continuó el sobrino jovialmente—. ¿Qué razón hay para estar tristes? ¿Qué derecho tiene al malhumor? No es usted más que un rico.

Al no ocurrírsele a Scrooge ninguna respuesta ingeniosa dijo de nuevo «¡Bah!» y luego murmuró: «Una tontada».

—No se enfade, tío —dijo el sobrino.

—Pero, ¿cómo no quieres que me enfade —contestó el tío— si vivo en un mundo de locos? ¡Feliz Navidad! ¡Feliz Navidad! ¿Qué es la Navidad para ti sino una época en que hay que pagar facturas y no hay dinero, una época en que notas que ha pasado un año más y no tienes una hora más de riqueza, un momento en que haces balance y ves que todos los detallitos que allí constan, a lo largo de doce largos meses, no te han servido para nada? Si pudiera hacer lo que quiero —continuó Scrooge, indignado— a todos los idiotas que te saludan diciendo «Feliz Navidad», les cocería en su propia salsa y les enterraría con una rama de acebo clavada en el corazón. ¡Vaya si lo haría!

—Pero, tío... —suplicó el sobrino.

—¡Sobrino! —contestó el tío—. Celebra la Navidad a tu estilo, y deja que yo la celebre al mío.

—¿Celebrarla al suyo? —repitió el sobrino—. ¡Pero si usted no la celebra!

—Entonces déjame solo —dijo Scrooge—. ¡Que te aproveche! ¡Como si alguna vez te hubiera aprovechado!

—Hay muchas cosas de las que podría haber obtenido un bien, y de las que no me he aprovechado, me parece —contestó el sobrino—, y entre ellas está la Navidad. Pero creo que siempre que se acercaba la Navidad, pensaba en ella, aparte de la veneración que se debe a su nombre y origen sagrado, si podemos separar de ese nombre y origen todo lo demás, como una buena época: unos días amables, de perdón, de caridad, de alegría. Son los únicos días del largo calendario del año en que hombres y mujeres parecen, de mutuo consenso, abrir sus cerrados corazones completamente, y pensar en la gente más humilde como en otros compañeros más del viaje a la muerte, no como si fueran otra raza de criaturas rumbo a otros destinos. Por todo eso, tío, aunque la Navidad no haya puesto nunca en mi bolsillo ni un pedazo de oro ni uno de plata, creo que me ha hecho bien, y que me seguirá haciendo bien, y por eso digo ¡qué Dios la bendiga!

El empleado, en su escondrijo, aplaudió involuntariamente; pero al darse cuenta inmediatamente de su incorrección, removió el fuego, y apagó definitivamente la última chispa débil.

—Si vuelvo a oír algo de usted —dijo Scrooge— celebrará estas Navidades perdiendo el empleo. Y añadió, dirigiéndose a su sobrino—: Eres un gran orador, caballero. Me pregunto por qué no estás en el Parlamento.

—No se enfade, tío. ¡Venga! ¡Coma mañana con nosotros!

Scrooge dijo que quería verle... sí, de verdad se lo dijo, con toda la fuerza de la expresión le dijo que quería verle primero en el infierno.

—Pero, ¿por qué? —preguntó el sobrino de Scrooge—. ¿Por qué?

—¿Por qué te casaste? —dijo Scrooge.

—Porque me enamoré.

—¡Por que te enamoraste! —gruñó Scrooge, como si eso fuera algo tan ridículo como la misma Navidad—. ¡Buenas tardes!

—No, no, tío. Usted nunca fue a verme antes de que me casara. ¿Por qué quiere usarlo ahora como razón que justifique que no venga ahora?

—Buenas tardes —dijo Scrooge.

—No quiero nada de usted; no le pido nada. ¿Por qué no podemos ser amigos?

—¡Buenas tardes! —dijo Scrooge.

—Lamento, profundamente, verle tan obcecado. Nunca hemos tenido ninguna pelea, de la que yo haya sido culpable. Si lo he intentado, ha sido en homenaje a la fiesta de Navidad, y estoy dispuesto a mantenerme hasta el final con espíritu navideño. Así que, ¡feliz Navidad, tío!

—¡Buenas tardes! —dijo Scrooge.

—¡Y feliz año nuevo!

—¡Buenas tardes! —dijo Scrooge.

A pesar de eso, el sobrino se marchó sin proferir ninguna palabra desagradable. Se detuvo en la puerta de salida para desear felices fiestas al empleado que, aunque estaba frío, era más cálido que Scrooge; le devolvió la felicitación cordialmente.

—Ahí le tenemos —murmuró Scrooge, que les había oído—, otro pobre desgraciado, quince chelines por semana, casado, con hijos, y que dice felices fiestas. ¡Habrá que meterlos en un manicomio!

Ese lunático, después de abrir la puerta para que saliera el sobrino de Scrooge, dio paso a dos personas. Eran dos caballeros rollizos, de aspecto agradable, y habían pasado a la oficina de Scrooge, donde estaban con el sombrero en la mano. Llevaban libros y papeles, y se inclinaron ceremoniosamente.

—Scrooge y Marley, ¿no? —dijo uno de los caballeros, mirando su lista—. ¿Es usted el señor Scrooge o el señor Marley?

—El señor Marley murió hace siete años —contestó Scrooge—. Hace siete años, sí, en esta misma noche.

—No me cabe la menor duda de que su liberalidad estará bien representada por el socio que le ha sobrevivido —dijo el caballero, presentando sus credenciales.

Y era verdad, porque los dos socios habían sido dos espíritus gemelos. Al escuchar la terrible palabra «liberalidad», Scrooge frunció el ceño, sacudió la cabeza y devolvió las credenciales.

—En esta época festiva del año, señor Scrooge —dijo el caballero, alzando una pluma—, es muy deseable que recojamos ciertas provisiones para los pobres y desamparados, que sufren mucho en estos días. Miles de personas carecen de lo necesario; cientos de miles carecen de los placeres normales, señor.

—¿Acaso no hay prisiones? —preguntó Scrooge.

—Muchas prisiones —dijo el caballero, dejando de nuevo la pluma en la mesa.

—¿Y los asilos de trabajo? —preguntó Scrooge—. ¿Aún funcionan?

—Sí. Aún funcionan —dijo el caballero—. Me encantaría poder decir lo contrario.

—Las leyes de vagabundos y de pobres están en pleno vigor, ¿no es así? —dijo Scrooge.

—Sí. Funcionan perfectamente, señor.

—¡Oh! Me había asustado, al oírle hablar hace un momento, pensando que había ocurrido algo que había impedido su funcionamiento tan útil —dijo Scrooge—. Me alegro mucho de oírlo.

—Bajo la impresión de que apenas sí transmiten la alegría cristiana de cuerpo y de espíritu a la multitud —contestó el caballero—, un grupo de personas nos dedicamos a recaudar fondos para comprar carne y bebidas a los pobres, y algo para calentarse. Hemos elegido estos días porque es una época, entre todas, en que se siente más duramente la necesidad, y la abundancia reina en otros lugares. ¿Cuánto nos dará usted?

—¡Nada! —contestó Scrooge.

—¿Quiere mantenerse en el anonimato?

—Quiero que me dejen solo —dijo Scrooge—. Si me pregunta qué es lo que quiero, ya ha oído mi respuesta. Yo no me siento feliz en Navidad, y no estoy en condiciones de contribuir a que los vagos disfruten. Ayudo a mantener las instituciones que les cité al principio; cuestan mucho, y los que se encuentran en mala situación deberían dirigirse a ellas.

—Muchos no pueden, y otros prefieren la muerte antes que aceptarlas.

—Si prefieren morir —dijo Scrooge—, que lo hagan, y así aliviarán el exceso de población. Además, y perdone, yo no sé nada de eso.

—Pero debería saberlo —observó el caballero.

—No es asunto mío —le contestó Scrooge—. Ya es bastante para mí conocer mi propio negocio y no interferir en los asuntos de los demás. Los míos me ocupan constantemente. ¡Buenas tardes, caballeros!

Al ver claramente que sería inútil continuar su perorata, los caballeros se retiraron. Scrooge volvió a su trabajo con una mejor opinión de sí mismo, y con un genio más alegre de lo normal.

Mientras tanto, la niebla y la oscuridad eran tan espesas, que la gente andaba con antorchas centelleantes, ofreciendo su servicio para guiar los caballos de los coches y conducirlos por su camino. La torre de una iglesia antigua, cuya vieja campana parecía estar siempre espiando a Scrooge desde su ventana gótica, se hizo invisible, y daba las horas y los cuartos en las nubes, con vibraciones tremolantes al terminar, como si sus dientes castañetearan dentro de esa cabeza helada. El frío se hizo intenso. En la calle principal, en la esquina de la plazoleta, unos trabajadores estaban reparando las cañerías de gas y habían encendido un gran fuego en un brasero, alrededor del cual se apiñaban unos cuantos hombres y muchachos harapientos: calentaban las manos y abrían los ojos ante el fulgor del fuego. La boca de riego, solitaria y abandonada, con sobrantes de agua misteriosamente congelados, se convertía en hielo misantrópico. El resplandor de las tiendas donde se agrietaban y crujían las ramas de acebo y las bayas al calor de las lámparas cálidas de los escaparates, daban a los pálidos rostros de los viandantes una rubicundez falsa. Las pollerías y las tiendas de ultramarinos presentaban un aspecto fantástico: una exposición gloriosa, a la vista de la cual resultaba casi imposible creer en esos principios tan aburridos de la competencia y la venta. El alcalde mayor, en la fortaleza del poderoso Ayuntamiento, ordenaba a sus cincuenta cocineros y despenseros que se celebrara la Navidad tal como se debe en la casa de un alcalde, y hasta el sastrecillo, a quien había impuesto una multa de cinco chelines el lunes pasado, por encontrarlo borracho y sangriento en la calle, hoy batía febrilmente el pudín en su buhardilla, mientras su escuálida esposa y el niño pequeño se aventuraban en la calle a comprar la carne de ternera.

¡Mucha más niebla, y mucho más frío! Un frío agudo, penetrante, molesto. Si el bueno de San Dunstán hubiera agarrado suavemente la nariz del espíritu del mal con un toquecito de este frío —en vez de usar sus armas habituales—, entonces hubiera bramado con toda razón. El propietario de una nariz joven y remangada, enrojecida y aterida por el frío hambriento, como los huesos que limpian los perros, se detuvo ante el ojo de la cerradura de Scrooge para regalarle un villancico; pero al comenzar a cantarlo,
Señores, ¡Dios les bendiga!
¡Que nada les aflija!

Scrooge empuñó con tal energía la regla, que el cantante huyó aterrorizado, dejando el ojo de la cerradura a disposición de la niebla y hasta de la helada, más similar a Scrooge.

Lentamente había llegado la hora de cerrar la oficina. Con malhumor, Scrooge bajó de su taburete, y admitió tácitamente el hecho a su empleado que lo estaba esperando en su agujero. Este, al instante, apagó la vela, y se puso el sombrero.

—¿Quiere usted disponer mañana de todo el día, no es así?

—Si le parece bien, señor.

—No me parece bien —dijo Scrooge— y no es justo. Si le descontara por esa ausencia media corona, se consideraría estafado, ¿verdad?

El empleado sonrió débilmente.

—Y, a pesar de todo, nunca piensa que yo pueda ser el perjudicado, cuando le pago el salario de un día a cambio de nada.

El empleado le indicó que sólo ocurría una vez al año.

—Pobre excusa para saquear el bolsillo todos los veinticinco de diciembre —dijo Scrooge, abotonándose su levita hasta el cuello—. Y supongo que querrá tener libre el día entero. ¡Venga lo más pronto posible la mañana siguiente!

El empleado le prometió que así lo haría, y Scrooge se marchó refunfuñando. La oficina se cerraba en un momento, y el empleado, colgando su larga bufanda por debajo de la cintura (no podía presumir de levitas grandes), bajó resbalando veinte veces, por un resbaladero de hielo en Cornhill, como habían hecho los chiquillos antes que él, para honrar así la Nochebuena, y luego se marchó a casa, a Camden, corriendo cuanto podía, para jugar allí a la gallina ciega.

Scrooge cenó melancólicamente en la melancólica taberna de siempre. Después de leer todos los periódicos y haber repasado sus libros de contabilidad, se marchó a casa, a dormir. Vivía en las habitaciones que en otro tiempo pertenecieran a su difunto socio. Eran unos alojamientos lúgubres, en una vivienda destartalada que daba a un callejón sin salida, en un sitio donde se justificaba tan poco su presencia que se podía pensar que en otro tiempo había sido una casa joven, que había jugado al escondite con otras casas y que luego no había podido salir del escondrijo. Ahora ya era bastante vieja, y bastante lúgubre, y nadie vivía en ella, excepto Scrooge: las demás habitaciones las ocupaban oficinas. El patio era tan oscuro que hasta el mismo Scrooge, que conocía todas sus piedras, tenía que ir tanteando las paredes con las manos. La niebla y la helada colgaban del viejo portalón negro, de tal manera que parecía que el Genio del Tiempo se hallara sentado en el umbral, en triste meditación.

Claro que, en realidad, no tenía nada de especial el picaporte de la puerta; tan sólo, que era muy grande. Claro que —y esto también es cierto—, Scrooge lo había visto de día y de noche durante todo el tiempo que residía en aquel lugar; también es cierto que Scrooge andaba tan escaso de lo que llamamos imaginación como cualquier ciudadano de Londres, incluyendo incluso —y es mucho decir— al Ayuntamiento, los ediles y los gremios. Recordemos también que Scrooge no había dedicado un solo pensamiento a Marley, desde que mencionara a su socio, muerto hacía ya siete años, en esa tarde. Y ahora, ¡a ver quién me explica, si puede, cómo es posible que, al colocar Scrooge la llave en la cerradura de la puerta, viera en el picaporte, sin que éste sufriera ningún proceso de cambio, no el picaporte, sino el rostro de Marley!

El rostro de Marley. No estaba en la niebla impenetrable, como los demás objetos del patio, sino que estaba rodeado de una luz tenue, como una langosta podrida en una despensa oscura. No era un rostro irritado ni feroz, y tenía el mismo aspecto que solía tener Marley: lentes fantasmales subidas sobre su frente fantasmal. Su cabello se agitaba de forma curiosa, como si lo moviera el aliento o el aire cálido, y, aunque tenía los ojos bien abiertos, estaban totalmente inmóviles. Todo eso, y su colorido vivo, lo hacían horrible; pero ese horror parecía que, pese al rostro y sin posible control, fuera más bien una parte de su propia expresión.

Mientras Scrooge contemplaba fijamente el fenómeno, se transformó de nuevo en un picaporte.

Decir que no se asustó, o que no sintiera en la sangre la consciencia de una sensación terrible que había desconocido desde la infancia, sería mentir. Sin embargo, puso la mano en la llave que había sacado, la hizo girar con fuerza y entró, y encendió su vela.

Sí que se detuvo, con una indecisión momentánea, antes de cerrar la puerta; y sí que miró furtivamente hacia atrás, como si en parte esperara el horror de contemplar la melena terrorífica de Marley saliendo de la cerradura. Pero no había nada en la parte de atrás de la puerta, tan sólo los tornillos y las tuercas que sujetaban el picaporte. Dijo: ¡Vaya, vaya!, y cerró la puerta de un portazo.

El sonido resonó por toda la casa como un trueno. Todas las habitaciones del piso de arriba, y todos los toneles del almacén de vinos de abajo, parecían tener un estruendo de ecos propio. Pero a Scrooge no le asustaban los ecos. Echó el cerrojo a la puerta, y atravesó el patio, para subir luego la escalera. Lentamente. Despabilando la vela en su camino.

Se puede charlar vagamente sobre cómo hacer que un coche de seis caballos suba una escalera vieja y en buen estado, o entablar la discusión de una nueva ley del Parlamento; pero lo que quiero decir es que por esa escalera podía haber subido un coche fúnebre, y además de través, con el balancín hacia la pared y la puerta hacia las balaustradas, y podía haber subido fácilmente. Había anchura suficiente, y espacio de sobra; lo cual tal vez explique por qué Scrooge creyó ver una comitiva fúnebre que avanzaba delante de él en la oscuridad. Media docena de faroles de gas de la calle no hubieran podido alumbrar la entrada de la casa, así que podemos imaginarlo bastante oscuro, iluminado sólo con la vela de Scrooge.

Continuó subiendo la escalera, sin importarle lo más mínimo aquello: la oscuridad es barata, y a Scrooge le gustaba. Pero antes de cerrar la pesada puerta, recorrió las habitaciones para ver si todo estaba en orden. Aún recordaba bastante aquel rostro para no temer algo.

Sala de estar, dormitorio, cuarto trastero. Todo estaba como debía. No había nadie bajo la cama, nadie bajo el sofá; un fuego débil en la parrilla del hogar; la cuchara y el cazo listos, y la pequeña olla con gachas (Scrooge estaba resfriado y le dolía la cabeza) sobre la repisa. Nadie bajo la cama, nadie en el armario, nadie en su batín, que colgaba con actitud sospechosa en la pared. El cuarto trastero, como siempre. El viejo guardafuegos, los zapatos viejos, las dos cestas de pescar, el lavabo de tres patas, y un espetón.

Satisfecho, cerró la puerta con llave, dando dos vueltas, lo que no acostumbraba a hacer. Seguro así ante cualquier sorpresa, se quitó la corbata, se puso la bata, las zapatillas y el gorro de dormir, y se sentó, ante el fuego, para tomar las gachas.

Era un fuego muy exiguo; nada apropiado para una noche tan dura. Se vio obligado a sentarse muy cerca, y a inclinar su cuerpo hacia delante, antes de poder extraer alguna sensación de calor de un combustible tan mínimo. El hogar era viejo, construido por algún comerciante holandés hacía mucho tiempo, y lo decoraban hermosos azulejos holandeses, con representaciones de la Biblia. Se encontraba allí a Caín y a Abel, las hijas del Faraón, la reina de Saba, mensajeros angélicos bajando del cielo sobre nubes que parecían almohadas de plumas, Abrahán, Belsazar, los apóstoles embarcándose en bateas, cientos de figuras para atraer la atención, y, pese a ello, aquel rostro de Marley, muerto hacía siete años, llegaba, como la vara del viejo profeta, y lo devoraba todo. Si los azulejos pulidos hubiesen estado en blanco, con la energía de representar algo en sus superficies que tradujera los fragmentos desordenados de su pensamiento, en cada azulejo habría surgido el rostro de Marley.

—¡Tonterías! —dijo Scrooge, paseándose por la habitación.

Después de dar varias vueltas, se sentó de nuevo. Al apoyar la cabeza en el sillón, por alguna extraña razón su mirada se fijó en una campanilla, en desuso, que colgaba del techo, y que comunicaba, por alguna razón, ahora olvidada, con una sala del piso más alto del edificio. Con gran asombro, y con un temor extraño e inexplicable, mientras la miraba, la campanilla comenzó a balancearse. Lo hacía al principio tan suavemente que apenas si hacía ruido, pero pronto lo hizo resonando fuertemente, y con ella todas las campanas de la casa.

Tal vez durara sólo medio minuto, o un minuto, pero le pareció una hora. Las campanillas cesaron de sonar como habían comenzado, juntas. Luego se produjo un ruido estridente, como si alguien, allá abajo, arrastrase una pesada cadena sobre los toneles del almacén de vinos. Scrooge recordó entonces haber oído que los duendes de las casas encantadas arrastraban cadenas.

La puerta de la bodega se abrió violentamente, con un estampido. Luego oyó el ruido mucho más fuerte en los pisos de abajo. Luego el ruido subía por la escalera y se dirigía hacia su puerta.

—¡Todo son tonterías! —dijo Scrooge—. No me las creo.

Su rostro perdió el color cuando entonces, sin pausa alguna, atravesó la pesada puerta y entró en la habitación, ante sus propios ojos. Al entrar, la llama mortecina se elevó, como si gritara: ¡Sé quién es! ¡Es el espectro de Marley!, y luego desfalleciera.

El mismo rostro: exactamente el mismo. Marley, con su peluca de trenza, su chaleco de siempre, calzón corto y botas; las borlas de las cuales se balanceaban como su coleta, los faldones de su casaca y el pelo de su peluquín. La cadena que arrastraba iba ceñida a la cintura. Era muy larga, y se le enrollaba como una cola; estaba hecha (porque Scrooge la observó con mucho detalle) de cajas de caudales, llaves, candados, libros de contabilidad, escrituras y pesadas escarcelas de acero. El cuerpo de Marley era transparente, de forma que Scrooge, al mirarle, podía ver a través de sus ropas los dos botones traseros de la casaca.

A Scrooge le habían dicho muchas veces que Marley no tenía entrañas, pero hasta ahora no lo había creído.

No, ni siquiera lo creía ahora. Aunque mirara fijamente al fantasma, y lo viera allí, delante de él; aunque sintiera la influencia glacial de sus ojos helados, y se fijara en la misma textura del pañuelo doblado que llevaba atado ciñéndole la cabeza y la barbilla, pañuelo que nunca había observado hasta ahora, Scrooge era incrédulo, y luchó contra sus sensaciones.

—¡Vaya, vaya! —dijo Scrooge, cáustico y frío como siempre— ¿Qué quieres tú de mí?

—¡Mucho! —y era la voz de Marley, de eso no había duda.

—¿Quién eres tú?

—Pregúntame mejor quién era.

—Pues bien, ¿quién eras? —dijo Scrooge, alzando la voz—. Eres muy especial, incluso como sombra —iba a decir «haciendo de sombra», pero cambió la frase, por considerarla más apropiada.

—Cuando vivía era tu socio, Jacob Marley.

—¿Te puedes..., te puedes sentar? —le pidió Scrooge, mirándole con aire incrédulo.

—Sí.

—Pues, siéntate.

Scrooge le había hecho esa pregunta porque no sabía si un espectro tan transparente podía estar en condiciones de tomar asiento, y suponía que en caso de que sentarse le resultara imposible, tendría que ofrecer una explicación molesta. Sin embargo, el duende se sentó al otro lado del hogar, como si siempre lo hubiera hecho.

—No crees en mí —observó el espectro.

—No —dijo Scrooge.

—¿Qué otra prueba quieres de mi realidad? ¿No tienes ya la de tus sentidos?

—No lo sé —dijo Scrooge.

—¿Por qué dudas de tus sentidos?

—Porque —dijo Scrooge—cualquier cosa les afecta. Un pequeño dolor de estómago hace que te traicionen. Tú puedes ser un trocito de carne mal digerida, una porción de mostaza, una corteza de queso, o una patata mal cocida. En ti hay mucho más de salsa que de tumba, seas lo que fueres.

Scrooge no era persona acustumbrada a hacer chistes, ni sentía, en su corazón, nada que pudiese ser gracioso. La verdad es que intentaba hacerse el gracioso como forma de distraer su propia atención y ocultar su terror, porque la voz del espectro le hacía temblar hasta la médula de los huesos.

Mantenerse sentado, mirando aquellos ojos fijos, helados, en silencio un solo momento, sabía Scrooge, haría que el mismo demonio se burlara. También era muy desagradable que el espectro poseyera su propia atmósfera infernal. Scrooge no podía sentirla, pero la verdad era esa; porque, aunque el espectro se sentara perfectamente inmóvil, su pelo, sus faldones y las borlas se agitaban como si respondieran al vapor de aire caliente de un horno.

—¿Ves este palillo de dientes? —dijo Scrooge, volviendo prontamente a la carga por la razón que acabamos de decir, deseando, aunque sólo fuera durante un segundo, alejar de su rostro la visión de la mirada de piedra.

—Sí —contestó el espectro.

—No lo estás mirando —dijo Scrooge.

—Pero lo veo —dijo el espectro—. A pesar de todo, lo veo.

—¡Bueno! —contestó Scrooge—. Basta con que me lo trague para que me persiga una legión de duendes el resto de mis días, todos fruto de mi propia creación. ¡Tonterías, te lo digo, tonterías!

Al decir eso, el espíritu lanzó un grito espeluznante y agitó su cadena con un ruido tan desagradable y tenebroso, que Scrooge se agarró fuerte al sillón, para no caer demaayado. Pero su terror se incrementó mucho más aún cuando el fantasma, quitándose la venda que llevaba atada a la cabeza, como si tuviera demasiado calor allí dentro, hizo que su mandíbula inferior cayera sobre el pecho.

Scrooge se puso de rodillas, juntando sus manos suplicantes delante del rostro.

—¡Piedad! —dijo—. Horrible aparición, ¿por qué me torturas?

—Hombre de mente mundana —contestó el espectro—. ¿Crees ahora en mí, o no?

—Sí, creo —contestó Scrooge—. Tengo que creer. Pero, ¿por qué los espíritus vienen a la tierra y por qué vienen a verme?

—Se exige a todos los hombres —continuó el espectro— que el espíritu que hay dentro de ellos se pasee entre sus semejantes, y que viaje a lo largo y a lo ancho de este mundo, y si ese espíritu no lo hace en vida, está condenado a hacerlo después de muerto. Estoy condenado a vagar por el mundo —¡ay, ten piedad de mí!— y presenciar las cosas en que ya no puedo participar, aunque pudiera hacerlo cuando estaba en la tierra, y así hubiera conseguido la felicidad.

De nuevo, el espectro lanzó su lamento, agitó la cadena y retorció sus manos sombrías.

—Estás encadenado —dijo Scrooge, temblando—. Dime, ¿por qué?

—Llevo la cadena que me forjé en vida —contestó el espectro—. La fui componiendo, eslabón a eslabón, y centímetro a centímetro; me la ceñí por mi propia voluntad, y por mi propia voluntad cargué con ella. ¿Te extraña a ti su composición?

Scrooge temblaba cada vez más.

—¿O acaso te gustaría saber —continuó el espectro— lo que pesa y lo que mide la recia cadena que tú mismo cargas? Era tan fuerte, tan pesada y tan larga como ésta hace siete Navidades. Pero has seguido trabajando en ella desde entonces. ¡Es una cadena imponente!

Scrooge miró a su alrededor, en el suelo, esperando encontrarse rodeado de cincuenta o sesenta brazas de cadena de hierro, pero no vio nada.

—¡Jacob! —decía implorándole—. ¡Querido Jacob Marley, cuéntame más. Habla y consuélame, Jacob!

—No puedo consolarte —contestó el espectro—. El consuelo viene de otras regiones, Ebenezer Scrooge, y lo transmiten otros ministros a otro tipo de hombres. Tampoco puedo decirte lo que quisiera. Sólo me han permitido un poco más. No puedo descansar, no puedo quedarme, no puedo permanecer en ninguna parte. Mi espíritu nunca anduvo más allá de nuestra oficina, ¡fíjate bien!; en vida, mi espíritu nunca fue más allá de los estrechos límites de nuestro agujero de la casa de cambios y me esperan días muy fatigosos!

Scrooge tenía la costumbre, siempre que estaba pensativo, de meter las manos en los bolsillos del pantalón. Meditando las palabras del espectro lo hizo así, pero sin alzar los ojos ni abandonar su postura de rodillas.

—Debes haberlo tomado con mucha calma —observó Scrooge, de un modo trivial, aunque con humildad y deferencia.

—¡Con mucha calma! —repitió el espectro.

—Hace siete años que has muerto —murmuró Scrooge—. ¿Y has estado viajando todo ese tiempo?

—Todo el tiempo —dijo el espectro—. Ni paz ni descanso. Tortura incesante del remordimiento.

—¿Viajas con rapidez? —dijo Scrooge.

—En las alas del viento —contestó el espectro.

—Debes haber recorrido muchísimas tierras en estos siete años —dijo Scrooge.

El espectro, al oír esas palabras, lanzó otro grito e hizo sonar su cadena tan terroríficamente en el silencio mortecino de la noche, que los guardias estarían justificados si le hubieran sancionado por perturbación pública.

—¡Oh! ¡Cautivo, atado y encadenado dos veces! —gritó el fantasma—. ¡No sabes que han de transcurrir siglos de trabajo incesante por las criaturas inmortales, para que esta tierra pueda pasar a la eternidad, antes de que se realice por completo el bien de que son capaces! ¿No sabes que un espíritu cristiano que trabaje suavemente en su pequeña esfera, sea cual fuere ésta, encontrará que su vida mortal es demasiado corta para las grandes posibilidades de ser útil a los demás? ¿No sabes que ningún remordimiento puede enmendar una ocasión que se tuvo y que no se aprovechó? ¡Así era yo! ¡Oh! ¡Así era yo!

—Pero siempre has sido un buen comerciante, Jacob —balbuceó Scrooge, que ahora comenzaba a aplicarse las palabras del espectro.

—¡Comercio! —gritó el espectro, frotándose de nuevo las manos—. La humanidad era mi negocio. El bienestar de los demás era mi negocio: la caridad, la piedad, la tolerancia y la benevolencia eran, todas, mi negocio. ¡Las operaciones de mi comercio no eran sino una gota de agua en el inmenso océano de mi negocio!

Alzó la cadena a la altura de los brazos, como si fuera la causa de todo su dolor inconsolable, y de nuevo la dejó caer pesadamente al suelo.

—En esta época del año —dijo el espectro— es cuando más sufro. ¿Por qué he atravesado multitudes de seres humanos con mis ojos hacia el suelo sin alzarlos nunca hacia esa estrella bendita que guió a los Reyes Magos a un pobre pesebre? ¿Acaso no había casas pobres a las que esa luz me hubiera guiado a mí?

Scrooge se sentía mucho más aterrado al oír al espectro lamentarse de ese modo y comenzó a temblar por todo el cuerpo.

—¡Oyeme! —gritó el espectro— ¡Se está acabando el tiempo!

—¡Sí, te oigo! —dijo Scrooge—. ¡Pero no me trates mal! ¡No compliques tanto las cosas, por favor!

—Por qué me aparezco ahora con una forma que puedes ver no puedo decírtelo. Me he sentado en estado invisible a tu lado muchos, muchos días.

No era una idea agradable. Scrooge tembló, y tuvo que enjugarse el sudor de su frente.

—Esa es una parte, y no pequeña, de mi penitencia —continuó el espectro—. Esta noche he venido para avisarte, porque aún tienes una posibilidad y una esperanza de evitar mi destino. Una posibilidad y una esperanza de lograrlo, Ebenezer.

—Siempre fuiste un buen amigo —dijo Scrooge—. ¡Gracias!

—Te visitarán tres espíritus —continuó el espectro.

El semblante de Scrooge se alargó casi tanto como había hecho antes la mandíbula del espectro.

—¿Será esa la posibilidad y la esperanza que mencionaste, Jacob? —le preguntó con voz trémula.

—Sí.

—Creo..., creo que más bien no lo prefiero —dijo Scrooge.

—Sin sus visitas —dijo el espectro— no tienes esperanza alguna de evitar el camino que yo sigo. Mañana llegará el primero, cuando la campana dé la una.

—¿Y... no podían venir los tres juntos, y acabar de una vez, Jacob? —sugirió Scrooge.

—El segundo llegará la noche siguiente a la misma hora. El tercero, la noche siguiente, cuando la última campanada de las doce haya cesado de vibrar. Mírame, porque ya no me verás más, y piensa, por tu propio bien, ¡recuerda lo que ha pasado entre nosotros!

Al decir esas palabras, el espectro recogió su pañuelo de la mesa y se lo ató a la cabeza, colocándolo como antes lo llevaba. Scrooge lo sabía, porque cuando las mandíbulas estaban unidas por la venda, los dientes castañeteaban. Se atrevió a alzar de nuevo la vista, y encontró a su visitante sobrenatural contemplándolo, de pie, con la cadena enrollada al brazo.

La aparición caminó de espaldas hacia atrás, y a cada paso que daba, la ventana se iba abriendo un poquito más, de forma que cuando el espectro la alcanzó ya estaba del todo abierta. Le hizo señas a Scrooge de que se acercara, y éste se acercó. Cuando se encontraban a dos pasos de distancia, el espíritu de Marley alzó la mano, indicándole que no se acercara más. Scrooge se detuvo.

No tanto por obediencia, sino por sorpresa y por miedo: porque al alzar el espectro la mano, sintió en el aire ruidos confusos, sonidos incoherentes de lamento y de pesar; ayes profundamente tristes, acusándose a sí mismos. El espectro, después de escucharlos un momento, se unió a la procesión doliente, y se marchó flotando por el aire profundo y oscuro de la noche.

Scrooge corrió a la ventana, lleno de curiosidad. Miró hacia fuera.

El aire estaba repleto de fantasmas, vagando de aquí allá con incansable celeridad, profiriendo lamentos por todas partes. Todos llevaban cadenas como las del espectro de Marley; algunos —debían haber sido gobiernos culpables— estaban atados entre sí; nadie estaba libre. A muchos de ellos, Scrooge les había conocido personalmente en vida. Había conocido a fondo a un viejo espectro, vestido con chaleco blanco, con una mostruosa caja de caudales atada al tobillo, que gritaba lastimosamente al verse incapaz de ayudar a una desventurada mujer con un niño, a quien veía allá bajo, en el portal de una casa. La desgracia de todos ellos era, claramente, que querían intervenir, haciendo el bien, en los asuntos humanos, pero que habían perdido la posibilidad de hacerlo por toda la eternidad.

Scrooge no pudo saber si las criaturas se desvanecieron en la niebla, o si la niebla los rodeó. Pero se desvanecieron a la vez los seres y sus voces espirituales, y la noche continuó siendo lo que era, cuando antes se dirigiera a su casa.

Scrooge cerró la ventana y examinó la puerta por la que había entrado el espectro. Estaba cerrada con doble vuelta de llave, la había cerrado con sus propias manos, y los cierres estaban bien colocados. Intentó decir «¡Tonterías!», pero se detuvo en la primera sílaba. Y, debido a las emociones que había sufrido, o al cansancio del día, o a la visión del mundo invisible, o a la extraña conversación con el espectro, o a la hora tan avanzada, estando muy necesitado de reposo, se fue directamente a la cama, sin desvestirse, y se quedó dormido en un momento.

ESTROFA SEGUNDA

EL PRIMERO DE LOS TRES ESPIRITUS

Cuando Scrooge se despertó, era tan oscuro que, mirando desde la cama, apenas si podía distinguir la transparencia de la ventana de las paredes opacas de su cuarto. Se esforzaba en atravesar la oscuridad con sus ojos aguzados, cuando oyó las campanas de la iglesia vecina dando los cuatro toques de los cuartos. Así que esperó que las campanas, después, le indicaran la hora.

Se quedó sorprendido cuando la campana pasó de seis a siete toques, y de siete a ocho, y continuó su marcha normal hasta doce. Luego se detuvo. ¡Las doce! Se había ido a la cama a las dos y media. La campana debía estar equivocada. Un carámbano de hielo debía haber obstruido su maquinaria. ¡Las doce!

Tocó el resorte de su despertador, para corregir a ese reloj de la iglesia tan creído. Su pulso rápido dio doce sonidos, y luego se detuvo.

—¡No! ¡No es posible! —dijo Scrooge— que haya dormido todo un día, y esté ahora a media noche del día siguiente. ¡No es posible que algo le haya ocurrido al sol, y que ahora sean las doce del mediodía!

Como esa idea era muy alarmante, saltó de la cama y se dirigió a trompicones hacia la ventana. Tuvo que limpiar el hielo con la manga del batín, antes de poder ver algo a través de ella, y, pese a todo, lo que pudo ver fue muy poco. Todo lo que pudo averiguar fue que aún había mucha niebla y que hacía mucho frío, y que no se oía a nadie en la calle, ni se notaba la gran conmoción que habría ocurrido sin duda alguna si la noche hubiera vencido al día brillante y hubiera tomado posesión del mundo. Lo cual le proporcionó un gran alivio, porque aquello de «a tres días vista de esta primera letra de cambio, pagaré a Ebenezer Scrooge, a su orden...» y así sucesivamente se hubiera convertido en un mero título de los Estados Unidos, si ya no hubiera días que contar.

Scrooge volvió a la cama y estuvo pensando, pensando, pensándolo todo una vez, y otra vez, y otra vez, y no pudo aclararse. Cuanto más pensaba, más perplejo se volvía, y cuanto más se esforzaba por no pensar, más pensaba. El duende de Marley le preocupaba mucho. Siempre que decidía en su interior, después de un análisis profundo, que todo había sido un sueño, su mente regresaba, como si se tratara de un muelle que se deja libre, a su punto de partida, y presentaba el mismo problema, que aún debía debatir: ¿Ha sido un sueño o no?

Scrooge permaneció en esa situación hasta que las campanas avanzaron tres cuartos de hora, y entonces recordó, de repente, que el espectro le había anunciado que tendría una visita cuando las campanas dieran la una. Se decidió a esperar, despierto, hasta que pasara esa hora; y, considerando que tan difícil era que se quedara dormido como que fuera al cielo, ésta fue, quizá, la decisión más sensata que podía tomar.

El cuarto de hora duró tanto que, de nuevo, se convenció de que debía haberse sumido, inconscientemente, en cierta somnolencia, y debió pasarle por alto la campanada del reloj. Pero al cabo de un largo rato llegó a sus atentos oídos:

—¡Din, don!

—¡Y cuarto! —dijo Scrooge, contando las campanadas.

—¡Din, don!

—¡La media! —dijo Scrooge.

—¡Din, don!

—¡Tres cuartos! —dijo Scrooge.

—¡Din, don!

—¡La hora —dijo Scrooge, triunfante—, y no pasa nada!

Lo había dicho antes de que sonara la campanada de la hora, que ahora se oía con voz profunda, lánguida, vacía, melancólica:

¡La UNA! Una luz potente iluminó la habitación en ese momento, y se abrieron las cortinas de su cama.

Las cortinas de la cama se corrían, les advierto, a mano. No las cortinas de los pies de la cama, ni las cortinas de la cabecera, sino las cortinas hacia las que él miraba. Las cortinas de la cama se corrieron, y Scrooge, incorporándose a medias, lleno de sobresalto, se encontró frente a frente con el visitante sobrenatural que las había abierto: tan cerca de él como yo lo estoy de ti, y yo estoy presente, en espíritu, en el libro que tienes en las manos.

Era una figura extraña: como un niño, pero no tanto como un niño, sino más bien como un viejo visto a través de algún medio sobrenatural, que le daba el aspecto de una lejana perspectiva, de haberse reducido a las proporciones de un niño. Sus cabellos, que caían alrededor del cuello y descendían por la espalda, eran blancos, como los de un anciano, y, sin embargo, en su cara no había ni una arruga, y su piel era muy suave y tersa. Sus brazos eran musculosos y muy largos; lo mismo ocurría con las manos, como si tuvieran una fuerza poco común. Sus piernas y sus pies, de formas muy delicadas, estaban desnudas, como los miembros superiores. Vestía una túnica de un blanco purísimo, y en torno a la cintura ceñía un cinturón lustroso de un vivo resplandor. En su mano sostenía una rama de acebo muy verde, y, en contradicción curiosa con ese emblema invernal, su cabello estaba adornado con flores del verano. Pero lo más raro de esta aparición era que desde lo alto de su cabeza surgía un rayo de luz muy intenso, que hacía todo su aspecto visible, y que explicaba que, en otras ocasiones, tuviera que utilizar un gorro en forma de apagavelas, gorro que ahora mantenía bajo el brazo.

Pero eso, pensó Scrooge al analizarlo con creciente fijeza, no era su cualidad más extraña. Porque el cinturón brillaba y resplandecía ahora aquí y luego allá, de modo que lo que quedaba ahora brillante, luego quedaba oscuro, de forma que la figura misma fluctuaba en su claridad, y ahora parecía que tuviera un solo brazo, o una sola pierna, o bien veinte piernas, luego parecía un par de piernas sin cabeza, luego una cabeza sin cuerpo, y de todas esas partes que se disolvían no quedaba visible su silueta en la espesa oscuridad en que se desvanecían. Y la mayor maravilla de todo es que la figura volvía a ser ella misma: tan clara y tan distinta como siempre.

—¿Es usted, señor, el espíritu cuya visita se me avisó? —preguntó Scrooge.

—¡El mismo!

La voz era suave y amable. Curiosamente apagada, como si, en vez de estar tan cerca de él, estuviera muy lejos.

—¿Quién y qué es usted? —le preguntó Scrooge.

—Soy el espectro de las Navidades pasadas.

—¿Pasadas hace mucho tiempo? —preguntó Scrooge, observando su estatura de duende.

—No. Sus Navidades pasadas.

Quizá Scrooge no pudiera haber explicado a nadie, si es que alguien le hubiera preguntado, por qué era así, pero tenía un gran deseo de ver al espíritu con la cabeza cubierta, y le pidió que se pusiera el gorro.

—¿Cómo? ¿Quieres apagar, con tus manos mortales, la luz que te ofrezco? ¿No te basta con saber que tú eres uno de aquellos cuyas pasiones han hecho este gorro, que me obligas a llevar calado hasta las cejas años y años sin fin?

Scrooge, reverentemente, se excusó diciendo que no tenía intención de ofenderle, y que no sabía que hubiera, conscientemente, ayudado a fabricar el gorro del espíritu en ningún momento de su vida. Y luego se atrevió a preguntarle cuál era la razón que le había llevado allí.

—¡Tu bienestar! —dijo el espectro.

Scrooge le dijo que se lo agradecía mucho, pero que seguía pensando que una noche de descanso ininterrumpido le hubiera proporcionado mucho más bienestar. El espíritu debió notar lo que pensaba, porque le dijo inmediatamente:

—Tus protestas, claro. ¡Ten cuidado!

Tendió su recia mano, al decir esto, y le cogió suavemente por el brazo diciéndole:

—Levántate. ¡Ven conmigo!

Hubiera sido en vano que Scrooge le dijera que el tiempo y la hora no eran lo más adecuado para pasear; que la cama estaba cálida y que el termómetro estaba muy por debajo de cero grados; que sólo vestía sus zapatillas, batín y el gorro de dormir, y que, además, estaba constipado. No podía resistir aquella mano que le agarraba, tan suave como una mano de mujer. Se puso en pie, pero, al ver que el espíritu se dirigía hacia la ventana, le agarró de la túnica, suplicante:

—¡Soy mortal —rogaba Scrooge— y puedo caerme!

—Déjame que te toque con la mano ahí —dijo el espíritu, colocando su mano sobre el corazón de Scrooge— y te mantendrás firme en pruebas mayores que ésta.

Al decir esas palabras atravesaron los muros y se encontraron en una carretera rural, con campos de cultivo a los dos lados. Toda la ciudad había desparecido. No había ni rastro de ella. Con ella se habían desvanecido también la oscuridad y la niebla y ahora era un día de invierno frío, pero claro. El suelo estaba cubierto de nieve.

—¡Dios mío! —dijo Scrooge, juntando las manos, mirando a su alrededor—. Aquí es donde nací. ¡Aquí viví de niño!

El espíritu lo contempló con cariño. Su dulce contacto, aunque fuera ligero e instantáneo, aún estaba presente en los sentimientos del anciano. Notaba miles de olores que flotaban en el aire, cada uno de ellos conectado con miles de pensamientos, de esperanzas, de alegrías y de preocupaciones, que creía haber olvidado hacía mucho, mucho tiempo.

—Te tiemblan los labios —dijo el espectro—. Y ¿qué tienes en las mejillas?

Scrooge gruñó, con un temblor extraño, que era una espinilla, y le pidió al espectro que le llevara donde quisiera.

—¿Conoces el camino? —le preguntó el espíritu.

—¡Pues claro! —dijo Scrooge, con fervor—. Podría recorrerlo a ciegas.

—Es extraño que lo hubieras olvidado durante tantos años —indicó el espíritu—. Vamos.

Recorrieron la carretera. Scrooge reconocía todas las vallas, los postes y los árboles. Al cabo de un rato apareció en la distancia un pequeño pueblo comercial, con un puente, una iglesia y un río serpenteante. Ahora vieron algunos potros lanudos, que venían trotando hacia ellos, montados por algunos muchachos, que gritaban y hablaban con otros jóvenes que iban en carros y carretas guiadas por campesinos. Todos los muchachos estaban de muy buen humor, se llamaban unos a otros, y fueron invadiendo los anchos campos de una música tan alegre, que el fresco aire parecía reírse al oírlos.

—Eso que ves son meras sombras del pasado —dijo el espectro—. No notan nuestra presencia.

Los alegres viajeros se acercaron y, conforme iban pasando a su lado, Scrooge los iba reconociendo e iba diciendo cómo se llamaban. ¿Por qué sentía una alegría tan extraordinaria al verlos? ¿Por qué brillaba su ojo, normalmente frío, y por qué se aceleraba el ritmo del corazón al verlos pasar? ¿Por qué se henchía de alegría al oír que se deseaban felices Navidades al separarse unos de otros, en encrucijadas y senderos, para dirigirse cada uno a su casa? ¿Qué era para Scrooge una feliz Navidad? ¡Fuera con esas felices Navidades! ¿Acaso le habían servido de algo?

—La escuela no está del todo desierta —dijo el espectro—. Se ha quedado un niño solitario, despreciado por sus amigos.

Scrooge sabía que era él. Y sollozó.

Dejaron la carretera principal, siguiendo un camino que Scrooge recordaba bien, y pronto se acercaron a una mansión de ladrillo rojo oscuro, en cuyo techo había una cúpula con una veleta, de la cual colgaba una campana. Era una casa grande, pero se notaba que sus habitaciones habían perdido fortuna, porque las salas espaciosas estaban poco usadas, las paredes rezumaban humedad y estaban cubiertas de moho; las ventanas estaban rotas, y las puertas envejecidas. Las gallinas cloqueaban y se contoneaban en los corrales, y las cocheras y cobertizos estaban cubiertos de hierba. En el interior tampoco se guardaba mejor recuerdo de su antigua gloria, porque al entrar por el vestíbulo oscuro y atisbar las habitaciones, con puertas abiertas, vieron que apenas si tenían muebles, que resultaban frías y enormes. En el aire había cierto olor a tierra; en el lugar había una desnudez helada, que hacía pensar de algún modo que se gastaba más en velas que en comida.

El espectro y Scrooge avanzaron, atravesando el vestíbulo, y se dirigieron hacia una puerta al fondo de la casa. Se abrió ante ellos, mostrando una habitación grande, vacía, melancólica, mucho más desnuda por unas hileras de bancos y pupitres lisos. En uno de ellos, un muchacho solitario y triste leía junto a un fuego débil. Scrooge se sentó en un banco y lloró, al verse a sí mismo con tan pobre aspecto como en otro tiempo tuvo.

No había ni siquiera un eco en la casa, ni chillidos ni roer de ratones en el artesonado, ni un goteo del canalón a medio deshelar en el sombrío patio trasero, ni un suspiro entre las ramas sin hojas de un abeto contra el viento, ni el inútil balanceo de una puerta de un almacén vacío, ni siquiera un chisporroteo de fuego; nada entró en el corazón de Scrooge con una influencia tan tierna, dando rienda suelta a sus lágrimas.

El espíritu le tocó el brazo y señaló con el dedo su propia persona, más joven, intentando leer. De pronto, un hombre, con extraños ropajes, maravillosamente real y claro ante la vista, apareció al otro lado de la ventana, con un hacha al cinto, conduciendo un burro cargado de leña.

—¡Caramba! ¡Es Alí Babá! —exclamó Scrooge, extasiado—. ¡Es el buen amigo Alí Babá! ¡Sí, sí, lo conozco bien! En cierta ocasión, en Navidad, cuando yo era un niño solitario y estaba aquí totalmente solo, vino él por primera vez, exactamente así. ¡Pobre muchacho! ¡Y Valentina —continuó Scrooge— y su hermano altanero, Orson, allí van todos! Y ese... ¿cómo se llama? al que dejaron en calzoncillos, mientras dormía, en la Puerta de Damasco, ¿no lo ves? Y el criado del sultán vuelto boca abajo por los Genios: ¡ahí está cabeza abajo! Se lo tenía merecido; me alegro. ¿Qué se creía? ¿Que se iba a casar con la princesa?

Oír a Scrooge comentar, con toda la seriedad de su naturaleza, esos temas, con una voz increíble entre la risa y el llanto, y ver su rostro exaltado y excitado hubiera sido en realidad una buena sorpresa para sus amigos comerciantes de la ciudad.

—¡El loro está ahí! —gritó Scrooge—. Verde de cuerpo y de cola amarilla, con algo parecido a una lechuga encima de la cabeza: ¡ahí está! ¡Pobre Robinsón Crusoe, que lo llamaba al regresar a casa después de navegar dando la vuelta a la isla! «Pobre Robinsón Crusoe. ¿Dónde has estado, Robinsón Crusoe?» Robinsón creía estar soñando, pero no lo estaba, no, porque era el loro, ¿sabes? Ahí veo a su criado Viernes, corriendo hacia el riachuelo para salvar la vida! ¡Hola! ¡Venga! ¡Hola!

Y entonces, con una transición muy rápida y muy impropia de su carácter normal, dijo, apiadándose de sí mismo cuando era niño: ¡Pobre muchacho!, y prorrumpió de nuevo en lágrimas.

—Deseo —murmuró Scrooge, metiendo la mano en el bolsillo y mirando a su alrededor, después de secarse los ojos con la manga— ... ¡pero ya es demasiado tarde!

—¿Qué pasa? —preguntó el espíritu.

—Nada —dijo Scrooge—. Nada. Ayer por la noche había un pobre muchacho cantando un villancico en mi puerta. Me gustaría haberle dado algo; eso es todo.

El espectro sonrió, pensativo, y movió la mano diciendo:

—¡Vamos a ver otras Navidades!

La antigua figura de Scrooge aumentó de tamaño al oír esas palabras, y la habitación se hizo más oscura y más sucia. Los paneles se contrajeron; las ventanas crujieron y cayeron del techo trozos de yeso, dejando al descubierto las vigas desnudas. Cómo pudo ocurrir ese milagro, Scrooge lo supo tanto como usted. Sólo sabía que era completamente correcto, porque todo había ocurrido así. Y ahí estaba él de nuevo, solo, cuando todos los demás chicos se habían ido a casa a pasar las vacaciones navideñas.

Ahora no leía; se paseaba arriba y abajo, desesperado. Scrooge miró al espectro y agitando la cabeza, triste, miró con ansiedad a la puerta.

Se abrió, y una chiquilla, mucho más joven que el muchacho, llegó corriendo y, echándole los brazos al cuello y dándole muchos besos, le dijo:

—¡Hermanito, hermanito! He venido para llevarte a casa, hermanito —dijo la niña, palmoteando y riéndose—. ¡A llevarte a casa, a casa!

—¿A casa, pequeña Fan? —contestó el muchacho.

—¡Sí! —dijo la niña, llena de alegría—. A casa para siempre. A casa, para que nunca te vayas. ¡El papá está de mejor humor que otras veces, y en casa se está como en el cielo! Hace unos días me habló con tanto cariño cuando me iba a acostar, que no tuve miedo de preguntarle una vez más si podías volver a casa, y me dijo que sí, que tenías que venir, y me envió en un coche para llevarte. ¡Vas a ser ya un hombre —dijo la niña, abriendo sus ojos— y nunca volverás aquí! Pero, primero de todo, vamos a estar juntos todas las Navidades, y lo pasaremos requetebién.

—¡Eres toda una mujer, pequeña Fan! —exclamó el muchacho.

La niña aplaudía, se reía e intentaba tocar la cabeza de su hermano, pero, como era tan pequeña y no llegaba, se reía de nuevo, y se ponía de puntillas para abrazarle. Luego comenzó a tirar de él, con esa ansiedad infantil, llevándolo hacia la puerta; él, dejándose llevar, la acompañaba.

Entonces, una voz terrible que venía del vestíbulo gritó: ¡Bajad el baúl del señor Scrooge!, y en el vestíbulo apareció el mismo maestro, que miró al joven Scrooge con una condescendencia feroz, y lo sumió en un estado de temor al chocarle la mano. Luego condujo a Scrooge y a su hermana al más viejo recibidor que pueda imaginarse, en que los mapas de las paredes y los globos terráqueos y estelares de las ventanas parecían ateridos de frío. Allí sacó una botella de un vino muy suave, y un trozo de torta extrañamente dura y ofreció unas cantidades minúsculas de esas maravillas a los jóvenes. Al mismo tiempo envió un criado esquelético para que diera un vaso «de algo» al postillón, quien respondió que le daba las gracias al señor, pero que era del mismo grifo del que había bebido otras veces y que prefería no tomar. Ahora, el baúl del joven Scrooge ya estaba atado en la parte superior del coche, y los chicos se despidieron de muy buena gana del maestro, y, entrando en el coche, atravesaron precipitadamente el jardín. Las ruedas, rápidas, levantaban una blanca estela de hielo y nieve que saltaba a las oscuras hojas de las siemprevivas, como una rociada.

—Toda la vida fue una criatura delicada, a la que un leve soplo podía marchitar —dijo el espíritu—, pero, ¡qué gran corazón tenía!

—Es cierto —dijo Scrooge, entre sollozos—. Tienes razón. No puedo contradecirte, espíritu, ¡Dios me libre!

—Murió siendo ya una mujer —dijo el espectro— y creo que tuvo hijos.

—Un hijo —respondió Scrooge.

—Es verdad —dijo el espectro—. ¡Tu sobrino!

Scrooge parecía inquieto en su interior y le contestó brevemente:

—Sí.

Aunque acababan de abandonar la escuela, se encontraban en las concurridas calles de una ciudad, en que iban y venían las sombras de transeúntes; en que coches y carros en sombras luchaban por conseguir paso, y en que se vivía toda la agitación y el tumulto de una auténtica ciudad. Saltaba a la vista, por los adornos de los escaparates, que en esta ciudad también era Navidad. Era de noche y las calles estaban iluminadas.

El espectro se detuvo ante la puerta de una tienda, y le preguntó a Scrooge si la conocía.

—¡Claro que la conozco! —dijo Scrooge—. ¡Aquí trabajé yo de aprendiz!

Entraron. Al ver a un caballero anciano, con una peluca galesa, sentado tras un enorme pupitre que, si hubiese estado dos pulgadas más arriba, habría dado con la cabeza en el techo, Scrooge gritó, muy excitado:

—¡Caramba! ¡Si es el bueno de Fezziwig! ¡Dios mío! ¡Si es el bueno de Fezziwig, otra vez vivo!

El viejo Fezziwig dejó la pluma en el pupitre y miró al reloj de pared, que indicaba las siete. Se frotó las manos; se ajustó su amplio chaleco; se rió todo él, de los zapatos a su órgano de benevolencia, y gritó con una voz cómoda, lustrosa, rica, gruesa, jovial:

—¡Eh, vosotros! ¡Ebenezer! ¡Dick!

El Scrooge de aquellos tiempos, ahora convertido en un hombre joven, apareció de golpe, acompañado por el otro aprendiz de la casa.

—¡Es Dick Wilkins, seguro! —dijo Scrooge al espectro—. ¡Qué alegría! Ahí está. Eramos muy buenos amigos. ¡Pobre Dick! ¡Qué buen amigo era!

—¡Venga, venga, muchachos! —dijo Fezziwig, llamándoles con las manos—. Ya se ha acabado el trabajo por esta tarde. Es la Nochebuena, Dick. ¡Es Navidad, Ebenezer! Cerremos las persianas —gritó el viejo Fezziwig, golpeando las manos, en un decir Jesús!

¡No creerían con qué rapidez obedecieron las órdenes del jefe! Cargaron los postigos a cuestas —uno, dos y tres—, los pusieron en su sitio —cuatro, cinco, seis—, pusieron las barras y las ajustaron —siete, ocho, nueve— y regresaron al interior antes de poder contar doce, jadeantes como caballos de carreras.

—¡Bien, bien! —gritaba el viejo Fezziwig, descendiendo de su pupitre con asombrosa agilidad—. ¡Apartad las cosas, y dejad mucho sitio libre, muchachos! ¡Bien, bien, Dick! ¡Date prisa, Ebenezer!

¡Apartadlo todo! No había nada que no retiraran, o que no pudieran haber retirado, porque el viejo Fezziwig les estaba mirando. Todo lo hicieron en un minuto. Todo lo que podía moverse lo amontonaron, como si lo retiraran eternamente de la vida pública; barrieron y fregaron el suelo, despabilaron las mechas de las lámparas, pusieron combustible en el fuego, y el almacén quedó tan limpio, cálido y seco como una sala de baile que resulte apetecible en una noche de invierno.

Apareció un violinista con unas partituras, se dirigió al pupitre elevado, que convirtió en una orquesta, y que sonaba como sonarían cincuenta estómagos vacíos. Entonces apareció la señora Fezziwig, con una enorme sonrisa. Aparecieron también las tres señoritas Fezziwig, radiantes y amables. Luego llegaron sus seis acompañantes, cuyos corazones habían destrozado. Luego entraron todos los jóvenes y las mujeres que trabajaban en la empresa. Entró la criada, con su primo el pastelero. Llegó el cocinero, con el lechero, amigo íntimo de su hermano. Entró también el muchacho de enfrente, de quien se sospechaba que su amo no le alimentaba lo suficiente, tratando de esconderse detrás de la muchacha de la casa vecina, de quien se sabía que su ama le había tirado de las orejas. Llegaron, pues, todos, uno tras otro, unos tímidos, otros atrevidos, algunos con elegancia, otros con torpeza, algunos empujando, otros tirando de los demás; todos entraron, de cualquier modo y de cualquier forma. Y todos empezaron a bailar, veinte parejas a la vez, volviendo los brazos a un lado y a otro, hacia dentro y hacia atrás; dando vueltas y vueltas en varios estadios de grupos afectuosos; la pareja que inició el baile dando las vueltas y equivocándose siempre; la pareja que seguía iniciando de nuevo el recorrido, al llegar a aquel lugar; todas las parejas, al final, y ninguna quedaba en la cola para ayudarles. Cuando se organizó toda esta confusión, el viejo Fezziwig, dando palmadas para que se detuviera el baile, gritó:

—¡Muy bien!

Y el violinista hundió la cabeza en un jarro de cerveza negra, preparada especialmente para la ocasión. Mas, desdeñando el reposo y volviendo a la carga, comenzó de nuevo a tocar, aunque ya no quedaba nadie bailando, como si hubieran llevado a casa al otro violinista, exhausto y con rapidez, y como si el que tocara fuera otro violinista nuevo, decidido a superar al anterior, o a perecer en el intento.

Hubo más bailes, y juegos de prendas, y más bailes, y luego llegó el pastel y licores, y una buena cantidad de asado frío, y luego hubo empanadas y mucha cerveza. Pero el gran acontecimiento de la noche llegó después del asado y de las empanadillas, cuando el violinista (¡un gran tipo, por cierto!, alguien que sabía su oficio mucho mejor de lo que usted o yo pudiéramos haber supuesto) comenzó a tocar «Sir Roger de Coverley». El viejo Fezziwig se puso a bailar con su señora. Y era la primera pareja la de ellos, lo que les costaba un buen esfuerzo, veinticuatro o veinticinco parejas de bailarines, gente con la que no se podía discutir, gente a quien le gustaría bailar, pero que no tenían ni idea de cómo dar un paso.

Pero si hubieran sido el doble de personas... ¡o tal vez el cuádruple! El viejo Fezziwig hubiera cumplido su papel a la perfección, como también lo hubiera hecho la señora Fezziwig. Porque, en lo que a ella respecta, daba la talla como pareja de su compañero, en todos los sentidos. Y si esa alabanza no bastara, cuénteme usted otra y la utilizaré. Una verdadera luz parecía salir de las pantorrillas de Fezziwig. Brillaban como lunas en todas las partes del baile. No se podía adivinar, en un momento determinado, dónde estarían en el momento siguiente. Y cuando el viejo Fezziwig y su esposa hubieron realizado todas las partes del baile: avanzar y retroceder, coger a la pareja de la mano, saludo y cortesía, espiral, filigrana y vuelta al lugar del comienzo, Fezziwig dio un salto moviendo los pies; lo hizo con tal perfección que parecía pestañear con sus piernas, y cayó al suelo con toda elegancia.

Cuando el reloj dio las once, finalizó el baile familiar. El señor y la señora Fezziwig se situaron cada uno a un lado de la puerta, dieron la mano a todas las personas una a una conforme salían, deseándoles felices Navidades. Cuando todos se hubieron retirado y sólo quedaban allí los dos aprendices, también se despidieron de ellos del mismo modo, y así se desvaneció el sonido alegre de las voces, y los muchachos se marcharon a las camas que estaban debajo de un mostrador de la trastienda.

Durante todo ese tiempo, Scrooge había actuado como si no estuviera en sus cabales. Su corazón y su alma estaban allí, con el que había sido en otro tiempo. Corroboraba todo lo que ocurría, disfrutaba de todo, recordaba todo, y experimentaba una extraña agitación. Sólo ahora, cuando se alejaron de ellos los rostros brillantes de Dick y de él mismo cuando era joven, recordó al espectro y se dio cuenta de que le estaba mirando; la luz de su cabeza daba un gran resplandor.

—Algo sin importancia —dijo el espectro—, demostrar tanta gratitud a gente de poca altura.

—¡Sin importancia! —contestó Scrooge, como un eco.

El espíritu le señaló con el dedo a los dos aprendices y le dijo que escuchara: estaban hablando de su profunda gratitud a Fezziwig. Después de ello, el espíritu dijo:

—Pues claro, ¿no te parece? Se ha gastado algunas libras de vuestro dinero mortal: tres, o tal vez cuatro. ¿Acaso es tanto para merecer esa gratitud?

—No se trata de eso —dijo Scrooge, ruborizado por la observación y hablando inconscientemente como lo hubiera hecho cuando era un muchacho, no más tarde—. No se trata de eso, espíritu. Tiene el poder de hacernos felices o infelices, de que nuestro servicio sea ligero o pesado, un placer o una carga. Digamos que su poder se basa en palabras y en miradas; en cosas tan pequeñas e insignificantes que resultan imposibles de añadir y de contar. Entonces, ¿qué es? La felicidad que da es tan grande como si hubiera costado una fortuna.

Advirtió la mirada del espectro, y se detuvo.

—¿Qué te pasa? —le preguntó el espectro.

—Nada en especial —dijo Scrooge.

—Algo te debe pasar —insistió el espectro.

—No —dijo Scrooge—. No. Me gustaría poder decir unas palabritas a mi empleado en este mismo momento. Eso es todo.

Su antigua personalidad de muchacho apagó las luces, mientras él comunicaba al espectro su deseo, y Scrooge y el espectro se encontraron de nuevo, el uno junto al otro, al aire libre.

—Se me está acabando el tiempo —observó el espectro—. ¡Vámonos rápido!

Aunque no era una orden dirigida a Scrooge, ni a nadie que estuviera presente, produjo un efecto inmediato. Porque Scrooge se vio de nuevo a sí mismo. Era más mayor: un hombre que comienza a disfrutar de la vida. Su rostro aún no tenía los rasgos duros y rígidos que adquiriría más tarde; pero ya había comenzado a mostrar señales de interés y de avaricia. Había una mirada egoísta, interesada, inquieta, que mostraba las pasiones que en él se estaban arraigando, que indicaban hacia dónde caería el árbol sesgado.

No estaba solo. Estaba sentado junto a una joven vestida de luto, con los ojos llenos de lágrimas, que brillaban en el aura de luz que emitía el espectro de las Navidades pasadas.

—A ti te importa poco —decía la muchacha, lentamente—. Te importa muy poco. Otro ídolo me ha desplazado, y, si consigue alegrarte y ayudarte en el futuro, como yo hubiera intentando hacer, no tengo motivos para llorar.

—¿Qué ídolo ha ocupado tu lugar? —le preguntó.

—Un ídolo dorado.

—¡Así es la justicia de este mundo! —dijo el muchacho—. No hay nada tan duro como la pobreza, y no hay nada que se condene con tanta severidad como la búsqueda de la riqueza...

—Tienes demasiado miedo al mundo —contestó ella, con dulzura—. Todas tus esperanzas se han convertido en una sola, la de estar muy lejos de caer en ese sórdido reproche. He visto cómo tus aspiraciones nobles han ido cayendo una tras otra, hasta que la pasión dominante, el afán de lucro, se ha adueñado de todo. ¿No es cierto?

—Bueno, ¿y qué? —le respondió—. Aunque me haya hecho más inteligente, ¿qué pasa? Mis sentimientos hacia ti no han cambiado.

Ella le dijo que no con la cabeza.

—¿He cambiado?

—Nuestro contrato tiene ya mucho tiempo. Lo hicimos cuando los dos éramos pobres y felices, y pensábamos que podríamos mejorar nuestra fortuna con un trabajo paciente. Pero tú has cambiado. Cuando hicimos el contrato, tú eras otro hombre.

—¡Era un niño! —contestó con impaciencia.

—Tu corazón te está diciendo que tú no eras lo que eres ahora —insistió ella—. Yo sigo siendo la misma. Lo que nos prometía felicidad, cuando los dos estábamos unidos, ahora nos produce miserias, porque somos dos personas distintas. He pensado en estos tantas veces, y lo he analizado tanto... Baste con decirte que he pensado mucho en ello, y que ahora te doy la libertad.

—¿Acaso te la he pedido yo alguna vez?

—Con palabras, no. Nunca.

—¿Entonces, cómo?

—En tu cambio de actitud, en tu alteración de espíritu; en otra atmósfera de vida, en otra esperanza general. En todo lo que hacía que mi amor tuviera valor ante ti. Si nunca hubiera habido nada entre nosotros —dijo la muchacha, mirándolo con ternura, pero también con entereza—, dime, ¿estarías aún interesado en mí e intentarías conquistarme de nuevo? ¡Ah, no lo creo!

El joven parecía aceptar la justicia de esta suposición, a pesar de sí mismo. Pero contestó, después de dudarlo mucho:

—No crees eso que dices.

—Si pudiera, me encantaría pensar de otro modo —dijo ella—. ¡Dios lo sabe! Cuando uno comprende una verdad como esa, me doy cuenta de que debe ser fuerte e irresistible. Pero si estuvieras libre de mí hoy, mañana, ayer, ¿acaso puedo creer que elegirías una muchacha sin dote, tú, que en la misma confianza que tendrías con ella todo lo pesarías en razón del interés, o acaso que eligiéndola aunque no tuviera dote si por un momento fueras infiel a tu principio de guía, no es cierto que inmediatamente te arrepentirías y lo lamentarías? Me doy cuenta de eso, y por ello te dejo en libertad. Con todo mi corazón, en nombre del amor que te he tenido.

El muchacho estaba a punto de hablar, pero ella, apartando de él la mirada, continuó:

—Tal vez lo que te digo te aflija, y el recuerdo del pasado me hace pensar que en parte ocurrirá así. Pero será un dolor corto, muy corto, y luego te olvidarás de él, alegremente, como si hubiera sido un sueño desagradable, del que uno se despierta feliz. ¡Que consigas la felicidad en la vida que has elegido!

Ella se marchó, y nunca volvieron a verse.

—¡Espíritu! —gritó Scrooge—. ¡No me enseñes más! Llévame a casa. ¿Por qué disfrutas torturándome?

—¡Sólo queda una sombra! —exclamó el espectro.

—¡No, por favor! ¡Ya no más! ¡No quiero verla! ¡No me enseñes nada más!

Pero el constante espectro le agarró por los brazos y le obligó a contemplar la próxima escena.

Estaban en otro momento y en otro lugar: una habitación, ni muy grande ni muy pequeña ni muy agradable, pero equipada con toda comodidad. Cerca de la chimenea se sentaba una joven hermosa, tan parecida a la de la escena anterior que a Scrooge le pareció la misma, hasta que la vio a ella, una matrona gentil, sentada frente a su hija. En la habitación, el ruido era casi el de un tumulto, porque se encontraban muchos más niños de los que Scrooge, cuyo espíritu estaba tan inquieto, pudiera contar, y, al revés de lo que narra el poema sobre el rebaño, no eran cuarenta niños que actuaran como si fueran uno sólo, sino que cada niño actuaba como si él fuera los cuarenta. Las consecuencias de este principio eran un estrépito increíble; pero a nadie parecía molestarle. Por el contrario, la madre y su hija se reían benévolamente, y parecían disfrutar; la última comenzó a mezclarse en los juegos de los niños, y fue asaltada sin piedad por los jóvenes bandidos.

¡Lo que hubiera dado porque me hubieran dejado ser uno de los niños! Aunque, claro, no hubiera sido tan violento, ¡claro que no! ¡Por todo el oro del mundo no hubiera enredado esa trenza, ni hubiera tirado de ella! ¡No hubiera sacado aquel hermoso zapatito, Dios me libre! Medir su cintura con mis brazos, como hicieron los niños atrevidos, tampoco lo hubiera hecho, por miedo a que el brazo me creciera para recibir un castigo, y nunca volviera a ser el mismo. Pero hubiera deseado, me parece, tocar tiernamente sus labios; hacerle alguna pregunta para que abriera los labios, mirar las pestañas de sus humildes ojos, sin ocasionarle un rubor; desatar las olas de su cabello, del que un rizo hubiera sido un regalo inapreciable; en una palabra, me hubiera gustado, lo confieso, haber tenido la permisividad ligera de un niño, pero haber sido al mismo tiempo hombre para valorarla.

De pronto se oye que llaman a la puerta, y se origina un alboroto tal que arrastra a la joven, de rostro sonriente y traje alborotado, al centro del grupo agitado y tumultuoso, a tiempo de saludar al padre de la familia, que llegaba a casa acompañado por un hombre cargado de juguetes y regalos de Navidad. ¡Qué griterío y qué batallas y asaltos al empleado indefenso! Encara-

Ahora vieron algunos potros lanudos, que venían trotando hacia ellos, mon-
tados por algunos muchachos, que gritaban y hablaban con otros jóvenes
que iban en carros y carretas guiadas por campesinos. (pág. 33)

mándose a él con sillas a guisa de escaleras, para escarbar en sus bolsillos, quitarle los paquetes envueltos con papel manila, tirarle de la corbata para que estuviera quieto, colgársele del cuello, aporrearle la espalda y darle patadas a las piernas en increíble muestra de afecto. ¡Qué chillidos de admiración y de contento al destapar cada uno de los paquetes!, ¡qué terrible noticia, la de que el niño más pequeño se estaba metiendo una sartén de juguete en la boca, y tal vez se había tragado un pavo de mentirijillas, pegado en un plato de madera! ¡Qué inmenso descanso al comprobar que se trataba de una falsa alarma! ¡Qué alegría, qué gratitud, qué éxtasis! Todos esos sentimientos juntos resultan indescriptibles. Baste decir que, poco a poco, los niños y sus emociones fueron saliendo de la sala y, escalón a escalón, fueron subiendo a la parte alta de la casa; luego se fueron a la cama, y así acabó la escena.

Ahora, Scrooge observaba con mayor atención, porque el amo de la casa, con su hija haciéndole caricias, se sentó con ella y con la madre junto al fuego, y al pensar que esa criatura, tan graciosa y tan prometedora, le llamaba padre, convirtiendo en primavera el invierno triste de su vida, se puso muy triste y le vinieron las lágrimas.

—Belle —dijo el marido, dirigiéndose a su esposa y sonriéndole, esta tarde he visto a un viejo amigo tuyo.

—¿Quién era?

—¡Adivínalo!

—No puedo. No, no sé —añadió al instante, riéndose junto con él—. ¡Ah, el señor Scrooge!

—Sí, el señor Scrooge. Pasé por delante de su oficina, y no estaba cerrada aún porque ví luces dentro. No tuve más remedio que verlo. Su socio está a punto de morirse, me han dicho, ¡y ahí estaba él solo en la oficina! Totalmente solo en este mundo, me parece.

—¡Espíritu! —dijo Scrooge con voz alterada—. ¡Sácame de este lugar!

—Ya te he dicho que se trataba de sombras del pasado —dijo el espectro—. Son lo que han sido, ¡yo no tengo la culpa!

—¡Sácame de aquí! —gritó Scrooge—. No puedo soportarlo!

Se volvió hacia el espectro, y al ver que le miraba y que en su rostro, aunque parezca increíble, había fragmentos de todos los rostros que le había mostrado, peleó con él:

—¡Déjame! ¡Llévame a casa! ¡No me atormentes más!

En la pelea, si puede llamarse una pelea, ya que el espectro, sin resistencia física por su parte, ni se afectaba por el esfuerzo de su adversario, Scrooge observó que la luz del espectro brillaba alta y brillante; y conectando de algún modo esa luz con su influencia sobre él, tomó el sombrero-apagavelas y con un golpe repentino se lo colocó al espectro en la cabeza.

El espíritu se empequeñeció de tal manera que el gorro le cubría totalmente; pero, aunque Scrooge lo empujara con toda su fuerza, seguía sin poder ocultar la luz, que salía del gorro hacia abajo, inundando el suelo.

Se daba cuenta de que estaba exhausto, y que se apoderaba de él un irresistible sopor; luego comprendió que estaba en su propia alcoba. Dando un último tirón al gorro, donde estaba posada su mano, apenas si tuvo tiempo de llegar, tambaleándose, hasta la cama y de hundirse en un sueño profundo.

ESTROFA TERCERA

EL SEGUNDO ESPIRITU

Despertándose en medio de un ronquido prodigioso, y sentado en la cama para ordenar sus pensamientos, Scrooge no tuvo tiempo de darse cuenta de que las campanas de la iglesia volvían a dar la una. Sintió que había vuelto a la serenidad en el momento preciso, con el objeto especial de encontrarse con el segundo mensajero enviado gracias a la intervención de Jacob Marley. Pero al darse cuenta de que se estaba enfriando allí sentado preguntándose cuál de las cortinas abriría el nuevo espectro, las abrió todas con sus propias manos, y, tumbándose de nuevo, miró con ojos críticos en torno. Porque deseaba desafiar al espíritu en el momento en que se le apareciera, y no quería que le tomara por sorpresa y le pusiera nervioso.

Los caballeros despreocupados se pavonean de conocer algunos movimientos, y si han sido prevenidos a tiempo expresan la amplia gama de su capacidad de aventuras observando que están dispuesto a todo, desde un juego de niños a un asesinato; entre esos dos extremos, sin duda alguna, se encuentra una gama bastante amplia de todo tipo de temas. Al aventurarme a decir que Scrooge podía ser de ese tipo de hombres, no quiero que piensen que estaba preparado para el amplio campo de las apariciones misteriosas, ni que no hubiese nada, entre un bebé y un rinoceronte, que le hubiera impresionado mucho.

Ahora, preparado ya para casi todo, sin embargo, no estaba preparado para que no ocurriera nada, y, por ello, cuando la campana dio la una y no apareció ninguna forma, le acometió un temblor violento. Cinco minutos, diez minutos, un cuarto de hora, y no apareció nada. Durante todo este tiempo estaba tumbado en la cama, verdadero centro y núcleo de una brillante luz rojiza, que comenzó a brotar de ella cuando el reloj proclamara la hora. Al ser sólo una luz era más alarmante que una docena de espectros, y Scrooge no podía descubrir lo que podía significar, ni de dónde venía, y en un momento tuvo la aprensión de que él mismo podría ser entonces un caso interesante de combustión espontánea, sino tener el consuelo de saberlo. Por último, sin embargo, comenzó a pensar —como usted o yo hubiésemos pensado desde el principio, pues es siempre la persona y no el objeto la que sabe lo que debe hacerse en esos casos, y quien incuestionablemente lo hubiera hecho—, por último, digo, comenzó a pensar que la fuente y el secreto de esa luz espectral debería encontrarse en la habitación vecina; en efecto, fijándose bien, parecía haber un brillo allí al lado. Al estar totalmente cierto de esta idea, se levantó lentamente, se puso las zapatillas y se dirigió hacia la puerta.

En el momento en que la mano de Scrooge agarraba el pestillo de la puerta, una extraña voz le llamó y le pidió que entrara. Scrooge obedeció.

Era su habitación misma. De eso no había ninguna duda. Pero había sufrido una transformación sorprendente. De las paredes y del techo colgaban tantas plantas, que parecía convertida en un jardín, en un jardín perfecto en todos sus detalles, donde brillaban frutas y bayas. Las tersas hojas de acebo, muérdago y yedra reflejaban la luz, como si estuvieran formadas por muchísimos espejitos, y en la chimenea crepitaba una potente llama, como nunca se había conocido en aquel hogar petrificado en tiempos de Marley, o en tiempos de Scrooge, o en muchos, muchos años atrás. Amontonados en el suelo, formando una especie de trono, había pavos, gansos, caza diversa, gallinas, ánades, enormes trozos de carne, lechones, largas tiras de salchichas, pasteles de carne, pudín de ciruelas, barriles de ostras, castañas calientes, manzanas confitadas, naranjas jugosas, peras apetecibles, pasteles de muchos pisos y tazones de ponche, que perfumaban la habitación con sus perfumes deliciosos. Cómodamente sentado sobre ese tapiz estaba un gigante alegre, de aspecto glorioso; llevaba una antorcha resplandeciente, no muy distinta del cuerno de la abundancia, y la mantenía en alto, muy en alto, para que iluminara a Scrooge, que entraba tímidamente por la puerta.

—¡Adelante! —le indicó el espectro—. ¡Adelante, y conozcámonos mejor, caballero!

Scrooge entró tímidamente y bajó la cabeza ante el espíritu. Ya no era el terco Scrooge de antes, y aunque la mirada del espíritu era clara y amable, no le apetecía cruzarse con ella.

—¡Soy el espectro de las Navidades actuales! —dijo el espíritu—. ¡Mírame!

Scrooge obedeció, reverentemente. El espíritu iba vestido con una túnica de color verde oscuro muy sencilla, ribeteada de pieles blancas. Este atuendo le colgaba tan ampliamente sobre el cuerpo, que su inmenso pecho quedaba descubierto, como si desdeñase encerrarlo u ocultarlo bajo algún artificio. Sus pies, que se adivinaban bajo los amplios pliegues de la túnica, también estaban desnudos. Sobre la cabeza no llevaba más tocado que una guirnalda de acebo, con algunos carámbanos de hielo. El cabello era castaño oscuro, largo y suelto; libre como su rostro simpático, sus ojos brillantes, su mano abierta, su voz alegre, su comportamiento relajado, y su aire dichoso. En su cintura colgaba una antigua vaina, sin espada, cuyo brillo antiguo había desaparecido con el tiempo.

—¿Nunca me habías visto antes? —preguntó el espíritu.

—Nunca —le contestó Scrooge.

—¿Nunca has salido con los miembros más jóvenes de mi familia, es decir —porque yo soy muy joven—, con mis hermanos mayores que han nacido en estos últimos años? —continuó el fantasma.

—Me parece que no —dijo Scrooge—. Lo siento. ¿Has tenido muchos hermanos espíritus?

—Más de mil ochocientos —dijo el espectro.

—¡Una familia inmensa para alimentar! —murmuró Scrooge.

El espectro de las Navidades actuales se levantó.

—¡Espíritu! —dijo Scrooge, obediente—. Llévame a donde quieras. Anoche me obligaron a salir de casa, pero aprendí una lección que no quiero desaprovechar. Esta noche, si me vas a enseñar algo, te prometo que aceptaré la lección.

—¡Tócame la túnica!

Scrooge obedeció, y se agarró fuertemente de ella.

El acebo, la yedra, las bayas rojas, los pavos, los patos, la caza, las gallinas, los ánades, la carne, los cerdos, las salchichas, las ostras, los pasteles, los pudines, la fruta, el ponche… todo se desvaneció en un instante. También se desvaneció la habitación, el fuego, el brillo rojizo, la hora de la noche. Y se encontraron en las calles de la ciudad la mañana de Navidad, donde —aunque el tiempo era duro— la gente hacía una ruidosa, pero animada y agradable música, limpiando la nieve de las calles a la entrada de sus casas, y quitándola de los tejados; lo que constituía la alegría de los chiquillos, verla caer a plomo hasta la calle y deshacerse en una tormenta artificial y blanca.

Las fachadas de las casas eran oscuras, y las ventanas aún lo eran más, creando un fuerte contraste con la blanca y suave sábana de nieve de los tejados, y con la nieve ya sucia del suelo; la última que había caído había sido ya trillada formando profundos surcos por las ruedas pesadas de carros y carretas; surcos que se cruzaban y se entrecruzaban cientos de veces allí donde las calles principales se ramificaban, y formaban complicados canales, difíciles de seguir, en el barro espeso y amarillento y en el agua helada. El cielo estaba nublado, y las calles más estrechas estaban oscurecidas por una niebla espesa, medio sucia, medio helada, cuyas partículas más pesadas descendían formando una ducha de átomos de hollín, como si todas las chimeneas británicas se hubieran encendido de mutuo acuerdo y estuvieran funcionando al unísono, con un placer total. Ni el clima ni la ciudad eran en absoluto alegres, y, sin embargo, había un aire de contento generalizado que ni el aire veraniego más claro ni el sol más brillante hubieran podido crear.

Porque los vecinos que estaban limpiando la nieve de sus casas eran gente jovial y de buen humor; se llamaban a gritos desde sus parapetos, y de vez en cuando se lanzaban bolas de nieve —proyectil de mejor naturaleza que muchas bromas de palabras— y reían a grandes carcajadas si acertaban, y también a carcajada limpia si no daban en el blanco. Las pollerías estaban aún abiertas, y las fruterías irradiaban una auténtica gloria. Había grandes, redondas y barrigudas cajas de castañas, como chalecos de caballeros mayores y alegres, puestas a la puerta de la tienda y desparramándose en la calle en su opulencia apopléjica. Había cebollas españolas rojizas, marrones, engarzadas, brillando con la opulencia de su crecimiento como si fueran frailes españoles, y guiñando un ojo desde sus estantes, con desenfrenada socarronería, a las muchachas que pasaban por la calle, y que miraban con interés las ramas del muérdago colgado. Había peras y manzanas, amontonadas, formando relucientes pirámides; había racimos de uva que, por la benevolencia de los tenderos, colgaban de elevados ganchos, para que a la gente se le hiciera la boca agua, gratuitamente, al pasar por delante; había montones de avellanas, marrones y recién cogidas del árbol, que recordaban, por su aroma, paseos añorados a través de los bosques y el agradable deslizar de los pies hundidos hasta el tobillo por las hojas caídas del bosque; había manzanas confitadas de Norfolk, rechonchas y de color oscuro, contrastando con el amarillo de naranjas y limones y, debido al aspecto compacto de su personalidad jugosa, exigiendo urgentemente que las llevaran a casa en bolsas de papel y que las devoraran después de la cena. Hasta los pececitos dorados y plateados, colocados entre aquellas frutas selectas en su pecera, miembros serios de una raza tonta y de sangre fría, parecían comprender que algo ocurría; en efecto, para un pececito lo era ir nadando dando vueltas y vueltas en torno a su pequeño mundo, abriendo y cerrando la boca con una excitación lenta y desapasionada.

¡La tienda de ultramarinos! ¡Oh, la tienda de ultramarinos!, casi ya cerrada, tal vez con dos de sus persianas ya echadas, o con una sola, pero a través del espacio abierto, ¡qué visiones! No era sólo que los platillos de la balanza, al descender sobre el mostrador, sonaran con música alegre, o los ovillos de bramante, desenrollándose y separándose tan bruscamente, o que las latas, al subirlas y bajarlas, sonaran como en hábil juego de manos, ni que el aroma, mezclado, del té y del café resultara tan agradable al olfato, o que las pasas fueran tan abundantes y tan raras, las almendras tan extraordinariamente blancas, los canutillos de canela tan largos y tan rectos, las demás especias tan deliciosas, la fruta confitada tan bien endulzada y tan bien salpicada de azúcar molida, para que hasta los paseantes de espíritu más frío se sintieran débiles y, después, golosos. Tampoco eran los higos blandos y pulposos, ni las ciruelas francesas ruborizara en su modesta acidez en sus cajitas tan decoradas, ni que todo pareciera tan rico, vestido con su traje navideño. Los clientes tenían tanta prisa, y se afanaban tanto con la promesa esperanzadora del día, que tropezaban unos con otros a la puerta, sus cestas entrechocaban alocadamente, dejaban la compra en el mostrador, y volvían rápidamente a recogerla, y cometían cientos de errores con el mejor humor posible, mientras que el tendero y sus ayudantes eran tan cordiales y tan llanos que los delantales de fiesta, con corazoncitos, parecían sus propios corazones, al descubierto para ser inspeccionados, y para que el alba de la Navidad los encontrara así, si lo elegía.

Pronto, los campanarios convocaron a los vecinos a la iglesia, y allí fueron todos, como rebaños que avanzaban por las calles vestidos con ropas nuevas y con rostros sonrientes. Y al mismo tiempo surgieron, de todas las calles laterales, callejones y recodos desconocidos, gente innumerable, llevando la cena al horno, para que allí la cocieran. El espectáculo de estas pobres gentes parecía interesar mucho al espectro, que estaba de pie junto a Scrooge a la entrada de una panadería, y que levantaba las tapas de los cestos, cuando pasaban sus portadores, para rociar la cena de incienso que salía de su antorcha. Era una antorcha muy especial, porque en alguna ocasión en que algunos de los que venían a recoger la cena se enfadaban y discutían, el espíritu les rociaba con unas gotitas de agua que manaba de la antorcha, y el buen humor volvía inmediatamente. Y decían: «No tiene sentido pelearse el día de Navidad». ¡Y así ocurría! ¡Era verdad, así ocurría!

Finalmente, las campanas cesaron de sonar, y las puertas del horno se cerraron, y, sin embargo, había un aroma que recordaba todas las cenas en proceso de elaboración en los hornos, cuyos pisos humeaban como si las piedras también estuvieran cociéndose.

—¿Tiene un aroma especial ese líquido con el que rocías a la gente, que sale de tu antorcha? —preguntó Scrooge.

—Sí. Mi propio aroma.

—¿Sirve para cualquier clase de guiso de esta fiesta? —preguntó Scrooge.

—Para cualquiera que sea generoso. Y mucho más en un guiso pobre.

—¿Y por qué más en un guiso pobre? —preguntó Scrooge.

—Porque lo necesita más.

—Espíritu —dijo Scrooge después de pensarlo un momento—, me asombra que tú, entre todos los seres de los muchos mundos que nos rodean, desees limitar a esas gentes las oportunidades de una diversión inocente.

—¿Yo? —gritó el espíritu.

—Tú les privarías de lo medios para que coman todas las semanas, casi en ese único día en que realmente puede decirse que han comido —dijo Scrooge—. ¿No es así?

—¿Yo? —gritó el espíritu.

—Tú intentas que cierren esos sitios el séptimo día —dijo Scrooge—. Y el resultado viene a ser el mismo.

—¿Yo lo intento? —exclamó el espíritu.

—Perdóname si me equivoco. Se ha hecho en tu nombre, o al menos en nombre de tu familia —dijo Scrooge.

—Hay ciertas personas en esta tierra tuya —contestó el espíritu— que pretenden conocernos, que llevan a cabo acciones de pasión, de orgullo, de mala voluntad, de odio, de envidia, de intolerancia y de egoísmo en nuestro nombre, pero que en realidad nos son totalmente extraños, como si nunca hubieran existido. Recuérdalo, y acúsales a ellos de lo que hacen, no a nosotros.

Scrooge prometió que así lo haría. Y siguieron su camino, invisibles como antes, hacia los suburbios de la ciudad. El espectro tenía la increíble cualidad —que Scrooge ya había observado en la panadería— de que, pese a su tamaño gigantesco, se podía situar fácilmente en cualquier lugar. Estaba con tanta gracia, como criatura sobrenatural, bajo su techo poco elevado que como en una sala majestuosa.

Y quizá fuera el placer que el buen espíritu sentía mostrando su poder, o bien era su propia naturaleza generosa, cordial, y su simpatía hacia todos los pobres, lo que le llevó a conducir a Scrooge directamente a la casa de su empleado. Allí fueron, Scrooge siguiendo al espíritu, y agarrado de su túnica. En el umbral de la casa, el espíritu sonrió, y se detuvo un momento para bendecir la morada de Bob Cratchit rociándola con su antorcha. ¡Imagínenlo! Bob sólo ganaba quince «bobs» (chelines) por semana; cada sábado se embolsaba quince copias de su nombre, ¡y, sin embargo, el espectro de las Navidades actuales bendecía su hogar, de sólo cuatro habitaciones!

En aquel momento se levantaba la señora Cratchit, la esposa de Bob, vestida pobremente con una falda vuelta al revés, pero brillante con sus cintas, baratas, pero que resultan muy bien y sólo cuestan seis peniques. Ponía la mesa, ayudada por Belinda Cratchit, la segunda de sus hijas, engalanada también con muchas cintas. Mientras tanto, su hijo, Peter Cratchit, hundía un tenedor en la sartén donde se freían las patatas, y a la vez que se mordía las puntas del monstruoso cuello de su camisa —propiedad privada de Bob, entregada a su hijo y heredero para celebrar la fiesta— se enorgullecía al verse ataviado con tal elegancia, y suspiraba por mostrar su camisa en los parques más elegantes. Entonces aparecieron los dos Cratchit más pequeños, chico y chica, precipitadamente, gritando que al pasar por delante de la panadería habían olido el ganso, que sabían que era el de ellos, y relamiéndose de gusto al pensar en el condimento de ciruelas y de cebollas, los pequeños Cratchit bailaban alrededor de la mesa, ensalzando a su hermano Peter hasta las nubes, mientras el aludido —no demasiado orgulloso, pues el cuello de la camisa casi le ahogaba— atizaba el fuego, hasta que las lentas patatas hirvieron, golpeando ruidosamente contra la tapa de la sartén, pidiendo que las sacaran de allí y las pelaran.

—¿Dónde se habrá metido vuestro padre? —dijo la señora Cratchit—. ¿Y tu hermano pequeño, Tim? ¿Y Marta? ¡En la última Navidad ya estaba aquí a estas horas!

—¡Aquí está Marta, mamá! —dijo una muchacha que aparecía en ese mismo momento.

—¡Aquí está Marta, mamá! —gritaron los dos pequeños Cratchit—. ¡Hurra! ¡Hay un ganso extraordinario, Marta!

—¡Bienvenida, hija mía! ¡Qué tarde has llegado! —dijo la señora Cratchit, besando a su hija y quitándole el chal y el gorrito con celo maternal.

—Anoche tuvimos que hacer un trabajo muy pesado —contestó la muchacha— y tocó terminarlo esta mañana, mamá.

—¡Está bien! Nunca es tarde si la dicha llega —dijo la señora Cratchit—. Siéntate junto al fuego, hija mía, y caliéntate. ¡Que Dios te bendiga!

—¡No, no! ¡Que viene papá! —gritaron los pequeños Cratchit, que estaban en todas partes al mismo tiempo—. ¡Escóndete, Marta, escóndete!

Y Marta se escondió, y entonces apareció Bob, el padre, con tres pies de bufanda, sin contar los flecos, colgándole por delante; con sus ropas raídas, zurcidas y cepilladas para estar a tono con la fiesta, y con el pequeño Tim sobre el hombro. ¡Pobre Tim, que llevaba muletas y sus piernecitas estaban sostenidas por un armazón de hierro!

—¡Vaya! ¿Dónde se ha metido Marta? —gritó Bob Cratchit mirando a su alrededor.

—Aún no ha venido —dijo la señor Cratchit.

—¡Aún no ha venido ! —repitió Bob, con un súbito desencanto de su buen humor, porque había sido el caballito de Tim todo el camino desde la iglesia, y había llegado a casa brincando—. ¡Aún no ha venido hoy, día de Navidad!

Marta no quería que se desilusionara, aunque sólo fuera en broma, y apareció prematuramente detrás de la puerta del armario y corrió hacia sus brazos, mientras los dos pequeños Cratchit se apoderaban de Tim y lo arrastraban a la cocina, para que pudiera oír la música del pudín en la cazuela.

—¿Cómo se ha portado el pequeño Tim? —preguntó la señora Cratchit, una vez Bob se había repuesto de su incredulidad y había abrazado a su hija con todo su cariño.

—Ha sido tan bueno como oro en paño —dijo Bob—. O mejor que el oro. A veces se queda muy pensativo, y piensa las cosas más extrañas del mundo. Cuando volvíamos a casa me dijo que esperaba que la gente le viera en la iglesia para que se acordaran del día de Navidad, el día de aquel que hizo que los cojos andaran y que los ciegos vieran, al ver a Tim tullido.

La voz de Bob temblaba al contarlo a su esposa, y temblaba más aún al decir que el pequeño Tim crecía y se haría fuerte y sano.

Oyeron la pequeña y activa muleta sobre el suelo, y Tim regresó de la cocina antes de que los padres siguieran hablando, escoltado por su hermano y por su hermana, hasta su taburete junto al fuego. Bob, arremangándose los puños —como si, ¡pobrecito!, pudiera evitar que se desgastasen más de lo que estaban—, preparaba un brebaje caliente en una jarra, con ginebra y limones, y lo agitaba muchas veces en un cacharro que colocó en la repisa del hogar para que se hiciera a fuego lento; Peter, el hijo mayor, y los dos pequeños Cratchit, que se metían en todas partes, se dirigían a buscar el ganso. Al poco tiempo volvieron con él formando una procesión triunfal.

Se organizó un revuelo tal que cualquiera hubiera pensado que el ganso es el ave más extraña de todas, un fenómeno emplumado ante el cual, el cisne negro resulta una vulgaridad. En verdad, así de extraño era el ganso en aquella casa. La señora Cratchit calentó la salsa —que ya había preparado antes en una cazuelita—; el hijo mayor preparó el puré de patatas aplastándolas con increíble vigor; Belinda ponía azúcar en la salsa de manzanas; Marta secaba los platos calientes; Bob llevaba al pequeño Tim a su lado, a un rincón de la mesa; los dos pequeñajos colocaban sillas para todos, sin olvidarse de poner las suyas, y, haciendo guardia en sus sitios, se metían la cuchara en la boca, por miedo a ponerse a gritar reclamando el ganso antes de que llegara su turno, cuando lo fueran sirviendo. Finalmente, los platos ocuparon el mantel y bendijeron la mesa; luego hubo una pausa silenciosa, mientras la señora Cratchit, mirando lentamente el cuchillo de cortar, se preparaba para hundirlo en el pecho del animal; cuando lo clavó, y empezó a salir el ansiado relleno, un murmullo de placer se extendió alrededor de la mesa y hasta el pequeño Tim, incitado por sus dos hermanitos, golpeaba la mesa con el mango de su cuchillo, y con su vocecita débil gritaba: ¡Hurra!

Jamás hubo un ganso igual. Bob dijo que dudaba de que alguna vez se hubiera cocinado un ganso tan bueno. Su ternura y su sabor, su tamaño y su baratura fueron temas de admiración universal. Acompañado por el puré de manzanas y las patatas cocidas, constituía cena suficiente para toda la familia. En verdad, como dijo la señora Cratchit con alegría (vigilando un minúsculo pedazo de hueso caído en el mantel), ¡no habían podido acabarlo todo! Y eso que habían comido lo que tenían gana, y los más pequeños de la familia, en particular, tenían la cara llena hasta las cejas de salsa y de cebolla.

Ahora, después de que la señorita Belinda cambiara los platos, la señora Cratchit salió del comedor —demasiado nerviosa para que la vieran— para sacar el pudín y llevarlo a la mesa.

¿Y si no ha quedado bien hecho? ¿Y si se rompe al sacarlo

del molde? ¿Y si alguien hubiese saltado por la pared del patio y lo hubiera robado cuando estaban tan contentos comiendo el ganso? ¡Sólo de pensarlo, los pequeños Cratchit se pusieron lívidos! Podían haber ocurrido todo tipo de desgracias.

¡Bravo! ¡Una bocanada de vapor! El pudín ha salido de su molde de cobre. ¡Huele a ropa recién lavada! Eso viene del mantel. Es un olor como a restaurante junto a una pastelería, junto a una lavandería. Así era el olor del pudín. En medio minuto entró en el comedor la señora Cratchit: roja de vergüenza, pero sonriendo con orgullo: con el pudín, como una bala de cañón, tan duro y tan entero, fulgurante con su recubrimiento de coñac ardiendo, y consagrado con una ramita de acebo clavada por encima.

¡Oh, qué pudín más maravilloso! Lo había dicho Bob Cratchit, añadiendo, con calma, que lo consideraba el máyor éxito logrado por la señora Cratchit desde que se casaron. La señora dijo que, ahora que se había quitado ese peso de encima, confesaba que había tenido muchas dudas sobre la cantidad correcta de harina. Todos hicieron comentarios sobre el pastel, pero nadie dijo ni pensó que el pudin resultara pequeño para una familia numerosa. Decirlo habría sido una pura herejía. Cualquiera de los Cratchit hubiera enrojecido al suponer siquiera tal cosa.

Por fin terminó la cena, se limpió el mantel, se barrió el suelo y se encendió el fuego. Probaron la mezcla de la jarra, la consideraron perfecta, llenaron la mesa de naranjas y manzanas, y echaron al fuego unas cuantas castañas. Entonces, toda la familia Cratchit se sentó alrededor del fuego, formando lo que Bob Cratchit llamó «el círculo», queriendo decir «el semicírculo»; y al lado de Bob Cratchit se desplegó todo el juego de vasos de la familia, dos jarras y una flanera sin asas.

Con ellos se sirvió el líquido caliente de la jarra, tan ricamente como si bebieran en cubiletes dorados; Bob lo iba sirviendo con la mirada resplandeciente, mientras las castañas crujían en el fuego y estallaban ruidosas. Luego, Bob propuso a todos:

—¡Felices Navidades, hijos míos! ¡Dios nos bendiga!

Y toda la familia le contestó felicitándole la Navidad.

El pequeño Tim fue el último en hacerlo:

—¡Dios nos bendiga a todos!

Estaba sentado junto a su padre, en su taburete. Bob le cogía de su manita pálida, como si así le demostrara su amor, lo pudiera tener siempre a su lado y temiera que alguien se lo pudiera arrebatar.

—¡Espíritu! —dijo Scrooge, con un interés que no había sentido nunca con anterioridad—. ¡Dime si el pequeño Tim seguirá con vida!

—Veo un asiento vacío —contestó el espectro— en el rincón de la chimenea, y unas muletas sin dueño, conservadas con cariño. Si el futuro no cambia esas sombras, el niño morirá.

—¡No, no! —dijo Scrooge—. ¡Oh, no, querido espíritu! Dime que se salvará.

—Si estas sombras no las cambia el futuro, ningún otro ser de mi raza lo encontrará ahí. ¿Y qué? Si tiene que morir, mejor que muera, y con eso se aligere el exceso de población.

Scrooge movió la cabeza al oír al espíritu repetir las mismas palabras que él pronunciara, y le sobrevino un sentimiento de dolor y de impotencia.

—Hombre —dijo el espíritu—, si lo eres en tu interior, si no eres de piedra, cesa en tu hipocresía hasta que hayas descubierto qué es el exceso de población y dónde está. ¿Eres tú quien ha de decidir qué hombres deben vivir y cuáles deben morir? Tal vez, ante el cielo, tú valgas menos y tengas menos derecho a la vida que millones de niños pobres como ese. ¡Oh, Dios mío! ¡Tener que oír al insecto en la hoja de árbol declarando que hay demasiada vida en sus hermanos hambrientos de la oscuridad!

Scrooge se inclinó ante la reprimenda del espíritu y, tembloroso, miró al suelo. Sin embargo, levantó la cabeza con rapidez al oír que le llamaban:

—¡El señor Scrooge! —dijo Bob—. ¡Os propongo que brindemos por el señor Scrooge, el fundador de la fiesta!

—Es verdad, ¡el fundador de la fiesta! —gritaba la señora Cratchit, ruborizándose—. ¡Me gustaría que estuviera aquí con nosotros! ¡Le diría cuatro cosas para que disfrutara con ellas, y espero que tuviera apetito suficiente para tragárselas!

—Querida —dijo el señor Cratchit—, piensa en los niños. Hoy es día de Navidad.

—Debe ser un día de Navidad, naturalmente —contestó ella—, para que uno brinde a la salud de un hombre tan odioso, tan desagradable, tan duro, tan cruel como el señor Scrooge. ¡Es verdad lo que digo, y tú lo sabes, Robert! ¡Nadie lo sabe mejor que tú, pobrecito!

—Querida —contestó Bob con suavidad—, ¡es Navidad!

—Beberé a su salud porque tú lo dices, y por respeto al día de fiesta —dijo la señora Cratchit—, pero no porque se lo merezca. ¡Feliz Navidad y próspero año nuevo! Seguro que lo estará pasando muy contento y muy feliz, sin duda.

Los niños elevaron sus vasos brindando. Era el primer gesto que hacían que no tenía alegría alguna. El pequeño Tim fue el último en beber, pero no le importaba nada. El señor Scrooge era el ogro de la familia. Pronunciar su nombre era ensombrecer la fiesta, y esa sombra no desapareció durante cinco minutos.

Pasado ese tiempo se encontraban diez veces más alegres que antes, por el descanso que les producía haber cumplido ya con el funesto Scrooge. Bob Cratchit les dijo que tenía a la vista un empleo para Peter, que le proporcionaría, en caso de que le contrataran, cinco chelines y seis peniques semanales. Los dos pequeños Cratchit se rieron tremendamente al pensar en Peter con una colocación, y el mismo Peter miraba el fuego, pensativo, entre las puntas del cuello de su camisa, como si estuviera deliberando qué inversiones especiales debería acometer al recibir esos ingresos tan fantásticos. Marta, que trabajaba de aprendiza en casa de una sombrerera con un sueldo exiguo, les contó entonces el trabajo que tenía que hacer, y cuántas horas trabajaba sin parar, y que se proponía quedarse en la cama mañana por la mañana y gozar de un buen descanso; mañana, como era fiesta, se quedaba en casa. También contó que hacía unos días había visto a una condesa y a un conde, y que el conde «era más o menos tan alto como Peter». En ese momento, Peter estiró las puntas del cuello de la camisa elevándolas tanto que casi ocultaba toda la cabeza. Mientras la conversación seguía, las castañas y la jarra fueron dando vueltas y poco a poco entonó una canción sobre un niño perdido en la nieve el pequeño Tim, que tenía una voz tristona y cantaba muy bien.

No había nada extraordinario en todo esto. No era una familia elegante, no vestían bien, sus zapatos tenían algún que otro agujero, sus ropas eran pobretonas y Peter debía conocer muy bien las tiendas de los prestamistas. Pero era un grupo feliz, agradable, contentos de estar juntos, y contentos de estar en Navidad; al esfumarse todos y parecer aún más felices a la luz brillante de la antorcha del espíritu, cuando ya se iban, Scrooge los miró fijamente, especialmente al pequeño Tim, hasta el final.

Ya estaba oscureciendo y la nieve caía con fuerza. Mientras Scrooge y el espíritu avanzaban por las calles era maravilloso contemplar el brillo de los fuegos crepitantes de cocinas, portales y todo tipo de habitaciones. En un lugar, el chisporroteo de las llamas mostraba los preparativos de una cena elegante, con los guisos hirviendo al fuego en los platos, y cortinas color damasco, a punto de correrse y dejar fuera de la sala el frío y la oscuridad. En otro lugar, todos los niños de la casa salían a la nieve para recibir a sus hermanos casados, a sus tíos, a sus primos, a sus tías, para ser los primeros en darles la bienvenida. En otro lugar sólo se veían sombras, a través de las persianas, de los invitados que se reunían; allí, un grupo de muchachas hermosas, todas con capuchón y botas de piel, charlando a la vez, dirigiéndose velozmente a casa del vecino, donde ¡pobre del solterón que las viera entrar! ¡Brujas astutas! ¡Y bien que lo sabían! ¡Con rapidez!

Pero a juzgar por la cantidad de gente que se dirigía a casa de otros para celebrar la fiesta, se podría haber pensado que no había nadie en casa para dar la bienvenida a los transeúntes, y que ningún hogar esperaba compañía, elevando sus fuegos hasta cubrir media chimenea. ¡Os bendigo a todos! El espíritu se alegraba. ¡Cómo desnudaba su amplio pecho, abría sus manos amplias y flotaba, derramando con mano generosa, su luz y su benevolencia sobre todo lo que estaba a su alcance! El mismo farolero, que corría por las calles punteándolas con chispas de luz, relucientes en la oscuridad, y que estaba vestido de fiesta, para pasar la noche en algún sitio, se reía a carcajadas, al paso del espíritu: ¡y el pobre farolero no tendría más compañía que la de la fiesta de Navidad!

Y ahora, sin que se lo advirtiera el espectro, se detuvieron ante un páramo desierto y solitario, por donde se esparcían monstruosas masas de piedra áspera, como si se tratara de un cementerio de gigantes y el agua se hubiera esparcido por todas

Cuando el sobrino de Scrooge se reía de ese modo, sujetándose la cadera, moviendo la cabeza y haciendo muecas extravagantes con la cara, la sobrina de Scrooge, sobrina política, se reía con tanto entusiasmo como él.(pág.63)

partes, si no se encontrara prisionera de la helada; nada crecía en aquel lugar, sino musgo, aliaga y una hierba gruesa y espesa. Hacia el oeste, el sol poniente dejaba un rastro rojo intenso, que iluminaba la desolación un instante, como un ojo tétrico que se iba cerrando, cada vez más, hasta perderse en el espesor triste de la noche oscura.

—¿Dónde estamos? —preguntó Scrooge.

—Aquí viven los mineros, que trabajan en las entrañas de la tierra —contestó el espíritu—. Pero me conocen. ¡Míralo!

Brillaba una luz en la ventana de una choza, y a paso rápido se dirigieron hacia ella. Atravesaron la pared de adobe y piedra y encontraron un alegre grupo de personas sentado en torno a un fuego brillante. Un hombre muy viejo y su mujer, con sus hijos y los hijos de sus hijos, y otra generación más cercana todavía aún, todos vestidos con alegría con ropa de fiestas. El viejo, con una voz que a veces se elevaba sobre el aullido del viento en el páramo solitario, estaba cantando un villancico; era una canción que ya se consideraba vieja cuando él era niño; de vez en cuando, todos se le unían, cantando a coro. En los momentos en que todos elevaban la voz, el anciano se ponía alegre y cantaba fuerte; tan pronto como dejaban de cantar los demás, se desvanecía su vigor.

El espíritu no se detuvo allí, sino que hizo que Scrooge le agarrara de la túnica y, cruzando por encima del páramo, ¿a dónde se dirigieron con tal velocidad? ¿Acaso al mar? Sí, al mar. Scrooge, horrorizado, mirando hacia atrás, veía que la tierra se alejaba, el borde terrestre de rocas terribles, que quedaba a sus espaldas; sus oídos se ensordecieron por el tumulto de las aguas, que se estrellaban furiosamente contra las cavernas siniestras que había excavado, intentando salvajemente minar la tierra.

Sobre un tétrico arrecife de rocas medio sumergidas, a una o dos leguas de la costa, azotado y barrido por las aguas, todo el año sin descanso, se encontraba un faro solitario. Masas de algas marinas se agarraban a la base, y aves de rapiña —que cabe suponer que nacen del viento, como las algas nacen del mar— se elevaban y se hundían a su alrededor, como las mismas olas que se convertían en espuma a sus pies.

Pero hasta en aquel lugar, dos hombres que vigilaban el faro habían encendido un fuego, que a través del ojo de buey del grueso muro de piedras lanzaba al exterior un rayo de luz sobre el mar siniestro. Se daban la mano callosa, sentados en una mesa humilde, y se deseaban felices pascuas empinando una lata de ponche; uno de ellos, el mayor, cuyo rostro había tatuado y deteriorado el mal tiempo como el mascarón de algún viejo navío, empezó a cantar una ruda canción galesa, porque él era de Gales.

El espectro volvió a emprender su vuelo sobre el mar negro y humeante, siempre adelante, hasta alejarse mucho de la costa —como dijo a Scrooge— y divisar un barco. Se situaron junto al timonel que manejaba el timón, el vigía en su puesto junto a los oficiales que estaban de guardia: figuras oscuras y espectrales en los diferentes camarotes. Sin embargo, todos ellos cantaban villancicos, o contaban en voz baja a sus compañeros alguna Navidad pasada, con la esperanza de un retorno pronto al hogar. Y todos los hombres de a bordo, despiertos o dormidos, buenos o malos, tenían una frase agradable hacia los demás en este día, distinto a todos los días del año; compartían en mayor o menor grado la festividad; se acordaban de quienes les echaban de menos allá lejos, y sabían que les encantaba acordarse de ellos.

Para Scrooge era una gran sorpresa escuchar el murmullo del viento y pensar lo solemne que resultaba atravesar la oscuridad solitaria, pasar sobre abismos desconocidos, cuyas profundidades eran secretos tan profundos como la muerte. Era una gran sorpresa para Scrooge, viajando de ese modo, oír una carcajada genial. Y era una sorpresa mayor aún para Scrooge reconocer que esa carcajada era la de su sobrino, y encontrarse en una habitación brillante, cálida y confortable; el espíritu, sonriente, a su lado, contemplando también a su sobrino con aire de aprobación y de amabilidad.

—¡Ja, ja, ja! —reía el sobrino de Scrooge—. ¡Ja, ja, ja!

Si conocen, aunque resulta difícil suponerlo, a alguien con mayor comprensión a la risa que el sobrino de Scrooge me gustaría mucho conocerlo. Preséntenmelo, y me haré un buen amigo de él.

Es una compensación noble, justa y equitativa que, si bien la enfermedad y la tristeza constituyen una infección, no hay nada en el mundo tan irresistiblemente contagioso como la risa y el buen humor. Cuando el sobrino de Scrooge se reía de ese modo, sujetándose la cadera, moviendo la cabeza y haciendo muecas extravagantes con la cara, la sobrina de Scrooge, sobrina política, se reía con tanto entusiasmo como él. Y los amigos con quienes estaban reunidos, para no quedarse atrás, lanzaban carcajadas sonoras con entusiasmo.

—¡Ja, ja! ¡Ja, ja, ja, ja!

—¡Dijo que la Navidad era una tontería, lo juro —gritaba el sobrino de Scrooge—. ¡Y se lo creía!

—¡Qué vergüenza, Fred! —dijo la sobrina de Scrooge, indignada. ¡Benditas sean esas mujeres que no hacen nada a medias! Que van hasta el final de las cosas.

Era una mujer muy hermosa, extraordinariamente hermosa. Con una cara proporcionada, con hoyuelos, con aspecto de sorprenderse siempre de todo; una boquita madura, que parecía hecha para el beso, y que, sin duda, lo estaba; unas pequitas en la barbilla, que se juntaban cuando se reía, y el par de ojos más juvenil que jamás se ha visto en ninguna criatura. Todo su aspecto venía a ser lo que se dice provocativo, ya saben, pero también satisfactorio. ¡Oh, sí, perfectamente satisfactorio!

—¡Es un viejo payaso! —dijo el sobrino de Scrooge—. Esa es la verdad: y no muy agradable, sin embargo, en el pecado lleva la penitencia. No tengo nada contra él.

—Creo que es muy rico, Fred —sugirió la sobrina de Scrooge—. Por lo menos siempre me dijiste que lo era.

—¿Y qué más da, querida? —dijo el sobrino de Scrooge—. Su riqueza no le sirve para nada. No le hace ningún bien. Tampoco le proporciona gran comodidad. No tiene la satisfacción de pensar que alguna vez nos beneficiará a nosotros con ello.

—Yo no tendría tanta paciencia con él —observó la sobrina de Scrooge. Sus hermanas, y todas las otras damas allí reunidas eran de la misma opinión.

—¡Pues yo sí que la tengo! —dijo el sobrino de Scrooge—. Me da pena, y no puedo enfadarme con él, ni siquiera cuando lo intento. ¿A quién hace sufrir con todo su mal humor? A él mismo, siempre. Por ejemplo, se le mete en la cabeza que no nos aprecia, y por eso no viene a comer con nosotros. ¿Consecuencia? ¡Tampoco se pierde una gran comilona!

—No, no. Sí que se pierde una comida muy buena —le interrumpió la sobrina de Scrooge. Todos los demás opinaron los mismo, y debemos aceptar que eran jueces competentes porque acababan de comer, y, con el postre sobre la mesa, estaban reunidos, juntos, en torno al fuego, alrededor de la luz de la lámpara.

—¡Bueno! Me alegra oírlo —dijo el sobrino de Scrooge—, porque no tengo mucha confianza en estas jóvenes amas de casa. ¿A ti qué te parece, Topper?

Topper claramente estaba prendado de una de las hermanas de la sobrina de Scrooge, porque contestó que un hombre soltero era un vagabundo miserable que no podía opinar al respecto. Al decirlo, la hermana de la sobrina de Scrooge —esa gordita con el escote de encajes, no la de las rosas— se ruborizó.

—¡Continúa, Fred! —dijo la sobrina de Scrooge, aplaudiendo—. ¡Nunca termina de contar lo que empieza! ¡Es un individuo tan ridículo!

El sobrino de Scrooge estalló en otra carcajada, y resultaba imposible no contagiarse de la risa, aunque la hermana regordeta lo intentó con vinagre aromático. El ejemplo del sobrino fue seguido unánimemente.

—Iba a decir —continuó el sobrino de Scrooge— que la consecuencia de que nos tenga manía, y que no quiera disfrutar con nosotros, es, me parece, que se pierde algunos momentos agradables, que no le harían ningún daño. Estoy seguro que pierde unos compañeros mucho más agradables los que pueda encontrar en sus propios pensamientos, bien en su ruinosa y vieja oficina, bien en sus habitaciones sombrías. Estoy dispuesto a repetirle la invitación todos los años, le guste o no le guste, porque ese hombre me da pena. Podrá seguir burlándose de la Navidad hasta que se muera, pero, por lo menos, pensará mejor de ella —esto es un reto— si cada año me ve llegar, de buen humor, a decirle: «Tío Scrooge, ¿cómo estás?». Si sólo sirviera para que le diera la locura de regalarle a su empleado cincuenta libras, ya sería algo. Y me parece que ayer le conmoví.

Ahora fueron los demás los que iniciaron la carcajada, al oír que el sobrino había conmovido a Scrooge. Y como era gente sana, que se reían de todo sin preocupaciones, porque les gustaba reír, el sobrino favoreció esa diversión y les pasó la botella, exultante.

Después de servir el té vino el momento de la música. Era una familia aficionada a la música, y lo sabían hacer muy bien, tanto si cantaban canciones para voces solas o coros acompañados, os lo puedo asegurar. Especialmente Topper, quien podía cantar con su violonchelo como un maestro, sin que se le inflamaran las venas de la frente ni se le pusiera toda la cara roja. La sobrina de Scrooge tocaba muy bien el arpa, y, entre otras tonadillas, tocaba una muy sencilla (casi una nulidad, algo que se aprende a silbar en unos minutos) que había sido aprendida por la niña que fue a buscar a Scrooge a su escuela de interno, como le había recordado el espectro de las Navidades pasadas. Cuando sonó esa melodía musical se agolparon en la mente de Scrooge todas las cosas que el espectro le había mostrado; cada vez se enternecía más, y pensó que si hubiera escuchado todo eso con más frecuencia hace años, tal vez hubiera cultivado, por sus propias manos, todo lo bueno de la vida en busca de su propia felicidad, sin tener que acudir a la pala que enterró a Jacob Marley.

Pero no dedicaron toda la sesión a tocar música. Al cabo de un rato jugaron a prendas, pues es bueno sentirse niños en ocasiones, y nunca mejor época que en Navidad, cuando el mismo Dios se hace niño. ¡Alto! Primero jugaron a la gallina ciega. ¡Naturalmente! Y me parece que Topper estaba tan ciego como sus botas estaban llenas de ojos. Me parece que se habían puesto de acuerdo él y el sobrino de Scrooge, y que el espectro de las Navidades actuales lo sabía. Esa forma como buscaba a la muchacha regordeta del escote de encajes parecía ultrajar la credulidad de la naturaleza humana. Tropezando en los hierros de atizar el fuego, cayendo sobre las sillas, golpeándose contra el piano, esfumándose entre las cortinas... allá donde iba ella, allá iba él. Siempre sabía dónde estaba la hermana regordeta. No capturaba a nadie más. Si se echaban contra él a propósito, como algunos hacían, ni siquiera intentaba mínimamente cogerlos, lo que hubiera significado una afrenta a la comprensión humana. Inmediatamente se escapaba buscando a la hermana regordeta. Esta gritaba algunas veces diciendo que no era justo. En realidad, no lo era. Pero cuando, por último, la cogió y cuando, a despecho de los crujidos de su vestido de seda y de sus rápidos revoloteos para esquivarlo, la arrinconó en un lugar de donde no podía escaparse, entonces su conducta resultó muy execrable. Porque pretendía no saber quién era; pretendía que era necesario tocar su cabello y, para estar más seguro aún de su dentidad, apretar un anillo que tenía en un dedo y una cadenita del cuello; ¡era algo vil, mostruoso! Sin ninguna duda, ella le dijo lo que pensaba de él, cuando, siendo ya el turno de otro jugador de hacer de gallina ciega, los dos estaban juntos, haciéndose confidencias, detrás de las cortinas.

La sobrina de Scrooge no jugaba a la gallina ciega, y estaba cómodamente sentada en un sillón, con los pies en un taburete, en un confortable rincón; detrás de ella estaban el espectro y Scrooge. Sin embargo, participó en el juego de prendas y demostró que le encantaba intrigar con todas las letras del alfabeto. También era muy ducha en el juego de «cómo, cuándo y dónde» y, con secreta alegría del sobrino de Scrooge, les dio una buena paliza a sus hermanas, aunque fueran unas chicas muy despiertas, como os habría dicho Topper. Tal vez estuvieran allí reunidas unas veinte personas, jóvenes y viejas, y todas participaban en el juego, como hacía el propio Scrooge, quien, olvidándose del interés que tenía en lo que ocurría, y de que su voz no producía ningún sonido en los oídos de los presentes, en ocasiones salía con su solución diciéndola muy fuerte, y en ocasiones lo adivinaba con mucha corrección, pues ni la aguja más fina, la mejor de Whitechapel, garantizada para no introducirse en los ojos, resultaba más aguda que Scrooge, aunque se embotara si se le metía una cosa en la cabeza.

Al espectro le encantaba encontrarlo de ese humor y le observaba con afecto, al pedirle Scrooge que le dejara quedarse allí hasta que se marcharan los invitados. Sin embargo, el espíritu le dijo que no podía acceder a ello.

—¡Están jugando a un juego nuevo! —dijo Scrooge—. ¡Media hora, espíritu, sólo media hora!

El juego se llamaba «Sí y No». El sobrino de Scrooge tenía que pensar en algo, y el resto, descubrirlo, pero sólo podía contestar a sus preguntas diciendo sí o no, según el caso. Las preguntas rápidas y vivas a las que estuvo sometido demostraron, por las respuestas del sobrino, que estaba pensando en un animal, un animal vivo, más bien un animal desagradable, un animal salvaje, un animal que en ocasiones rugía y murmuraba, y que en otras ocasiones hablaba, que vivía en Londres, que andaba por las calles sin que formara parte de un circo ni nadie le llevara de una correa. No vivía en una cuadra ni le mataban para llevarlo al mercado, y no era ni un caballo, ni un burro, ni una vaca, ni un toro, ni un tigre, ni un perro, ni un gato, ni un oso. Ante cada nueva pregunta que se le formulaba, el sobrino estallaba en una nueva carcajada, y era tanta su hilaridad, que se vio obligado a levantarse del sofá y patalear. Por último, la hermana regordeta, entrando en un trance similar, gritó:

—¡Lo he descubierto! ¡Fred, lo he adivinado! ¡Lo sé!

—¿Qué es? —le preguntó Fred.

—Es tu tío, ¡Scrooge!

Y era verdad. El sentimiento general era el de admiración, aunque algunos objetaron que a la pregunta «¿Es un oso?» debía haber contestado «sí», porque la respuesta negativa hubiera bastado para alejar sus pensamientos del señor Scrooge, si es que hubieran tenido la tendencia de pensar en ese sentido.

—¡Nos ha proporcionado un buen rato! ¿No es cierto? —dijo Fred—, y seríamos unos descastados si no bebiéramos un trago a su salud. Aquí tenéis un vaso de vino aromático dispuesto para brindar. Inicio yo el brindis: ¡Tío Scrooge!

Y todos gritaron: «¡Viva! ¡Tío Scrooge!».

—¡Feliz Navidad y próspero año nuevo al viejo, esté donde esté! —dijo el sobrino de Scrooge—. No me lo aceptaría, pero se lo doy, a pesar de todo. ¡Tío Scrooge!

El tío Scrooge, imperceptiblemente, estaba ya tan alegre y tan ligero de espíritu, que hubiese contestado inconscientemente al brindis de aquella gente, y se lo hubiera agradecido con una voz inaudible si el espectro le hubiera concedido tiempo para ello. Pero toda esa escena desapareció en el mismo momento en que su sobrino pronunciara la última palabra. Scrooge y el espíritu estaban ya rumbo a otro destino.

Vieron mucho, y fueron muy lejos, y visitaron muchos hogares, siempre con un final feliz. El espíritu estuvo junto a lechos de enfermos, que se alegraban; en países extranjeros, haciendo que la gente se sintiera cerca de su casa; con hombres en batalla, dándoles paciencia en sus grandes esperanzas; junto a la pobreza, haciéndola sentir como riqueza. En asilos, en hospitales, en cárceles, en todos los refugios de la miseria, donde el hombre vano, con su escasa y breve autoridad, no hubiera cerrado la puerta para impedir que entrara el espíritu, allí dejaba él sus bendiciones y enseñaba a Scrooge sus preceptos.

Fue una larga noche, si en realidad se trataba de una sola noche, porque Scrooge tenía ciertas dudas, ya que la fiesta de Navidad parecía condensada en el espacio de tiempo que estuvieron los dos juntos. También era extraño que, aunque Scrooge estuviera inalterado en su aspecto externo, el espectro fuera envejeciendo cada vez más. Scrooge ya había notado el cambio, pero no se refirió a él, hasta que salieron de una fiesta infantil la víspera de los Reyes Magos, ya que, al mirar al espíritu, cuando estaban juntos en un espacio abierto, se dio cuenta de que sus cabellos encanecían.

—¿Tan breves son las vidas de los espíritus? —preguntó Scrooge.

—Mi vida en este mundo es muy breve —contestó el espectro—. Se acaba esta noche.

—¡Esta noche! —gritó Scrooge.

—A las doce de la noche. ¡Rápido! Se está acabando el tiempo.

Las campanadas del reloj daban ya las doce menos cuarto.

—Perdóname si no tengo razón en lo que te pregunto —dijo Scrooge, mirando intensamente la túnica del espíritu—, pero veo algo extraño, como si no te perteneciera, que sale de tu túnica. Parece un pie, ¡o una garra!

—Podría ser una garra, por lo descarnada que está —fue la respuesta triste del espíritu—. Mírala.

De los pliegues de su túnica salieron dos niños: sucios, desharrapados, temerosos, odiosos, miserables. Se arrodillaron ante él y se agarraron de su ropa.

—¡Oh, mira, mira aquí! ¡Mira, hombre, mira! —exclamó el espectro.

Eran un niño y una niña. Pálidos, esqueléticos, ceñudos, mal encarados, salvajes. Pero postrados humildemente. Lo que debiera ser una juventud graciosa que hubiera rellenado sus formas, que les hubiera dotado de los colores más frescos, era el producto de una mano dura y cruel, como la del tiempo, que había pinchado y retorcido los rasgos y los había desgarrado totalmente. Donde debían estar entronizados los ángeles se agitaban los demonios, perversos y amenazantes. Ningún cambio, ninguna degradación, ninguna perversión de la humanidad, en el grado que fuere, y a través de todos los misterios de la creación maravillosa, ha conseguido jamás monstruos tan horribles y tan temibles.

Scrooge retrocedió, horrorizado. Habiéndoseles mostrado de este modo, intentó decir que eran niños guapos, pero las palabras se le ahogaron en la boca antes que consentir ser cómplice de una mentira de tal calibre.

—¡Espíritu! ¿Son tuyos? —Scrooge no pudo decir otra cosa.

—Son los hijos del hombre —dijo el espíritu, mirándolos—. Y se agarran a mí, apelando a sus padres. Este muchacho es la Ignorancia. Esta chica es la Necesidad. Guárdate de los dos y de toda su descendencia, pero sobre todo cuídate del muchacho, porque en su frente está escrita la condenación, a menos que ese nombre sea borrado. ¡Niégalo si te atreves! —gritó el espíritu, extendiendo su mano hacia la ciudad—. ¡Malditos sean quienes lo niegan!¡Lo admiten para sus fines perversos y lo empeoran aún más! ¡Que sufran su propio fin!

—¿No hay ningún refugio, ningún recurso? —gritó Scrooge.

—¿Acaso no hay prisiones? —dijo el espíritu, devolviéndole, por última mez, sus propias palabras—. ¿No hay asilos?

Las campanadas dieron las doce.

Scrooge buscó al espectro a su alrededor y no lo vio.

Cuando dejó de sonar la última campanada, recordó la predicción del viejo Jacob Marley, y alzando los ojos se encontró con un fantasma solemne, encapuchado y vestido con amplios ropajes, que se acercaba, como si fuera la niebla sobre el suelo, hacia él.

ESTROFA CUARTA

EL ULTIMO ESPIRITU

El fantasma se acercó lentamente, gravemente, silenciosamente. Cuando estuvo cerca, Scrooge se arrodilló, porque hasta el mismo aire en que se movía este espíritu parecía irradiar tinieblas y misterio.

Vestía un ropaje negro profundo, que le envolvía y ocultaba la cabeza, la cara, el contorno, dejando visible solamente una mano extendida. Con ese solo elemento hubiera sido difícil distinguir su figura de la noche y separarla de la oscuridad que la rodeaba.

Parecía alto y de buen porte al acercársele, y su presencia misteriosa le infundía un temor pavoroso. No pudo adivinar más, porque el espíritu ni hablaba ni se movía.

—¿Me encuentro en la presencia del espectro de las Navidades futuras? —dijo Scrooge.

El espíritu no contestó, sino que indicó con su mano hacia adelante.

—¿Vas a mostrarme las sombras de las cosas que aún no han ocurrido, pero que ocurrirán en el futuro? —continuó Scrooge—. ¿Es eso, espíritu?

La parte superior de la vestimenta se contrajo, formando unos pliegues, como si el espíritu hubiera dicho que sí con la cabeza. Esa era la única respuesta que recibía.

Aunque ya estaba bastante acostumbrado a la compañía de espectros, Scrooge temía esa forma silenciosa tanto que le temblaban las piernas totalmente, y se dio cuenta de que apenas si podía tenerse en pie, cuando ya se preparaba para seguirlo. El espíritu hizo una pausa, como si se diera cuenta de su estado, y le diera tiempo para recuperarse.

Pero esto fue aún peor para Scrooge. Se estremeció con un horror vago e incierto al saber que detrás del sombrío sudario había unos ojos espectrales mirándole fijamente, aunque él, por más que forzara la vista, no podía ver sino una mano espectral y un gran montón negro.

—¡Espectro del futuro! —exclamó—. ¡Me das más miedo que ninguno de los espectros que haya visto! Pero como sé que intentas hacerme bien, y como espero tener vida suficiente para ser un hombre distinto a lo que he sido, estoy dispuesto a soportar tu compañía, y lo haré de buen humor. ¿Aun así no me hablas?

No contestó. La mano señalaba adelante, ante ellos.

—¡Guíame! —dijo Scrooge— Guíame! La noche está desapareciendo, y el tiempo para mí es precioso, ya lo sé. ¡Guíame, espíritu!

El fantasma empezó a moverse de la misma manera como lo había hecho al acercarse a él. Scrooge seguía la sombra de su ropaje, que parecía sostenerle en el aire, y se lo llevó consigo.

No parecía que entraran en la ciudad; más bien la ciudad parecía surgir a su alrededor y rodearlos en ese proceso de creación. Y, sin embargo, allí estaban, en el centro de todo; en la Bolsa, entre los negociantes, que iban apresuradamente de acá para allá, haciendo sonar las monedas en sus bolsillos y bromeando pensativamente con sus grandes sellos de oro, y así, sucesivamente, como Scrooge lo había visto tantas veces.

El espíritu se detuvo junto a un grupo de hombres de negocios. Observando que la mano señalaba, Scrooge avanzó para escuchar la conversación.

—¡No! —decía un hombre gordo de barbilla monstruosa—. ¡No le conozco, ni mucho ni poco! Sólo sé que ha muerto.

—¿Cuándo murió? —preguntó otro.

—Me parece que fue anoche.

—¿Y de qué murió? ¿Qué le pasaba? —preguntó un tercero, oliendo una gran cantidad de tabaco, que tenía en una enorme caja de rapé—. Yo creía que nunca se moriría.

—Sólo Dios lo sabe —dijo el primero, bostezando.

—¿Y qué ha hecho con su dinero? —preguntó un caballero de tez rojiza, con un bulto pendular en la punta de la nariz, que se balanceaba como la papada de un pavo.

—No sé nada —dijo el hombre de la barbilla prominente, bostezando de nuevo—. Se lo habrá dejado a su empresa, tal vez. A mí no me lo ha dejado. Es lo único que sé.

Este comentario irónico fue recibido con regocijo general.

—Me parece que será un funeral muy barato —dijo la misma persona—, porque que me cuelguen si conozco a alguien que vaya a asistir a él. ¿Y si formásemos un grupo de voluntarios?

—Si me dieran de comer no me importaría ir —observó el caballero con la excrecencia en la nariz—. Si quieres contar conmigo, me has de dar de comer.

Otras risotadas.

—Me parece que soy el más desinteresado de todos vosotros, por lo visto —dijo el que había hablado en primer lugar—, porque ni me pongo nunca guantes negros, ni almuerzo nunca. Sin embargo, me ofrezco para ir, si alguien más se decide. Cuando lo pienso bien, no estoy del todo seguro de que yo no haya sido tal vez su amigo más íntimo, porque solía detenerse y hablarme siempre que me veía. ¡Adiós, adiós!

Los que habían hablado y los que habían escuchado se dispersaron y se mezclaron con otros grupillos. Scrooge les conocía, y miró al espíritu, pidiéndole una explicación.

El fantasma se deslizó a una calle. Sus dedos indicaron a dos personas que se encontraron. Scrooge volvió a escuchar, pensando que la explicación tal vez estuviera allí.

Conocía también a esos hombres, perfectamente. Eran comerciantes, muy ricos y de gran importancia. Siempre se había esforzado en ganarse su estimación; desde un punto de vista comercial, naturalmente; estrictamente desde un punto de vista comercial.

—¿Cómo estás? —dijo uno de ellos.

—Bien, gracias, ¿y tú? —respondió el otro.

—¡Bien! —dijo el primero—. El viejo diablo las ha pagado todas juntas, por fin, ¿no es así?

—Eso me han dicho —contestó el segundo—. Hace frío, ¿no te parece?

—Muy apropiado para Navidad. ¿No eres patinador, verdad?

—No, no. Tengo otras cosas en que pensar. ¡Buenos días!

No se cruzaron más palabras. Todo eso fue su encuentro, su conversación y su despedida.

Scrooge, al principio, se inclinaba a la sorpresa, al ver que el espíritu daba tanta importancia a unas conversaciones aparentemente tan triviales; pero, asegurándose de que debían tener algún mensaje oculto, se puso a analizar lo que pudiera ser. No le parecía que se relacionara en absoluto con la muerte de Jacob, su antiguo socio, porque eso pertenecía al pasado, y este espíritu se ocupaba del futuro. Tampoco se le ocurría ninguna persona que estuviera directamente relacionada con él, a quien pudieran aplicarse aquellos comentarios. Pero no teniendo ninguna duda de que, a quienquiera que se aplicasen, tenían cierta moraleja latente de la que debía obtener provecho, se decidió a atesorar todas las palabras que oyera, todo lo que viera y, especialmente, a observar la sombra de sí mismo, cuando apareciera. Porque esperaba que la conducta suya del futuro le daría la pista que ahora le faltaba y solucionaría todos aquellos rompecabezas.

En todas partes estuvo buscando su propia imagen; pero en el rincón donde él solía situarse había otro hombre y, aunque la hora del reloj indicaba que era la hora en que él solía estar allí, no encontró a nadie que se le pareciera entre la multitud que inundaba la Bolsa por el pórtico. No se sorprendió del todo, sin embargo, ya que mentalmente había estado pensando en cambiar de vida, y pensaba y esperaba que sus resoluciones podrían verse ya realizadas en el futuro.

A su lado, tranquilo y oscuro, estaba el fantasma, con su mano extendida. Cuando salió de su ensimismamiento y de sus divagaciones dedujo, por la posición de la mano del fantasma, y por su situación respecto a él, que los ojos invisibles le miraban fijamente. Esto le hizo temblar y sentirse muy frío.

Se alejaron de aquella escena agitada, y fueron a un oscuro barrio de la ciudad, en el que Scrooge nunca había estado con anterioridad, aunque reconocía su situación y su mala fama. Los callejones estaban sucios y estrechos; las tiendas y casas estaban medio derruidas; los habitantes, semidesnudos, borrachos, descalzos, sucios. Las callejuelas y pasadizos, así como muchos pozos negros, volcaban sus olores ofensivos, su suciedad y su vida en las callejas apartadas; en todo el barrio se notaba el crimen, la inmundicia, la miseria.

En lo más hondo de esta cueva infame se encontraba una tienda miserable, en un saliente que sobresalía bajo el tejado de una casa encajonada; allí se compraban hierros, trapos viejos, botellas, huesos y desperdicios. En el interior, en el suelo, se amontonaban llaves oxidadas, clavos, cadenas, goznes, limas, balanzas y pesos, restos de objetos de hierro de todo tipo. Los secretos que pocos se atreverían a escrutar se alimentaban y se escondían en montañas de trapos de vestir increíbles, masas de grasas corrompidas y sepulcros de huesos. Sentado entre las mercancías que compraba, junto a una tosca chimenea de ladrillos viejos, se encontraba un granuja de pelo gris, de casi setenta años, que se había protegido del frío del exterior mediante una sucia cortina de andrajos entremezclados, colgados de una cuerda; fumaba en pipa con todo el aire lujoso de un retiro tranquilo.

Scrooge y el fantasma se acercaron a aquel hombre en el mismo momento en que una mujer, con pesada carga, entraba en la tienda. Apenas si había entrado, cuando otra mujer, con un fardo similar, entró a su vez, y detrás de ella venía un hombre vestido de negro, cuyo sobresalto por que ellas se vieran no era inferior al que tuvieron las mujeres al reconocerse mutuamente. Después de un momento breve de sorpresa total, a la que se unió el viejo de la pipa, los tres estallaron en carcajadas.

—¡Que la asistenta sea la primera! —gritó la que primero había entrado—. Que luego la lavandera sea la segunda, y que el de la funeraria sea el tercero. Mira bien, viejo Joe, ¡qué casualidad! ¡Nos hemos encontrado aquí los tres, sin buscarlo!

—No os podríais haber encontrado en ningún otro sitio mejor —dijo el viejo Joe, sacándose la pipa de la boca—. Pasad a la sala. Ya la conocéis desde hace tiempo, y los otros dos no son extraños. Esperad hasta que cierre la puerta de la tienda. ¡Ah! ¡Cómo chirría! ¡No creo que haya en este sitio un pedacito de metal más herrumbroso que sus goznes! ¡Y me parece también que no hay huesos tan viejos como los míos! ¡Ah, ah! Estamos hechos el uno para el otro. Vamos a la sala. Vamos a la sala.

La sala era el espacio de detrás de la cortina de andrajos. El viejo atizó el fuego con una vieja pala, y despabiló la humeante lámpara (ya era de noche) con la boquilla de su pipa, antes de ponérsela de nuevo en la boca.

Una vez hecho esto, la mujer que había hablado tiró su fardo al suelo y se sentó de manera ostentosa en un taburete; cruzaba los codos, apoyándolos en las rodillas, y miraba a los otros con aire de desafío.

—¿Qué hay de nuevo? ¿Qué hay de nuevo, señor Dilber? —dijo la mujer—. Todos tienen derecho a cuidarse. Así hizo siempre él.

—¡Es verdad! —dijo la lavandera—. Nadie más que él.

—Entonces, ¿por qué me miras con esos ojos de asustada, mujer? ¿Quién se pasa de listo? Supongo que no vamos a meter la paja en el ojo ajeno, ¿no?

—¡Claro que no! —dijeron la señora Diber y su marido a la vez—. ¡Esperemos que no!

—Bueno, entonces ya basta —gritó la mujer—. ¿Quién va a sufrir por la pérdida de unas cuantas cosas como estas? Un muerto no sufre, supongo.

—¡Claro que no! —dijo la señora Dilber, riéndose.

—Si quería conservarlo después de muerto, ese viejo tacaño —continuó la mujer—, ¿por qué no se portó de una forma más natural en vida? Si se hubiera portado mejor, tendría a alguien que se ocupara de él cuando le llegara la muerte, en vez de acabar solo y abandonado a sí mismo.

—Es la cosa más cierta que jamás se dijo, aseveró la señora Dilber. Es una forma de definirlo.

—Yo lo habría definido más severamente, y lo habría hecho si hubiera podido meter mis manos sobre alguna cosa más. Abre ese fardo, viejo Joe, y dime cuánto vale. Dímelo claro. No me asusta ser la primera, ni tengo vergüenza que lo vean los demás. Me parece que sabíamos muy bien lo que estábamos haciendo, antes de que nos hayamos encontrado aquí. Al menos, así me parece. No es ningún pecado. Abre el fardo, Joe.

Pero la galantería de sus amigos no se lo permitía, y el hombre vestido totalmente de negro, desgarrando su fardo el primero, mostró su botín. No era gran cosa. Uno o dos sellos, una caja de lápices, un par de gemelos de camisa y un alfiler de corbata de poco valor: eso era todo. El viejo Joe lo examinó y lo tasó con mucha calma; luego escribió en la pared, con tiza, lo que iba a pagar por cada cosa, y calculó el total, al ver que ya no había nada más.

—Esta es tu cuenta —dijo Joe— y no pienso darte ni un penique más, así me maten por no hacerlo. ¿Quién es el siguiente?

Era la señora Dilber. Sábanas y toallas, un traje algo usado, dos cucharillas de plata anticuadas, un par de pinzas de azúcar y varias botas. Su cuenta se calculó en la pared del mismo modo.

—Siempre pago de más a las mujeres. Tengo esa debilidad, y así me arruinaré —dijo el viejo Joe—. Ahí está tu cuenta. Si me pides un penique más, y me lo preguntas, me arrepentiré de haber sido tan generoso y te descontaré media corona.

—Y ahora, desata mi fardo, Joe —dijo la primera mujer.

Joe se arrodilló, para abrirlo con mayor comodidad, y despues de deshacer muchos nudos sacó un grande y pesado rollo de cierto tejido oscuro.

—¿Y esto qué es? —preguntó Joe—. ¡Las cortinas de la cama!

—¡Ah! —contestó la mujer, riéndose e inclinándose hacia delante, pero manteniendo los brazos cruzados. ¡Las cortinas de la cama!

—¿Quieres decir que las descolgaste, con anillas y todo, mientras él estaba tumbado allá abajo? —dijo Joe.

—Sí, claro —contestó la mujer—. ¿Por qué no?

—Has nacido para hacer fortuna —dijo Joe— y la vas a hacer.

—Te digo la verdad: no voy a aguantarme, si puedo conseguir algo que esté a mi alcance, sobre todo si se trata de un hombre como él. Te lo prometo, Joe —contestó la mujer, fríamente—. Y que no gotee el aceite en las mantas.

—¿Sus mantas? —preguntó Joe.

—¿Y de quién más van a ser? —contestó la mujer—. Me parece que no se va a enfriar sin ellas, ¿no te parece?

—Espero que no haya muerto de ninguna enfermedad contagiosa, ¿eh? —dijo el viejo Joe, parándose un momento y mirando hacia arriba.

—¡No te preocupes! —contestó la mujer—. No me he encariñado tanto de su compañía como para perder el tiempo en coger esas cosas si hubiera muerto de algo así. ¡Ah! Mira bien esas camisas, sí, hasta que te duelan los ojos, y no verás en ella ni un solo agujero, ni un descosido. Es la mejor camisa que tenía, y es muy fina. Se hubiera echado a perder si no hubiera sido por mí.

—¿Qué es para ti desperdiciarse? —preguntó el viejo Joe.

—Ponérsela para enterrarlo, claro —contestó la mujer, riéndose—. Alguien tuvo la locura de hacerlo, pero yo se la quité. Si el percal no sirve para eso, no sirve para nada. Es lo que corresponde a ese cuerpo. No estará más feo así que con ésta que he traído.

Scrooge escuchaba el diálogo horrorizado. Cuando se sentaron todos en torno al botín, a la escasa luz de la lámpara del viejo, los contempló con desdén y disgusto, que no hubiera sido mayor de haberse tratado de demonios obscenos comerciando con el mismo cadáver.

—¡Ja, ja! —se reía la misma mujer cuando el viejo Joe, sacando una bolsa de franela con dinero en su interior, les pagó a cada uno su ganancia respectiva, echando las monedas en el suelo—. ¡Así se acaba todo, ya lo veis! Cuando vivía, asustaba a todos, y ahora que está muerto nos beneficia. ¡Ja, ja, ja!

—¡Espíritu! —gritó Scrooge, temblando de la cabeza a los pies—. Ya lo veo, ya lo veo. El caso de ese pobre desgraciado pudiera ser el mío. Mi vida se dirige ahora hacia ese fin. ¡Dios mío! ¿Qué es esto?

Retrocedió aterrorizado, porque la escena había cambiado, y ahora estaba casi tocando una cama: una cama desnuda, sin cortinas, en la que, bajo una sábana rota, había algo cubierto, que, aunque mudo, se revelaba a sí mismo con su horrible lenguaje.

La habitación estaba muy oscura, demasaido oscura para poder observarla con mayor precisión, aunque Scrooge la mirara por todas partes obedeciendo a un impulso secreto, ansioso de conocer qué clase de habitación era. Una luz pálida, procedente del exterior, caía sobre la cama; en ella, saqueado y despojado, sin nadie que le acompañara, sin nadie que le llorara, sin nadie que se ocupara de él, estaba el cuerpo de este hombre.

Scrooge miró al fantasma. Su mano firme señalaba la cabeza.

Estaba cubierto con tan poco cuidado, que el menor tirón, el movimiento de un dedo por parte de Scrooge hubiera descubierto el rostro. Pensó en hacerlo, se dio cuenta de lo fácil que sería hacerlo, y deseaba hacerlo, pero no tenía poder para quitar el velo, como no lo tenía para alejar al espectro de su lado.

¡Oh, fría, fría, rígida, terrible muerte, levanta aquí tu altar y revístelo con todos los terrores de que dispones, porque este es tu reino! Pero de un ser querido, reverenciado y honrado, tú no puedes tocar ni un pelo para tus ideas espantosas, ni hacer un rasgo odioso. Y no es que la mano esté pesada y caiga inerte, cuando se la suelte; no es que el corazón y el pulso se hayan detenido; sino que la mano estaba abierta, era generosa y noble; el corazón era valiente, cálido y tierno, y el pulso, un pulso humano. ¡Golpea, sombra, golpea! Mira sus buenas obras surgiendo de la herida, para sembrar el mundo con su vida inmortal!

Ninguna voz pronunció esas palabras en los oídos de Scrooge, y, sin embargo, las oyó al contemplar la cama. Pensó que si ese hombre pudiese volver a la vida, ¿cuáles serían sus pensamientos más hondos? ¿Avaricia, fríos negocios, preocupaciones monetarias? ¡En verdad le han llevado a un final pletórico!

Ahí estaba, tumbado en esa casa oscura, y vacía, sin la compañía de un hombre, de una mujer, de un niño, que pudieran recordar que fue bueno con ellos en esto o en lo otro, y por recordar simplemente una palabra amable de él le recordarían con cariño. Un gato maullaba en la puerta, y se oían las ratas, royendo, bajo el fogón de la cocina. ¿Qué buscaban en la sala de la muerte, y por qué estaban tan inquietos y tan molestos? Scrooge no se atrevía a pensarlo.

—¡Espíritu! —dijo—. ¡Este lugar es terrible! Aunque me vaya de aquí, nunca olvidaré sus enseñanzas, de verdad. ¡Vámonos!

Pero el espectro señalaba la cabeza del muerto con su dedo inmóvil.

—Te entiendo —contestó Scrooge— y lo haría, si pudiera. Pero no tengo ese poder, espíritu. No tengo el poder.

De nuevo pareció que el espectro le miraba.

—Si en esta ciudad hay alguien que se haya emocionado por

la muerte de este hombre —dijo Scrooge, con gran agonía—, ¡muéstramelo, espíritu, te lo ruego!

El fantasma desplegó su ropaje oscuro ante él un momento, como si fuera un ala, y, al retirarla, mostró una habitación, ya de día, donde estaban una madre y su hijo.

Estaba esperando a alguien, ansiosamente, porque caminaba de arriba a bajo recorriendo toda la habitación; se inquietaba a cada sonido, miraba por la ventana, escrutaba el reloj, intentaba, en vano, continuar su labor de punto; y apenas si podía soportar las voces de los niños que jugaban.

Por fin, la llamada a la puerta, tan esperada, sonó. Se apresuró a la puerta para recibir a su marido, un hombre cuyo rostro estaba preocupado y deprimido, aunque se trataba de un hombre joven. En su rostro había una notable expresión, una especie de contento serio del que se sentía culpable y que luchaba por contener.

Se sentó a la mesa y empezó a comer lo que había sido reservado junto al fuego, y cuando la mujer le preguntó en voz baja qué había de nuevo (y lo dijo después de un largo silencio) parecía que le costara contestar.

—¿Son buenas noticias o malas? —dijo ella para ayudarle.

—Malas —contestó.

—¿Estamos arruinados?

—No. Aún hay esperanzas, Carolina.

—¿Si él se compadece? —le dijo, asustada—. No hay nada que no podamos esperar, si ha ocurrido ese milagro.

—Ya no puede compadecerse —dijo su marido—. Ha muerto.

Ella era una criatura suave y paciente, si la cara refleja los sentimientos, pero en lo profundo de su corazón agradecía esa noticia, y así lo dijo, juntando las manos. Después pidió perdón para él y se sintió acongojada, pero la primera emoción era la de su corazón.

—Lo que me dijo aquella mujer medio borracha, que te conté anoche, cuando intenté ir a verlo y pedirle una demora de una semana, eso que pensé que era una mera excusa para no verme, resulta que ha sido verdad. No estaba muy enfermo, no. Se estaba muriendo.

—¿A quién será transferida nuestra deuda?

—No lo sé. Pero antes de que se aclaren las cosas tendremos listo el dinero. Y aunque no lo tuviéramos, sería muy mala suerte encontrar un acreedor tan despiadado en su sucesor. Esta noche podemos dormir tranquilos, Carolina.

Sí. A medida que se tranquilizaban, sus corazones se calmaban. Los rostros de los niños, quietos y agrupados para escuchar lo que apenas si entendían, eran más brillantes, ¡y la casa estaba mucho más alegre por la muerte de ese hombre! La única emoción que el espectro pudo mostrarle causada por el acontecimiento era de placer.

—¡Déjame ver algo más tierno relacionado con la muerte! —dijo Scrooge—, porque, si no, ese cuarto oscuro que acabamos de abandonar siempre estará presente en mis pensamientos.

El espectro le llevó por varias calles que él conocía bien y, conforme avanzaban, Scrooge miraba por todas partes para intentar encontrarse; pero en ningún lugar estaba él. Entraron en casa del pobre Bob Cratchit, vivienda que ya había visitado antes, y encontró allí a la mujer y a los niños sentados en torno al fuego.

Estaba tranquilo. Muy tranquilo. Los bulliciosos hijos pequeños estaban tan tranquilos como estatuas en un rincón, sentados, mirando a Peter, que leía un libro. La madre y sus hijas estaban cosiendo. ¡Pero qué quietas estaban!

—«Y tomó al niño, y lo sentó en medio de ellos.»

¿Dónde había oído Scrooge esas palabras? Porque no las había soñado. El chico debía haberlas leído en voz alta cuando él y el espíritu entraban en la casa. Pero ¿por qué no continuaba?

La madre dejó su costura sobre la mesa y se tocó la cara con la mano.

—El color me hace daño en los ojos —dijo.

¿El color? ¡Ay, pobre pequeño Tim!

—Ahora están mejor —dijo la esposa de Cratchit—. La luz de la vela me hace daño, y no quiero que vuestro padre me vea con ojos tristes cuando llegue a casa; por nada del mundo. Y debe ser casi la hora.

—Ha pasado ya —contestó Peter, cerrando el libro—. Pero creo que ha caminado con mayor lentitud que la habitual estos últimos días, madre.

De nuevo se hizo el silencio. Al fin dijo ella, con voz segura y alegre, que sólo vaciló un instante:

—Recuerdo haberlo visto caminar con... caminar con el pequeño Tim en sus hombros, muy, muy deprisa.

—¡Yo también! —gritó Peter—. ¡Muchas veces!

—¡Yo también! —exclamó otro. Todos le habían visto.

—Claro que pesaba muy poco —continuó, fijándose en su trabajo—, y el padre le quería tanto, que no le causaba ningún problema... ninguno. ¡Ahí está vuestro padre a la puerta!

Se levantó, apresurada, para abrirle, y entró el minúsculo Bob con su bufanda —la necesitaba, pobrecillo—. El té para él estaba dispuesto en la repisa del hogar, y todos se esforzaban por servirle. Entonces, los dos pequeñuelos se pusieron de rodillas, juntando sus mejillas con la suya como diciéndole: «No te preocupes, papá. No te pongas triste».

Bob estuvo muy cariñoso con ellos y habló con agrado a toda la familia. Miró la costura que habían hecho, y alabó la habilidad y la rapidez de la señora Cratchit y de las niñas. Lo acabarían antes del domingo, les dijo.

—¡El domingo! ¿Entonces has ido hoy, Robert? —le preguntó su mujer.

—Sí, cariño —contestó Bob—. Me gustaría que hubieras ido tú. Te hubiera gustado ver lo verde que está. Pero lo verás muchas veces. Le he prometido que iría el domingo. ¡Hijo mío, pobrecito! —murmuraba Bob—. ¡Hijo mío!

Abandonó la sala de súbito y subió a la habitación del piso superior, que estaba muy iluminado, decorado para Navidad. Junto a un Niño Jesús había una silla, con indicios de que hacía poco alguien había estado allí. El pobre Bob se sentó en esa silla, y después de meditar un poco y de sosegarse besó la carita del Niño. Así se reconciliaba con lo que había ocurrido y pudo bajar a la sala, feliz de nuevo.

Se acercaron al fuego y charlaron, aunque la madre y las niñas seguían trabajando. Bob les habló de la extraordinaria amabilidad del sobrino del señor Scrooge, al que apenas si había visto una vez, quien, al encontrárselo en la calle ese día, y al ver que tenía el aspecto de estar «un poco deprimido, ya sabe», le preguntó qué le había ocurrido para causarle ese estado. «Y entonces —dijo Bob—, como es el caballero más amable que jamás hayas visto, se lo conté.» «Lo siento profundamente, señor Cratchit —me dijo—, y acompaño en el sentimiento a su buena esposa.» Vaya, vaya, ¿cómo podía saberlo? No tengo ni idea.

—¿Saber qué, cariño?

—¿Qué? Que tú eres una buena esposa —contestó Bob.

—¡Todo el mundo lo sabe! —dijo Peter.

—¡Muy buena observación, muchacho! —le dijo Bob—. Así lo espero. «Lo siento profundamente —me dijo— por su buena esposa. Si pudiera ayudarles de algún modo —me dijo, dándome su tarjeta—, esta es mi casa. Por favor, no dejen de visitarme.» Y que conste —continuó Bob— que no es porque pueda hacer algo por nosotros, sino por su amabilidad, que fue algo extraordinario. Parecía como si realmente hubiera conocido al pequeño Tim y participara en nuestro dolor.

—Estoy seguro de que es una buena persona —dijo la señora Cratchit.

—Estarías más segura aún, cariño —contestó Bob—, si lo vieras y si hablaras con él. No me extrañaría mucho, fíjate en lo que digo, que encontrara para Peter un empleo mejor.

—¿Has oído eso, Peter? —dijo la señora Cratchit.

—Y entonces —dijo una de las chicas—, Peter se casará con alguien, y se establecerá por su cuenta.

—¡Vete a paseo! —contestó Peter, irónico.

—Puede pasar o puede no pasar —dijo Bob— uno de estos días, aunque hay tiempo de sobra para eso, hijo mío. Pero aunque alguna vez nos separemos y cuando eso ocurra, estoy seguro de que ninguno de nosotros olvidará al pequeño Tim, ¿verdad que no?, la primera separación que hemos sufrido.

—¡Nunca, papá, nunca! —contestaron todos.

—Y sé muy bien, hijos míos, sé muy bien que cuando recordemos lo paciente y lo dulce que era, aunque fuera un niño muy pequeño, no nos enfadaremos nunca, olvidándonos así del pequeño Tim.

—¡Nunca, papá, nunca! —gritaron de nuevo todos.

—¡Me siento muy feliz! —dijo el minúsculo Bob—. ¡Muy feliz!

La señora Cratchit le besó, sus hijas le besaron, los dos

pequeñuelos le besaron y Peter le dio la mano. ¡Espíritu del pequeño Tim! ¡Tu presencia infantil era divina!

—Espectro —dijo Scrooge—, algo me informa que nuestro momento de separación se acerca. Lo sé, pero no sé cómo. Dime quién era ese hombre al que vimos muerto.

El espíritu de las Navidades futuras le transportó, como había hecho antes —aunque en una época diferente, pensaba; en verdad no parecía haber ningún orden en estas últimas visiones, a no ser que pertenecieran todas al futuro— a los dominios de los hombres de negocios, pero él no se encontró allí. En realidad, el espíritu no se detenía en ningún lado, sino que caminaba en línea recta, hacia el final ahora deseado, hasta que Scrooge le pidió que se detuviera un momento.

—Ese patio —dijo Scrooge— que ahora atravesamos es el lugar de mi despacho, y lo ha sido durante mucho tiempo. Ya veo la casa. Déjame contemplar lo que será de ella en el futuro.

El espíritu se detuvo; su mano señalaba a otro lado.

—La casa está ahí —exclamó Scrooge—. ¿Por qué señalas en otra dirección?

El dedo inexorable no cambió su orientación.

Scrooge se acercó apresuradamente a la ventana de su oficina y miró hacia adentro. Aún era una oficina, pero no la suya. Los muebles habían cambiado y la figura sentada en una silla no era la suya. El fantasma seguía señalando en la misma dirección que antes.

Scrooge se unió a él, de nuevo, y preguntándose por qué y a dónde habría ido él mismo, le acompañó hasta que llegaron a la verja de hierro. Se detuvo para mirar alrededor antes de entrar.

Era un cementerio. Aquí, pues, el hombre abandonado cuyo nombre aún no conocía estaría bajo tierra. Era un lugar digno de él. Rodeado por casas, como si fueran murallas; cubierto de hierba y maleza, crecimiento de la muerte y no de la vida de una vegetación; atestado con muchos otros muertos, saciado su macabro apetito. ¡Un lugar digno de él!

El espíritu estaba entre las tumbas y le señaló una con el dedo. Scrooge avanzó hacia ella, temblando. El fantasma era exactamente lo que siempre había sido, pero temía ver un nuevo significado en su forma solemne.

—Antes de acercarme más a la tumba que me señalas —dijo

Scrooge—, contéstame una pregunta. ¿Son estas las sombras de las cosas que serán, o son sólo sombras de las cosas que pueden ser?

Sin embargo, el fantasma seguía señalando la tumba, al pie de la cual estaba.

—La vida de los hombres permite prever ciertos fines, a los que llegan inexorablemente si perseveran —dijo Scrooge—. Pero si uno cambia su camino, el final será distinto. ¡Dime qué es eso que quieres mostrarme!

El espíritu seguía tan inmóvil como siempre.

Scrooge se deslizó hacia él, temblando, y con el dedo fue leyendo en la piedra de la tumba abandonada su propio nombre: EBENEZER SCROOGE.

—¿Era yo aquel hombre que estaba en la cama? —gritó, poniéndose de rodillas.

El dedo señaló la tumba y luego le señaló a él, y luego a la tumba.

—¡No, espíritu! ¡Oh, no, no!

El dedo seguía señalando.

—¡Espíritu! —gritó, agarrándose fuertemente a su túnica—. ¡Escúchame! Ya no soy el hombre que era. Tampoco seré el hombre que hubiera sido si no os hubiera conocido. ¿Por qué me enseñas esto, si ya no tengo ninguna esperanza?

Por vez primera, la mano pareció agitarse.

—Buen espíritu —continuaba, cayendo de rodillas ante él—. tu naturaleza intercede por mí y se apiada de mí. Garantízame que aún puedo cambiar estas sombras que me has mostrado, cambiando mi vida.

La mano bondadosa tembló.

—Honraré la fiesta de Navidad en mi corazón e intentaré mantener su espíritu todo el año. Viviré en el pasado, en el presente y en el futuro. Todos esos tres espíritus vivirán dentro de mí. No desperdiciaré las lecciones que me enseñan. ¡Oh!, ¡dime que aún puedo borrar la sentencia escrita en esta losa!

En su agonía se agarró de la mano del espectro. Se esforzó ésta por liberarse, pero en su pugna había adquirido renovadas fuerzas, y pudo detenerla. El espíritu, que era aún más fuerte, pudo librarse.

Uniendo las manos en súplica final para que se cambiara su

destino, vio cómo se desvanecía la capucha y el ropaje del fantasma. Se encogió, se hundió y quedó convertido en una columna de su cama.

ESTROFA QUINTA

EL FINAL

¡Era cierto! Y la columna era de su cama. La cama era la suya, la habitación era la suya. Pero lo mejor y lo más feliz de todo era que el tiempo que le quedaba era todo suyo, ¡para corregir su vida!

—Viviré en el pasado, en el presente y en el futuro —repetía Scrooge, al salir de la cama—. Los tres espíritus vivirán en mí. ¡Oh, Jacob Marley! ¡Bendito sea el cielo y la fiesta de Navidad, por todo esto! Lo digo de rodillas, viejo Jacob, de rodillas.

Estaba tan agitado y tan ferviente debido a sus buenas intenciones que su voz cascada apenas si podía responder a sus deseos. Había estado llorando copiosamente, en su lucha con el espíritu y su rostro estaba húmedo.

—¡No me las han quitado! —gritó Scrooge, agarrando en sus brazos una de las cortinas de su cama—. ¡No me las han quitado, con anillas y todo! Están aquí; yo también estoy aquí: las sombras de lo que hubiera ocurrido han desaparecido. Y así permanecerán ¡Seguro que nunca volverán a aparecer!

Sus manos se ocupaban en coger la ropa, dándole la vuelta, poniendo todo boca abajo, desgarrándola, poniéndosela mal, haciendo de ella el cómplice de todo tipo de extravagancias.

—¡No sé lo que estoy haciendo! —gritó Scrooge, riendo y llorando al mismo tiempo, convertido, gracias a sus medias, en un perfecto Laoconte—. Me siento tan ligero como una pluma, tan feliz como un ángel, tan alegre como un estudiante. Y estoy tan aturdido como un borracho. ¡Feliz Navidad a todos! ¡Feliz año nuevo al mundo entero! ¡Hola! ¡Viva! ¡Hola!

Había entrado, a saltos, en la sala y se encontraba allí en pie, resoplando perfectamente.

—¡Aquí está la cacerola de las gachas! —gritó Scrooge, comenzando de nuevo sus cabriolas y dando saltos alrededor de la chimenea—. Esa es la puerta por donde entró el espectro de Jacob Marley! ¡En ese rincón estaba sentado el espectro de las Navidades actuales! ¡Esa es la ventana por donde vi todos aquellos espíritus revoloteando! Todo es cierto. Todo es verdad. Todo ha sucedido. ¡Ja, ja, ja!

¡En verdad, para alguien que no lo había practicado durante tantos años, resultó una risa espléndida, una risa ilustre, la madre de una larga descendencia de risotadas brillantes!

—No sé qué día del mes es —dijo Scrooge—. No sé cuánto tiempo habré estado con los espíritus. No sé nada. Soy como un recién nacido. Es igual. No me importa. Prefiero ser un niño. ¡Hola! ¡Vaya! ¡Hola a todos!

Fue interrumpido en sus transportes de alegría por el sonido de las campanas, con los repiques más alegres que jamás hubiera oído. ¡Tin, ton! ¡Tin, ton! ¡Tin, ton! ¡Tin, ton! ¡Oh! ¡Qué maravilla! ¡Qué maravilla!

Corriendo hacia la ventana llegó a ella, la abrió y sacó la cabeza. No había niebla ni bruma; el tiempo era claro, brillante, jubiloso, punzante, frío, pidiendo a la sangre que bullera, dorada luz del sol, cielo celestial, dulce aire fresco, campanas alegres. ¡Oh! ¡Glorioso todo! ¡Glorioso!

—¿Qué día es? —gritó Scrooge a un muchacho que pasaba por la calle, todo endomingado, y que quizá se había entretenido observándolo.

—¿Cómo? —contestó el muchacho, sorprendido.

—Amiguito, ¿qué día es hoy? —preguntó Scrooge.

—¿Hoy? —exclamó el muchacho—. Pues está claro, es Navidad.

—¡Es Navidad! —dijo Scrooge para sus adentros—. No he perdido el tiempo. Los espíritus lo han hecho todo en una noche. Pueden hacer cualquier cosa que deseen. Naturalmente que pueden. ¡Hola, amiguito!

—¡Hola! —contestó el muchacho.

—¿Sabes dónde está la pollería, esa de la esquina de la calle siguiente? —preguntó Scrooge.

—Creo que sí —contestó el chaval.

—¡Qué muchacho tan inteligente! —dijo Scrooge—. ¡Qué muchacho más encantador! ¿Y no sabrás si han vendido ese pavo tan enorme que tenían allí colgado? No ese pequeñito, sino el grande.

—¿Cuál, ese tan grandote como yo? —preguntó el muchacho.

—¡Qué muchacho tan agradable! —dijo Scrooge—. Es un placer hablar contigo. Sí, ese pavo, pequeño.

—Aún está colgado allí —contestó el muchacho.

—¿Sí? —dijo Scrooge—. Pues ve y cómpralo.

—¿De verdad? —exclamó el muchacho.

—Sí, hombre, sí. Lo digo en serio —dijo Scrooge—. Ve y cómpralo, y diles que me lo traigan aquí, para que les dé la dirección a donde tienen que llevarlo. Regresa aquí con el tendero, y te daré un chelín. Si vienes con él antes de cinco minutos, ¡te daré media corona!

El muchacho salió disparado. Tan súbitamente, que el que hubiera disparado esa bala debía tener el pulso muy firme en el gatillo.

—Lo enviaré a Bob Cratchit —murmuró Scrooge, frotándose las manos, y carcajeándose—. ¡No adivinará quién se lo envía! Es como dos veces el pequeño Tim. ¡Ni el humorista Joe Miller hubiera pensado en una broma como esta, la de enviar el pavo a Bob!

La mano con que escribió la dirección temblaba, pero pudo escribirla, y bajó las escaleras para abrir la puerta de la calle, dispuesto para recibir al tendero de la pollería. Y estando allí, esperándolo, se fijó en el picaporte.

—¡Lo querré mientras viva! —gritó Scrooge, acariciándolo con la mano—. Apenas si me había fijado en él antes de ahora. ¡Qué expresión más honrada en su rostro! ¡Es un picaporte maravilloso! ¡Y aquí está el pavo! ¡Hola! ¡Viva! ¿Cómo está usted? ¡Felices Navidades!

¡Qué pavo tan enorme! Seguro que nunca había podido tenerse sobre sus patas ese pajarraco. ¡Se le habrían quebrado en un minuto, como si fueran barritas de lacre!

—Pero, ¿cómo? ¿Qué es imposible llevarlo a Camden? —le dijo Scrooge—. Necesitará un coche de alquiler.

La risa con que lo dijo, y la risa con que pagó el precio del pavo, y la risa con que pagó el coche de alquiler, y la risa con que recompensó al muchacho sólo fueron superadas por la risa con que se sentó, exhausto, en su silla y se puso a reír hasta llegar al llanto.

No le resultó muy fácil afeitarse, porque la mano le temblaba mucho, y el afeitado exige atención, aunque no se esté bailando cuando uno se afeita. Pero si se hubiera cortado la punta de la nariz, se hubiera puesto encima un trozo de esparadrapo y hubiera quedado tan satisfecho.

Se visitió «con sus mejores galas», y, ya dispuesto, salió a la calle. La muchedumbre invadía ahora todas las calles, como había visto acompañado del espectro de las Navidades actuales. Caminando con las manos detrás de la espalda, Scrooge miraba a todos con sonrisa de contento. Parecía tan supremamente contento, que dos o tres paseantes de buen humor le dijeron: «¡Buenos días, caballero! ¡Que tenga felices Navidades!». Y Scrooge recordaría mucho más tarde que de todos los bellos sonidos que jamás hubiera oído, aquellos eran los que sonaron en sus oídos.

No había recorrido mucho trecho cuando vio que se le acercaba el caballero de aspecto distinguido que entrara en su oficina el día anterior, diciendo «Scrooge y Marley, ¿no es así?». Sintió en su corazón una aguda espina al pensar cómo le miraría ese caballero al pasar por su lado; pero sabía que tenía un camino claro ante él, y lo tomó.

—Estimado caballero —dijo Scrooge, apretando el paso, y cogiendo al caballero anciano por las manos—. ¿Cómo está usted? Espero que ayer tuvieran suerte. Fueron ustedes muy amables. ¡Felices Navidades, señor!

—¿Es usted el señor Scrooge?

—Sí —dijo Scrooge—. Así me llamo, y temo que ese nombre no le sea agradable. Permítame que le pida que me perdone. ¿Y aceptaría usted...? —y lo que sigue lo murmuró Scrooge al oído.

—¡Bendito sea Dios! —gritó el caballero, como si se hubiera quedado sin aliento—. Estimado señor Scrooge, ¿lo dice usted en serio?

—Si a usted le parece bien —dijo Scrooge—. Ni un penique menos. Van incluidos muchos atrasos en esa cantidad, se lo aseguro. ¿Me haría ese favor?

—Estimado amigo —dijo el otro, cogiéndole de las manos y agitándoselas—, no sé como agradecer esa generosi...

—No diga nada, por favor —contestó Scrooge—. Venga a verme. ¿Lo hará?

—¡Naturalmente! —gritó el anciano caballero. Y estaba claro que tenía la intención de hacerlo.

—Gracias a usted —dijo Scrooge—. Estoy muy reconocido. Se lo agradezco cincuenta veces. ¡Dios le bendiga!

Entró en la iglesia, recorrió las calles, observó a la gente ajetreada, acarició cariñosamente la cabeza de los niños, hizo preguntas a los mendigos, observó las cocinas de las casas y hasta las ventanas; y halló que todo podía proporcionarle placer. Nunca había soñado que un paseo —tan poca cosa— pudiera proporcionarle tanta felicidad. Por la tarde dirigió sus pasos hacia la casa de su sobrino.

Pasó por delante de la casa más de diez veces, antes de decidirse a subir los escalones y llamar a la puerta. Pero finalmente tuvo el arranque, y lo hizo.

—¿Está el señor en casa, linda muchacha? —preguntó Scrooge a la doncella—. ¡Muy linda, en verdad!

—Sí, señor.

—¿Dónde está, niña? —preguntó.

—Está en el comedor, señor, con la señora. Le acompañaré con mucho gusto.

—Gracias. Me conoce bien —dijo Scrooge, con la mano en el picaporte del comedor—. Voy a entrar, muchacha.

Movió el picaporte lentamente y asomó la cabeza, por la puerta. Los dos estaban contemplando la mesa (que estaba puesta con gran gala); porque los matrimonios jóvenes se ponen siempre nerviosos con esos detalles y les gusta observar que todo está en orden.

—¡Fred! —dijo Scrooge.

¡Dios mío! ¡Cómo se impresionó su sobrina! Scrooge había olvidado, por un momento, cuando ella estaba sentada en aquel rincón con el taburete, porque si no no se hubiera atrevido, de ninguna manera.

—¡Caramba! —gritó Fred—. ¿Quién es?

—Soy yo. Tu tío Scrooge. He venido a comer con vosotros. ¿Me dejas entrar, Fred?

¡Dejarle entrar! Fue una pura casualidad que no le arrancaran los brazos. Se encontró en su propia casa en sólo cinco minutos. No había nada más cálido. Su sobrina parecía la misma que en la visión. Y también Topper, cuando se presentó. Y también la hermana regordeta, cuando se presentó. ¡Hermosa reunión, juegos maravillosos, maravillosa unanimidad, mara-vi-llo-sa felicidad!

Pero la mañana siguiente llegó a la oficina muy temprano. Sí, muy temprano. Solamente si él llegaba el primero podría coger a Bob Cratchit llegando tarde. Eso es lo que quería hacer.

Y lo hizo. ¡Claro que lo hizo! La campana dio las nueve. Bob no había aparecido. Las nueve y cuarto. Bob no había aparecido. Llegó dieciocho minutos y medio más tarde de la hora. Scrooge estaba sentado, con la puerta abierta de par en par, para verle llegar a su cubil.

Cuando abrió la puerta Bob, ya se había quitado el sombrero, y también la bufanda. En un segundo se acomodó en su pupitre y se puso a escribir con rapidez, como si quisiera recuperar el tiempo perdido.

—¡Hola! —gruñó Scrooge, con su voz acostumbrada, lo más cerca posible—. ¿Qué es eso, venir a la oficina a esta hora?

—Lo siento mucho, señor —dijo Bob—. He llegado tarde.

—¿Has llegado tarde? Pues claro que sí. Ven por aquí, por favor.

—Sólo me ha ocurrido una vez en todo el año —rogó Bob, emergiendo de su cubil—. Anoche tuvimos una fiesta muy divertida y...

—Bueno. Ahora te diré unas cuantas cosas, amigo mío —dijo Scrooge—. No voy a tolerar esto nunca más. Y por tanto... —continuó, saltando de su sillón y dando a Bob un empujón de tal manera que lo hizo retroceder de nuevo hasta el cubil—. Y, por tanto, ¡voy a subirte el sueldo!

Bob temblaba, y se acercó un poco más al tiralíneas. Le vino por un instante la idea de que debía golpear a Scrooge con él, mantenerlo seguro y gritar a la gente de la calle que subiera para ayudarle a ponerle una camisa de fuerza.

—¡Felices Navidades, Bob! —dijo Scrooge con tal sinceridad que no podía tomársele por loco, dándole al mismo tiempo unas palmaditas en la espalda—. ¡Mucho más felices, buen amigo Bob, de lo que has disfrutado en tantos años! Voy a subirte el sueldo, me ocuparé de ayudar a tu familia necesitada, y esta misma noche discutiremos todos tus asuntos, junto a un buen ponche navideño de vino aromático, Bob. ¡Prepara bien el fuego y compra otro saco de carbón antes de que escribas una sola i, Bob Cratchit!

Scrooge se portó mucho mejor de lo que había dicho. Hizo todo lo prometido e infinitamente más, y para el pequeño Tim, que no murió, fue un segundo padre. Se hizo tan buen amigo, tan buen maestro y tan buen hombre que no hubo ninguno igual en la agradable ciudad, ni en ninguna otra buena ciudad venerable, ni en ningún barrio de todo el viejo continente. Algunos se rieron al ver el cambio que le había acontecido, pero Scrooge les dejaba reírse, y no les molestaba, porque era lo bastante inteligente para comprender que nada había ocurrido en este globo, nada bueno o malo, de lo cual, en sus principios, la gente no se hubiera reído, y conociendo que gentes como esas de todos modos, eran ciegos, le pareció muy sensato que guiñasen los ojos haciendo muecas, como hacen los enfermos en forma menos atractiva. En su propio corazón se reía y eso era suficiente para él.

Ya no tuvo ninguna otra relación con los espíritus, y, sin embargo, vivió siguiendo el principio de Abstinencia total a partir de entonces; y siempre se contaba de él que sabía cómo celebrar muy bien la Navidad, y que ningún otro mortal poseía ese conocimiento. ¡Que se pueda decir lo mismo de nosotros, de todos nosotros! ¡Y así, como decía el pequeño Tim, que Dios nos bendiga! ¡Que Dios nos bendiga a todos!

FIN

LAS CAMPANAS, CUENTO DE DUENDES

Cuento de duendes
sobre
unas campanas que sonaron para
despedir al año viejo y
acoger al año nuevo.

Charles Dickens

PRIMERA PARTE

A muy poca gente... y, como es deseable que el narrador y el lector lleguen a una buena comprensión mutua lo más pronto posible, les indico que la observación con que he empezado el capítulo no la limito a los jóvenes ni a los pequeños, sino que la extiendo a gente de todas las condiciones: grandes y pequeños, jóvenes y viejos, los que crecen hacia arriba y los que crecen hacia abajo... a muy poca gente, pues, les gustaría dormir en una iglesia. No me refiero a pegar una cabezadita durante el sermón cuando hace calor (cuando se ha hecho ya una o dos veces), sino de noche, y sin ninguna compañía. A mucha gente le sorprenderá violentamente, ya lo sé, esta observación, a plena luz del día. Pero me refiero a la noche. Hay que hacer la observación de noche. Y me comprometo a demostrarlo con éxito aplicado a cualquier noche tormentosa de invierno que elijamos, en que una persona, elegida entre todos los demás, deberá encontrarse conmigo, a solas, en un viejo cementerio junto a una iglesia, delante de la puerta de esa iglesia, y que previamente me autorice a encerrarle dentro de la iglesia, si es necesario para convencerle, hasta que amanezca.

Y es que el viento de la noche tiene la siniestra costumbre de dar vueltas y vueltas en torno a un edificio como ése, lamentándose en su recorrido, intentando abrir, con manos invisibles, las ventanas y las puertas, husmeando en busca de rendijas por donde entrar. Y cuando consigue entrar, como alguien que no encontrara lo que busca, sea lo que fuere, se lamenta y brama volviendo a empezar de nuevo, y, no contento con pavonearse por los pasillos y deslizarse por las columnas o intentando tocar el viejo órgano, se remonta hasta el techo e intenta arrancar las vigas, después de lo cual salta, desesperado, al pavimento y pasa, murmurando, hasta las bóvedas. Inmediatamente se incorpora, lleno de fuerza y trepa por los muros, como si leyera, entre murmullos, las sagradas inscripciones de las lápidas sepulcrales. En algunas estalla, como en carcajadas; en otras se lamenta y llora como si se condoliera. Ese sonido es espectral también cuando pasa por el altar, donde parece gritar, de modo salvaje, acerca de la maldad y de los asesinatos cometidos, de los falsos dioses adorados, despreciando las Tablas de la Ley, de aspecto tan justo y suave, pero con tanta frecuencia despreciadas y destrozadas. ¡Ay! Dios nos evite esos males, ahora que estamos cómodamente sentados en torno al fuego. ¡Qué terrible es la voz del viento de medianoche cantando en la iglesia!

Pero, ¡allá arriba, en el campanario! ¡Allí sí que ruge y silba el viento alocado! Allá arriba, en el campanario, donde está libre para ir y venir por todos los arcos y aberturas aéreas, donde puede girar y enroscarse por la herrumbrosa escalera, hacer girar la chirriante veleta y hacer que hasta la torre se agite y tiemble! Allá arriba, en el campanario, donde están las campanas y las barandillas de hierro están corroídas por el viento, y las planchas de estaño y de cobre, modeladas por el tiempo cambiante, crujen y se deforman bajo una presencia desacostumbrada, y donde los pájaros ponen sus nidos rudos en los rincones de viejas maderas y vigas de roble, donde el polvo se hace viejo y gris, donde las jaspeadas arañas, indolentes y gordas, tan seguras están, se balancean ociosamente hacia adelante y atrás con la vibración de las campanas, sin soltarse nunca de sus castillos tejidos en el aire ni trepar alarmadas como marineros, ni caerse en el suelo y perder un montón de patas ágiles para salvar su vida! Allá, arriba, en el campanario de la vieja iglesia, por encima del murmullo y de la luz de la ciudad y muy por debajo de las nubes ligeras que la ensombrecen, allá, de noche, es un lugar extraño y tenebroso: allá arriba, en el campanario de una vieja iglesia, se encuentran las campanas de las que quiero hablaros.

Era un carillón muy antiguo, de verdad. Hace siglos los obispos bautizaron esas campanas; hace tantos siglos que se perdió la partida de su bautismo antes de que nadie lo recuerde, y nadie sabe cómo se llaman las campanas. Tuvieron sus padrinos y sus madrinas (yo, por mi parte, prefiero aceptar la responsabilidad de tener como ahijado una campana antes que un niño) y habían tenido sus vasos de plata, además. Pero el tiempo ha barrido a sus padrinos, y Enrique VIII había fundido los vasos, y ahora colgaban, sin nombre y sin vasos, en la torre de la iglesia.

Pero no estaban mudas. Todo lo contrario. Tenían una voz clara, fuerte, rica, sonora, y se las podía oír en un gran trecho cuando soplaba el viento.

Eran unas campanas muy tercas para depender del capricho del viento y, luchando valientemente contra él, cuando soplaba en dirección contraria, lanzaban sus notas alegres para todos quienes quisieran oírlas y, empeñadas en ser oídas en las noches de tormenta, bien por una pobre madre velando su hijo enfermo, bien por la esposa solitaria esperando a su marido navegante, en ocasiones habían derrotado incluso al poderosos viento del noroeste; así, «para todo», como decía Toby Veck —porque, aunque le llamaran el trotón Veck, se llamaba Toby, y no se le podía cambiar (excepto, tal vez, el caso de Tobías) sin una ley especial del Parlamento—, que había sido bautizado en su día tan legalmente como lo fueron en otro día las campanas, aunque sin tanta solemnidad ni regocijo popular.

Por mi parte, soy de la opinión de Toby Veck, ya que estoy seguro de que tuvo oportunidades de sobra para formular una opinión correcta. Y todo lo que dijera Toby Veck, yo lo ratifico. Y me pongo en el caso de Toby Veck, que sí que estuvo todo el santo día (trabajo bastante pesado) a la puerta de la iglesia. Era Toby Veck un mozo de cuerda, y allí esperaba a sus clientes.

Y era un lugar barrido por la brisa, que ponía la piel de gallina, la nariz azul, los ojos rojos, los dedos de los pies, de piedra, y los dientes castañeteantes, allí donde esperaba Toby en el invierno, como muy bien sabía. El viento llegaba doblando la esquina —especialmente el viento del este— como si viniera así, en línea recta, desde los confines de la tierra, para dar en la cara de Toby. En algunas ocasiones solía llegar antes de lo previsto, ya que, doblando la esquina y pasando de largo a Toby, de pronto daba media vuelta dirigiéndose hacia él, como si dijera: ¡Pero si estaba aquí! Inmediatamente, su delantalito blanco se levantaba, tapándole la cabeza, como si fuera un muchacho descuidado, y su débil bastoncito parecía pelear y luchar vanamente en su mano, y sus piernas se agitaban terriblemente, y el propio Toby, todo inclinado y vuelto ahora en esa dirección, y luego en la contraria, parecía tan golpeado, tan abofeteado, tan abatido, tan preocupado, tan humillado, que se ponía casi de puntillas, de modo que el resultado era casi un milagro que el aire no lo levantara y lo llevara volando como una colonia de ranas, de caracoles o de cualquier otro tipo de criaturas portátiles que luego caen con la lluvia, para causar asombro a los nativos de algún rincón ignoto del mundo donde se desconocen los mozos de cuerda.

Pero el tiempo ventoso, a pesar de causarle tantas molestias, representaba para Toby una especie de fiesta. Es la verdad. No parecía tener que esperar tanto tiempo al aire por seis peniques, como ocurría otras veces; tener que luchar contra ese elemento turbulento distraía su atención y le confortaba cuando se encontraba con hambre, triste y abatido. Una buena helada o una nevada también eran para él un gran acontecimiento, y parecía que le hacían bien, de un modo o de otro; ¡le hubiera costado mucho decir por qué a Toby! Así que los días de fiesta, para Toby, eran aquellos de viento, hielo, nieve, y quizá una buena tormenta de granizo.

Lo peor era el tiempo húmedo; esa humedad fría, pegajosa, untuosa que le envolvía como abrigo mojado, el único abrigo que Toby poseyera o del que pudiera prescindir quitándoselo. Esos días húmedos, cuando la lluvia cae lentamente, cabezonamente, obstinadamente, cuando la garganta de la calle, como la suya propia, se asfixiaba de niebla; cuando los paraguas humeantes recorrían las calles, dando vueltas y más vueltas como perinolas, tropezando y chocando en las aceras repletas de viandantes, formando un cierto remolino de incómoda llovizna; cuando las alcantarillas bramaban y los canalones estaban repletos de agua y de ruido; cuando la humedad de gárgolas y salientes de las iglesias caía goteando, goteando, sobre Toby, haciendo del manojo de paja sobre el que se había colocado auténtico barro en muy pocos minutos; esos eran los días que le ponían a prueba. Entonces se podía ver a Toby buscando ansiosamente desde su cobijo en un rincón de los muros de la iglesia —resguardo tan débil que en verano nunca le ofrecía más sombra que la de un bastón de buen tamaño en el suelo soleado— con rostro de desconsuelo y alargado. Sin embargo, al salir, un minuto después, para calentarse haciendo ejercicio, trotando arriba y abajo más de diez veces, entonces, incluso, se animaba y regresaba de mejor humor a su cobijo.

Le llamaban Trotty por su forma de andar, que era rápida aunque él no lo pretendiera; tal vez hubiera podido andar más deprisa, pero si le quitáis su trotecillo Toby hubiera enfermado y hubiera muerto. Le salpicaba de barro cuando llovía; le causaba muchos problemas; podía haber andado con mucha más facilidad, pero esa era una de las razones por las que mantenía su forma característica con tanto ahínco. Débil, pequeño, despreciado viejecillo, este Toby era un Hércules por sus buenas intenciones. Le encantaba ganarse la vida. Le encantaba creer —Toby era muy pobre, y no podía privarse de una creencia— que valía mucho. Cuando llevaba un recado, o un paquete, por un chelín o dieciocho peniques, su ánimo, siempre elevado, se erguía más. Mientras corría trotando, gritaba a los carteros que iban por delante que se apartaran, que le dejaran paso, creyendo, devotamente, que si siguiera su ritmo natural les alcanzaría y les derribaría; y tenía una fe total —no demasiado comprobada— en que era capaz de transportar todo lo que un hombre pudiera levantar.

Por eso, hasta cuando salía de su hueco para calentarse en un día de lluvia, Toby trotaba. Y hacía, con sus zapatos empapados, una línea zigzagueante de huellas en el barro; soplaba sus manos heladas y las frotaba, defendiéndose así pobremente del frío intenso por unas gastadas manoplas grises, con una habitación privada sólo para el dedo gordo, y un dormitorio general para el resto de los dedos. Toby, con las rodillas dobladas y el bastón bajo el brazo, seguía trotando. Cuando salía a la calle para mirar el reloj de la torre, donde sonaban las campanas, Toby seguía trotando.

Esta última excursión la repetía varias veces al día, porque las campanadas le acompañaban, y cuando oía su voz le interesaba mirar el lugar donde se alojaban, pensar en cómo se moverían y adivinar qué martillos las golpeaban. Tal vez su gran curiosidad por esas campanas se debía a que había muchos parecidos entre él y ellas. Estaban allá arriba, hiciera el tiempo que hiciera; soportaban la lluvia y el viento; veían sólo el exterior de todas las casas; nunca se acercaban ni un pelo a los hogares calientes que brillaban y resplandecían por las ventanas, ni al humo que salía en copos de las chimeneas; eran incapaces de participar en ninguna de las buenas cosas que constantemente se traspasaban en las calles y las barandillas, a cocineros prodigiosos. En muchas ventanas aparecían unos rostros y volvían a desaparecer; a veces, rostros hermosos, jóvenes, agradables; en otras ocasiones, lo contrario; pero Toby sabía tanto (aunque a veces hiciera conjeturas sobre esos detalles, mientras esperaba, en la calle, sin trabajo) de dónde venían o a dónde iban, o si en los labios que hablaban alguien le recordaba con afecto durante todo el día, lo sabía tanto como las propias campanas.

Toby no era un casuista —eso, por lo menos, lo sabía— y yo no quiero decir que cuando comenzó a hacer amistad con las campanas, y a convertir su mero conocimiento algo más próximo y más delicado, repasara todas esas consideraciones una a una, o las revisara siguiendo una línea directriz de sus pensamientos. Lo que quiero decir, y digo, es que así como las funciones del cuerpo de Toby, sus órganos digestivos, por ejemplo, funcionaban por su propia cuenta y desarrollaban muchas operaciones que él ignoraba totalmente, cuyo conocimiento le hubiera alarmado mucho, hasta cierto punto, así sus facultades mentales, sin su cooperación o participación, pusieron en movimiento todas esas ruedas y resortes, uniéndolas a miles de otros, y el resultado de todo eso fue su amor por las campanas.

Y aunque haya dicho «su amor» no he empleado mal la palabra, aunque no acabe de expresar del todo su sentimiento complejo. Porque, como era un hombre sencillo, lo investía de un carácter extraño y solemne. Las campanas eran tan misteriosas... siempre se las oía, y nunca se las veía; estaban tan altas, tan alejadas, tan llenas de esa melodía profunda y sonora, que las consideraba como algo misterioso, y, en ocasiones, cuando las miraba, situadas en sus arcos oscuros de la torre, casi esperaba que le hiciera señas algo que no fuera una campana y que, sin embargo, fuera lo que oía sonar tantas veces en un carillón. Por todo eso, Toby rechazaba con indignación cierto rumor que corría de boca en boca, diciendo que las campanas estaban embrujadas, porque eso implicaría la posibilidad de que estuvieran relacionadas con cierta cosa mala. En resumen, las campanas estaban muy frecuentemente en su oído, y con mayor frecuencia en sus pensamientos, pero siempre tenía buena opinión de ellas; y muy a menudo tuvo torticolis por haber estado mirándolas con la boca bien abierta, vuelto el rostro hacia el campanario, y tenía que dar uno o dos trotes extra para curarse.

Estaba haciendo precisamente eso un día muy frío, cuando acababa de sonar la última campanada lenta de las doce, y el tañido seguía resonando, zumbando como una monstruosa abeja melodiosa, poco trabajadora, por toda la torre.

—¡La hora de comer, ¿eh?! —dijo Toby, trotando arriba y abajo delante de la iglesia––. ¡Ah!

Toby tenía la nariz muy roja, así como los párpados, y guiñaba mucho los ojos, y los hombros se le acercaban a las orejas, y tenía las piernas tiesas y, en general, estaba acercándose bastante a la congelación.

—¡La hora de comer, ¿eh?! —repitió Toby, usando la manopla de la mano derecha como si fuera un guante de boxeo infantil, al darse golpes en el pecho, como para castigarse de tener frío.

—¡Ah, ah, ah!

Después de lo cual emprendió otro trotecillo silencioso uno o dos minutos.

—No hay nada —dijo Toby, empezando de nuevo a trotar, pero de pronto se detuvo en seco y, con un rostro de gran interés y cierta alarma, se palpó la nariz cuidadosamente hasta la punta. No era grande su nariz, y acabó pronto.

—Me parecía que se había ido —dijo Toby, trotando de nuevo—. Es igual. No se lo puedo echar en cara, si se tenía que ir. Lo pasa muy mal, muy mal, cuando el tiempo es duro, y no tiene mucho futuro, porque yo tampoco tomo rapé. Lo pasa bastante mal, pobre criatura, en la mejor época, porque cuando al final consigue algún tufillo agradable (lo que le ocurre pocas veces) generalmente procede de la comida de otros, de camino a casa desde el horno del panadero.

Esa reflexión le recordó otra reflexión que antes había abandonado.

—No hay nada —decía Toby— más regular que la hora de la comida, y nada menos regular que la propia comida. Esa es la gran diferencia. Me llevó mucho tiempo descubrirlo. Me pregunto si le serviría a algún caballero comprarme esa observación para los papeles, o para el Parlamento.

Toby estaba bromeando, porque luego movió gravemente la cabeza, como despreciándose.

—¡Dios mío! —dijo Toby—. Los papeles están llenos de observaciones como ésa, y el Parlamento también. Aquí está el periódico de la semana pasada; veamos —sacó un periódico muy sucio de su bolsillo y lo extendió ante sus ojos— ¡Lleno de observaciones! ¡Lleno de observaciones! Me gusta estar enterado de las noticias, como cualquiera —dijo Toby, lentamente, doblándolo y metiéndoselo de nuevo en el bolsillo—, pero ahora no tengo ni pizca de ganas de leerlo. Casi me horroriza. No sé dónde vamos a llegar los pobres. ¡Quiera Dios que estemos llegando a algo mejor ahora que se acerca el año nuevo.

—¡Padre, padre! —dijo una voz agradable, a lo lejos. Pero Toby, que no la oía, continuaba trotando hacia atrás y hacia delante, musitando y hablando a solas.

—Parece como si no pudiéramos seguir un camino recto, hacer nada recto ni ser rectos —decía Toby—. No he ido mucho a la escuela, no, cuando era niño, y no puedo saber si tenemos algo que hacer sobre la superficie de la tierra o no. A veces pienso que un poquito que hacer sí que tenemos, y otras veces pienso que debemos estar molestando. A veces me sorprendo tanto que no soy capaz de averiguar si hay algo bueno en nosotros, o si nacemos ya siendo malos. Parece que hagamos cosas terribles, parece que causemos muchos problemas y siempre se quejan de nosotros y se protegen de nosotros. De cualquier modo, siempre llenamos los periódicos. ¡Hablar del año nuevo! —decía Toby, apesadumbrado—. Puedo soportar lo mismo que cualquier hombre casi siempre; mejor que muchos, porque estoy fuerte como un león, y no todos los hombres lo están; pero suponiendo que realmente no tuviéramos derecho a tener un año nuevo, suponiendo que realmente nos estuviéramos metiendo donde no nos llaman...

—¡Padre, padre! —repitió aquella voz agradable.

Y esta vez Toby la oyó; se sobresaltó; se detuvo; y mirando ante sí, cambiando esa mirada que había estado dirigida allá arriba buscando la sabiduría sobre el misterio del año nuevo que llegaba, se encontró a dos palmos de su hija, mirándole a la cara.

Los ojos de su hija brillaban. Esos ojos necesitarían un mundo entero antes de poder llegar al fondo. Ojos oscuros, que reflejaban los ojos de quienes los miraban; sin relampaguear ni seguir la voluntad de su dueño, sino con un brillo claro, tranquilo, honrado, de irradiación paciente, emparentado con aquella luz creada por los cielos. Ojos hermosos y verdaderos, radiantes de esperanza. De una esperanza joven y limpia; de una esperanza tan vigorosa, tan segura y brillante, a pesar de los veinte años de trabajo y de pobreza que habían visto, que se convirtieron en una voz dirigida a Trotty Veck, y que le decía:

—Creo que tengo cierto asunto para usted. ¡Algo!

Trotty besó los labios que correspondían a los ojos y acarició el rostro juvenil entre sus manos.

—¡Caramba, pequeña! —dijo Trotty— ¿Qué ocurre? No te esperaba hoy, Meg.

—Tampoco esperaba venir, padre —dijo la niña, afirmándolo con la cabeza y sonriendo—. Pero, ¡aquí estoy! ¡Y no estoy sola! ¡No estoy sola!

—No querrás decir que... —observó Trotty, escrutando un cesto cubierto que la muchacha llevaba en las manos— que tú...

—Huélalo padre, por favor —dijo Meg—. Simplemente, huélalo.

Trotty estaba ya a punto de levantar la tapa, precipitado, cuando la muchacha interpuso alegremente su mano.

—No, no, no —dijo Meg, con el gozo de un niño—. Que dure aún un poco más. Déjeme que levante sólo una esquinita, una esquinita chiquita, ya verá —dijo Meg, actuando según indicaban sus palabras con una suavidad extrema y hablando en voz baja como si tuviera miedo de que la oyera alguien que estuviera dentro de la cesta—. Ahora. Ya está. ¿De qué se trata?

Toby olió un poco el borde de la cesta y gritó extasiado:

—¡Vaya! ¡Está caliente!

—¡Está ardiendo! —gritó Meg— ¡Ja, ja, ja! ¡Está que arde!

—¡Ja, ja, ja! —rió Toby, pateando— ¡Está que arde!

—Pero, ¿de qué se trata, padre? —dijo Meg— ¡Venga! ¡Aún no lo ha adivinado! Y tiene que hacerlo. No pienso sacarlo hasta que no haya adivinado de qué se trata. ¡No tenga tanta prisa! ¡Espere un poco! Voy a levantar la tapa algo más. Ahora, ¡adivine!

Meg tenía auténtico miedo de que lo adivinara demasiado pronto; se escurría mientras le acercaba la cesta; contoneaba sus hermosos hombros; se ponía las manos en los oídos como si, con ese gesto, pudiera evitar que Toby pronunciara la palabra clave, y reía suavemente durante todo ese tiempo.

Toby, mientras tanto, agarrando las rodillas con las manos, se inclinaba para oler la cesta, e inspiró profundamente en la tapa, ensanchándose la sonrisa de su marchito rostro, como si estuviera inhalando el gas de la risa.

—¡Ah! ¡Huele muy bien! —dijo Toby— ¿No será... acaso salchichas?

—¡No, no, no! —gritó Meg, divertida— ¡Ni se parece a las salchichas!

—No, claro —dijo Toby después de volver a husmear—. Es más dulce que las salchichas. Más agradable. Va mejorando a cada momento que pasa. Es demasiado fácil, si fueran manos de cordero. ¿Qué dices?

Meg parecía estar en éxtasis. No podía haber llegado más lejos que pensar en manos de cordero o en salchichas de cerdo.

—¿Hígado? —dijo Toby, consultando consigo mismo—. No. Noto una suavidad que no tiene el hígado. ¿Manos de cerdo? No. No es lo bastante tenue. Y le falta la dureza de las cabezas de gallo. Y ya me has dicho que no son salchichas. Pues te voy a decir lo que es. ¡Son tripas!

—¡No, no lo ha adivinado! —gritó Meg, saltando de contento— ¡No lo ha adivinado!

—Vaya, ¿en qué estaré pensando? —dijo Toby, recobrando de pronto una postura lo más perpendicular que le era posible— ¡Me voy a olvidar hasta de cómo me llamo! ¡Callos!

Lo había acertado y Meg, llena de alegría, protestó diciéndole que en un plazo de medio minuto debería decir que eran los mejores callos que jamás se hubieran guisado.

—Y para eso —dijo Meg, cogiendo con gran alegría la

cesta— voy a extender el mantel ya, padre; porque he traído los callos en una fiambrera que he atado con un pañuelo, y por una vez voy a hacerme la importante y a usar el pañuelo de mantel, y para mí será un mantel, y no hay ninguna ley que me impida hacerlo, ¿no le parece, padre?

—Tienes razón, hija mía —dijo Toby—. Pero constantemente aparecen nuevas leyes sobre unas cosas u otras.

—Y según lo que le estaba leyendo el otro día en el periódico, padre, aquello que dijo el juez, se supone que los pobres debemos conocer todas las leyes. ¡Ja, ja, ja! ¡Qué error! ¡Dios mío! ¡Piensan que somos demasiado listos!

—Sí, hijita —dijo Trotty—, y les gustaría que por lo menos uno de nosotros las conociera todas. Engordaría mucho porque conseguiría un buen trabajo, y sería conocido por los caballeros elegantes de su barrio. ¿No te parece?

—Fuere quien fuere, comería con mucho apetito si notara un olorcillo como éste —dijo Meg, muy alegre—. Dése prisa, porque además de eso tenemos patatas asadas y media pinta de cerveza de barril en una botella. ¿Dónde quiere comer, padre? ¿En su puesto, o en la escalinata? ¡Fíjese, fíjese lo importantes que somos, que tenemos dos sitios para elegir!

—Hoy prefiero los escalones, hija mía —dijo Trotty—. Los escalones van bien cuando el tiempo es seco. Mi puesto, cuando llueve. La ventaja que tienen siempre los escalones es que uno puede sentarse, pero si hay humedad te producen reuma.

—Bueno, pues aquí —dijo Meg, dando palmadas, después de un momento de agitación— ¡Ya está todo listo! ¡Y qué aspecto tan hermoso! Venga, padre, venga.

Desde que hubo descubierto lo que contenía la canasta, Trotty había permanecido de pie junto a la niña, e incluso había estado hablando de un modo abstracto, que indicaba que, si bien estaba pensando en ella y mirándola, excluyendo incluso pensar en los callos, ni la veía ni la pensaba como ella era en ese momento, sino que tenía ante sus ojos algún bosquejo imaginario o alguna representación de su vida futura. Sobresaltado ahora por su llamada alegre, meneó melancólicamente la cabeza alejando un pensamiento triste que le sobrevenía, y se fue trotando hasta su lado. Cuando iba a sentarse, sonaron las campanas.

—¡Amén! —dijo Trotty, quitándose el sombrero y observándolas.

—¿Dice usted amén a las campanas, padre? —le preguntó Meg.

—Parecía que bendijeran la mesa, hija mía —dijo Trotty, sentándose—. Seguro que lo harían, si pudieran. Siempre me dicen cosas agradables.

—¿Las campanas, padre? —se reía Meg, mientras colocaba la cesta, un cuchillo y un tenedor ante él—. ¡Vaya!

—Por lo menos me lo parece, hijita —dijo Trotty, iniciando la comida con gran apetito—. Y, ¿cuál es la diferencia? Si las oigo, ¿qué importa si me hablan o no? Te digo la verdad, hijita —dijo Toby, señalando el campanario con el tenedor—, que muchas veces las he oído decir: «¡Toby Veck, Toby Veck, no pierdas el buen humor! ¡Toby Veck, Toby Veck, no pierdas el buen humor! ¡Toby! ¿Un millón de veces? ¡Mucho más!

—Pues a mí nunca me ha pasado —gritó Meg.

Aunque sí que le había pasado alguna vez. Porque era un tema frecuente en la conversación de Toby.

—Cuando las cosas van muy mal, pero que muy mal —dijo Trotty—, es decir, cuando todo va del peor modo posible, entonces me dicen: «¡Toby Veck, Toby Veck, Toby Veck, pronto habrá trabajo, Toby! ¡Toby Veck, Toby Veck, pronto habrá trabajo, Toby Veck! ¡Así!

—Y siempre encuentra trabajo al final, padre —dijo Meg, con un toque de tristeza en su voz agradable.

—Siempre —respondió el inconsciente Toby—. Nunca me falta.

Mientras pronunciaba su discurso, Trotty no interrumpía en absoluto su ataque a la comida sabrosa que tenía ante él; cortaba y comía, cortaba y bebía, cortaba y masticaba y pasaba de una cosa a otra, de los callos a las patatas, y de las patatas otra vez a los callos, con una satisfacción deliciosa e incansable. Sin embargo, al mirar las calles, por si alguien buscara un mozo de carga desde alguna puerta o alguna ventana, su mirada, al retornar a la comida, se cruzó con la de Meg, que estaba sentada frente a él, con los brazos cruzados, ocupada solamente en observar los progresos de su padre con sonrisa de felicidad.

—¡Dios mío! ¡Perdóname! —dijo Trotty, dejando caer cuchillo y tenedor—. ¡Cariño! ¡Meg! ¿Por qué no me has dicho que era un animal?

—¿Cómo?

—¡Claro! Aquí sentado —dijo Trotty, explicándolo de modo compungido––, cebándome y atiborrándome, y tú, ahí delante, sin romper nada tu precioso ayuno, sin querer romperlo...

—Pero ya he roto el ayuno, padre —contestó su hija, riéndose—. Lo he roto en pedacitos. He comido ya.

—¡Tonterías! —dijo Trotty— ¡Dos comidas en un solo día! ¡No es posible! Es como si me dijeras que hay dos días de año nuevo, o que he tenido toda mi vida una cabeza de oro y nunca la he cambiado.

—Pero si es verdad, padre. Ya he comido hoy —dijo Meg, acercándose a él—. Y si sigue comiendo la suya, le contaré cómo y dónde fue, y cómo conseguí su comida... y algo más.

Toby seguía sin creerlo del todo, pero ella le miraba con esos ojos claros, y ponía la mano en su hombro, indicándole que continuara para que la comida no se enfriara. Haciéndole caso, Trotty cogió de nuevo tenedor y cuchillo y se puso a trabajar. Pero con mucha mayor lentitud que antes, y moviendo la cabeza, como si no estuviera del todo satisfecho de sí mismo.

—He comido, padre —dijo Meg, después de cierta duda— con... con Richard. Tenía la hora libre muy pronto, y como trajo la comida cuando vino a verme, pues... pues comimos juntos, padre.

Trotty tomó un sorbo de cerveza y se limpió los labios. Entonces dijo:

—¡Oh!

Porque ella esperaba que dijera algo.

—Y Richard dice, padre... —continuó Meg, pero se detuvo.

—¿Qué dice Richard, Meg? —preguntó Toby.

—Richard dice, padre... —otra parada.

—Hace mucho tiempo que lo dice Richard —dijo Toby.

—Sí, padre. Dice que... —continuaba Meg, levantando al fin la mirada y hablando con voz temblorosa, pero franca–– que ha pasado casi un año, y ¿por qué debemos esperar un año más y otro más, cuando es poco probable que alguna vez estemos mejor de lo que estamos? Dice que si somos pobres ahora, lo seguiremos siendo, pero que somos jóvenes y que nos volveremos viejos casi sin darnos cuenta. Dice que si esperamos... la gente como nosotros, hasta que tengamos un camino claro, ese camino será muy estrecho, es camino de todos, el camino hacia la tumba, padre.

Un hombre más valiente que Trotty Veck hubiera necesitado poner en juego toda su temeridad para negarlo. Trotty guardó silencio.

—Es muy duro, padre, ir envejeciendo, morir y pensar que podríamos habernos alegrado y habernos apoyado el uno al otro. ¡Qué duro es querernos los dos toda nuestra vida, y apenarnos, viviendo separados, viendo que el otro trabaja, cambia, se hace viejo y gris! Aunque hiciera lo más conveniente y le olvidara (cosa que nunca podré hacer), ¡oh, padre querido!, ¡qué duro es tener el corazón tan lleno como está el mío ahora y pensar que va a irse vaciando lentamente, gota a gota, sin poder recordar el feliz momento de la vida de toda mujer en que él esté junto a mi y me apoye, y haga que yo sea mejor!

Trotty seguía callado. Meg se secó las lágrimas, y dijo en tono más alegre, es decir, mezclando risas y lágrimas, o alternándolas:

—Eso dice Richard, padre; y como ayer le dieron cierta seguridad en su trabajo durante algún tiempo, y como yo le quiero y le he querido durante tres largos años —bueno, más que eso, ¡si él lo supiera!—, nos podíamos casar el día de año nuevo, el día mejor y más feliz de todos —eso dice él— los del año, y un día que con toda seguridad nos traerá suerte. Hay muy poco tiempo, padre, ¿verdad?, pero como no tengo fortuna alguna que arreglar, ni tengo que encargar el traje de novia como las grandes señoras, ¿verdad que no, padre? Y dijo todo eso, y lo dijo de ese modo, tan fuerte y tan sincero, y al mismo tiempo tan suave y tan educado... que le dije que yo vendría a hablar con usted, padre. Y como esta mañana me pagaron mi trabajo (¡inesperadamente, se lo juro!), y como usted ha trabajado tan poco durante toda la semana, y como quería que este. día fuera como un día de fiesta para usted, al igual que es un día muy feliz y muy querido para mí, padre, he hecho una pequeña compra, y le he traído esta sorpresa.

—¡Y mira cómo lo deja enfriar en los escalones! —dijo otra voz.

Era la voz del mismo Richard, que se había acercado a ellos sin que se dieran cuenta, y estaba allí, de pie ante el padre y la hija, observándolos con un rostro tan rojo como el hierro sobre el que su potente martillo caía diariamente. Era un joven hermoso, de buena compostura, fuerte, y sus ojos brillaban como las chispas ardientes del horno; su pelo negro se rizaba al descender hacia la cara, y su sonrisa... su sonrisa dejaba chico el elogio de Meg sobre su estilo de conversación.

—¡Mira cómo lo deja enfriar en los escalones! —dijo Richard—. ¡Meg no sabe lo que le gusta! ¡No lo sabe!

Trotty, todo acción y entusiasmo, extendió inmediatamente su mano hacia Richard, e iba a dirigirse a él con precipitación, cuando se abrió la puerta de una casa, sin previo aviso, y un individuo estuvo a punto de meter el pie en los callos.

—¡Fuera de aquí, venga! ¡Siempre tienen que sentarse en nuestros escalones, caramba! ¿Por qué no va y se sienta en los escalones del vecino? ¿Va a apartarse o no?

Hablando estrictamente, la última pregunta era irrelevante, porque ya se habían ido.

—¿Qué ocurre, qué ocurre? —dijo el caballero cuya puerta se había abierto, saliendo de su casa con una especie de paso ligero, ese curioso compromiso entre el andar y el trotar, con que un caballero iniciando la curva de descenso de la vida, calzado con botas crujientes, con reloj de cadena y camisa limpia tiene derecho a salir de su casa: no sólo sin perder ni una pizca de su dignidad, sino con la expresión de tener compromisos importantes y muy serios en otro sitio—. ¿Qué ocurre? ¿Qué ocurre?

—Siempre anda mendigando y suplicando, de rodillas, sí señor —dijo el lacayo con muchas ínfulas a Trotty Veck— a nuestras puertas. ¿Por qué no deja la entrada de nuestras casas? ¿No puede dejarlas?

—¡Bueno! ¡Es suficiente! ¡Es suficiente! —dijo el caballero—. ¡Vaya, mozo! —dirigiéndose a Trotty Veck—. Dígame, ¿qué es eso?, ¿su comida?

—Sí, señor —dijo Trotty, dejándola detrás de él, en un rincón.

—No la deje ahí —exclamó el caballero—. Tráigala aquí, tráigala aquí. ¡Vaya! ¡De forma que eso es su comida, ¿no?

—Sí, señor —repitió Trotty, mirando con ojos fijos y boca que se le hacía agua un trozo de callos que había reservado como bocado final, y que ahora el caballero movía y daba vueltas con la punta del tenedor.

De la casa habían salido otros dos caballeros. Uno de ellos era un señor de aspecto desanimado, maduro, de vestimenta austera y de rostro triste; mantenía las manos dentro de los bolsillos de sus cortos pantalones de paño barato, muy acostumbrado a aquel hábito, y no iba ni bien cepillado ni bien lavado. El otro, un señor de gran tamaño, elegante, apuesto, vestía casaca azul con botones brillantes y corbata blanca. Este individuo tenía un rostro rojo, como si una exagerada proporción de la sangre de su cuerpo se hubiera quedado en la cabeza, lo que tal vez explicara el aspecto que tenía, de albergar un corazón frío.

El que hurgaba la comida de Toby con el tenedor se dirigió al primero llamándole Filer; y los dos se acercaron. El señor Filer, como era muy corto de vista tuvo que acercarse mucho a los restos de la comida de Toby para poder adivinar lo que era, y a Toby le dio un vuelco el corazón. Pero el señor Filer no se lo comió.

—Esto es una descripción de un alimento de animales —dijo Filer, dándole golpecitos con su estuche de lápices—, concejal, muy conocida por la clase trabajadora de este país bajo el nombre de callos.

El concejal se rió e hizo una mueca, porque era un hombre muy divertido el concejal Cute. ¡Y también muy astuto, no vayan a pensar! Un hombre que se enteraba de todo. Absolutamente de todo. Nadie podía soportarlo. ¡Estaba en los corazones de todos! Los conocía bien, Cute, ¡podéis creerlo!

—Pero, ¿quién está comiendo callos? —preguntó el señor Filer, mirando a su alrededor—. Sin ninguna excepción, los callos son el artículo de consumo más caro y menos aprovechable del mercado de este país, posiblemente. Una libra de tripas pierde, al hervirla —esos son los resultados— siete octavos de un quinto más que la pérdida de una libra de ninguna otra sustancia animal.

Los callos son más caros, en ese sentido propio, que una piña de invernadero. Considerando el número de animales sacrificados anualmente e incluidos en los registros de mortalidad y calculando una estimación baja de la cantidad de callos que podrían obtenerse de los cuerpos de esos animales, una vez troceados y servidos, resulta que la pérdida de la cantidad de callos, una vez hervidos, podría avituallar a una guarnición de quinientos hombres durante cinco meses de treinta y un días, y un mes de febrero. ¡Desperdicio, desperdicio!

Trotty estaba pálido, y las piernas le temblaban. ¡De modo que había hecho ayunar a toda una guarnición de quinientos hombres él solito!

—¿Quién come callos? —dijo el señor Filer, con calor—. ¿Quién come callos?

Trotty inclinó la cabeza, con aspecto miserable.

—¿Usted, usted? —dijo el señor Filer—. Entonces voy a decirle algo: usted quita la comida de muchas viudas y huérfanos.

—Creo que no, señor —dijo Trotty, muy asustado—. ¡Antes preferiría morirme de hambre!

—Divida la cantidad de callos que he citado antes, concejal —dijo el señor Filer—, por la cantidad estimada de viudas y huérfanos existentes y el resultado será de un penique, en peso, de callos, para cada uno. A este hombre no le corresponde nada. Y, por tanto, es un ladrón.

Trotty estaba tan asustado que ya no le preocupaba que el propio concejal acabara de comerse sus callos. Sería un alivio poder librarse de ellos.

—Y, ¿qué tiene usted que decir? —preguntó, jocosamente, el concejal al caballero de cara rubicunda, vestido de casaca azul—. Ya ha oído al señor Filer. ¿Qué tiene usted que decir?

—¿Y qué podría decir? —contestó el caballero—. ¿Hay algo más que decir? ¿Quién puede interesarse por individuos como éste —señalando a Trotty— en una época tan degenerada como ésta? ¡Mírenlo! ¡Qué aspecto! ¡Ay, aquellos tiempos pasados tan buenos, tan recordados, tan importantes! En aquella época existían unos campesinos fuertes, y todo eso. En esos días había de todo, esa es la verdad. Y ahora no queda nada. ¡Ah! —suspiró el caballero de rostro rubicundo—. ¡Buenos tiempos pasados! ¡Buenos tiempos pasados!

El caballero no indicó a qué tiempo pasado en concreto se refería, ni tampoco indicó si acaso criticaba la época actual, a partir de la consciencia desinteresada de que no hubieran hecho nada notable fabricándolo a él.

—¡Buenos tiempos pasados! ¡Buenos tiempos pasados! —repetía el caballero—. ¡Qué tiempos! Los únicos posibles. Ya no vale la pena hablar de otros tiempos o discutir cómo somos ahora, en estos tiempos. ¿Acaso esta época puede tener nombre? Yo no se la doy. Mirad los trajes que se llevaban, en el libro de Strutt, y veréis cómo vestían los mozos de cuerda en aquellos reinos ingleses del pasado [1].

En el mejor de los casos no tenían ni una camisa que ponerse, ni una media que calzar, y en toda Inglaterra apenas si podían comer una verdura —dijo el señor Filer—. Se lo puedo demostrar con cuadros estadísticos.

Sin embargo, el caballero rubicundo continuó alabando los buenos tiempos pasados, los grandes tiempos pasados, los extraordinarios tiempos pasados, Aunque los demás hablaran de otra cosa, continuaba regresando con sus frases habituales a aquellas épocas, como las ardillas enjauladas dan vueltas y más vueltas; respecto al mecanismo y al movimiento probablemente la ardilla tiene una percepción más clara que la que este caballero rubicundo tenía de su lejano milenio.

Es posible que la fe del pobre Trotty en aquellos vagos tiempos pasados no quedó del todo destruida, pues se sentía bastante vago en aquellos momentos. Pero había algo que le resultaba completamente claro en aquella miseria en que se encontraba: darse cuenta de que, aunque los caballeros difieran en los detalles, sus cavilaciones de aquella mañana, y de tantas otras, tenían una base sólida. «No, no, ni podemos ir por el buen camino ni podemos hacer las cosas bien», pensaba Trotty, desesperado. «No hay bien en nosotros. Hemos nacido malos.»

Pero en el interior de Trotty había un corazón de padre, que de algún modo le influía, a pesar de ese decreto, y no podía soportar que Meg, turbada aún por su breve alegría, tuviera que oír cuál era su destino por obra de esos sabios caballeros. «Que Dios le ayude», pensó el pobre Trotty. «Pronto se dará cuenta.»

---

[1] El mozo de cuerda o de cordel se ponía en las plazas públicas con una cuerda al hombro, a fin de que cualquiera pudiera servirse de él para llevar cosas de carga.

Por tanto, hizo un signo angustiado al joven herrero para que se la llevara. Pero el mozo estaba tan ocupado, hablando con la muchacha en voz baja a cierta distancia, que cuando se dio cuenta del deseo del padre, también se había dado cuenta el concejal Cute. Claro que el concejal aún no había dado su opinión, aunque él también era un filósofo —un filósofo práctico, claro—. Sí, muy práctico, y como no deseaba perder ni una mínima porción de su público, dijo a los jóvenes:

—¡Alto! Tenéis que saber —continuaba, dirigiéndose a sus dos amigos, con una sonrisa de satisfacción en el rostro, que le era común— que soy un hombre sencillo, un hombre práctico; y trabajo de forma práctica y sencilla. Así hago las cosas. No hay nada miserable ni difícil al tratar con este tipo de gente; hay que comprenderlos y hablarles en su propio lenguaje. Veamos, mozo. ¿No vendrás a decirme a mí, o a alguno de mis amigos que alguna vez no has tenido bastante que comer, y siempre de lo mejor? Porque yo conozco bien las cosas, he probado esos callos, sabes, y a mí no puedes tomarme el pelo. ¿Sabes lo que quiere decir tomar el pelo? Así decís vosotros, ¿verdad? ¡Ja, ja, ja! ¡Bendito sea Dios! —dijo el concejal, dirigiéndose ahora a sus amigos—. Tratar con esta gente es lo más fácil del mundo, con tal de entenderlos, claro.

¡Famoso entre los pobres, el concejal Cute! ¡Nunca se enfada con ellos! Sencillo, amable, chistoso; un tipo muy campechano.

—Ya véis, amigos —continuó el concejal— que se dicen muchas tonterías sobre la miseria —«hasta el cuello», sabéis: así lo dicen, ¿no? ¡Ja, ja, ja!— y yo intento poner las cosas sobre el suelo. Hay cierta moda en hablar del hambre, y yo intento poner las cosas sobre el suelo. ¡Eso es todo! ¡Bendito sea Dios! —de nuevo el concejal se dirigía a sus amigos—. Se pueden poner las cosas sobre el suelo con este tipo de gente, con tal de saber cómo hacerlo.

Trotty tomó la mano de Meg y la retuvo en su brazo. Aunque no parecía saber lo que estaba haciendo.

—Tu hija, ¿eh? —dijo el concejal, acariciándola familiarmente en la barbilla.

¡Siempre afable con las clases trabajadoras, el concejal Cute! ¡Sabía que les gustaba! ¡Y sin pizca de orgullo!

—¿Dónde está su madre? —preguntó el caballero arrogante.

—Murió —dijo Toby—. Su madre era lavandera, y el Señor la llamó cuando nació la niña.

—Allí no trabajará de lavandera, supongo —observó el concejal con buen humor.

Toby tal vez pudiera o no pudiera separar a su mujer, en el cielo, de su antiguo trabajo. Pero pregunto: si la señora del concejal Cute hubiera ido al cielo, ¿se la habría imaginado el concejal desempeñado allí algún cargo o alguna ocupación?

—Y tú estás enamorado de ella, ¿verdad? —dijo Cute al joven herrero.

—Sí —contestó Richard con prontitud, picado por la pregunta—. Nos vamos a casar el día de año nuevo.

—¿Cómo? —dijo Filer, con reprobación— ¿Se van a casar?

—Sí, señor, en eso estábamos pensando —dijo Richard—. Tenemos bastante prisa, señor, no sea que nos lo pongan en el suelo.

—¡Vaya! —gritó Filer, con un gruñido— ¡Ponga eso en el suelo, concejal, y habrá hecho algo! ¡Casarse! ¡Casarse! ¡Qué ignorancia de los principios básicos de la economía política por parte de esta gente! ¡Qué falta de previsión! ¡Qué debilidad! ¡Dios mío! ¡Es demasiado! ¡Miren, miren esa pareja, mírenla!

Pues era una pareja muy agradable. Y el matrimonio parecía la cosa más razonable y más justa a que pudieran aspirar.

—Podemos vivir más años que Matusalén —dijo el señor Filer— y trabajar toda nuestra vida para beneficiar a esas pobres gentes, y amontonar datos y cifras, datos y cifras, datos y cifras, altos y áridos como montañas, y no podemos persuadirles que no tienen ni derecho ni efectividad en el matrimonio, como no podemos persuadirles que ni tienen derecho humano ni efectividad naciendo. Y sabemos que no tienen derecho a ello. Hace mucho tiempo lo demostramos con una ecuación matemática.

El concejal Cute estaba un tanto divertido, y se puso el dedo índice de la mano derecha en la nariz, como diciendo a sus dos amigos: «Observadme, por favor. Fíjense en la actuación de un hombre práctico». Y entonces dijo a Meg que se acercara.

—¡Ven aquí, muchacha! —dijo el concejal Cute.

La sangre ardiente de su enamorado se había caldeado, con rabia, en los últimos minutos, y no quería dejarla acercarse. Pero, dominándose, avanzó de una zancada al acercarse Meg, y se quedó a su lado. Trotty aún la retenía por la mano, pero miraba a uno y a otro de los caballeros con un rostro tan extrañado como el que se tiene en un sueño.

—Voy a darte unos cuantos consejos, muchacha —dijo el concejal, con su estilo llano habitual—. Y me toca a mí dar consejos, porque soy justicia. ¿Sabes que soy justicia, verdad?

Meg dijo tímidamente:

—Sí.

¡Todos sabían que el concejal Cute era un justicia! ¡Claro! ¡Un justicia siempre tan activo! ¿Quién tan inmaculado ante la opinión pública como Cute?

—Dices que vas a casarte, ¿verdad? —continuaba el concejal—. Algo que favorece poco y poco delicado en alguien de tu sexo. Pero es igual. Cuando estés casada, te pelearás con tu marido y serás una mujer amargada. Tal vez pienses que no, pero ocurrirá, porque yo te lo digo. Pues bien, voy a darte un consejo, y es que estoy determinado a acabar con las mujeres amargadas. Así que· no vengas a mí. Tendrás familia, hijos. Esos muchachos se harán malos, naturalmente y andarán por las calles como salvajes, sin zapatos ni calcetines. ¡Piénsalo, joven amiga! Los juzgaré y los sentenciaré, uno a uno, porque estoy determinado a poner sobre el suelo a los chicos sin medias ni zapatos. ¡Piénsalo, joven amiga! Tal vez tu marido muera joven —es lo más probable— y te deje con un niño de pecho. Entonces te echarán a la calle, y vagarás arriba y abajo. Pues bien, no se ocurra acercarte a mí, muchacha, porque estoy resuelto a acabar con las madres abandonadas. Estoy dispuesto a poner sobre el suelo, a acabar con todas las madres jóvenes, de todo tipo y de toda clase. Y no me vengas diciendo que estás enferma, como excusa, ni que tienes niños de pecho; porque estoy dispuesto a acabar con todos los enfermos y con todos los niños pequeños —con la misma frase que se usa en la iglesia, que no sé si conoces, aunque creo que no—. Estoy decidido a ponerlo todo sobre el suelo. Y si acaso intentaras, con desesperación, con ingratitud, con impiedad y con violencia, ahogarte en el río o ahorcarte, no me apiadaré, porque estoy determinado a acabar con todos los suicidios. Si en algo —decía el concejal, con su sonrisa de satisfacción— estoy totalmente decidido es en acabar con los suicidios. Así que ni lo sueñes. ¿Así se dice, verdad? ¡Ja, ja, ja! ¿Ves cómo nos comprendemos?

Toby no sabía si sentirse al borde de la agonía o, por el contrario, alegre, al ver que el rostro de Meg se volvía blanco como la leche, y que soltaba la mano de su novio.

—Y en lo que a ti toca, perro atontado —dijo el concejal, dirigiéndose con una mayor campechanía y corrección al joven herrero—, ¿para qué narices quieres casarte? ¿En qué piensas, estúpido? Si yo fuera un muchacho joven y apuesto como tú, me daría vergüenza ser lo bastante atontado para atarme a las faldas de una mujer! ¿No te das cuenta que se te hará una vieja antes de que tú seas un hombre maduro? ¡Y vaya la pareja que harás, con una esposa marchita y una nube de hijos hambrientos llorando y siguiéndoos a todas partes!

¡Oh, sabía muy bien cómo burlarse de la gente pobre, el concejal Cute!

—¡Venga! ¡Marchaos ya —dijo el concejal—, y arrepentiros. No hagáis esa tontería de casaros el día de año nuevo. Pensaréis de forma muy distinta mucho antes de que venga el otro año nuevo: un tipo tan majo como tú, con tantas chicas que irán detrás de ti... ¡Venga! ¡Marchaos de una vez!

Se marcharon. Y no cogidos del brazo, ni de la mano, ni intercambiando miradas alegres, porque ella estaba llorando y él parecía tristón y cabizbajo. ¿Eran éstos los corazones que hacía poco habían hecho al viejo Toby saltar de alegría? No, no. El concejal (¡bendito sea!) los había puesto en el suelo.

—Como usted se encuentra aquí —dijo el concejal a Toby—, lléveme esta carta. ¿Podrá hacerlo con rapidez? Porque usted es un viejo.

Toby, que se había estado ocupando de Meg, de modo bastante estúpido, se volvió para murmurar que era rápido y muy fuerte.

—¿Cuántos años tienes? —preguntó el concejal.

—Tengo más de sesenta, señor —dijo Toby.

—¡Oh! Este hombre ha pasado ya la edad promedio, ya sabéis —dijo el señor Filer, interviniendo como si su paciencia soportara ciertas contrariedades, pero no esta forma del concejal de llevar las cosas demasiado lejos.

—Temo estar molestando, señor —dijo Toby—. Lo... lo había dudado esta mañana. ¡Ay, Señor!

El concejal le hizo callar al sacar la carta de su bolsillo y dársela. Toby podía haberse ganado así un chelín, pero al indicar el señor Filer claramente que en ese caso robaría a cierto número de personas nueve peniques, medio a cada una, sólo recibió seis peniques; y, a pesar de todo, Toby pensó que estaba muy bien pagado con esa suma.

Luego el concejal cogió del brazo a sus dos amigos y se marcharon triunfalmente, aunque el concejal regresó inmediatamente, solo, como si se hubiera olvidado de algo.

—¡Mozo! —dijo el concejal.

—¡Señor! —dijo Toby.

—Tenga mucho cuidado de su hija. Es demasiado guapa.

«Debe ser que hasta su buen aspecto debe haberlo robado de alguien, me parece —pensó Toby, mirando la moneda de seis peniques que tenía en la mano, y pensando en los callos—. Les debe haber robado el color a quinientas damas, una a una; no me extrañaría nada. Es terrible!»

—Es demasiado guapa, compañero —repetía el concejal—. Lo más normal es que acabe mal, ya lo veo. Fíjate en lo que te digo. ¡Cuídala!

Y después de decir esas palabras, se marchó de nuevo.

—Todo lo hago mal. Todo lo hago mal —dijo Trotty, dando una palmada—. Hemos nacido malos. ¡No hay nada que hacer!

Las campanas sonaron sobre su cabeza al decir esas palabras. Con sonido pleno, fuerte, sonoro, pero sin incitarle a nada. Absolutamente a nada.

—Ha cambiado su sonsonete —gritaba el viejo, al escucharlas—. No queda ni pizca de aquel encanto en sus palabras. ¿Por qué será? No tengo nada que ver ni con el año nuevo ni con el año viejo. ¡Sólo quiero morirme en paz!

Y las campanas, pregonando su cambio de tonada, hacían que el mismo aire girase con ellas. ¡Ponlo sobre el suelo, ponlo sobre el suelo! ¡Buenos tiempos pasados, buenos tiempos pasados! ¡Datos y cifras, datos y cifras! ¡Ponlo sobre el suelo! ¡Ponlo sobre el suelo! Eso era todo lo que decían, si es que decían algo, hasta que el cerebro de Toby comenzó a dar vueltas.

Se apretó la aturdida cabeza con las manos, como para evitar que estallara. Y era una acción bien calculada, de verdad, porque al descubrir que en una de las manos llevaba la carta, empalmó, mecánicamente, a su trote habitual, y se marchó trotando.

SEGUNDA PARTE

La carta que el concejal había entregado a Toby iba dirigida a un gran hombre del distrito de la ciudad. El mayor distrito de la ciudad, al que sus habitantes normalmente llamaban «el mundo».

Esa carta parecía, en verdad, mucho más pesada en la mano de Toby que ninguna otra carta. Y no porque el concejal la hubiera sellado con un gran escudo y gran cantidad de lacre, sino por el poderoso nombre de la persona a la que iba dirigida y por la inimaginable cantidad de oro y de plata con que ese nombre se relacionaba.

—¡Qué distinto a nosotros! —pensó Toby con su sencillez y franqueza habitual, al mirar en la dirección de la casa—. Divide las animadas tortugas de los registros de defunciones por el número de personas que pueden comprarlas, y ¿con qué parte se quedan sino con la suya propia? Y eso de quitar los callos de la boca de alguien..., eso les hará reír!

Con el involuntario homenaje debido a un personaje tan distinguido, Toby interpuso la punta de su delantal entre la carta y sus dedos.

—Sus hijos —dijo Trotty, y sus ojos se llenaron de lágrimas—, sus hijas, caballeros, pueden enamorarles y llevarles al matrimonio; pueden ser esposas y madres felices; pueden ser hermosas, como mi querida M...e...

No pudo acabar su nombre. La letra final le ardía en la garganta, como si fuera todo el alfabeto.

—Me da igual —pensó Trotty—. Sé lo que quiero decir. Para mí es más que suficiente.

Y con esa cavilación, que le consolaba, continuó su trotecillo.

Aquel día era de fuerte helada. El aire era vigoroso, fresco, claro. El sol invernal, aunque incapaz de transmitir calor, iluminaba con toda claridad el hielo que, sin embargo, no podía fundir, y hacía que irradiara, glorioso. En otros tiempos, tal vez Trotty hubiera aprendido del sol una lección de pobre; pero ya había superado esa etapa.

El año estaba envejeciendo. El año paciente había aguantado los reproches y los deterioros de quienes lo usaban mal, y había desarrollado fielmente sus obligaciones. Primavera, verano, otoño, invierno. Había trabajado a lo largo de su ciclo destinado, y ahora inclinaba la cabeza, dispuesto a morir. Abandonada toda esperanza, todo impulso decidido, toda felicidad activa, él, simple mensajero de tantas alegrías para los demás, proclamaba, en su declive, el recuerdo de sus días de intenso trabajo y el recuerdo de sus horas pacientes, para que le dejaran morir en paz. Trotty podría haber leído en el año que se desvanecía una buena alegoría para un pobre, pero ya había superado esa etapa.

¿Era acaso el único? ¿O acaso la misma llamada habían recibido durante setenta años todos los trabajadores ingleses, y la habían recibido en vano?

Las calles estaban llenas de movimiento, y las tiendas decoradas de fiesta. Se esperaba la llegada del año nuevo, como heredero infantil del mundo entero, con bienvenidas, regalos y alegría. Había libros y juguetes para el año nuevo, brillantes chucherías de año nuevo, trajes de año nuevo, augurios de suerte para el año nuevo, inventos nuevos con que divertirse. Su vida futura estaba parcelada en almanaques y agendas; la llegada de sus lunas, de sus estrellas, de sus mareas, se conocía en este momento con toda anticipación; toda la actividad de sus estaciones, con sus días y sus noches estaban calculados con tanta precisión como la que utilizaba el señor Filer para sumar hombres y mujeres.

El año nuevo, el año nuevo. ¡El año nuevo por todas partes!

El año viejo ya se consideraba muerto, y sus pertenencias se vendían a bajo precio, como objetos de naufragio, de un marinero ahogado. Su ejemplo era el año pasado avanzando hacia el sacrificio, antes de perder el resuello. Sus tesoros se habían convertido en polvo, ante las riquezas de su sucesor aún nonato.

Trotty no pertenecía, así lo pensaba, ni al año nuevo ni al viejo.

—¡Ponerlos en el suelo, en el suelo! Datos y cifras, datos y cifras. ¡Buenos tiempos pasados, buenos tiempos pasados! —trotaba al ritmo de sus palabras, y no se adaptaría a nada más.

Pero aun aquel trote, por melancólico que fuera, le llevó, al cabo de cierto tiempo, al final de su recorrido. A la mansión de sir Joseph Bowley, miembro del Parlamento.

Un criado abrió la puerta. ¡Qué criado! No era de la cofradía de Toby. Muy distinto. Estaba en su sitio, no como Toby.

El mozo de cuerda estuvo jadeando, con dificultad, antes de poder articular una palabra, habiéndose sofocado al tenerse que separar, sin preparación alguna, de la silla, sin haber tenido tiempo de pensarlo y de prepararse para ello. Cuando le volvió el habla —lo cual le llevó bastante tiempo, porque la voz estaba muy lejos, escondida bajo un montón de carne— dijo, con un susurro grueso:

—¿De quién viene?

Toby se lo dijo.

—Deberá llevarlo usted mismo —dijo el portero, señalando una habitación al fondo de un largo pasillo, que salía del recibidor—. Todo le llega directamente, en este día del año. No ha llegado demasiado pronto, porque el carruaje está ya a la puerta, y sólo han venido a la ciudad para pasar un par de horas.

Toby restregó los pies (que ya estaban secos) con gran cuidado, y siguió el camino que se le había indicado, observando, al avanzar, que se encontraba en una mansión inmensa, pero con los muebles cubiertos y tapados, como si la familia estuviera en el campo. Llamó a la puerta de la habitación, y le dijeron que pasara; al hacerlo se encontró en una espaciosa biblioteca, donde, frente a una mesa atiborrada de carpetas y de papeles se encontraba una señora elegante con un sombrerito, y un caballero vestido de negro, no demasiado elegante, que escribía al dictado de la dama; otro caballero, más mayor y mucho más elegante, cuyo sombrero y bastón reposaban sobre la mesa, recorría la habitación una y otra vez, con una mano en el pecho, observando con rostro complaciente su propia figura de tanto en tanto, un retrato de tamaño natural, de gran tamaño natural, que colgaba sobre la chimenea.

—¿Qué es esto? —dijo el caballero que hemos citado en último lugar—. Señor Fish, ¿quiere atenderle, por favor?

El señor Fish pidió perdón, tomó la carta que le entregaba Toby, con gran respeto, y dijo:

—Del concejal Cute, sir Joseph.

—¿Eso es todo? ¿No tiene nada más, mozo? —preguntó sir Joseph.

Toby, dijo que no.

—¿No trae ninguna deuda o demanda contra mí? Me llamo Bowley, sir Joseph Bowley. ¿De ningún tipo? ¿De nadie? —dijo sir Joseph—. Si las tiene, preséntemelas. Hay un talonario de cheques junto al señor Fish. No dejo que ninguna deuda pase al año siguiente. Todas las cuentas detalladas se asientan en esta casa al acabar el año. Así que, si la muerte viniera a...

—A cortar —sugirió el señor Fish.

—A rajar, señor —contestó sir Joseph, con aspereza—, el hilo de la existencia, todos mis negocios se encontrarían, eso espero, bien preparados.

—¡Querido sir Joseph! —dijo la señora que era mucho más joven que el caballero—. ¡Es terrible!

—Querida lady Bowley —contestó sir Joseph, deteniéndose de vez en cuando, debido a la profundidad de sus comentarios—. En esta época del año debemos pensar en... en nosotros mismos. Debemos analizar nuestras... cuentas. Debemos sentir que siempre que llega este período tan feliz en cuanto a relaciones humanas, implica asuntos profundos de la relación de todo hombre con... con su banquero.

Sir Joseph pronunció estas palabras como si sintiera todos los consejos morales que decía, deseando que hasta Trotty tuviera la ocasión de mejorar al oír el discurso. Probablemente, con este objetivo, aún no había abierto el sello de la carta y le decía a Trotty que se quedara donde estaba, un minuto más.

—Deseaba que el señor Fish dijera, señora mía... —indicó sir Joseph.

—El señor Fish ya lo ha dicho, me parece —contestó la señora, mirando la carta—. Pero os digo, sir Joseph, que no creo que podré dejarlo, pese a todo. Resulta tan caro...

—¿Qué resulta caro? —preguntó sir Joseph.

—Esa caridad, cariño. Sólo conceden dos votos por una suscripción de cinco libras. ¡Es monstruoso!

—Querida lady Bowley —contestó sir Joseph—. Me sorprendéis. ¿Se trata acaso del lujo del sentimiento proporcionado al número de votos, o acaso, para una mente justa, está en proporción al número de solicitantes y al sano estado de conciencia al cual les reduce el hecho de ser peticionarios? ¿Acaso no hay un placer, del tipo más puro, con dos votos de que disponer entre cincuenta personas?

—Para mí no, lo reconozco —contestó la señora—. Me aburre. Además, no se puede complacer a los amigos. Claro que tú eres el amigo de los pobres, sir Joseph, ya lo sabes. Por eso piensas de otro modo.

—Es cierto. Soy el amigo de los pobres —observó sir Joseph, mirando al pobretón que tenía allí delante—. Así pueden llamarme. No pido ningún otro título.

«¡Bendito sea Dios! ¡Qué caballero tan noble!», pensó Trotty.

—Por ejemplo, no. estoy de acuerdo con lo que dice Cute —dijo sir Joseph, mostrando la carta—. No estoy de acuerdo con el grupo de Filer. No estoy de acuerdo con ningún grupo. Mi amigo, el pobre, no tiene nada que ver con ese tipo de asuntos, y esos asuntos no tienen nada que ver con él. Mi amigo el pobre, de mi distrito, sólo me concierne a mí. Ningún hombre ni ningún grupo tiene derecho a interferir entre mi amigo y yo. Esa es mi actitud. Asumo una actitud... paternal hacia mi amigo. Le digo: «Amigo mío, te trataré paternalmente».

Toby escuchaba con mucha seriedad, y comenzaba a sentirse menos incómodo.

—Todos tus asuntos, amigo mío —continuaba sir Joseph, mirando a Toby vagamente—, todos los asuntos de tu vida has de resolverlos conmigo. No tienes que molestarte pensando nada más. Yo pensaré por ti; sé lo que te conviene, y soy tu padre perpetuo. ¡Así actúa la sabia Providencia! Pues bien. Los planes de tu existencia son: no que tragues, y engullas, y relaciones, brutalmente, todos sus placeres con la comida. —Toby sintió remordimientos, acordándose de los callos—, sino que sientas la dignidad del trabajo; que salgas de casa bien estirado, al aire alegre de la mañana, y... te detengas. Que vivas una vida dura y templada, que seas respetuoso, que ejercites tu espíritu de sacrificio, que cuides de tu familia con casi nada, que pagues el alquiler de la casa con la misma regularidad que un reloj, que seas puntual en tus asuntos (te voy a dar un buen ejemplo: el señor Fish, mi secretario privado, siempre tiene ante él la caja del dinero) y que confíes en mí como tu amigo y tu padre.

—¡Hermosos hijos, de verdad, sir Joseph! —dijo la señora, con solemnidad—. ¡Reumatismos, fiebres, piernas torcidas, asmas y todo tipo de horrores!

—Señora mía —contestó sir Joseph, solemnemente—. A pesar de todo, soy el amigo y el padre de los pobres. A pesar de todo recibirá estímulo de mis manos. Cada tres meses se pondrá en contacto con el señor Fish.

Por año nuevo brindará a su salud, rodeado de mis amigos. Una vez al año mis amigos y yo nos dirigiremos a él con la mayor atención. Una vez en su vida tal vez reciba, en público, ante toda la nobleza, algún regalito de su amigo. Y cuando apoyado por todos esos estímulos y por la dignidad del trabajo, se hunda en su descansada tumba, entonces, señora mía —y sir Joseph se sonó la nariz—, yo seré padre y amigo, igual que lo he sido de él, de sus hijos.

Toby estaba muy emocionado.

—¡Oh! ¡Tiene una familia de agradecidos, sir Joseph! —dijo su esposa.

—¡Señora! —dijo sir Joseph, con aire majestuoso—. Sabemos que la ingratitud es el pecado de esa clase. No espero ningún agradecimiento.

«¡Ah! ¡Hemos nacido malos! —pensó Toby—. ¡Nada nos cambia!»

—Todo lo que el hombre pueda hacer —continuó sir Joseph—, lo hago yo. Cumplo mi deber como amigo y padre del pobre. Me esfuerzo por educar su mente, por inculcarle en toda ocasión la gran lección moral que requiere esa clase. Es decir, dependencia total en mí. Ellos solos no tienen nada que hacer. Aunque algunas personas enfermizas y malvadas les digan lo contrario, y les hagan sentirse impacientes y descontentos, y sean culpables de una conducta insubordinada y de una siniestra ingratitud, que es lo que ocurre, yo sigo siendo su amigo y su padre. Así está establecido. Está en la propia naturaleza de las cosas.

Con gran sentimiento, abrió la carta del concejal y la leyó.

—Muy correcta y muy atenta, naturalmente —exclamó sir Joseph—. Señora, el concejal es tan educado que me recuerda que tuvo el «distinguido honor» —es muy bondadoso— de conocerme en casa de un amigo mutuo, Deedles, el banquero, y me hace el favor de preguntarme si sería agradable condenar a Will Fern.

—¡Muy agradable! —contestó lady Bowley— ¡Es el peor de todos! Habrá robado algo, ¿verdad?

—Pues no —dijo sir Joseph, refiriéndose a la carta—. Casi. Pero no del todo. Casi. Parece ser que vino a Londres buscando trabajo (intentando mejora: eso es lo que dice) y, al encontrarlo una noche durmiendo en un cobertizo lo apresaron y lo llevaron al día siguiente al concejal. El concejal indica, de forma muy correcta, que está determinado a acabar con ese tipo de cosas, y que si me parece agradable poner sobre el suelo a Will Fern, a él le encantaría comenzar con él.

—Que sirva de ejemplo, naturalmente —contestó la señora—. El pasado invierno, cuando les enseñé trabajos de pasamanería a los hombres y muchachos del pueblo, como una hermosa ocupación para las tardes, y puse música con la nueva notación a los versos:

Amemos nuestras ocupaciones,
bendigamos al señor y a su familia,
vivamos con nuestro pan de cada día
y recordemos siempre nuestra posición.

para que lo cantaran, ese individuo, Fern —me parece que lo estuviera viendo—, llevándose la mano a ese sombrero que llevaba, me dijo: «Le pido perdón humildemente, señora, pero ¿no soy algo distinto de una niña grande?» Esperaba esa salida, naturalmente. ¿Acaso puede esperarse algo más que insolencia e ingratitud de ese tipo de gente? Pero no es por eso, sir Joseph. ¡Que sirva de ejemplo!

—¡Ejem! —tosió sir Joseph—. Señor Fish, ¿tiene usted la bondad?

El señor Fish tomó inmediatamente la pluma, y escribió al dictado de sir Joseph:

«Privado. Querido amigo. Le quedo muy agradecido por su amabilidad en el asunto del individuo llamado William Fern, sobre el cual, lamento añadir, no puedo decir nada favorable. Me he considerado siempre como un amigo y como un padre, pero he sido pagado (como suele ocurrir tantas veces, me duele decirlo) con ingratitud y con una constante oposición a mis planes. Es un espíritu turbulento y rebelde. Su carácter no resiste investigación alguna. Nada le persuade de que debe ser feliz. Bajo estas circunstancias, me parece que cuando vaya de nuevo a su presencia (como, según me informa, hará mañana, después de sus investigaciones, y creo que hay que fiarse de él) una condena de cierta duración como vagabundo sería un servicio a la sociedad, y un ejemplo saludable en este país en el que —por reconocimiento a quienes, con informes buenos y malos, somos amigos y padres de los pobres, así como por obligación a esa clase, errada— se necesitan mucho los ejemplos. Suyo afectísimo...», y todo lo demás.

—Parece —indicó sir Joseph después de haber firmado la carta, y mientras el señor Fish la sellaba— como si todo estuviera ordenado. Realmente. Cuando acaba el año, arreglo las cuentas y hago balance, ¡hasta con William Fern!

Trotty, que se había sentido muy deprimido y que continuaba en el mismo estado, avanzó unos pasos para recibir la carta con aire compungido.

—Con mi agradecimiento y gratitud —dijo sir Joseph— ¡Un momento!

—¡Un momento! —repitió el señor Fish, como un eco.

—Debe haber escuchado —dijo sir Joseph, con tono de orador— ciertas observaciones que he formulado respecto al solemne período al que hemos llegado, y al deber que tenemos de aclarar todos nuestros asuntos, y de estar preparados. Habrá notado que no me escudo en mi escala social superior, sino que el señor Fish, ese caballero que ahí se encuentra, tiene un talonario de cheques junto a su brazo, para que yo pueda pasar a un talón totalmente nuevo, y empezar el año nuevo con las cuentas limpias. Ahora bien, amigo mío, ¿puede usted decir, con la mano en el corazón, que está bien preparado para el año nuevo?

—Me temo, señor —balbuceó Trotty, mirándole con ojos mansos— que... que tengo alguna cuenta pendiente con el mundo.

—¡Una cuenta pendiente con el mundo! —repitió sir Joseph Bowley, con un tono muy muy claro.

—Me temo, señor —dijo Trotty—, que... debo unos diez o doce chelines a la señora Chickenstalker.

—¡A la señora Chickenstalker! —repitió sir Joseph, con el mismo tono de antes.

—Es una tienda, señor —exclamó Toby— donde venden de todo. También debo... un poco de alquiler. Muy poco, señor. Sé que no debería deberles nada, pero he pasado una mala época, de verdad.

Sir Joseph miró a la señora, al señor Fish y luego a Trotty, uno tras otro, y repitió ese recorrido dos veces. Luego hizo un gesto de abatimiento con las dos manos, como si quisiera olvidarse de todo.

—¿Cómo puede un hombre, aun de esa raza poco previsora y poco práctica, un viejo, un hombre de cabellos grises, mirar al año nuevo cara a cara, si sus asuntos están en ese estado? ¿Cómo puede acostarse por las noches teniendo sus asuntos de ese modo, y levantarse de nuevo al amanecer y...? ¡En fin! ¡Bueno! —dijo, dando la espalda a Trotty—. Tome esta carta. Tome la carta.

—Me hubiera gustado mucho tener las cosas de otro modo, señor —dijo Trotty, deseosos de justificarse—. Lo hemos pasado muy mal.

Sir Joseph volvió a repetir:

—¡Tome esta carta, tome la carta!

Y el señor Fish no sólo repetía la misma frase, sino que reforzaba la petición empujando al portador hacia la puerta, con lo cual Trotty no pudo hacer otra cosa sino inclinar la cabeza y despedirse. Una vez en la calle, el pobre Trotty se caló su viejo sombrero para ocultar el dolor que sentía de no poder llegar preparado al año nuevo, pese a todo.

Ni siquiera levantó el sombrero para saludar al campanario,

cuando llegó a la vieja iglesia. Se detuvo allí un momento, por la fuerza de la costumbre; se dio cuenta de que anochecía y distinguió ante él el campanario, sombrío, y apenas visible, en el aire misterioso. Se daba cuenta, también, de que las campanas iban a sonar inmediatamente y que sonaban en su fantasía, en momentos como aquél, como voces entre las nubes. Pero se limitó a darse más prisa para entregar la carta al concejal y desaparecer antes de que comenzasen a sonar; porque temía oírlas decir: «Padres y amigos, padres y amigos», además de todo lo que le habían dicho antes.

Por eso, Toby se libró de su compromiso, con toda la velocidad posible, y fue, trotando, a su casa. Pero con su paso, que era bastante vulgar, y con su sombrero, que tampoco lo mejoraba, en un minuto chocó con alguien, que lo envió rodando por la calle.

—¡Perdone, señor, perdone! —dijo Trotty, levantándose y poniéndose el sombrero, todo confuso y pareciendo una colmena entre el sombrero y la camisa deshilachada— ¿No se habrá hecho daño, verdad?

Toby no era exactamente un Sansón para hacer daño a nadie, y era más probable que le hubieran hecho daño a él, porque había salido despedido en la calle, como una lanzadera. Pero tenía tan gran opinión de sus propias fuerzas, que estaba muy preocupado por el otro, y por eso volvió a decir:

—¿No se habrá hecho daño, verdad?

El hombre contra el que había chocado, un individuo de rostro bronceado, vigoroso, con aspecto de campesino, cabello entrecano y barbilla poco cuidada, le estuvo mirando un buen rato como si pensara que estaba en plan de broma. Pero, satisfecho de la buena fe del mozo, le contestó:

—No, amigo. No me ha hecho daño.

—¿Al niño tampoco, verdad? —dijo Trotty.

—Al niño tampoco —contestó el hombre—. Muchas gracias.

Entonces miró a la niña que llevaba en brazos, dormida, cubriéndole la cara con la punta del pobre pañuelo que llevaba anudado al cuello, y continuó lentamente su camino.

El tono con que había dicho «muchas gracias» había penetrado el corazón de Trotty. Parecía tan agotado y tan cansado de viajar, y todo en él era solitario y extraño, que era un consuelo para él poder dar las gracias a alguien, aunque fuera una poca cosa. Toby se le quedó mirando mientras el hombre se alejaba, con el brazo del niño en torno al cuello.

Trotty se quedó mirando a la figura de zapatos gastados —un mero recuerdo, un mero fantasma de zapatos—, polainas de cuero burdo, abrigo vulgar y ancho sombrero. No distinguía más que esa figura en toda la calle. Y el brazo del niño en torno al cuello.

Antes de hundirse en la oscuridad, el viajero se detuvo y, al mirar a su alrededor y ver que Trotty aún estaba en el mismo sitio, parecía indeciso de continuar o de regresar. Después de avanzar primero un buen trecho y luego retroceder, se dirigió hacia Trotty, que se adelantó a su encuentro.

—Tal vez puedas decirme —dijo el hombre, con una sonrisa forzada— y, si puede asegurármelo, prefiero preguntarle a usted que a otro, dónde vive el concejal Cute.

—Muy cerca —contestó Toby—. Puedo guiarle hasta su casa con mucho gusto.

—Tenía que presentarme ante él mañana —dijo el hombre, acompañando a Toby—, pero no estoy tranquilo, porque sospechan de mí, y quiero que las cosas queden claras, para tener la libertad de ir a ganarme el pan donde quiera, aunque no sé dónde. Por eso, tal vez me perdone si me presento en su casa esta noche.

—¡Es imposible! —dijo Toby, sobresaltado— ¡Usted debe llamarse Fern!

—¿Eh? —le dijo el otro, volviéndose hacia él y mirándolo con gesto de asombro.

—Sí, Fern. ¡Will Fern! —dijo Trotty.

—Así me llamo —contestó el otro.

—Pues entonces —dijo Trotty, agarrándole del brazo y mirando con cautela a su alrededor— ¡Por lo que más quiera, no vaya a su casa! Le encerrará. Tan cierto como que está vivo. Mire. Entremos en este callejón y se lo explicaré todo. Pero no se acerque a él.

Su nuevo amigo le miraba como si pensara que se había vuelto loco, pero siguió su consejo y le acompañó. En el callejón nadie les observaba, y allí Trotty le contó todo lo que sabía, y qué le habían contado, y todo lo demás.

El sujeto de la historia le escuchaba con una calma que sorprendía a Trotty. Ni le contradijo ni le interrumpió ni una sola vez. De vez en cuando afirmaba con la cabeza, más para corroborar esa historia tan antigua, según parecía, que para refutarla; y una o dos veces se echó el sombrero hacia atrás y se pasó la mano pecosa por la frente, donde cada uno de los surcos que había arado parecían haber dejado una imagen diminuta. Pero no hizo nada más.

—En general, todo es bastante cierto —dijo—, amigo. Podría cribar el grano de la paja en algunos detalles, pero dejémoslo como está. ¿Qué más da? Me he opuesto a sus planes, desgraciadamente para mí. No puedo evitarlo, y haría lo mismo mañana. Respecto a la reputación, la gente rica puede hacer lo que quiera y pueden sisar y robar, y pese a todo evitar que caiga una mancha sobre su buen nombre, ¡pero no ocurre lo mismo con nosotros! ¡Bien! Espero que no pierdan su reputación con la facilidad con que la perdemos nosotros, porque sus vidas son muy estrictas, y no vale la pena conservarlas. En cuanto a mí, amigo, con esta mano —y la extendió ante él— nunca he tomado nada que no fuera mío; y nunca he huido del trabajo, por duro o mal pagado que fuera. Quien pueda decir lo contrario, ¡que me la corte! Pero cuando el trabajo no basta para mantenerme como criatura humana, cuando vivo tan mal que siento hambre, en casa y fuera de ella, cuando veo que una larga vida de trabajador comienza así, continúa así y acaba así, sin posibilidad de cambio ni de buena suerte, entonces digo a todos los caballeros ricos: ¡No se acerquen a mí! ¡Dejad mi casa en paz! Las puertas ya son bastante oscuras para que ustedes las oscurezcan más. No vengan a buscarme para que vaya al parque a animar la fiesta, si se trata de un cumpleaños o de un buen discurso, o lo que sea. Diviértanse con sus obras de teatro y sus juegos sin mí, y pásenlo muy bien. No tenemos nada que ver los unos con los otros. ¡Estoy mucho mejor solo!

Al comprobar que la niña que llevaba en brazos había abierto los ojos y miraba asustada a su alrededor, se serenó para decirle unas palabritas amables al oído, y ponerla en el suelo a su lado. Luego, enrollando lentamente una de sus largas trenzas entre los dedos, como si formaran un anillo, mientras la niña se apoyaba en su pierna polvorienta, le dijo a Trotty:

—No es que sea un hombre poco sociable por naturaleza, créeme, y me contento con poco; es la verdad. No tengo mala voluntad para ninguno de ellos. Sólo quiero vivir como una criatura del Todopoderoso. Pero no puedo, no vivo así, y por eso hay un pozo entre mí y los que tienen y pueden. Hay muchos más como yo. Se les puede contar por cientos y por miles.

Trotty sabía que decía la verdad, y le dijo que sí con la cabeza, para aceptarlo.

—Tengo muy mala fama con todo eso —dijo Fern— y es poco probable, desgraciadamente, que mi fama cambie. No es legal no tener ni cinco, y yo soy de ésos, aunque bien sabe Dios que preferiría estar siempre de buen humor. ¡Bien! No sé si ese concejal me podría hacer mucho daño enviándome a la cárcel, pero, como no tengo a ningún amigo que me defienda, tal vez lo haga, y ¡mírala! —señalaba con el dedo a la niña.

—Es muy guapa —dijo Trotty.

—¡Sí, sí! —contestó el otro en voz baja, mientras cogía su rostro suavemente con las manos y la miraba con fijeza—. Lo he pensado muchas veces, muchas veces, cuando mi hogar estaba frío y la despensa vacía. Lo pensaba la otra noche, cuando nos llevaron presos como si fuéramos dos ladrones. Pero no quiero que vean esa carita muchas veces, ¿verdad, Lilian? No es muy correcto que lo haga un hombre.

Su voz bajó tanto, y miraba a la niña con una expresión tan firme y tan extraña, que Toby, para apartarlo de esos pensamientos, le preguntó si su esposa vivía.

—Nunca he tenido esposa contestó moviendo la cabeza—. Es la hija de mi hermano, una huérfana. Tiene nueve años, aunque cuesta creerlo; pero ahora está cansada y muy agotada. Se hubieran ocupado de ella en el orfelinato, a veintiocho milllas de donde vivimos, entre cuatro paredes (así estuvo mi padre cuando, ya viejo, no podía trabajar más, aunque no les molestó por mucho tiempo). Pero yo me he quedado con ella, y desde entonces ha vivido conmigo. Hace tiempo, su madre tuvo una amiga aquí, en Londres. La estamos buscando, y también estamos buscando trabajo, pero es una ciudad muy grande. Es igual. ¡Más espacio por donde andar, Lilly!

La niña le miró a los ojos, y el hombre le sonrió de tal modo que a Toby le vinieron las lágrimas; luego tomó a Toby del brazo.

—Ni siquiera sé cómo te llamas —le dijo—, pero te lo he contado todo, porque siento agradecimiento hacia ti, con muy buena razón. Seguiré tu consejo, y procuraré alejarme de...

—De la justicia —sugirió Toby.

—¡Ah! —dijo— ¡Así la llaman! ¡Qué justicia! Y mañana probaré si hay mejor suerte en algún lugar cerca de Londres. Buenas noches. ¡Y feliz año nuevo!

—¡No te vayas! —gritó Trotty, cogiéndole de la mano, cuando intentaba soltarse de él— ¡No te vayas! No podré celebrar el año nuevo si te vas de ese modo. No podré entrar con felicidad en el año nuevo si veo que tú y la niña os vais, sin tener a dónde ir, y sin un techo que os cobije. ¿Por qué no venís a mi casa? Soy un pobre hombre y vivo en una humilde casa, pero puedo daros alojamiento esta noche sin arrepentirme de ello. ¡Venid a mi casa! ¡Venga! ¡Puedo llevarla en brazos! —dijo Trotty, alzando a la niña— ¡Qué guapa es! Puedo cargar un peso veinte veces superior al suyo, sin darme cuenta. Si camino demasiado rápido, dímelo. Soy un hombre muy rápido. ¡Siempre lo he sido! —Trotty dijo esto dando seis de sus pasos al lado de su fatigado compañero; sus piernas escuálidas le temblaban bajo el peso que llevaba.

—¡Vaya! Es tan ligera —dijo Trotty, trotando en su conversación tanto como en su paso, porque temía que le fuera a dar las gracias si dejaba de hablar un momento—, tan ligera como una pluma. Más ligera que la pluma de un pavo real, mucho más ligera. Aquí estamos, y aquí vamos. Por esta primera calle a la derecha, Will, y pasando la fuente y subiendo por el callejón de la izquierda, enfrente mismo del bar. Aquí estamos, y aquí vamos. Pasa al otro lado, Will, y cuidado con el bollero de la esquina. Aquí estamos y aquí vamos. Por este callejón, Will, y aquí, en esa puerta negra donde pone «T. Veck, mozo de cuerda» en el tablero, y aquí estamos y aquí vamos, y aquí estamos, de verdad, preciosa Meg, para darte una sorpresa.

Y con esas palabras, Trotty, ya sin aliento, dejó la niña en el suelo, ante su hija, en el centro de la habitación. La pequeña visitante miró a Meg y, al no ver ninguna duda en su rostro, y fiándose de todo lo que veía, corrió a sus brazos.

—¡Aquí estamos y aquí vamos! —gritó Trotty, dando vueltas alrededor de la habitación, todo sofocado— ¡Aquí estamos, Will! ¡Aquí hay un buen fuego para ti! ¿Por qué no te acercas al fuego? ¡Oh, aquí estamos y aquí vamos! Meg, cariño, ¿dónde está la olla? Aquí está y aquí va, y dentro de poco se pondrá a hervir.

Trotty realmente había cogido la olla, en un momento de su loca carrera, y la había puesto al fuego; mientras tanto, Meg, sentando a la niña en un rincón caliente, se había arrodillado ante ella, le sacaba los calcetines y secaba sus piececitos húmedos con un trapo. ¡Ay! Miraba a Trotty y se reía con tanta alegría, con tanto contento, que Trotty la hubiera bendecido allí, de rodillas, porque él había notado, al entrar en la casa, que su hija estaba llorando ante el fuego.

—Pero, padre —dijo Meg—. Esta noche está loco, ¿no le parece? No sé lo que opinarían de esto las campanas. ¡Pobres piececitos! ¡Qué fríos que están!

—No. Ya se han calentado —exclamó la niña—. Ahora están muy calentitos.

—No, no, no —dijo Meg—. Aún no te los he restregado bien. Estamos muy ocupadas, ¿verdad? Y cuando ya estén bien secos, te peinaremos el pelo húmedo, y al acabar, daremos algo de color a tu carita pálida con agua fresca, y cuando hayamos acabado, estaremos tan alegres, tan contentas...

La niña, estallando en lágrimas, se cogió a su cuello, acarició su mejilla hermosa, y dijo:

—¡Oh, Meg! ¡Querida Meg!

La bendición de Toby no pudiera haber logrado más. ¿Quién pudiera haber dicho más?

—Pero, padre —dijo Meg, después de una pausa.

—¡Aquí estoy, y aquí voy, hija mía! —dijo Trotty.

—¡Dios mío! —gritaba Meg— ¡Está loco! ¡Ha puesto el gorrito de la niña en la olla, y ha colgado la tapadera detrás de la puerta!

—No lo hice a propósito, hija mía —dijo Trotty, reparando rápidamente su error—. ¿Sí, hija mía?

Meg le miró, y comprobó que se había colocado con mucha circunspección detrás de la silla del visitante, donde con muchos gestos misteriosos manoseaba la moneda de seis peniques que se había ganado.

—Ya ves, hija mía —dijo Trotty—. Al entrar he visto media libra de té por las escaleras, y casi estoy seguro de que también había un poco de tocino. No me acuerdo exactamente dónde estaba, pero voy a ir a buscarlo.

Con esa mentira difícil de descubrir, Toby se marchó para comprar los alimentos que había mencionado pagándolo al contado en la tienda de la señora Chickenstalker. Y regresó al momento, diciendo, al principio, que le había costado encontrarlo, en la oscuridad.

—Y, sin embargo, aquí están —dijo Trotty, sacando lo que había comprado— ¡Aquí está todo! Y casi estoy seguro de que era té, y tocino. Así es. Meg, hija mía, si preparas el té mientras tu padre fríe el tocino, en un momento estará todo listo. Es muy curioso —dijo Trotty, empezando a cocinar, con la ayuda de un gran tenedor—, es muy curioso, pero todos mis amigos lo saben, que no me gusta nada ni el té ni el tocino. Me gusta ver cómo los otros lo disfrutan —dijo Trotty, hablando en alta voz, para dejar claro este detalle en su visitante—. Porque a mí, como alimentos, me resultan desagradables.

Y, sin embargo, Trotty olía el aroma del tocino que se freía —¡Ah!— como si le gustara; y cuando echó el agua hirviendo en la tetera, observó con cariño la profundidad del delicioso recipiente, y dejó que el aroma apetecible se le enroscara en la nariz, y cubriera su cabeza y su cara como si fuera una nube espesa. Pero, a pesar de todo eso, ni comió ni bebió, excepto al comienzo, un pedacito, para guardar las reglas de la educación, y ese pedacito pareció comerlo con deleite infinito, aunque declarara que le parecía muy poco interesante.

No. La ocupación de Trotty era comprobar que Will Fern y Lillian comían y bebían; y esa era también la ocupación de Meg. Y jamás encontró ningún espectador en ningún banquete de la ciudad o de la corte mayor alegría en ver a los otros comer a gusto: aunque se tratara de un monarca o de un Papa, como la alegría de aquellos dos, observando a sus invitados aquella noche. Meg sonreía a Trotty, Trotty se reía mirando a Meg. Meg movía la cabeza, y parecía aplaudir, aplaudiendo a Trotty; Trotty explicaba a Meg, con señas extrañas, ininteligibles, cómo, cuándo y dónde había encontrado a los visitantes, y todos estaban felices. Muy felices.

«Aunque —pensó Trotty, con tristeza, al mirar el rostro de Meg—, aunque vuestro compromiso se haya roto, por lo que veo.»

—Bueno, pues ahora os diré lo que vamos a hacer —dijo Trotty, después del té—. La pequeña dormirá con Meg. ¿Qué tal?

—¡Qué bien! —gritaba la niña, acariciando a Meg— ¡Con Meg!

—Me parece muy bien —dijo Trotty—. Pero también podías dar un besito al papá de Meg, ¿qué tal? Yo soy el papá de Meg.

Trotty se puso contentísimo cuando la niña se acercó tímidamente hacia él, y después de darle un beso volvió con Meg.

—Es tan sensible como Salomón —dijo Trotty— Aquí venimos y aquí... no, no, no quería decir eso, ¿qué estaba diciendo, Meg, cariño?

Meg miró a su huésped, que se inclinaba sobre la silla, y dándole la espalda, acariciaba la cabeza de la niña, medio oculta en el regazo de Meg.

—¡Naturalmente! —dijo Toby— ¡Naturalmente! No sé lo que os estaba contando esta noche. Me encuentro fuera de órbita. Will Fern, tú vendrás conmigo. Estás hecho polvo y necesitas un buen descanso. Tú vendrás conmigo.

El hombre aún jugaba con los rizos de la niña, aún inclinado hacia la silla de Meg, aún con el rostro vuelto hacia la niña. No decía nada, pero en sus ápseros y rudos dedos, que se contraían y se abrían en el rostro de la niña, había una elocuencia que sobraba.

—Sí, sí —dijo Trotty, respondiendo inconscientemente a lo que veía expresado en el rostro de su hija—. Llévatela ya, Meg. Llévatela a la cama. Muy bien. Ahora, Will, ahora te enseñaré dónde vas a dormir. No es que haya mucho espacio; es sólo un desván; pero tener un desván —siempre lo digo— es una de las mayores ventajas de vivir en estos callejones; y hasta que esta cochera y estos establos consigan mejor alquiler, pagamos muy poco nosotros. Allá arriba hay heno abundante, de un vecino, y está tan limpio como Meg puede limpiarlo. ¡Arriba esos ánimos! No te dejes llevar.

¡Un corazón nuevo para un año nuevo, siempre!

La mano que había soltado el cabello de la niña había caído, temblando, en la mano de Trotty. Y Trotty, sin dejar de hablar, le condujo con la misma ternura y la misma facilidad con que lo hubiera hecho de haberse tratado de un niño.

Al volver junto a Meg, escuchó unos momentos tras la puerta de su cuarto pequeño, una habitación contigua. La niña estaba musitando una oración sencilla antes de dormirse y al recordar en su plegaria el nombre de Meg —«querida, querida Meg», así decía—. Trotty la oyó detenerse y preguntar por su propio nombre.

Tardó cierto tiempo el pobre hombre en tranquilizarse y poder avivar el fuego, y acercar su silla al cálido hogar. Una vez lo hubo hecho, y después de despabilar la lámpara, sacó el periódico del bolsillo y comenzó a leerlo. Al principio sin mucho detenimiento, y saltando muchas columnas; luego, con un interés serio y triste.

Porque aquel mismo temible periódico dirigía los pensamientos de Trotty en la dirección que habían tomado durante todo ese día, ya que las noticias del día así lo marcaban y lo señalaban. Su interés por los dos vagabundos le había propiciado un tema de pensamiento, uno más feliz, provisionalmente; pero, al encontrarse solo de nuevo, y al leer los crímenes y la violencia cometidos, volvió a su línea de pensamiento anterior.

Con ese ánimo se puso a leer la historia de una mujer (y no era la primera que leía de ese tipo) que con sus propias manos había acabado no sólo con su propia vida, sino también con la de un hijo pequeño. Un crimen tan terrible y tan odioso ante él, dilatado por el amor a Meg, que dejó caer el periódico de sus manos y se dejó caer en la silla, aterrorizado.

—¡Horrible y cruel! —dijo Toby— ¡Horrible y cruel!

Sólo aquellos de corazón malo, nacidos malos, que no tenían nada que hacer en esta tierra, podrían hacer esos crímenes. Es muy cierto, y lo he oído hoy muchas veces; justo, probado. Somos malos.

Las campanas repitieron esas palabras de forma tan imprevista —sonaron de forma tan clara, tan fuerte, tan sonora— que parecieron golpear la silla.

Y, ¿qué decían? ¿Qué decían?

«Toby Veck, Toby Veck, te estamos esperando, Toby. ¡Ven a vernos, ven a vernos! ¡Tráenoslo, tráenoslo! ¡Persíguele,

persíguele! ¡Interrumpe su sueño, interrumpe su sueño! Toby Veck, Toby Veck, la puerta bien abierta, Toby, Toby Veck, Toby Veck, la puerta bien abierta, Toby.» Y luego volvieron a sonar con ritmo impetuoso en todos los ladrillos y en el estuco de las paredes.

Toby las escuchaba. ¡Recuerdos, recuerdos! ¡Su remordimiento por haberse alejado de ellas aquella tarde! No, no. Nada de ese tipo. De nuevo, de nuevo y más de diez veces más. «¡Persíguele, persíguele, tráenoslo, tráenoslo!» ¡Iban a volver sorda a toda la ciudad!

—Meg —dijo Trotty con voz muy suave, dando un golpecito a su puerta—. ¿Oyes algo?

—Oigo las campanas, padre. ¡Qué fuerte que suenan esta noche!

—¿Se ha dormido la niña? —preguntó Toby, sirviéndose de esa excusa para asomar la cabeza.

—Con una facilidad y una calma increíbles. Pero aún no puedo dejarla, padre. ¿Ve cómo se agarra de mi mano?

—Meg —dijo Trotty— ¡Escucha las campanas!

Meg escuchó, mirándolo todo el rato. Pero su expresión no sufrió cambio alguno. No entendía lo que decían las campanas.

Trotty se marchó, volviendo a ocupar su asiento junto al fuego, y se puso de nuevo a escuchar. Y allí permaneció un buen rato.

Era imposible soportarlo; su energía era espantosa.

«Si la puerta del campanario está realmente abierta —dijo Toby, quitándose repentinamente el delantal, pero olvidando quitarse el sombrero—, ¿qué me impide subir al campanario y satisfacer mi curiosidad? Si la puerta estuviera cerrada, ya tengo bastante satisfacción con eso. Será bastante.»

Estaba muy seguro cuando se deslizó silenciosamente a la calle, que encontraría la puerta cerrada con llave, porque conocía bien la puerta y la había visto abierta en tan contadas ocasiones que creía que no había sido en total más de tres veces. Era una puerta de arco rebajado, exterior, en un rincón oscuro detrás de una columna, y tenía unas bisagras tan enormes y un cerrojo tan mostruoso que parecía haber más bisagras y cerrojos que puerta.

Pero lo que le asombró más fue que, llegando a la iglesia

descalzo, al poner la mano en el hueco oscuro, con una cierta aprensión de que alguien le agarrara inesperadamente, y con una cierta tentación de quitarla de nuevo, encontró que la puerta, que se abría hacia fuera, ¡realmente estaba abierta!

Pensó, en primer lugar, en volver a casa, o de conseguir alguna luz o algún compañero; pero, su coraje le ayudó en aquel instante y se decidió a subir solo.

—¿Qué tengo que temer? —se dijo Trotty— ¡Se trata de una iglesia! Además, pueden estar los campaneros, que se habrán olvidado de cerrar la puerta.

Así que entró, andando a tientas como un ciego, porque estaba muy oscuro. Y muy tranquilo, porque las campanas se habían callado.

El polvo de la calle había entrado en el pasadizo y, amontonado por todo el suelo, lo hacía blando, como de terciopelo, de forma que hasta esto resultaba desconcertante. La escalera estrecha estaba tan cerca de la puerta que al principio tropezó con ella; cerrando luego la puerta, dándole un puntapié y haciendo que retrocediera y quedara cerrada, consiguió no poderla volver a abrir.

Esa era otra nueva razón para avanzar. Trotty siguió su camino. Arriba, arriba, arriba. Una vuelta, otra vuelta. Arriba, arriba, arriba. Más arriba, más arriba, más arriba.

Era una escalera desagradable para irla subiendo a tientas; tan baja y tan estrecha que su mano siempre tocaba algo, y muchas veces palpaba algo así como un hombre o una figura fantasmal que estuviera allí de pie y que le dejara pasar sin descubrir quién era, que frotaba la pared hacia arriba en busca de su cara y hacia abajo, en busca de sus pies, mientras un temblor frío le recorría el cuerpo. Dos o tres veces una puerta o un nicho rompieron la superficie monótona y entonces el hueco parecía tan grande como toda la iglesia; y se sentía al borde de un abismo, a punto de caer de cabeza, pero enseguida volvía a encontrar la pared.

Más arriba, más arriba, más arriba. Una vuelta, otra vuelta. Arriba, arriba, arriba, ¡cada vez más alto!

Por fin, la atmósfera húmeda y pesada comenzó a aligerarse; empezó a sentir el viento; empezó a notar que el viento soplaba con tal fuerza que apenas si podía mantenerse en pie. Pero

Meg miró a su huésped, que se inclinaba sobre la silla, y dándole la espalda acariciaba la cabeza de la niña, medio oculta en el regazo de Meg. (pág. 137)

consiguió llegar a una ventana redondeada de la torre, a la altura del pecho, y agarrándose bien, miró en dirección a los tejados de las casas y las chimeneas humeantes, y al grupo de luces (hacia el lugar donde Meg se estaba preguntando dónde estaría, y tal vez le estaría llamando), todo ello envuelto en una masa de niebla y de oscuridad.

Había llegado al campanario, donde actuaban los campaneros. Se había agarrado de una de las deshilachadas cuerdas que colgaban a través de las aberturas del techo de roble. Al principio se asustó, creyendo que eran cabellos, y luego tembló al pensar que pudiera despertar a las campanas profundas. Las campanas estaban aún más arriba. Más arriba, Trotty. Y hacia arriba fue subiendo, fascinado, o siguiendo un hechizo. Trepaba ahora por escaleras de madera, y con dificultad, porque eran muy empinadas, y no estaba del todo cierto de asegurar bien los pies.

Arriba, arriba, arriba; trepa y sube; arriba, arriba, arriba. ¡Más arriba, aún más arriba!

Hasta que, pasando a través de un agujero del techo, y deteniéndose un momento al asomar su cabeza por las vigas, vio las campanas. Apenas si se podía distinguir sus formas enormes en la niebla, pero allí estaban. Oscuras, tenebrosas, calladas.

Una terrible sensación de miedo y de soledad se apoderó de él en aquel momento según subía a ese ventilado nido de piedra y de metal. Su cabeza le daba vueltas. Escuchó y gritó un salvaje «¡Hola!» a las campanas.

¡Hola! El saludo se repetía con el eco, de forma siniestra.

Aturdido, confuso y sin respiración, aterrorizado, Toby miró a su alrededor con los ojos en blanco y cayó desmayado.

TERCERA PARTE

Negras son las temibles nubes, y turbulentas las aguas profundas cuando el mar del pensamiento, recuperándose después de una calma, devuelve a sus muertos. Monstruos zafios y salvajes se alzan en prematura e imperfecta resurrección; las diversas partes y formas de cosas diferentes se juntan y mezclan al azar; y cuándo, y cómo y por qué increíbles grados cada una se separa de la otra y cada sensación y cada objeto de la mente recupera su forma habitual, viviendo de nuevo, ningún hombre —aunque cada hombre sea diariamente víctima de ese tipo de gran misterio—, ningún hombre podrá saber.

Así pues, cuándo y cómo la oscuridad del campanario en la noche cambió en luz pálida, cuándo y cómo la torre solitaria se pobló con mil figuras, cuándo y cómo el susurrado «persíguele, persíguele», sonando monótono en su sueño o desvanecimiento se hizo voz que gritaba en los oídos de Trotty que despertaban del sueño «interrumpe su sueño, interrumpe su sueño», cuándo y cómo dejó de tener una idea confusa y extraña de que aquellas cosas existían, pero que acompañaban a muchas otras que no existían, no hay forma ni manera de decirlo. Pero despierto y de pie sobre las maderas donde había estado tumbado, vio esta visión fantasmal.

Vio la torre, donde sus pasos hechizados le habían traído, poblándose de fantasmas enanos, espíritus, criaturas fantasmales de las campanas. Los vio saltando, volando, cayendo, saliendo de las campanas sin pausa alguna. Los vio en el suelo, dando vueltas a su alrededor; por encima de él, en el aire; gateando hacia él por las cuerdas de las campanas; mirándole desde arriba, desde las enormes vigas remachadas con hierro, por las aberturas y troneras de los muros, alejándose de él en círculos cada vez más amplios, como las ondulaciones del agua se alejan si una piedra cae y marca un círculo en el agua. Los vio a todos, y eran de aspectos y formas muy distintos. Los había feos, guapos, lisiados, bien formados. Los había jóvenes, viejos, amables, crueles, alegres, tristes; algunos bailaban, otros cantaban; algunos se tiraban de los pelos y aullaban. El aire estaba repleto de ellos. Los veía llegar e irse incesantemente. Los veía lanzarse hacia abajo, ascender, alejarse, posarse en un lugar cercano, todos muy inquietos y violentamente activos. La piedra, el ladrillo, la pizarra y la teja eran ahora tan transparentes para él como para ellos. Los vio dentro de las casas, ocupadas en los lechos de los que duermen. Los vio aliviando a la gente en su sueño; los vio azotándolos con látigos de nudos; los vio gritándoles al oído, los vio tocando suaves músicas sobre sus almohadas; los vio alegrando a algunos con las canciones de los pájaros y el perfume de las flores; los vio mostrando rostros instantáneos y horribles en los rostros preocupados de otras personas, desde espejos encantados que llevaban en sus manos.

Y vio a estas criaturas no sólo entre los hombres que dormían, sino también en los que velaban, activos en ocupaciones irreconciliables entre sí, y poseyendo o asumiendo las naturalezas más contrarias. Vio a uno, por ejemplo, cargado de innumerables alas para aumentar su velocidad; otro, cargándose de pesos y cadenas para ir más despacio. Vio a uno adelantando las manecillas del reloj, y a otros retrasándolas, mientras unos terceros intentaban parar totalmente el reloj. Los vio representando una ceremonia de boda en un sitio, un funeral en otro, una elección parlamentaria, un baile de gala; inquietos y en constante movimiento por todas partes.

Espantado por la cantidad inmensa de figuras cambiantes y extraordinarias, así como por el ruido de las campanas, que estaban sonando durante todo este tiempo, Trotty se agarró a un pilar de madera, para no caerse, y miraba a uno y otro lado con rostro pálido, con un asombro mudo y aturdido.

Mientras miraba, las campanas cesaron de sonar. ¡Qué cambio más instantáneo! Todo el enjambre de figuras desapareció: sus formas se desvanecieron; su velocidad les abandonó; intentaban volar, pero en el acto de la caída murieron y se mezclaron con el aire. Y no volvió a aparecer un nuevo grupo. Un rezagado se agachó desde la superficie de la campana mayor, y cayó sobre sus pies, pero antes de poder dar la vuelta ya había muerto y había desaparecido. Unos del último grupo que habían estado dando brincos en la torre se quedaron allí, girando y dando muchas vueltas cierto tiempo más, pero poco a poco iban palideciendo, debilitándose, y pronto desaparecieron igual que habían hecho los otros. El último de todos era un jorobadito, que se había quedado en un rincón donde giraba y giraba, y flotaba mucho tiempo, demostrando tal perseverancia que por fin se convirtió en una pierna y luego sólo en un pie, antes de marcharse del todo; pero finalmente también se desvaneció, y la torre quedó silenciosa.

En ese momento, y no antes, Trotty vio en cada campana una figura de porte y la estatura de la misma campana; aunque pareciera incomprensible, una figura y la misma campana. Gigantesca, grave, contemplándolo en la oscuridad, mientras Trotty seguía clavado al suelo.

¡Figuras misteriosas y terroríficas! Reposando sobre nada, yertas en el aire nocturno de la torre, cuyas cabezas encapuchadas y envueltas en túnicas emergían en el techo en penumbra; inmóviles y sombrías. Sombrías y oscuras, aunque parecía que algunas tuvieran luz propia —ya que no había nadie más—, cada una de ellas con la enfundada mano en su boca fantasmal.

No pudo precipitarse alocadamente por el hueco del suelo, porque le había abandonado toda la capacidad de moverse. De otro modo lo habría hecho, si se hubiera tirado de cabeza desde la torre del campanario, antes que sentirse contemplado por ojos que le hubieran seguido mirando, aunque se les hubiera arrancado las pupilas.

Y otra vez, otra vez el temor y el terror de aquel lugar solitario, de la noche salvaje y terrible que reinaba, le tocaron como si se tratara de una mano espectral. Su distancia de todo tipo de ayuda; el camino largo, retorcido, lleno de duendes que se extendía entre él y el hogar de los seres humanos; el hecho de estar allá arriba, tan arriba, donde le había causado vértigo ver volar los pájaros durante el día; incomunicado de la buena gente que a esas horas estarían tranquilos en casa, durmiendo en sus lechos; todo esto le pasó fríamente por el pensamiento, no como una reflexión sino como una auténtica sensación corporal. Mientras tanto sus ojos, sus pensamientos y sus temores seguían fijos en las figuras vigilantes que, a diferencia de todas las figuras de este mundo estaban envueltas por una profunda niebla y penumbra, y tenían un aspecto y una forma y una levitación sobre el suelo, mas pese a todo, resultaban tan visibles como los marcos de roble, los andamiajes, las vigas y los maderos que formaban la estructura de soporte de las campanas. Todo esto le rodeaba, como si se tratara de un bosque de madera labrada, desde cuya intrincada maraña, complicaciones y profundidad, como de entre los troncos de un bosque muerto, surgían, para su fantasmal utilidad y le miraban sin parpadear.

Un soplo de aire —¡frío, helado!— entró ululando por la torre. Al calmarse, la campana mayor, o el duende de la campana, habló:

—¿Qué visitante será éste? —dijo con una voz baja y profunda, que a Trotty le parecía sonar también en las otras figuras.

—¡Y yo que pensaba que las campanas conocían mi nombre! —dijo Trotty, alzando las manos en actitud de súplica—. Apenas si sé por qué estoy aquí, ni cómo he venido. He escuchado el sonido de las campanas muchos, muchos años. Me han alegrado en muchas ocasiones.

—¿Y le has dado las gracias? —dijo la campana.

—¡Miles de veces! —contestó Trotty.

—¿Cómo?

—Soy un hombre pobre —decía Trotty, temblando— y sólo podía darle las gracias con palabras.

—¿Y siempre te has comportado así? —preguntó el duende de la campana—. ¿Nunca nos has criticado con tus palabras?

—¡No! —gritó Trotty con ansiedad.

—¿Nunca te has burlado de nosotros, ni nos has hecho nada malo con tus palabras? —continuaba el duende de la campana.

Trotty estaba a punto de contestar «no», pero se detuvo, confundido.

—La voz del tiempo —decía el fantasma— grita al hombre:

¡Avanza! El tiempo es para que mejore y para que avance; para que tenga más valor, más felicidad, mejor vida, para que avance hacia ese objetivo, dentro de su conocimiento y de su opinión, y que lo fije ahí, en el período en que el tiempo y él comenzaron. Han llegado épocas de oscuridad, de maldad, de violencia; pero también se han ido. Millones incontables de seres han sufrido, han vivido, han muerto para indicar al hombre su camino. Aquel que intente darle la espalda, o detenerlo en su camino, detiene una máquina ingente que destruirá al entrometido y que se volverá más fiera y más salvaje, por esa detención momentánea.

—Nunca lo hice, señor, o por lo menos no lo recuerdo —dijo Trotty—. Si lo he hecho, habrá sido por accidente. Pero no por gusto, de eso estoy seguro.

—Aquel que pone en la boca del tiempo o de sus siervos —dijo el duende de la campana— gritos o lamentos por esos días que han sido de prueba y de fracasos y han dejado huellas profundas que hasta los ciegos ven, lamentos que sólo sirven en el tiempo presente para enseñar a los hombres que necesitan su ayuda cuando cualquier oído puede escuchar sus lamentos por ese pasado, quien hace eso actúa mal. Y tú has actuado así respecto a nosotros, las campanas.

El primer acceso de temor de Trotty había desaparecido. Pero había sentido ternura y gratitud hacia las campanas, como ustedes bien saben, y al oír que le reñían por haberles ofendido de tal modo, sintió en su corazón una sensación de penitencia y de pesar.

—¡Si supieran —dijo Trotty, apretando las manos con intensidad—, o tal vez conocen bien cuántas veces me han servido de compañía, cuántas veces me han alegrado cuando estaba bajo de moral, cómo eran el juguete de mi hijita Meg (casi el único juguete que haya tenido), cuando su madre murió y nos quedamos los dos solos, entonces no tendríais tan en cuenta unas palabras sueltas.

—Quien oye en nosotras, las campanas, una nota sola de desaprobación, o de aprobación somera, de cualquier alegría, esperanza, placer, dolor, tristeza, de la multitud doliente; quien nos oye responder a cualquier credo que mida las pasiones y los afectos humanos como mide la cantidad de comida miserable con que la humanidad se consume y se marchita, nos trata mal. ¡Por eso tú nos has tratado mal! —dijo la campana.

—¿Sí? —dijo Trotty—. ¡Entonces, perdonadme!

—Aquel que oye en nosotras el eco de los gusanos oscuros de la tierra, o de quienes aplastan las naturalezas humilladas y rotas, formadas para elevarse más allá de donde pueden llegar esas larvas del tiempo o de donde pueden imaginar —continuaba el duende de la campana—, nos trata mal. ¡Por eso tú nos has tratado mal!

—¡Pero sin darme cuenta! —dijo Trotty—. Porque soy un ignorante. ¡Sin darme cuenta!

—Por último, y ante todo —continuaba diciendo la campana—. Aquel que da la espalda a sus semejantes caídos y desfigurados, aquel que los abandona como si fueran indignos de él y no observa con ojos apenados el precipicio abierto por el que todos cayeron desde el bien, arrastrando en su caída algunos terrones y recuerdos de aquel suelo perdido, y agarrándose a ellos cuando aún estaban contusionados y moribundos en el profundo abismo, hace el mal a los cielos y a los hombres, al tiempo y a la eternidad. ¡Y tú lo has hecho!

—¡Apiádate de mí! —gritaba Trotty, cayendo de rodillas— ¡Por amor de Dios!

—¡Escucha! —dijo la sombra.

—¡Escucha! —gritaron las otras sombras.

—¡Escucha! —dijo una voz clara, infantil, que Trotty creyó reconocer, como si ya la hubiera oído antes.

En la iglesia, abajo, sonaba el órgano pero apenas si llegaba el sonido. Subiendo gradualmente, la melodía llegó hasta el techo y rellenó con su sonido el coro y la nave. Expandiéndose cada vez más, se elevó, se elevó, cada vez más arriba, más arriba, despertando corazones agitados en las nudosas estacas de roble, en las campanas huecas, en las puertas con herrajes, en las escaleras de piedra maciza; los mismos muros del campanario no bastaban para contenerlo y ascendía hacia el cielo.

No es extraño que el corazón del anciano no pudiera contener un sonido tan vasto y tan poderoso. Salió de aquella prisión débil con un llanto repentino y Trotty se tapó la cara con las manos.

—¡Escucha! —dijo la sombra.

—¡Escucha! —dijeron las otras sombras.

—¡Escucha! —dijo la voz infantil.

Un acorde solemne de voces mezcladas se elevó hasta la torre.

Era un acorde muy suave y muy triste, un lamento mortuorio y, al escucharlo, Trotty oyó la voz de su hija entre los cantores.

—¡Ha muerto! —exclamó el viejo— ¡Meg ha muerto! ¡Su espíritu me llama; le estoy oyendo!

—El espíritu de tu hija llora a los muertos y se mezcla con los muertos; esperanzas muertas, deseos muertos, imaginaciones muertas de la juventud —contestaba la campana—, pero, sin embargo, tu hija está viva. Aprende de su vida, una verdad vital. Aprende de la criatura a la que más quieres qué malos que somos los malos, por nacimiento. Mira cada capullo y cada hoja arrancados uno a uno del tallo más joven y aprende lo crueles y malvados que pueden llegar a ser. ¡Síguela! ¡A la desesperación!

Cada una de las figuras sombrías extendió su brazo derecho, señalando hacia abajo.

—El espíritu de las campanas es tu compañero —dijo la figura—. ¡Vete! ¡Está detrás de ti!

Trotty dio la vuelta y vio, ¿a la niña? Sí, a la niña que Will Fern llevaba en brazos en la calle, la niña que había cuidado Meg, pero ahora, dormidita.

—Esta noche la llevé en brazos —dijo Trotty—. En estos mismos brazos.

—Enseñadle lo que es —dijeron las figuras oscuras, todas a una.

La torre se abrió a sus pies. Miró hacia abajo y vio su propia forma que estaba allá abajo, en el exterior, arrugada e inmóvil.

—¡Ya no estoy vivo! —dijo Trotty— ¡Estoy muerto!

—¡Muerto! —dijeron todas las figuras al unísono.

—¡Dios mío! ¿Y el año nuevo?

—Pasó —dijeron las figuras.

—¿Cómo? —gritó tembloroso— ¿Me equivoqué al salir de esta torre a oscuras, me caí... hace un año?

—¡Hace nueve años! —contestaron las figuras.

Y al contestar retiraron sus manos extendidas y, allí donde antes se veían sus figuras, ahora sólo se veían las campanas.

Y sonaron las campanas, porque había llegado de nuevo su

momento. Y, de nuevo, enormes multitudes de fantasmas aparecieron; de nuevo estaban relacionados de forma incoherente, como ocurriera la otra vez; de nuevo se desvanecieron con el último tañido de las campanas, y se convirtieron en nada.

—Y ésos, ¿qué son? —preguntó a su guía— Si no es que me he vuelto loco, ¿qué son?

—Los espíritus de las campanas. Su sonido a través del aire —contestó el niño—. Toman las formas y las ocupaciones de las esperanzas y de los pensamientos de los mortales y de los recuerdos que ellos han almacenado.

—Y tú —dijo Trotty, asustado—. ¿Qué eres tú?

—¡Chito, chito! —contestó el niño— ¡Mira ahí!

En una habitación pobre y austera, trabajando en los mismos bordados que él había visto tantas, tantas veces, Meg, su propia hija, estaba ante su vista. No hizo ningún esfuerzo para llenarle la cara de besos; no intentó abrazarla demostrándole todo su afecto, porque sabía que ya no podía hacer ninguno de esos gestos. Sin embargo, contuvo el aliento y se secó las lágrimas del rostro, para poder mirarla, para verla sólo a ella.

¡Ah! Había cambiado, había cambiado. La luz de sus ojos claros había palidecido. La lozanía de sus mejillas se había desvanecido. Era bella, tan bella como lo había sido antes, pero, ¿dónde estaba la esperanza, la esperanza, la nueva esperanza que le había hablado como una voz clara?

La mujer elevó los ojos de la costura para mirar a una compañera. Siguiendo sus ojos, el viejo retrocedió.

En la mujer mayor a la que miraba la reconoció. En el cabello largo, de seda, vio los rizos, los mismos; en torno a los labios, aún la misma expresión infantil. ¡Mira! En sus ojos, que ahora estaban vueltos hacia Meg brillaba esa misma mirada que escudriñó aquellos rasgos cuando él la llevara a su casa.

Entonces, ¿qué era lo que había junto a él?

Mirando con pavor a su rostro vio que algo le dominaba, algo extraño, indefinido e impreciso, que apenas si recordaba difícilmente a aquel niño, como si fuera otra figura, pero, sin embargo, era el mismo: y llevaba puesto el mismo traje.

¡Mira! ¡Están hablando!

—Meg —dijo Lillian, dudando—. ¡Cuántas veces levantas la mirada del trabajo para observarme!

—¿Son mis miradas tan raras que te asustan? —preguntó Meg.

—¡No, nada de eso! Pero sonríes cuando lo dices. ¿Por qué no sonríes cuando me miras, Meg?

—Ya lo hago. ¿O no es así? —contestó sonriéndole.

—Ahora sí. Pero normalmente no lo haces —dijo Lillian—. Cuando crees que estoy ocupada y que no te veo, tienes una mirada tan ansiosa y con tanta duda, que apenas si me atrevo a levantar mis ojos. En esta vida tan pesada y tan aburrida hay pocas razones para sonreír, pero en cierta época recuerdo que tú estabas muy alegre.

—¿Y no lo estoy ahora? —gritó Meg, con un tono de alarma extraña, alzándose para abrazar a su compañera— ¿Acaso hago que nuestra pesada vida sea aún más pesada para ti, Lillian?

—Tú has sido lo único que la ha convertido en una vida —dijo Lillian, besándola con vehemencia—, y a veces la única cosa por la que vivo, Meg. ¡Trabajo, nada más que trabajo! Tantas horas, tantos días, tantas y tantas noches largas de trabajo, sin esperanza, sin alegría, sin fin, y no para amontonar riquezas ni para tener bastante para vivir, por poco que hubiere sido, sino para conseguir tan sólo pan, para arañarle a la vida sólo lo suficiente para seguir trabajando, pasar hambre y mantener viva en nosotras la conciencia de nuestro cruel destino. ¡Oh, Meg, Meg! —elevó la voz y la enlazó con los brazos mientras hablaba, presa del pánico— ¿Cómo puede el mundo cruel seguir girando, haciendo que vivamos una vida como ésta?

—¡Lilly! —dijo Meg, calmándola y apartándole el pelo de la cara húmeda— ¡Pero Lilly! ¡Tú! ¡Tan guapa y tan joven!

—¡Oh, Meg! —le interrumpió, apartándose de ella y mirándole al rostro con aspecto, suplicante— ¡Lo peor de todo, lo peor de todo...! ¡Pégame, vieja amiga! ¡Arrúgame, marchítame y líbrame de los horribles pensamientos que me tientan en mi juventud!

Trotty se volvió hacia su guía. Pero el espíritu del niño había huido. Se había ido.

Tampoco continuaba Trotty en el mismo sitio, porque sir Joseph Bowley, padre y amigo de los pobres, celebraba una gran fiesta en Bowley Hall, para honrar el natalicio de Lady Bowley. Y como Lady Bowley había nacido el día de año nuevo (lo cual los periódicos locales consideraban una señal especial del dedo de la providencia hacia el número uno, como debía haber sido la figura de Lady Bowley en el orden de la creación), esta fiesta tenía lugar el día de año nuevo.

Bowley Hall estaba lleno de visitantes. Estaba aquel caballero rubicundo, estaba el señor Filer, estaba el gran concejal Cute —el concejal Cute sentía una simpatía especial hacia la gente importante, y había afianzado considerablemente su amistad con sir Joseph Bowley desde aquella carta suya tan fuerte y tan atenta: en realidad desde aquella ocasión se había convertido casi en un amigo de la familia— y había muchos otros invitados. También estaba el fantasma de Trotty, paseando de un lado a otro, pobre fantasma, asustado y buscando a su guía.

En la gran sala iba a celebrarse una gran cena. Y en ella, sir Joseph Bowley, como reconocido padre y amigo de los pobres, pronunciaría un discurso. Sus amigos y sus hijos consumirían algunos pasteles de ciruelas en otra sala con anterioridad y, a una señal, amigos e hijos, entrando como un rebaño entre otros amigos e hijos, formarían una reunión familiar, con lo cual ni el más rudo de los presentes podría reprimir las lágrimas.

Pero aún ocurriría más. Mucho más. Sir Joseph Bowley, baronet y miembro del Parlamento, iba a jugar una partida de bolos —de bolos de verdad— con sus caseros.

—Lo que nos hace recordar —dijo el concejal Cute— los días del buen rey Hal, del fornido rey Hal, del fanfarrón rey Hal. ¡Ah! ¡Qué tipo!

—Un gran tipo —dijo el señor Filer, fríamente—. Para casarse con mujeres y asesinarlas. Y un número de mujeres bastante superior al normal.

—Usted se hubiera casado con todas las bellas damas y no las habría asesinado, ¿verdad? —dijo el concejal Cute al heredero de Bowley, un niño de doce años— ¡Qué niño tan gracioso! Pronto tendremos a este caballerete en el Parlamento —dijo el concejal, cogiéndole de los hombros y mirándole con mucha seriedad—; antes de darnos cuenta. Nos enteraremos de sus éxitos en las elecciones, de sus discursos en la casa, de sus propuestas al gobierno, de sus grandes éxitos de todo tipo, y le alabaremos, en nuestra pequeña medida, en el ayuntamiento, ¡tan cierto como si lo viera! ¡Y antes de que tengamos tiempo de darnos cuenta!

—¡Oh, qué diferencia de zapatos y medias! —pensó Trotty. Pero su corazón seguía buscando al niño, por amor a esos mismos niños sin zapatos y sin medias, predestinados (por el concejal) a ser malos, que podrían haber sido hijos de la pobre Meg.

—¡Richard! —se quejaba Trotty, andando entre los invitados, de aquí para allá—. ¿Dónde está? ¡No puedo encontrar a Richard! ¿Dónde está Richard?

Era poco probable que estuviera allí, en caso de que estuviera vivo. Pero el dolor y la soledad de Trotty le confundían, y continuó dando vueltas entre la alegre compañía, buscando a su guía, y gritando:

—¿Dónde está Richard? ¡Quiero ver a Richard!

En sus recorrido encontró al señor Fish, secretario privado, muy agitado.

—¡Bendito sea Dios! —gritaba el señor Fish—. ¿Dónde está el concejal Cute? ¿Alguien lo ha visto?

¿Ver al concejal? ¡Vamos! ¿Quién pudiera desear otra cosa? Un hombre tan amable, tan afable, que recordaba tanto el deseo natural de todo el mundo de verlo, que si tenía algún defecto era el de estar constantemente a la vista! Y allí donde estaban las personas importantes, allí, naturalmente, atraído por la simpatía que surge espontáneamente entre las grandes almas, allí estaba Cute.

Varias voces gritaron que se encontraba en el círculo que rodeaba a sir Joseph. El señor Fish se abrió camino hasta allí, lo encontró, y lo apartó para hablarle a solas cerca de una ventana próxima. Trotty se acercó a la pareja. No por decisión propia. Sintió que sus pasos le habían llevado en esa dirección.

—Estimado concejal Cute —decía el señor Fish—. Venga un poco más hacia aquí. Ha ocurrido el acontecimiento más terrible. Me lo acaban de comunicar en este mismo momento, y creo que será mejor no decírselo a sir Joseph hasta que termine la fiesta. Usted conoce bien a sir Joseph y creo que estará de acuerdo conmigo. ¡El suceso más terrible y más deplorable!

—¡Fish! —contestó el concejal—. ¡Fish, buen amigo! ¿Qué ha ocurrido? ¡No será una revolución, verdad? Ningún... ningún intento de interferencia con los magistrados, ¿verdad?

—Deedles, el banquero —balbuceaba el secretario—, el de

157

«Hermanos Deedles», que había sido invitado a esta fiesta, con un alto puesto en la oficina de la compañía Goldsmith...

—¡No habrá quebrado! —exclamó el concejal—. ¡No puede ser!

—Se ha pegado un tiro.

—¡Dios mío!

—Se disparó un tiro en la boca con su pistola de cañón doble, en su propia oficina —decía el señor Fish—, y se voló los sesos. Sin ningún motivo. ¡Sólo por las circuntancias!

—¿Las circunstancias? —exclamó el concejal—. ¡Un hombre de noble fortuna! Uno de los hombres más respetables. ¡Suicidado, señor Fish! ¡Por su propia mano!

—Esta misma mañana —contestó el señor Fish.

—¡Oh, el cerebro, el cerebro! —exclamaba el piadoso concejal, alzando las manos—. ¡Oh, los nervios, los nervios, los misterios de esta máquina que llamamos hombre! ¡Oh, qué poco la descompone, qué pobres criaturas que somos! Tal vez una comida, señor Fish. Tal vez el comportamiento de su hijo que, según me han contado, vivía como un salvaje y tenía la costumbre de enviarle sus deudas sin ninguna autorización. ¡Un hombre tan respetable! ¡Uno de los hombres más respetables que haya conocido! Un asunto muy lamentable, señor Fish. ¡Una calamidad pública! ¡Un hombre tan respetable! Pero hay Uno por encima de todos y a El debemos someternos, señor Fish. A El debemos someternos.

¿Cómo, concejal? ¿Ni una palabra sobre ponerlo sobre la calle? Recuerda, juez, tu orgullo y tus altos niveles de moralidad. ¡Vamos, concejal! Equilibra las cosas. Pon en este platillo, el vacío, sin cena, y la fuente de la naturaleza en cualquier mujer pobre, seca por la miseria hambrienta y frustrando sus pretensiones de tener derecho a sus hijos acudiendo a la madre Eva. Pesa los dos, Daniel, para que se vean en el juicio, el día que venga. Pésalos, ante los ojos de miles de seres dolientes, público (agradecido) de la siniestra farsa que representa. O, suponiendo que perdiera usted la cabeza —no es pedir demasiado, todo puede ocurrir—, y se pusiera las manos en la garganta, advirtiendo a sus semejantes (si tiene alguien semejante a usted), cómo graznan en su malvada comodidad a cabezas delirantes y a corazones destrozados. Entonces, ¿qué?

Las palabras surgieron en el pecho de Trotty como si las hubiese pronunciado otra voz dentro de él. El concejal Cute rogaba al señor Fish que le ayudara a comunicar la catástrofe terrible a sir Joseph, cuando acabara la fiesta. Luego, antes de separarse, estrujando la mano del señor Fish con amargura de espíritu, le dijo:

—¡El hombre más respetable! —y añadió que apenas si adivinaba, apenas si podía adivinar por qué podía tolerarse un dolor tan grande en la tierra.

—Casi es suficiente para hacernos pensar si no supiéramos bien que las cosas ocurren de otro modo —dijo el concejal Cute—, que en ocasiones ciertos movimientos de carácter catastrófico ocurren en las cosas, que afectan la economía general del tejido social. ¡Los hermanos Deedles!

El juego de bolos terminó con inmenso éxito. Sir Joseph derribó los bolos con gran habilidad; el hijo mayor consiguió un tanto, también, a una distancia más corta, y todos comentaron que ahora, cuando un baronet y el hijo de un baronet jugaban a los bolos el país volvía a surgir, con gran lozanía.

En el momento adecuado se sirvió el banquete. Trotty acudió involuntariamente al salón con el resto de los invitados, porque se sintió llevado allá por algún impulso superior al de su propia y libre voluntad. El espectáculo era muy alegre, las señoras muy elegantes, los visitantes encantadores, chistosos y de buen humor. Cuando se abrieron las puertas de abajo, y entró el pueblo, con sus trajes rústicos, la belleza del espectáculo estaba en su punto alto, pero Trotty no hacía sino murmurar una y otra vez:

—¿Dónde está Richard? ¡Debería ayudarla y consolarla! ¡No veo a Richard!

Se pronunciaron varios discursos, se hizo un brindis en honor de lady Bowley, y sir Joseph Bowley dio gracias a todos y pronunció su gran discurso, demostrando, con diversas secciones de elocuencia, que era el amigo y padre natural, etcétera, etcétera, y brindó por sus amigos y por sus hijos y por la dignidad del trabajo, cuando cierto incidente allá abajo de la sala atrajo la atención de Trotty. Después de cierta confusión, ruido y oposición, un hombre se abrió camino entre los demás y avanzó destacándose de todos.

No era Richard. No. Pero era alguien en quien él había

pensado, y a quien había buscado en muchas ocasiones. Si hubieran habido menos luces, tal vez hubiera dudado de la identidad de aquel hombre gastado, tan viejo, tan gris y tan inclinado aparecía ahora, pero con el resplandor de las lámparas cayendo sobre su nudosa y retorcida cabeza, comprendió que era Will Fern desde el momento en que avanzara de la muchedumbre.

—¿Cómo es esto? —exclamó sir Joseph, poniéndose en pie—. ¿Quién ha dejado entrar a este hombre? ¡Es un criminal de la prisión! Señor Fish, por favor, haga usted que...

—¡Un minuto! —dijo Will Fern—. ¡Un minuto! Señora, usted, que nació en este mismo día de año nuevo, déjeme que le hable durante un minuto.

La señora rogó por él, y sir Joseph volvió a sentarse, con dignidad nativa.

El visitante andrajoso —estaba vestido como un mendigo— miró alrededor, a todo el mundo, saludándolos con una inclinación de cabeza humilde.

—¡Señores! —les dijo—. ¡Acaban de brindar por el trabajador! ¡Mírenme!

—Acaba de salir de la cárcel —dijo el señor Fish.

—Acabo de salir de la cárcel —dijo Will—. Y no es la primera, ni la segunda, ni la tercera, ni la cuarta vez que eso me ocurre.

Se oyó al señor Filer decir que cuatro veces era ya superior al promedio, y que debería avergonzarse.

—¡Señores! —repetía Will Fern—. ¡Mírenme! Ya ven que estoy peor que nadie. Más allá de todo dolor o de todo sufrimiento; más allá de su ayuda; porque el tiempo en que sus palabras amables y sus buenas acciones podían haberme hecho algún bien —y se golpeó el pecho con la mano, y meneó la cabeza— ha pasado, con el sabor de las habichuelas del año pasado aún flotando en el aire. Déjenme que diga unas palabras en nombre de ésos —señalando a los trabajadores que estaban en la sala—, para que, ahora que están reunidos, oigan la verdad por lo menos una vez.

—No hay un solo hombre aquí —dijo el anfitrión— que lo acepte como su representante.

—Quizá sí, sir Joseph. Por lo menos, así lo creo. Y no es menos cierto lo que le digo. Tal vez sea una buena prueba.

Y, sin embargo, Caleb sabía que trajo con sus propias manos el pequeño ro-sal a casa para dárselo a ella, con tanto cuidado, que con sus propios labios había fabricado la inocente mentirijilla que podía mantenerla alejada de pensar todas las privaciones que cada día se imponía para que su hija fuera más feliz. (pág. 222)

¡Señores, he vivido muchos años en este lugar! Podéis ver mi cabaña allá, más allá de la verja. He visto a las damas dibujarla en sus cuadernos cientos de veces. Es muy hermosa en sus dibujos, me dicen, pero en los dibujos no se pinta el mal tiempo y es mejor para el cuaderno que para vivir en ella. ¡Es igual! He vivido allí. No os contaré lo duro, lo amargo que ha sido vivir ahí. Cualquier día del año, lo pueden juzgar por sí mismos.

Hablaba como lo hiciera aquella noche en que Trotty le encontró en la calle. Su voz era ahora más profunda y más airada, y de vez en cuando se quebraba; pero nunca la elevaba con la pasión y rara vez permitía que subiera por encima del tono firme y sereno de relación sencilla de hechos.

—Vivir decente es algo mucho más duro de lo que ustedes piensan, caballeros, normalmente decentes, en un lugar como mi casa. El que haya llegado a ser un hombre y no un animal, dice algo en mi favor. O, al menos, era un hombre. Tal como me ven ahora no se puede decir nada ni hacer nada por mí. Todo ha pasado.

—Me alegra que haya entrado este hombre —observó sir Joseph, mirando serenamente a su alrededor—. No le molesten. Parece que estuviera así previsto. Es un ejemplo, un ejemplo vivo. Espero y confío, y deseo que mis amigos que han venido no desperdicien este ejemplo.

—No sé cómo sobreviví —dijo Fern, después de un silencio de un momento—. De algún modo. Ni yo ni los demás sabemos cómo, pero fue tan duro que no pude sonreír nunca ni pretender que era más que lo que era. Ahora, caballeros —ustedes, caballeros que van a las sesiones—, cuando ven a un hombre con el descontento escrito en el rostro se dicen el uno al otro: «Es sospechoso. Tengo mis dudas sobre Will Fern. ¡Vigilen a ese individuo!» No digo, señores, que no sea muy natural pero digo que ocurre; y desde ese momento, haga lo que haga Will Fern, o déjelo de hacer, todo va contra él.

El concejal Cute se había metido los pulgares en los bolsillos del chaleco, se reclinaba en la silla y sonreía, haciendo guiños a un candelabro cercano. Como si dijera: «¡Naturalmente! ¡Ya os lo dije! ¡El lamento común! Dios nos bendiga, estamos ya hartos de todas estas cosas... yo, y la naturaleza humana».

—Pues bien, caballeros —dijo Will Fern, extendiendo las

manos y sonrojándose un instante en su rostro de miserable—. ¿Se dan cuenta de que sus leyes están hechas para atraparnos y cazarnos cuando llegamos a eso? Yo intento vivir en otros sitios. Soy un vagabundo. ¡Pues a la cárcel! Regreso. Recorro vuestros bosques y rompo —¿cómo no?— una rama o dos. ¡De nuevo a la cárcel! Uno de vuestros guardas me ve en pleno día, cerca de mi trozo de jardín, con una escopeta. ¡De nuevo a la cárcel! Me pongo de mal humor con ese hombre cuando sé que de nuevo está libre. ¡De nuevo a la cárcel! Corto una ramita. ¡A la cárcel! Como una manzana podrida o un nabo. ¡A la cárcel! Está a veinte millas y, de regreso, mendigo algo en la carretera. ¡A la cárcel! Y, por último, el agente, el guarda —cualquiera— me encuentra en cualquier sitio, sin hacer nada. ¡A la cárcel, porque es un vago y un presidiario conocido, y la cárcel es el único hogar que conoce!

El concejal aprobaba sagazmente con la cabeza, como si dijera: «Y un buen hogar para él».

—¿Digo esto solamente en mi defensa? —gritaba Fern—. ¿Quién podrá devolverme mi libertad, quién podrá devolverme mi honra, quién podrá devolverme a mi sobrina inocente? Ni todos los lores ni damas de toda Inglaterra [1]. Y bien, caballeros, caballeros, al tratar con otros hombres como yo, comenzad por el buen principio. Dadnos, por favor, mejores casas cuando estamos aún en la cuna, dadnos mejores alimentos cuando trabajamos para ganarnos la vida, dadnos leyes más suaves para que nos devuelvan al bien cuando erremos y eliminad esa cárcel, esa cárcel, de delante de nosotros. No hay ninguna condescendencia que mostréis al trabajador y que él no acepte, tan dispuesto y tan agradecido como cualquier otro hombre, porque tiene un corazón paciente, pacífico, amable. Pero, ante todo, debéis poner en él un espíritu recto, porque, aunque aparezca como un andrajo y una ruina, como yo, o aparezca como uno de los que están ahí de pie, su espíritu está alejado de vosotros ahora. ¡Traedlo, señores, traedlo! ¡Traedlo, antes de que llegue el día en que hasta su Biblia cambie en su mente alterada y las palabras parezcan decirle, como parecían decírmelo a mí en la cár-

---

[1] Lord es un título honorífico que se da en Inglaterra a los «pares» y a los obispos y arzobispos anglicanos.

cel, algunas veces: «Adonde tú vayas, yo no iré, adonde te alojes, yo no me alojaré; tu pueblo no es mi pueblo, ni yo soy tu Dios».

Una repentina agitación e inquietud tuvo lugar en la sala. Trotty pensó, al principio, que algunos se habrían dispuesto a echar de allí a aquel hombre, y por eso su cambio de apariencia. Pero en otro momento comprobó que la habitación y todos los presentes se habían desvanecido de su vista, y que de nuevo tenía delante a su hija sentada y trabajando. Pero en una buhardilla aún más poblre y más mísera que la anterior, y Lillian no estaba a su lado.

Había dejado sobre un estante el bastidor en el que trabajaba, y lo había tapado. Había vuelto hacia la pared la silla en la que había estado sentada. En esas cositas había escrita toda una historia, y también en el rostro de Meg, envejecido por el sufrimiento. ¡Oh! ¡Quién pudiera no leerlo!

Meg forzó los ojos en su costura hasta que era ya demasiado oscuro para ver los hilos, y cuando llegó la noche encendió una velita y siguió trabajando. Su anciano padre seguía siendo invisible para ella, aunque le mirara con cariño, ¡con tanto cariño!, y aunque le hablara con voz tierna recordándole el pasado y las campanas. Claro que se daba cuenta, pobre Trotty, de que su hija no podía oírle.

Se había desvanecido casi toda la tarde, cuando alguien llamó a la puerta. Ella abrió. En el umbral había un hombre. Un hombre desaliñado, desastrado, borracho, destrozado por los excesos y el vicio, con el cabello desordenado, la barba sin cortar y en desorden, pero con ciertos rasgos de haber sido un hombre de buen tipo y de rasgos amables en su juventud.

Se detuvo hasta que la mujer le indicó que entrara, y ella, al retirarse uno o dos pasos de la puerta abierta, le miró en silencio y con tristeza. Trotty ya había satisfecho su deseo. Aquí estaba Richard.

—¿Puedo entrar, Margaret?

—Sí. Entra, entra.

Menos mal que Trotty le había reconocido antes de que hablara, porque si aún le quedara alguna duda sobre quién era, esa voz dura y discordante le habría hecho pensar que no era Richard sino cualquier otro.

En la habitación sólo había dos sillas. La mujer le dio la suya y se quedó de pie a cierta distancia de él, esperando escuchar su relato.

El se sentó, sin embargo, y se quedó mirando al suelo con los ojos en blanco, con una sonrisa estúpida y sin brillo. Un espectáculo de tal profunda degradación, de una falta de esperanza abyecta, de tal hundimiento miserable, que la mujer se cubrió el rostro con las manos y se marchó, para que no pudiera ver cuánto se emocionaba.

Despertado por el ruido de su vestido, o por algún sonido similar, elevó la cabeza y comenzó a hablar como si no hubiera habido ninguna pausa desde que entrara.

—¿Aún estás trabajando, Margaret? Es muy tarde.

—Casi siempre trabajo hasta tarde.

—¿Y empiezas pronto?

—Empiezo pronto.

—Eso me dijo. Me dijo que nunca te cansabas, o que nunca reconocías que te cansabas en todo el tiempo en que vivistéis juntas. Ni siquiera cuando te desmayabas, por el trabajo y el ayuno. Pero ya te había contado esto la última vez que vine.

—Sí —contestó—. Y también te imploré que no me contaras nada más e hiciste una promesa solemne, Richard, de que nunca me contarías nada más.

—Una promesa solemne —repitió, con una risa babeante y una mirada vacía—. Una promesa solemne. Naturalmente. ¡Una promesa solemne! —y ahora parecía que despertara por primera vez, del mismo modo que antes, es decir, con una repentina animación.

—¿Qué puedo hacer para remediarlo, Margaret? ¿Qué puedo hacer? ¡Ha vuelto a verme otra vez!

—¿Otra vez? —dijo Margaret, juntando las manos— ¡Oh, se acuerda de mí tan a menudo! ¡Ha vuelto otra vez!

—Veinte veces, Margaret —dijo Richard—. Margaret, ella me persigue. Me la encuentro detrás de mí cuando voy por la calle y me lo pone en la mano. Oigo sus pasos sobre la ceniza cuando estoy trabajando (¡ja, ja, muy pocas veces!) y antes de que pueda volver la cabeza, su voz se mete en mis oídos diciéndome: «Richard, no te vuelvas. Por amor de Dios, dale esto».

Lo trae adonde vivo; lo envía en cartas; golpea la ventana y me lo deja en el alféizar. ¿Qué puedo hacer? ¡Míralo!

Tenía en la mano una carterita, e hizo sonar las monedas que contenía.

—Escóndelo —dijo Meg—. ¡Escóndelo! Cuando vuelva a aparecer dile, Richard, que la quiero con toda mi alma. Que nunca me acuesto sin rezar por ella y por bendecirla. Que en la soledad de mi trabajo nunca ceso de pensar en ella. Que está conmigo día y noche. Que si muriera mañana la recordaría en mi último aliento. ¡Pero que no puedo mirar eso!

Lentamente él retiró la mano y aplastando la carterita, dijo con una especie de seriedad lenta:

—Ya se lo dije. Se lo dije con palabras claras. He cogido este regalo y se lo he llevado a su puerta más de diez veces desde entonces. Pero, cuando la última vez vino y estuvo mirándome cara a cara, ¿qué podía hacer?

—La has visto, ¡la has visto! —exclamó Meg—. ¡Oh, Lillian, amiguita mía! ¡Oh, Lillian, Lillian!

—La vi —continuaba el hombre, sin contestar, ocupado de seguir lentamente sus propios pensamientos—, y estaba de pie y temblando. «¿Cómo está, Richard? ¿Alguna vez se acuerda de mí? ¿Está más delgada? ¿Y mi sillita junto a la mesa? ¿Está aún allí? Y el bastidor en que me enseñó a bordar, ¿lo ha quemado, Richard?» Sí. Allí estaba. La vi y la oí.

Meg detuvo los sollozos, y con las lágrimas cayendo de los ojos, se inclinó hacia él para escuchar y para no perder ni una sola sílaba.

Con los brazos descansando en las rodillas, irguiéndose un tanto en la silla, como si lo que decía estuviera escrito en el suelo en ciertos caracteres semilegibles y él tuviera que descifrarlo y relacionarlo, continuó.

—Richard, he caído muy bajo, y puedes suponer cuánto he sufrido al devolverme esto, porque me aguanto y vuelvo a entregártelo. Pero tú la amaste en cierta ocasión, y lo recuerdo muy claramente. Otros elementos se interpusieron entre los dos: los miedos, los celos, las dudas, las vanidades te la alejaron, pero tú la amabas, ¡lo recuerdo muy bien! Y creo que sí que te amaba —dijo, interrumpiendo por un momento la narración—. Es cierto. No está ni aquí ni allí. «Oh, Richard, si alguna vez la amaste, por el cariño a lo que se ha ido y se ha perdido, llévale esto una vez más. ¡Una vez más! Dile todo lo que te he rogado y suplicado. Dile que recliné mi cabeza en tu hombro, donde hubiera debido estar su propia cabeza y dile lo humilde que estuve, Richard. Dile que me miraste a los ojos y que viste la belleza que ella tanto alababa, toda desvanecida: desvanecida y en su lugar una mejilla pobre, marchita, hueca, que le haría llorar si la viera. Cuéntale todo y llévale esto de nuevo, y espero que no lo rechace. ¡No tendrá valor de rechazarlo!

Así, sentado, seguía musitando y repitiendo las últimas palabras, hasta que de nuevo se despertó, y se puso en pie.

—¿No quieres aceptarlo, Margaret?

Sacudió la cabeza e hizo un ademán para que se fuera y la dejara sola.

—Buenas noches, Margaret.

—Buenas noches.

El se volvió para mirarla, impresionado por su dolor y, tal vez por la conmiseración hacia él que temblaba en la voz. Fue un gesto rápido y momentáneo, y en ese momento brilló algún reflejo de su antiguo aspecto. Pero, pasado ese momento, se marchó como había llegado. Y esa llamarada de un fuego extinguido no parecía llevarle a una comprensión más clara de su destrucción.

Por triste que estuviera, por acongojada, por torturada en el cuerpo o en el alma, el trabajo de Meg tenía que acabarse. Se sentó, dedicada a su tarea, a su costura. Llegó la noche, la medianoche. Y seguía trabajando.

El fuego era muy escaso y la noche muy fría; de vez en cuando se levantaba para avivarlo. Las campanas tocaron las doce y media cuando estaba en esa ocupación, y cuando cesaron de sonar oyó que alguien llamaba suavemente a la puerta. Antes de que pudiera ni tan sólo imaginar quién podría ser, a una hora tan extraña, se abrió la puerta.

¡Oh, juventud y belleza, feliz como deberías ser, mirad lo que ocurre! ¡Oh juventud y belleza, bendita y que bendice todo lo que se encuentra a su alcance y lleva a cabo los fines de tu benéfico creador, mira lo que ocurre!

Vio una figura que entraba, gritó su nombre, dijo:

—¡Lillian!

Fue una entrada rápida, y la figura cayó de rodillas ante ella, y se agarró a su vestido.

—¡Levántate, amiga! ¡Levanta, Lillian! ¡Querida, querida amiga!

—Nunca más, Meg, nunca más. ¡Aquí, aquí! Junto a ti, agarrada a ti, sintiendo tu cariñoso aliento en mi cara.

—¡Querida Lillian! ¡Cariño! ¡Niña mía— ni en el amor de una madre es más tierno que el tuyo—; descansa tu cabeza en mi pecho!

—Nunca más, Meg, nunca más. La primera vez que te miré a la cara, tú te arrodillaste ante mí. Ahora, de rodillas ante ti, déjame morir. ¡Que muera aquí!

—Has vuelto a casa, cariño. Viviremos juntas, trabajaremos juntas, esperaremos juntas, moriremos juntas.

—¡Ah! Besa mis labios, Meg, cógeme en brazos, apriétame contra tu pecho, mírame con cariño, pero no me pongas en pie. Déjame ver tu querido rostro por última vez así, de rodillas.

¡Oh, juventud y belleza, felices como debéis ser, contemplad esto! ¡Oh, juventud y belleza, que lleváis a cabo los fines de vuestro benéfico creador, contemplad esto!

—Perdóname, Meg, ¡tan buena como eres! ¡Perdóname! Sé que me perdonas, sé que me perdonas, pero dímelo, Meg.

Se lo dijo, poniendo los labios en el rostro de Lillian. Y con sus brazos enlazó —ahora se dio cuenta—, un corazón destrozado.

—La bendición del Señor sobre ti, amor mío. ¡Bésame una vez más! El señor consintió que se sentase a sus pies, y que se los secara con su cabello. ¡Oh Meg, qué bondad y qué compasión!

Y al morir Lillian, el espíritu del niño regresó, inocente y radiante, tocó la mano del viejo con la suya y le hizo señas para que se fuera de allí.

CUARTA PARTE

Algunos recuerdos repentinos de las figuras fantasmales de las campanas, alguna impresión vaga del tañido de las campanas, alguna consciencia borrosa de haber visto el enjambre de fantasmas reproducido una y mil veces hasta que el recuerdo de todos ellos se perdía en la confusión de sus números; algún conocimiento apresurado, pero que no podía saber cómo le había llegado, de que habían pasado más años, y Trotty, con el espíritu infantil guiándole, estaba ante la compañía mortal.

Eran unos individuos gordos, rubicundos, agradables. Sólo eran dos, pero tan rubicundos que su color serviría para diez. Estaban sentados ante un fuego brillante, con una mesita baja entre ellos y, a no ser que el aroma del té caliente y de los pastelillos permanecía en aquella habitación más tiempo que en las demás, acababan de tomar el té. Pero como todas las tazas y platos estaban limpios y colocados en su sitio en el armario, y la horquilla de tostar colgaba del gancho habitual y extendía sus cuatro dedos inútiles como si quisiera que la tomaran por un guante, no quedaba ningún otro resto visible de la comida terminada más que el ronroneo y la limpieza de los bigotes del gato estirado y el brillo gracioso, o mejor dicho grasiento, de los rostros de los hombres.

Esta pareja burguesa (un matrimonio, naturalmente) había hecho una justa división del fuego entre los dos, y estaban sentados mirando las chispas brillantes que saltaban en la rejilla, quedándose dormidos en ocasiones, o despertando siempre que algún fragmento mayor que el resto caía en el fuego, como si lo llevara él.

Pero el fuego no corría peligro de apagarse, porque no sólo brillaba en la pequeña habitación, ni en los paneles de cristal de la puerta y la cortina medio cerrada, sino también en la tienda que quedaba más allá. Era una tiendecita, repleta y atestada de productos, una tiendecita muy voraz, con unas fauces tan adaptables y llenas como las de un tiburón. Queso, mantequilla, leña, jabón, pepinos, cerillas, tocino, cerveza, peonzas, dulces, cometas, semillas para pájaros, jamón, escobas, piedras del hogar, sal, vinagre, betún, arenques, cartas y papel, manteca, salsa de setas y de tomate, lazos, hogazas de pan, huevos, pizarrines: todos los objetos parecían peces que entraban en la red de esta tiendecita avariciosa, y todos estos artículos estaban ya en la red. Será difícil decir cuántas otras clases de diversos objetos habría allí, como las bolas de bramante, las ristras de cebollas, los paquetes de velas, los repollos y los cepillos, que colgaban en racimos del techo, como frutas extraordinarias, mientras latas diversas y extrañas que emitían olores aromáticos, demostraban la veracidad de la inscripción que había sobre la puerta exterior, y que informaba al público que el dueño de la tiendecita tenía permiso oficial para vender té, café, tabaco, pimienta y rapé.

Contemplando tantos de estos productos, visibles a la alegre luz del fuego y al menos alegre brillo de dos lámparas humeantes que ardían casi apagadas en la misma tienda, como si su hartazgo hiciera daño a los pulmones, contemplando, pues, uno de los dos rostros junto al fuego, Troty no tuvo mucha dificultad en reconocer a la rolliza dama, señora Chickenstalker, siempre con tendencia a la corpulencia, incluso en aquellos días en que la había conocido como dueña de una tienda de objetos varios, cuando le estuvo debiendo bastante tiempo.

Los rasgos de su compañero eran más difíciles de descubrir. La amplia barbilla con surcos lo suficientemente amplios como para esconder un dedo; los ojos sorprendidos, que parecían pelearse echándose uno a otro la culpa de hundirse tanto en la grasa blanda de aquel rostro suave; la nariz, aquejada de esa enfermedad que se denomina generalmente vegetaciones; la garganta corta y poderosa, y otras bellezas dignas también de descripción, aunque calculadas para impresionarse en la memoria, Trotty al principio no pudo relacionarlas con nadie que hubiera conocido, aunque, sin embargo, le parecía recordarlas de algún modo. Por último, reconoció en el compañero de la señora Chickenstalker en el comercio y en la propia, tortuosa y complicada vida, al antiguo portero de sir Joseph Bowley, un ser inocente y apopléjico que se relacionó en la mente de Trotty con la señora Chickenstalker de otros tiempos, al darle paso a la mansión en que había confesado la deuda que tenía con aquella señora, atrayendo sobre su desgraciada cabeza tan grave reproche.

Trotty tenía poco interés en un cambio como éste, después de los que ya había visto, pero la asociación de ideas es muy fuerte en ocasiones, y por eso miró involuntariamente detrás de la puerta, en la habitación donde se escribían con tiza las deudas de los clientes. No estaba su nombre. Había otros nombres, todos extraños para él, y eran muchos menos que antes, a partir de cuyos datos imaginó que el portero debía ser un defensor de las transacciones en metálico, y que al entrar en el negocio habría mirado con ojos críticos los deudores de la señora Chickenstalker.

Tan desolado estaba Trotty, y tan pesaroso por su adorada hija, que le resultaba triste incluso no encontrarse en la lista de morosos de la señora Chickenstalker.

—¿Qué noche hace, Anne? —preguntó el antiguo portero de sir Joseph Bowley, estirando las piernas ante el fuego y frotando todo lo que podían alcanzar sus brazos regordetes, con un aire que añadía: «Si hace mal tiempo, aquí estoy bien; y si hace bueno, no quiero moverme».

—Hace viento y cae aguanieve —contestó su esposa—, y parece que va a nevar. La noche está muy oscura. Y muy fría.

—Me alegra pensar que hemos tomado pastelillos —dijo el antiguo portero, con el tono de quien ha dejado la conciencia tranquila—. En una noche como ésta van muy bien los pastelillos. Y los bollitos. Y también las pastas de té.

El antiguo portero mencionaba cada tipo sucesivo de comestibles como si estuviera sumando pensativamente sus buenas acciones. Después de lo cual volvió a frotarse las piernas regordetas y arqueándolas por las rodillas para que el fuego llegara a las zonas que aún no había tostado, se rió, como si algo le hubiera hecho cosquillas.

—Estás de buen humor, Tugby, cariño —indicó la mujer.

La empresa se llamaba «Tugby, antes Chickenstalker».

—No —dijo Tugby—. No, en particular. Me siento algo exaltado. ¡Los pastelillos vinieron tan a tiempo!

Con lo cual se rió hasta que se le puso la cara negra, y tuvo tanto trabajo para cambiar de color que sus piernas regordetas hicieron las más extrañas excursiones en el aire. Y no se redujeron a nada decoroso hasta que la esposa de Tugby le diera un golpe violento en la espalda, agitándolo como si fuera una enorme botella.

—¡Bendito sea Dios, Dios mío, Señor bendito, ayúdanos! —gritaba la esposa de Tugby, aterrorizada—. ¿Qué te pasa?

El señor Tugby se secó los ojos y repitió en voz débil que estaba algo exaltado.

—Pues no lo vuelvas a estar, cariño, por favor —dijo la esposa de Tugby—, si no quieres asustarme del todo con tus peleas y tus batallas.

El señor Tugby dijo que no lo haría más, pero toda su existencia era una lucha en la que iba perdiendo, si debemos juzgar de los resultados por la dificultad creciente de su respiración y el color púrpura de su rostro, cada vez más intenso.

—Así que hace frío, cae aguanieve y parece que va a nevar; y está oscuro y muy frío. ¿Es así, cariño? —dijo el señor Tugby mirando el fuego y volviendo a lo mejor de su momentánea exaltación.

—Muy mal tiempo, sí señor —contestó la esposa, moviendo la cabeza.

—¡Ay, ay! Los años —dijo el señor Tugby— son en algunas cosas como los hombres. A algunos les cuesta morir; otros mueren con facilidad. A éste no le quedan muchos días y está luchando a muerte. Pero a pesar de todo, me gusta. ¡Ahí viene un cliente, cariño!

Atenta a la puerta chirriante, la esposa de Tugby ya se había puesto en pie.

—¡Muy bien! —dijo la señora, pasando a la tiendecita—. ¿Qué se le ofrece? ¡Oh, perdone, señor! ¡No me había dado cuenta de que era usted!

Esta excusa iba dirigida a un caballero vestido de negro que, con los puños de la camisa doblados hacia arriba, con el sombrero ladeado y las manos en los bolsillos se había sentado sobre el barril de cerveza y saludaba moviendo la cabeza.

—Es un mal negocio el de allá arriba, señor Tugby —dijo el caballero—. Ese hombre no puede vivir ya.

—¡Y en el ático posterior, tampoco! —gritó Tugby, que había entrado en la tienda para unirse a la conferencia.

—El ático posterior, señora Tugby —dijo el caballero— pronto caerá escaleras abajo, y llegará a estar más abajo del suelo.

Mirando, por turnos, a Tugby y a su esposa, golpeaba el barril de la cerveza con los puños para averiguar hasta dónde llegaba el líquido, y, al descubrirlo, empezó a seguir un ritmo en la parte hueca.

—El hombre del ático posterior, señor Tugby —decía el caballero, mientras Tugby se había mantenido silencioso y consternado cierto tiempo— se nos va.

—Pues —dijo Tugby, volviéndose a su esposa— que se vaya de aquí, ¿no te parece?, antes de que se vaya del todo.

—No creo que puedan moverlo —dijo el caballero, moviendo la cabeza—. Y yo no me haría responsable de decir que puede hacerse. Mejor será que le dejen donde está. No vivirá mucho tiempo.

—Es el único asunto —dijo Tugby, haciendo bajar el platillo de la balanza de la mantequilla del mostrador con un golpe, al poner en él su puño— sobre el que nunca hemos discutido, ella y yo, y ¡mira lo que ocurre! Se va a morir ahí, pese a todo. Se va a morir en nuestra casa. ¡Se va a morir en nuestra casa!

—¿Y dónde crees que debería morirse, Tugby? —le preguntó su mujer.

—En el asilo —contestó—. ¿Para qué son los asilos?

—No para eso —dijo la señora Tugby con gran energía—. No para eso. Tampoco me casé contigo por eso. No lo pienses, Tugby, no me parece bien. No voy a permitirlo. Antes prefiero separarme de ti y no volverte a ver nunca. Cuando mi nombre de viuda estaba en la puerta de la tienda durante tantos años, esta casa se conocía como la casa de la señora Chickenstalker por todas partes, no era conocido sino por su crédito honrado y su buena fama; cuando mi nombre de viuda estaba en esa puerta, Tugby, le conocí; era un joven guapo, apuesto, viril, independiente, y ella era la muchachita más encantadora, de carácter más dulce que hubiera conocido. También llegué a conocer a su padre —¡pobre viejo, se cayó del campanario, como un sonámbulo, y se mató!—, que era una persona sencillísima, muy trabajadora, con corazón de niño, el mejor de todos, y si les echo de mi casa y de mi hogar, mis ángeles me sacarán del cielo. ¡Lo harán! ¡Y estará muy bien hecho!

Su rostro de anciana, que había sido regordeta y sonrosada antes de los cambios del tiempo, parecía relucir mientras decía esas palabras, y, al secarse los ojos, y al mover la cabeza y agitar su pañuelo a Tugby, con una expresión de firmeza que, evidentemente, nadie podía resistir, Trotty decía:

—¡Dios la bendiga! ¡Dios la bendiga!

Y siguió escuchando, con el corazón acongojado, lo que seguía. Sin saber aún nada más que se referían a Meg.

Si Tugby se había sentido algo exaltado en la sala, equilibraba ahora con creces aquel sentimiento, sintiéndose algo deprimido en la tienda; ahí estaba, mirando fijamente a su esposa, sin intentar replicarle; traspasando secretamente, sin embargo —bien abstraído, bien como medida de precaución— todo el dinero de la caja a sus bolsillos cuando hablaba con ella.

El caballero que estaba sentado en el barril de cerveza y que parecía ser algún auxiliar médico autorizado para los pobres, ya estaba muy acostumbrado a presenciar diferencias de opinión entre el marido y la mujer para intervenir en este caso con comentarios propios. Seguía sentado tranquilamente, silbando y derramando gotitas de cerveza en el suelo hasta que al cabo de un rato se llegó a una perfecta calma; luego levantó la cabeza y preguntó a la mujer de Tugby, antes señora Chickenstalker:

—Hay algo curioso sobre esa mujer, hasta ahora. ¿Cómo se llegó a casar con él?

—Pues eso —dijo la señora Tugby, acercándose a él— no es lo más triste de toda su historia, señor. Los dos anduvieron juntos, ella y Richard, hace muchos años. Cuando eran una pareja joven y hermosa, todo se arregló y estaban ya para casarse el día de año nuevo. Pero no sé cómo, a Richard se le metió en la cabeza, por alguna cosa que le habían dicho los señoritos, que mejor sería que no lo hiciera, porque pronto se arrepentiría, que ella no era demasiado buena para él y que un joven con carácter no tenía por qué casarse. Así que los caballeros la asustaron y la volvieron melancólica y tímida de que él la hubiera dejado y de que sus hijos podrían acabar en la cárcel y muchas más cosas de esas. En resumen, esperaron y esperaron cada vez más y se rompió el compromiso, y por último el noviazgo. Pero toda la culpa fue de él. Debería haberse casado con ella, sí señor, y con contento. He visto su corazón hincharse, muchas veces después, al ver que él pasaba con su andar orgulloso y descuidado, y nunca lamentó más una mujer la suerte de un hombre que ella la de Richard cuando comenzó a extraviarse.

—¿Cómo? ¿Qué se extravió, dice usted? —dijo el caballero, sacando el tapón que cerraba el respiradero del barril de cerveza, e intentando mirar por ese agujero el interior.

—Sí, señor, creo que no entendía bien lo que hacía, ya lo ve. Creo que su mente estaba turbada por esa ruptura de los dos, y de sentirse avergonzado ante los caballeros, y tal vez por no estar seguro de si ella lo aceptaría o no, hubiera sufrido todos los tormentos y padecimientos con tal de conseguir de nuevo la promesa de Meg y la mano de Meg. Eso es lo que creo. Nunca lo dijo, y por eso me daba más pena. Comenzó a beber, a perder el tiempo, a ir con malas compañías: todos los grandes recursos que debía tener en más estima que la casa que hubiera tenido. Perdió su buen aspecto, su carácter, su salud, su fuerza, sus amigos, su trabajo: lo perdió todo.

—No lo perdió todo, señora Tugby —contestó el caballero—, porque ganó una esposa, y quisiera saber cómo la consiguió.

—Ahora llegaré a ello, señor, dentro de un momento. Esta situación duró muchos, muchos años; él se iba hundiendo cada vez más; ella aguantaba, pobrecita, una miseria tal, que iba destrozando su vida. Por último, él se puso tan malo y abandonado, que nadie le daba trabajo ni se apiadaba de él, se le cerraban todas las puertas, fuera a donde fuera. Así, yendo de casa en casa y de puerta en puerta, llegando por enésima vez a la casa de un caballero que en muchas ocasiones le había empleado (porque era un trabajador de cuerpo entero), ese caballero, que conocía bien su vida, le dijo: «Creo que eres incorregible; sólo hay una persona en este mundo que puede mejorarte; no me pidas que me fíe de ti, si ella no lo intenta». Le dijo algo así, con rabia y ofensa.

—¡Ah! —dijo el caballero—. ¿Y qué pasó?

—Pues, señor, fue a verla, se arrodilló ante ella, se lo contó todo, le contó lo que había pasado, y le rogó que por favor le salvara.

—¿Y ella? No se apene, señora Tugby.

—Ella vino a verme aquella noche y me preguntó si podría vivir aquí. Me dijo que lo que él había sido para ella estaba ya enterrado junto a lo que yo era para él. Pero he pensado en esto, y voy a probarlo. Con la esperanza de salvarlo, por amor a la niña alegre (usted debe acordarse de ella) que iba a casarse un día de año nuevo, y por amor a Richard. Y me dijo que él había ido a ella a través de Lillian y que Lillian había confiado en él, y que eso nunca podría olvidarlo. Y así fue como se casaron, y cuando vinieron aquí, a mi casa, y los vi, esperé que las profecías que los habían separado cuando eran jóvenes no se cumplieran, como en verdad se cumplieron, o que yo no les ayudaría a cumplirse ni por una mina de oro.

El caballero bajó del barril y estiró los brazos, diciendo:

—Supongo que la maltrataría, tan pronto como se casaran.

—No, no creo que lo hiciera nunca —constestó la señora Tugby, moviendo la cabeza y secándose los ojos—. Durante un cierto tiempo mejoró, pero sus costumbres eran demasiado viejas y demasiado fuertes para poderse librar de ellas; pronto se dejó llevar un poco, y luego se dejó llevar del todo hasta que la enfermedad le sobrevino con fuerza. Creo que siempre ha tenido un sentimiento cariñoso hacia ella. Estoy seguro. Lo he visto, en sus ataques y en sus temblores, intentando besarle la mano, y he oído que la llamaba «Meg» y que decía que cumplía diecinueve años. Ahí está tumbado, donde lo ha estado todas estas semanas y todos estos meses. Entre el cuidado de él y del niño, no ha podido volver a su antiguo trabajo, y al no poder acudir cada día la han echado, aunque hubiera podido seguir trabajando. No sé cómo han podido seguir viviendo.

—Yo sé cómo han vivido —dijo el señor Tugby, mirando hacia la caja y alrededor de toda la tienda, y luego a su esposa, y moviendo la cabeza como quien sabe las cosas— ¡Como gallos de pelea!

Le interrumpió un grito, un lamento, que procedía del piso superior de la tienda. El caballero se apresuró hacia la puerta.

—Amigo mío —le dijo, mirando atrás—, no tiene que discutir si hay que llevarlo a otro sitio. Le ha ahorrado ese problema, me parece.

Diciendo lo cual corrió escaleras arriba, seguido por la señora Tugby, mientras el señor Tugby jadeaba y rezongaba intentando seguirlos, sintiéndose más torpe que nunca por el peso del dinero de la caja, donde había una cantidad de monedas de cobre bastante pesadas. Trotty, con el muchacho a su lado, flotaba escaleras arriba en el aire.

—¡Síguela! ¡Síguela! ¡Síguela! —oía las voces fantasmales que las campanas repetían conforme iba ascendiendo por las escaleras— ¡Aprende! ¡De la criatura a la que más has querido!

Todo había concluido. Todo había concluido. Y ésta había sido ¡el orgullo y la alegría de su padre! Esta mujer infeliz y deshecha, llorando al lado de la cama, si es que a aquello podía llamársele cama, apretando contra su pecho y recogiendo la cabeza de un niño. ¿Quién podría decir lo delgadita, lo enferma, lo miserable que parecía la niña? ¿Quién podrá decir lo que le quería su madre?

—¡Gracias a Dios! —gritaba Trotty, juntando sus manos en oración— ¡Oh, mil gracias a Dios! ¡Ama a su niña!

El caballero, que no era del todo indiferente ni de corazón de piedra ante esas escenas que veía cada día, y sabía que eran datos sin importancia en las estadísticas de Filer, meras líneas en la elaboración de esos cálculos, posó su mano en el corazón que ya no latía, escuchó la respiración y dijo:

—Ha terminado de sufrir. Así está mejor.

La señora Tugby intentó consolar a la madre con ternura. Intentó hacerlo con filosofía el señor Tugby.

—¡Vamos, vamos! —le decía, con las manos en los bolsillos—. No se deje llevar, venga. Eso no sirve de nada. Hay que seguir luchando. ¿Qué hubiera sido de mí si no hubiera seguido luchando cuando era un portero, y cuando teníamos hasta seis tiros de caballos a la puerta cada noche? ¡Pero utilicé toda mi fuerza de carácter y no abrí la puerta!

Otra vez volvió a oír Trotty las voces que le decían: ¡Síguela! Se volvió hacia su guía y vio que se elevaba por delante de él, deslizándose por el aire. «¡Síguela!», decía. Y se desvaneció.

Dio vueltas alrededor de la habitación. Se sentó a los pies de su hija; le miró a la cara para intentar encontrar los rasgos de la muchachita de otros tiempos; escuchó, queriendo oír tan sólo una nota de su antigua voz agradable. Revoloteó en torno al niño, tan tierno, muerto tan prematuramente, tan terrible en su gravedad, tan dolorosa en su débil, triste, miserable lamento. Casi la adoraba. Se colgaba de ella como única salvaguarda, como último lazo firme que la podría mantener en pie. Puso su esperanza de padre y su confianza en el frágil bebé; observaba todas las miradas que su hija dedicaba al pequeño al tenerlo en brazos, y gritaba miles de veces: ¡Le ama! ¡Le ama! ¡Gracias, Dios mío!

Vio que la mujer la cuidaba por la noche, que volvía a su lado cuando su marido gruñón quedaba dormido y todo estaba en silencio; que le daba ánimos, que compartía con ella su llanto, que le daba alimentos. Vio cómo llegaba el día, y de nuevo la noche, y de nuevo el día y la noche; cómo pasaba el tiempo; la casa de la muerte librada de la muerte; la habitación quedaba sólo para ella y para la niña; la oyó llorar y gritar; la oyó molestarla, cansarla, y cuando quedaba agotada, exhausta, hacía que volviera a despertar de nuevo y se agarraba a ella con sus manecitas por encima de los barrotes; y, sin embargo, era constante, era cariñosa, era paciente. ¡Paciente! Era su madre querida en lo más íntimo de su alma y de su corazón, y tenía el ser enlazado con el de ella, al igual que llevaba a la criatura antes de nacer.

Durante todo ese tiempo estaba en la miseria total; languideciendo en una necesidad absoluta y lamentable. Con el bebé en brazos, vagaba de un lado a otro, buscando trabajo y con la flaca carita apoyada en su regazo, mirándola a los ojos, hacía cualquier tipo de trabajo por cualquier cantidad miserable; un día y una noche de trabajo por tantos cuartos de penique como números había en la esfera del reloj. ¡Si se hubiera enfadado con ella, si la hubiera abandonado, si la hubiera mirado aunque sólo fuera un momento con odio, si, en un instante de desconcierto, la hubiera golpeado! No. Era su apoyo. La quería siempre.

No contaba a nadie su miseria, y vagaba lejos durante el día para que no le hiciera ninguna pregunta su única amiga; porque cualquier ayuda que recibiera de sus manos ocasionaría disputas entre la mujer y su marido, y así añadiría amarguras a la causa diaria de peleas y de discordias allí donde tanto debía.

Pero a pesar de todo la quería. La quería cada vez más. Pero un cambio sobrevino en el aspecto de su amor. Una noche.

Estaba cantándole una canción de cuna para que se durmiera, en voz baja, y meciéndola, cuando la puerta se abrió lentamente y entró un hombre.

—Vengo por última vez —dijo.

—¡William Fern!

—Por última vez.

Escuchaba en torno como si fuera un hombre perseguido, y hablaba en voz muy baja.

—Margaret, mi carrera está a punto de terminar. Pero no podía acabarla sin despedirme de ti. Sin despedirme de ti con una palabra de gratitud.

—¿Qué has hecho? —le preguntó, mirándole aterrorizada.

La miró, pero no le contestó.

Después de un corto silencio hizo un gesto con la mano, como si apartara la pregunta, como si la dejara de lado y contestó:

—Hace ya mucho tiempo, Margaret, pero aquella noche permanece fresca en mi recuerdo desde entonces. ¡Qué poco lo pensamos entonces! —añadió, mirando en torno— que nos encontraríamos así! ¿Es tu hija, Margaret? ¡Déjame que la tenga en brazos! ¡Déjame que tenga en brazos a tu hija!

Puso el sombrero en el suelo, y tomó a la niña. Temblaba al hacerlo, de la cabeza a los pies.

—¿Es una niña?

—Sí.

Puso su mano delante de la carita.

—¡Mira qué débil que estoy, Margaret, cuando quiero atreverme a mirarla! Déjamela un momento. No le haré daño. Hace mucho, mucho tiempo, pero... ¿Cómo se llama?

—Margaret —contestó con rapidez.

—Me alegra —dijo—. Me alegra ese nombre.

Parecía respirar ahora con mayor libertad, y después de hacer una pausa de un instante, quitó la mano y contempló el rostro de la niña. Pero volvió a cubrirlo inmediatamente.

—Margaret —dijo, devolviéndole la niña—. ¡Es de Lillian!

—¿De Lillian?

—Recuerdo que tuve la misma cara en mis brazos cuando la madre de Lillian murió y me la dejó.

—¿Cuando la madre de Lillian murió y te la dejó? —repitió, asombrada.

—¿Qué voz tan débil es esa? ¿Por qué me miras con tanta intensidad, Margaret?

Se hundió en una silla, Margaret, apretando la niña contra su pecho, y llorando. Algunas veces aflojaba el abrazo para mirar su carita con ansiedad; luego volvía a apretarla contra el pecho. En esos momentos en que le miraba había algo duro y terrible que empezaba a mezclarse con su sentimiento de amor. Y entonces su anciano padre se acobardaba.

—¡Síguela! —sonaba por toda la casa—. ¡Aprende de la criatura a la que más has querido!

—Margaret —dijo Fern, inclinándose hacia ella y besándola en la frente—. Te doy las gracias por última vez. Buenas noches. Adiós. Cógeme de la mano y dime que te olvidarás de mí a partir de ahora y que intentarás pensar que he terminado aquí.

—Pero, ¿qué has hecho? —le preguntó de nuevo.

—Esta noche habrá un incendio —dijo, apartándose de ella—. Habrá fuegos en este invierno para iluminar las noches oscuras, al este, al oeste, al norte y al sur. Cuando veas el cielo rojo a lo lejos, estará todo ardiendo. Cuando veas enrojecido el cielo lejano, ya no pienses en mí, o si lo haces, recuerda el infierno que ardía en mí y verás sus llamas reflejadas en las nubes. ¡Buenas noches! ¡Adiós!

Ella le llamó, pero ya se había ido. La mujer se quedó sentada, estupefacta, hasta que la niña la despertó al sentido de hambre, de frío y de oscuridad. Anduvo meciéndola por la habitación toda la noche, cantándole y consolándole. A ratos decía: «como Lillian, cuando su madre y su padre la abandonaron». ¿Y por qué sus pasos eran más rápidos, su mirada más fiera, su amor más duro y terrible siempre que repetía esas palabras?

—Pero debe ser amor —dijo Trotty—. Es amor. Nunca cesará de amarla. ¡Pobrecita Meg!

A la mañana siguiente vistió a la niña con su cuidado de siempre —¡ah, triste gasto de cuidado con unas ropitas tan escuálidas!— y de nuevo intentó buscar alguna forma de ganarse la vida. Era el último día del año viejo. Intentó hasta la noche, sin poder romper su ayuno. Intentó en vano.

Se mezcló con una muchedumbre abyecta que pateaba la nieve hasta que a algún encargado oficial de distribuir caridad pública (la caridad legal, no aquella que el Maestro predicó en la montaña) le pareció bien llamarlos y preguntarles y decir a éste «vete allí» y al otro «ven la semana que viene» y jugar como con una pelota con otro pobre, pasándolo de aquí allá, de mano en mano, de casa en casa, hasta que se desvanecía y se dejaba caer en el suelo para allí morir, o se ponía en pie y robaba y así se convertía en un auténtico criminal, cuyas pretensiones se solucionaban sin tardanza. Pero en esta empresa Margaret también fracasó. Quería a la niña, y deseaba llevarla colgada al pecho. Y eso era suficiente.

Era de noche. Una noche oscura, negra, cortante, cuando, apretando la niña contra ella para darle algo de calor llegó a la puerta de la casa que llamaba su hogar. Estaba tan débil y tan mareada que no vio a nadie en la entrada hasta que lo tuvo a un palmo de narices, a punto de entrar. Entonces reconoció en él al dueño de la casa que se había colocado —su enorme persona lo permitía— tapando toda la entrada.

—¡Oh! —dijo en voz baja— ¡Ya ha regresado!

La mujer miró a la niña y dijo que sí con la cabeza.

—¿No le parece que ha vivido aquí bastante tiempo sin pagarme ningún alquiler? ¿No cree usted que, sin dinero, ha sido un cliente demasiado constante de la tienda? —dijo el señor Tugby.

Ella repitió la misma apelación muda.

—Supongamos que intenta trabajar en otro sitio —le dijo—. Y supongamos que puede pagar otro alojamiento. ¡Venga! ¿No cree que lo conseguiría?

Dijo con una voz muy baja que era muy tarde. Que mañana.

—Ahora veo lo que quiere —dijo Tubgy—, y lo que quiere decir. Ya sabe que en esta casa hay dos bandos opuestos respecto a usted y le encanta que se peleen. No me gustan las peleas. Le estoy hablando con educación para evitar una pelea, pero, si no se marcha le hablaré en voz alta y oirá palabras muy desagradables. Pero no va a entrar. Eso está decidido.

Se echó el pelo hacia atrás con la mano y miró de repente hacia el cielo y a la oscura distancia.

—Esta es la última noche del año y no quiero entrar en el año nuevo con peleas y mala sangre del año pasado ni por su causa ni por la de nadie —dijo Tugby, que era un viejo aprendiz del padre y amigo de los pobres—. Me extraña que no se sienta avergonzada de llevar las mismas costumbres al año nuevo. Si no tiene nada que hacer en este mundo más que dejarse llevar siempre y ser causa de disputas entre un hombre y su mujer, mejor es que desaparezca. Márchese.

—¡Síguela! ¡A la desesperación!

El anciano volvía a oír las voces. Mirando hacia arriba, vio figuras bailando en el aire e indicando a dónde iba ella, por la calle oscura.

—¡Le ama! —exclamaba, en una súplica desesperada por ella— ¡Campanas! ¡Le ama aún!

Le siguió en su recorrido; se mantenía a su lado; le miraba a la cara. Vio esa misma expresión dura y terrible mezclada con la de amor y brillando en los ojos. La oyó decir: ¡Como Lillian! ¡Haberte pasado como a Lillian!, y su velocidad aumentaba.

Oh, ¿qué podría despertarla? ¡Alguna visión, algún sonido, algún aroma que la trajera tiernos recuerdos a su cerebro ardiente! ¡Cualquier imagen agradable del pasado que pudiera surgir ante ella!

—¡Yo era su padre! ¡Yo era su padre! —gritaba el anciano, extendiendo las manos hacia las sombras oscuras que revoloteaban por el cielo— ¡Apiadáos de ella y apiadaos de mí! ¿A dónde va? ¡Haced que vuelva! ¡Yo era su padre!

Pero le señalaban solamente a ella, mientras caminaba con rapidez, diciendo: ¡A la desesperación! ¡Aprende de la criatura a la que más has querido!

Cien voces sonaron como un eco de aquellas palabras. El aire se llenó del aliento de aquellas mismas palabras. Parecía respirarlas en cada bocanada de aire. Le seguían a todas partes, y no podía escaparse. A pesar de todo se apresuraba; la misma luz en los ojos de la mujer, la misma palabra en sus labios: ¡Como Lilian! ¡Cambiar como Lilian!

Y de pronto todo se detuvo.

—¡Ahora, que vuelva! —exclamó el anciano, tirando de sus cabellos blancos— ¡Hija mía, Meg! ¡Que vuelva! ¡Padre eterno, que vuelva!

Con su propio chal miserable, la mujer envolvió al bebé. Con sus manos temblorosas por la fiebre acarició sus piernas, arregló su rostro, colocó bien su miserable trajecito. La colocó en sus brazos extendidos como si nunca se resignara a dejar de hacerlo. Y con los labios resecos le dio un beso final, doloroso, como una última agonía de amor.

Llevó su manecita a su cuello, y apretándola allí, dentro de su vestido, cerca de su maltrecho corazón, reposó su rostro adormilado sobre el de ella; muy cerca, muy apretado contra ella, y entonces echó a correr hacia el río.

Hacia el turbulento río, rápido y oscuro, donde la noche larga del invierno dominaba como los últimos pensamientos sombríos de tantos como habían buscado refugio en él antes que ella. Allí donde las luces diseminadas por las orillas parecían brillar sombrías, rojas, turbias, donde ardían faroles para indicar el camino hacia la muerte. Donde ninguna morada de seres vivos lanzaba sus sombras en las sombras profundas, impenetrables, melancólicas.

¡Al río! A esa puerta de la eternidad, a esa escalera desesperada tendieron sus pasos con la rapidez de sus aguas violentas camino hacia el mar. El intentó tocarla cuando pasó por su lado, bajando al nivel oscuro, pero la forma alocada y salvaje, el amor cruel y terrible, la desesperación que ya no aceptaba ningún control humano ni ningún seguro, voló por su lado como el viento.

El la siguió. La mujer hizo una pausa al borde del río antes de la zambullida fatal. El hombre cayó de rodillas y dando un alarido se dirigió a las figuras de las campanas que ahora revoloteaban sobre su cabeza.

—¡Lo he aprendido! —gritó el anciano— ¡De la criatura a la que más he querido! ¡Oh, salvadla, salvadla!

Pudo enredar sus dedos en el vestido, ¡pudo agarrarla! Conforme las palabras se escapaban de sus labios sintió que le volvía el sentido del tacto, y supo que podría detenerla.

Las figuras le observaban desde arriba.

—¡Lo he aprendido! —gritó el anciano— ¡Oh, apiadáos de mí en este momento, si por amor a ella, tan joven y tan buena, maldije a la naturaleza en los pechos de las madres desesperadas! ¡Apiadáos de mi presunción, de mi maldad, de mi ignorancia y salvadla!

Sintió que su mano ya no la agarraba con fuerza. Las figuras aún se mantenían en silencio.

—¡Apiadáos de ella! —exclamó— como de alguien en quien este horrible crimen ha surgido de la perversión del amor, del amor más fuerte, más profundo que nosotros, seres caídos, hayamos conocido! ¡Piensa en la miseria que debe haber padecido, ya que de esa simiente han surgido estos frutos! El cielo quiso que fuera buena. No hay ninguna madre en el mundo que no haya llegado a esta situación, si hubiera pasado por la misma vida. ¡Oh, apiadáos de mi hija, aun en este momento que muere y pone en peligro su alma inmortal, para salvar al niño!

La tenía en sus brazos. El hombre la agarraba con fuerza. Tenía la fuerza de un gigante.

—¡Veo entre vosotros al espíritu de las campanas —gritaba el anciano, dirigiéndose a uno de aspecto infantil y hablándole como inspirado, por la forma como traducía su sentimiento en la mirada—. Sé que nuestra herencia nos la guarda el tiempo. Sé que algún día se elevarán las olas del mar del tiempo, ante el cual todo aquel que haya hecho algún daño o haya oprimido a alguien será barrido como las olas. ¡Lo veo alzarse! Sé que debemos confiar y que debemos esperar y que no debemos dudar de nosotros mismos ni de Dios. Lo he aprendido de la criatura a la que más he querido. Y ahora la tengo otra vez entre mis brazos. ¡Oh, espíritus, compasivos y buenos, me lleno de vuestras lecciones junto con ella! ¡Oh, espíritus, compasivos y buenos, os doy las gracias!

Hubiera continuado hablando, pero las campanas, las viejas campanas familiares, sus queridas, constantes, fieles amigas, las campanas, comenzaron a sonar los repiques alegres de año nuevo, con tal avidez, con tal jolgorio, con tal alegría, que dio un salto y rompió el encanto que le había hechizado.

—Y haga lo que haga, padre —decía Meg— no vuelva a

comer otra vez callos sin preguntar antes a un médico si le convienen, porque, ¡qué lío que ha organizado, Dios mío!

Está tejiendo junto a la mesita al lado del fuego, adornando su sencillo vestido con unas cintas, para la boda. Tan tranquila y tan feliz, tan hermosa y tan joven, tan llena de bellas promesas que el anciano lanzó un profundo lamento como si hubiera encontrado a un ángel en su casa y luego corrió para abrazarla.

Pero tropezó con el periódico, que había caído sobre el hogar, y alguien entró corriendo y se colocó entre los dos.

—¡No! —gritaba la voz de esa persona, ¡y era en verdad una voz joven y generosa!— Usted no. Ni siquiera usted. El primer beso de Meg en este año nuevo ha de ser para mí. ¡Para mí! He estado esperando fuera de casa, todo este tiempo, para oír tañer las campanas y proclamarla mía. ¡Meg, preciosa, querida, feliz año nuevo! ¡Una vida de años felices, querida esposa!

Y Richard la llenó de besos.

Seguro que en toda su vida no habrán visto nada parecido a la actitud de Trotty después de esto. Por mucho que hayan vivido o por mucho que hayan visto, pero en toda su vida no habrán visto nada semejante al hombre que se acercaba. Se sentó en su silla, se dio golpes en las rodillas, gritando y riendo; se sentó en la silla, dándose golpes en las rodillas, riendo y llorando a la vez; se levantó de la silla y abrazó a Meg; se levantó de la silla y abrazó a Richard; se levantó de la silla y los abrazó a los dos a la vez; corrió detrás de Meg, y apretando su rostro entre las manos y besándola, dando la vuelta para verla por detrás y volviendo a ponerse delante, como una figura de una linterna mágica, hiciere lo que hiciere, estaba constantemente sentándose y levantándose de la silla, nunca cesando del vaivén ni por un solo momento; estando —esta es la verdad— sobrecogido de alegría.

—¡Y mañana la boda, hijita mía! —decía Trotty—. ¡Tu auténtico día de boda!

—¡Hoy! —gritó Richard, estrechándole la mano—. ¡Hoy! Las campanas están tocando el año nuevo. ¡Escúchelas!

¡Era verdad! ¡Tocaban! ¡Benditos sean sus corazones, tocaban! Y eran campanas grandes, melodiosas, de voz profunda, campanas nobles, hechas de metales purísimos, hechas por fundidores nobilísimos, ¡y nunca habían sonado tan bien, nunca!

—Pero hoy, hija mía —dijo Trotty— creo que tú y Richard tuvisteis cierto enfado.

—Porque es muy malo, padre —dijo Meg—, ¿no es verdad, Richard? ¡Es un hombre tan testarudo y tan violento! No hubiera ganado nada diciéndole lo que pensaba al gran concejal, ni poniéndole en la calle, no sé dónde, porque, la verdad...

—Besando a Meg —sugirió Richard—. ¡Lo hubiera hecho!

—No. Ni un poquito más —dijo Meg—. Porque no te hubiera dejado, padre. ¿Para qué hubiera servido?

—Richard, muchachote —dijo Trotty—. Naciste con buena estrella, y tendrás buena estrella hasta la tumba. Pero, ¿no estabas llorando esta noche junto al fuego, hija mía, cuando llegué a casa? ¿Por qué estabas llorando junto al fuego?

—Pensaba en todos los años que hemos pasados juntos, padre. Sólo pensaba en eso. Y pensaba que me echaría de menos y que se pondría triste.

Trotty estaba volviendo a aquella extraordinaria silla de nuevo, cuando la niña, despierta por el ruido, vino corriendo, a medio vestir.

—¡Vaya! ¡Aquí está! —gritó Trotty, cogiéndola al vuelo—. ¡Aquí está la pequeña Lillian! ¡Ja, ja, ja! ¡Aquí estamos y aquí vamos! ¡Y aquí estamos otra vez, y aquí vamos otra vez! ¡Y también el tío Will! —detuvo su trote para saludarlo efusivamente—. ¡Oh, tío Will, qué visión he tenido esta noche a través de ti! ¡Tío Will, qué reconocido te quedo por haber venido a mi casa, buen amigo!

Antes de que Will Fern pudiera contestarle, una banda de música irrumpió en la sala, seguida de un numeroso grupo de vecinos, gritando todos ellos: ¡Feliz año nuevo, Meg! ¡Feliz año nuevo! ¡Enhorabuena por la boda! ¡Enhorabuena! y otros deseos fragmentarios del mismo tipo. El tamborilero, que era un buen amigo de Trotty, se adelantó y dijo:

—¡Trotty Veck, buen amigo! Ya ha llegado el momento en que tu hija se va a casar; mañana. No hay nadie que no te desee lo mejor del mundo, ni tampoco hay nadie que la conozca a ella y no le desee lo mismo. O que os conozca a los dos y no os desee a ambos toda la felicidad que pueda traeros este año nuevo. Y por eso hemos venido, para celebrarlo y bailar en vuestro homenaje.

Este parlamento fue recibido con un griterío general. El tamborilero estaba bastante borracho, a propósito, pero ¡qué más da!

—¡Qué felicidad más grande! ¡Naturalmente! —dijo Trotty—, que me tengáis en tanta estima. ¡Qué buenos vecinos que sois todos! ¡Y todo por mi querida hija! ¡Pues se lo merece!

En un segundo ya estaban preparados para iniciar el baile (Richard y Meg, abriéndolo), y el tamborilero estaba al borde mismo de ponerse a dar golpes con toda su energía, cuando se oyó en el exterior una combinación de sonidos prodigiosos, y una mujer madura de buen humor, de unos cincuenta años, más o menos, entró corriendo, seguida por un hombre que blandía una jarra de piedra de tamaño descomunal, y seguida muy de cerca por instrumentos rústicos y campanas, no las Campanas, sino una colección de campanas pequeñas, engarzadas en un marco.

Trotty gritó:

—¡Pero si es la señora Chickenstalker!

Y se volvió a sentar a darse palmadas en las piernas.

—¡Casarse así y no decírmelo, Meg! —gritaba la buena mujer—. ¡Pero cómo! ¡No podía quedarme esta noche última del año sin venir a casa a desearla toda la felicidad del mundo! No hubiera podido quedarme en casa, Meg. Aunque hubiera estado postrada. Y por eso aquí me tienes. Y como es la víspera de año nuevo, y la víspera del día de tu boda, amiga mía, he preparado un poco de ponche y lo he traído.

Lo que la señora Chickenstalker entendía por «un poco de ponche» revelaban su buen corazón. La jarra humeaba y hervía y bullía como un volcán; y el hombre que la llevaba estaba a punto de desmayarse.

—¡Señora Tugby! —dijo Trotty, que había estado dando vueltas a su alrededor, como en éxtasis— o, mejor dicho, señora Chickenstalker, ¡que Dios la bendiga! ¡Feliz año nuevo y muchas felicidades, señora Tugby! —dijo Trotty al saludarla—, o mejor dicho, señora Chickenstalker. Le presento a William Fern y a Lillian.

La buena mujer, ante la sorpresa de Trotty, se puso pálida y se turbó.

—¿No se tratará de Lillian Fern, cuya madre murió en Dorstshire? —preguntó.

El tío de la niña le dijo que sí, y, saludándose apresuradamente, ambos cambiaron algunas palabras, resultado de las cuales fue que la señora Chickenstalker sacudió a Fern con ambas manos, saludó a Trotty dándole un beso en la mejilla, de todo corazón, y abrazó a la niña hacia su enorme pecho.

—¡Will Fern! —dijo Trotty, tirándole del puño derecho—. ¿Es ésta la amiga que estabas buscando?

—¡Ay! —contestó, poniendo sus manos en los hombros de Trotty—. Y parece ser casi tan buena amiga, si ello fuera posible, como éste que he encontrado.

—¡Oh —dijo Trotty—. Pasen y vengan a tocar la música, por favor. ¿Serán tan amables?

Música de la banda, de las campanas, de los instrumentos rústicos; todo a la vez; y mientras tanto, las campanas de la iglesia estaban aún muy ocupadas, en el exterior; y mientras las campanas de la iglesia sonaban, Trotty, dejando que iniciaran el baile Meg y Richard, invitó a la señora Chickenstalker a salir a bailar, y bailó con un estilo desconocido en él, antes o después de aquel día, basado en su propio trotecillo peculiar.

¿Había soñado Trotty? ¿O acaso sus alegrías y sus penas, y los actores de ellas, no fueron sino un sueño, y el narrador de esta historia otro soñador que sólo ahora despierta? Si así fuera, lector, a quien el narrador recuerda en todas sus visiones, intenta recordar siempre las realidades vivas de donde proceden esas sombras, y en tu propio entorno —no hay entornos demasiado grandes ni demasiado pequeños para esos propósitos—, esfuérzate por corregirlas, mejorarlas y dulcificarlas. Y que así el año nuevo sea realmente para ti un año nuevo feliz, un año nuevo feliz también para tantos cuya felicidad de ti depende. Y que cada año sea mejor que el pasado y que ni el más miserable de nuestros hermanos y hermanas se vea privado de la parte que le toca de lo que el Creador de todos ha formado para que todos lo disfrutemos.

FIN

EL GRILLO DEL HOGAR,
UN CUENTO FANTASTICO
Y HOGAREÑO

*Este cuento está dedicado a
Lord Jeffrey
con el afecto y la consideración
de su amigo,
el autor.*
Diciembre de 1845

PRIMER CANTO DEL GRILLO

¡Empezó la olla! No me digáis lo que contó la señora Peerybingle. Lo sé muy bien. La señora Peerybingle podrá pretender
hasta el fin de los siglos que nunca supo cuál empezó; pero yo
digo que fue la olla. Yo tengo razones para saberlo, ¿no os
parece? Empezó la olla, unos cinco minutos antes de que sonara
el relojito holandés de esfera barnizada, del rincón.

¡Como si el reloj no hubiera cesado de sonar, y la figura
agitada del segador, que lo remata, agitando de un lado a otro su
hoz delante de un palacio moro, no hubiera segado medio acre
de hierba imaginaria antes de que el grillo se hubiera unido al
espectáculo!

Bueno, la verdad es que no estoy muy seguro. Todos lo
sabéis. No quisiera que tuviérais que aceptar mi versión y no la
de la señora Peerybingle, porque una seguridad total, total, no la
tengo. Nada me haría jurarlo. Pero es un hecho claro. Y el
hecho es que la olla comenzó... por lo menos cinco minutos
antes de que el grillo diera señal alguna de su existencia. Si me
lleváis la contraria, diré que fue diez minutos antes.

Dejadme que os cuente con todo detalle cómo ocurrió. Ya lo
hubiera hecho, en mis primeras palabras, a no ser por esta
sencilla consideración: si os voy a contar un cuento, debo empezar por el principio, y ¿cómo empezar por el principio si no
empiezo por la olla?

Parecía como una especie de competición, una prueba de

habilidad, ya sabéis, entre la olla y el grillo. Y ahora os diré por qué llegaron a esa situación y cómo sucedió.

La señora Peerybingle salió al oscurecer de una tarde fría, haciendo sonar sus zuecos en las piedras húmedas reproduciendo innumerables rastros vagos de la primera proposición de Euclides por todo el patio. La señora Peerybingle llenó el puchero en la fuente. Una vez de vuelta, y sin sus zuecos —lo que era un alivio, porque eran altos, y la señora Peerybingle muy bajita— puso el puchero en el fuego. Al hacerlo se puso nerviosa, o perdió la paciencia durante un minuto; y el agua, que se encontraba fría e incómoda en esa especie de estado resbaloso, escurridizo, acuoso, en que parece penetrar en casi todo tipo de sustancia, incluidos los aros de hierro de los zuecos, se había adueñado de los dedos de los pies de la señora Peerybingle, e incluso había salpicado sus piernas. Y cuando estamos bastante orgullosos —con razón— de nuestras piernas, y procuramos mantenernos con las medias bien limpias, esa desgracia nos parece, por un momento, difícil de sobrellevar.

Además de todo, la olla era injuriosa y obstinada. No dejaba que la pusieran en la barra superior; no quería ni aceptar la propuesta de situarse suavemente en las desigualdades del carbón; se inclinaba hacia delante con aspecto de borracho y se derramaba, como una olla tonta, sobre el hogar. Era pendenciera y escupía y se enfadaba morosamente con el fuego. Pero aún hay más: la tapa, resistiendo los dedos de la señora Peerybingle, en primer lugar empezó a girar boca abajo, con una terquedad ingenosa digna de mejor causa y luego se hundió de lado hasta el mismo fondo de la olla. El cascarón del *Royal George* nunca ha opuesto ni la mitad de esa resistencia monstruosa a su salida del agua, resistencia que la tapa de la olla empleara contra la señora Peerybingle antes de que lograra sacarla.

Y hasta entonces mantuvo su aspecto de huraña y gruñona: poniendo el asa en aire de desafío y levantando el pico altanera, burlándose de la señora Peerybingle, como diciéndole: «No voy a hervir. ¡Nadie me obligará a hacerlo!».

Pero la señora Peerybingle, de nuevo con buen humor, se frotó las manos regordetas y se sentó delante de la olla, riéndose. Mientras tanto, la alegre llama se elevaba y descendía, iluminando con brillos intensos y alternados el pequeño segador que remataba el reloj holandés, de tal modo que se hubiera podido pensar que estaba allí, inmóvil como un tronco, ante el palacio moro, y que lo único que se movía era la llama.

Y, sin embargo, el segador se movía; tenía sus espasmos, dos por segundo, todos iguales y regulares. Pero sus sufrimientos cuando el reloj iba a dar las horas eran terribles; y cuando el cuco se asomaba por una abertura del palacio y daba su nota seis veces, a cada sonido se agitaba, como si hubiera sentido una voz espectral, o como si se tratase de un alambre que le pinchara las piernas.

Hasta que no se produjo una violenta conmoción y un ruido estruendoso de pesos y cuerdas por debajo de él, y no hubo cesado el estrépito, este segador aterrorizado no volvió a ser él mismo. Y tenía buenas razones para asustarse, porque esos relojes estrepitosos y esqueléticos tienen un funcionamiento muy desconcertante, y me maravilla que los hombres, y especialmente los holandeses, hayan tenido el gusto de inventarlos. Según la creencia popular, los holandeses adoran las cajas grandes y los amplios vestidos para cubrir bien sus partes inferiores; y del mismo modo podrían haber hecho lo posible para no dejar sus relojes tan desnudos y sin protección; parece lógico.

Y entonces fue, fíjense bien, cuando la olla comenzó su sesión. Ocurrió que la olla, sintiéndose dulce y musical, empezó a sentir murmullos irresistibles en la garganta, y a disfrutar de breves ronquidos vocales, que detenía en su primera nota, como si no estuviera del todo segura de que formaran un buen acompañamiento. Y ocurrió que después de dos o tres intentos vanos de ahogar sus sentimientos expresivos, se liberó de toda medida, de toda reserva, y estalló en una cascada de sonidos tan alegres y tan divertidos que ni el ruiseñor estúpido tuvo jamás la menor idea de ellos.

¡Y tan sencillas! Entendedme: podríais haberlo comprendido como si fuera un libro abierto: mejor, quizá, que algunos libros que podríamos citar. Con su cálido aliento exhalado en una ligera nube que se elevaba unos pies alegre y grácilmente, que luego se detenía en el ángulo de la chimenea, como encontrándose allí en su gloria, la olla prosiguió su canción con esa energía fuerte del gozo, mientras su cuerpo de hierro zumbaba y se zarandeaba en el fuego; y la misma tapa, la tapa hace poco tan rebelde —así es la influencia de los buenos ejemplos—, ejecutó una especie de jiga, y se castañeteaba como un címbalo joven, sordo y mudo, que nunca conociera el uso de su hermano mellizo.

No nos cabe la menor duda de que esa canción de la olla era una canción de invitación y de bienvenida a quien llegara de fuera; a quien estuviera llegando a la casa en ese momento, a la grata casita y el fuego chisporroteante. La señora Peerybingle lo sabía muy bien, mientras estaba sentada, pensativa, ante el hogar. La olla cantaba: «Es una noche oscura, y los caminos están cubiertos de hojas marchitas; arriba, todo es niebla y oscuridad; abajo, todo es miseria y lodo; no se halla en el aire, triste y sombrío, un solo punto donde descansar; sólo se divisa, apenas, un ligero resplandor, oscuro y siniestro, allá donde el sol y el viento reinan juntos, que trazan un rastro rojo sobre las nubes, culpándolas del tiempo que hace; y el vasto llano es una raya negra y desapacible; y la escarcha ha cubierto los postes, y ha congelado los caminos; y el hielo no es agua, ni el agua es libre; nadie puede decir que las cosas son lo que debieran ser; y, sin embargo, ¡él viene, él viene, él viene!

Y en este momento, si os parece, es cuando el grillo apareció con su chirrido, con un cri, cri, cri, de tal magnitud que parecía un coro; con una voz tan asombrosamente desproporcionada con su tamaño, comparada con la olla (¡su tamaño! ¡no podía verse!) que si en aquel momento hubiera explotado como una escopeta excesivamente cargada, que si hubiera caído como víctima del disparo y hubiera destrozado su cuerpecito en cincuenta piezas, hubiera parecido una consecuencia natural e inevitable, que se hubiera ganado a pulso.

La olla había terminado su actuación de solista. Perseveraba con ardor mantenido, pero el grillo se erigió en concertino, y se mantuvo así. ¡Dios mío, cómo chirriaba! Su voz aguda, fina, penetrante, resonaba por toda la casa y parecía chisporrotear en la oscuridad como si fuera una estrella. En el sonido había un indescriptible misterio y temblor, cuando resonaba con mayor tono, que sugería que las piernas no le sostendrían y caería de nuevo, llevado de su propio entusiasmo. Y, sin embargo, los dos sonidos se compenetraban muy bien, el del grillo y el de la olla. La carga de la canción era aún la misma; y ambos, cada vez con mayor potencia, con mayor potencia, con mayor potencia, cantaban emulándose.

La linda oyente —porque era muy linda y muy joven aunque perteneciera al grupo de las que llaman regordetas, aunque a mí eso no me molesta— encendió una vela, observó el pequeño segador que remataba el reloj, quien estaba cosechando sus buenos minutos, y miró por la ventana, aunque no vio nada, debido a la oscuridad, salvo su propia imagen en el vidrio. En mi oponión (y creo que también en la vuestra) mucho tenía que mirar para ver algo tan agradable como aquello. Cuando regresó de la ventana y volvió a su asiento, el grillo y la olla aún estaban cantando, en un arrebato de competencia mutua. La olla mostraba su debilidad de carácter, porque no aceptaba nunca la derrota.

Toda la animación de una carrera formaba parte de la emulación. ¡Cri, cri, cri!, el grillo adelanta una milla a su contrincante. ¡Ham, ham, hammmm! La olla avanza a lo lejos como una peonza. ¡Cri, cri, cri! El grillo está doblando el recodo. ¡Ham, ham, hammmm! La olla se le acerca; no quiere perder. ¡Cri, cri, cri! El grillo, más fresco que nunca. ¡Ham, ham, hammmm! La olla, lenta pero segura. ¡Cri, cri, cri! El grillo va a derrotarla. ¡Ham, ham, hammmm! La olla no se deja. Hasta que, por último, los dos se confundieron tanto, en el desorden y precipitación de la carrera, que si la olla chirriaba y el grillo zumbaba, o si el grillo chirriaba y la olla zumbaba, o si los dos gritaban y zumbaban lo hubiera decidido sólo una persona con una cabeza más inteligente que la suya o que la mía, y eso sin una certeza total. Pero de lo que no hay ninguna duda es de que la olla y el grillo, los dos en el mismo momento, y por obra de cierto poder de amalgama que sólo ellos conocían, enviaron sus consoladoras canciones de junto al fuego a un rayo de la vela que brillaba a través de la ventana, y continuó por el camino. Y esa luz, cayendo en cierta persona que en ese momento se acercaba a ella entre la niebla, le explicó toda la cuestión literalmente en un abrir y cerrar de ojos, diciéndole:

—¡Bien venido a casa, compañero! ¡Bien venido a casa, muchacho!

Logrado este fin, la olla, vencida, derramó agua hervida y fue sacada inmediatamente del fuego. Entonces, la señora Peerybingle fue corriendo a la puerta, donde, con las ruedas de un carro, el paso de un caballo, la voz de un hombre, las idas y venidas de un perro excitado, y la sorprendente y misteriosa aparición de un bebé, causaban una confusión de locos.

De dónde venía el niño o cómo la señora Peerybingle lo tomó en brazos en ese breve período de tiempo, la verdad es que no lo sé. Pero era un bebé vivo lo que estaba en brazos de la señora Peerybingle; y parecía estar pero muy orgullosa de tenerlo, cuando fue suavemente conducida al fuego por un hombre robusto, mucho mayor y más alto que ella, que t..vo que agacharse mucho para besarla. Claro que valía la pena. Seis pies y seis pulgadas, y aun padeciendo de lumbago.

—¡Oh, Dios mío, John! —dijo la señora Peerybingle—. ¡En qué estado estás, con este tiempo!

Y era innegable que estaba en un estado poco presentable. La espesa niebla colgaba de sus cejas como helada escarchada, y entre la niebla y el fuego formaron arco iris en sus mismos bigotes.

—Ya ves, Dot —contestó John lentamente, mientras se quitaba el chal que llevaba al cuello y se calentaba las manos—. No estamos precisamente en verano. Por eso, no hay que asombrarse.

—Por favor, no me llames Dot, John. No me gusta —dijo la señora Peerybingle, haciendo una mueca que mostraba claramente que sí que le gustaba, y mucho, que le llamara así.

—Pero, ¡si no eres más que eso! —contestó John, dejando caer sobre ella una mirada sonriente y rodeando su cintura con un abrazo leve, lo leve que podía dar un brazo y una mano fuertes— ¡Un encanto! Y —dirigió la vista al bebé—... otro encanto, y no digo más por miedo a echarlo a perder; pero por poco digo un chiste. He estado a punto.

Siempre estaba a punto de decir algo muy ingenioso, según sus propias afirmaciones este grandote, lento, honrado John; este John tan fuerte, pero de espíritu tan ligero; tan rudo en la superficie y tan gentil en el corazón; tan áspero en el exterior y tan agudo en el interior; tan torpe ¡pero tan bueno! ¡Oh, Madre Naturaleza, ofrenda a tus hijos la auténtica poesía del corazón que se ocultaba en el pecho de este pobre mensajero —porque no era sino un mensajero— y así los soportaremos cuando hablen en prosa, y cuando vivan vidas en prosa, y te daremos las gracias por su compañía!

Daba gusto ver a Dot, de pequeña figura, con el niño en brazos, tan lindo como un muñeco, mirando el fuego con una mirada pensativa y coqueta, inclinando su cabecita delicada tan sólo un poquito, a un lado, para que descansara de forma forzada, poco natural, algo afectada, de una manera agradable, como posándose en un nido, en la gran y ruda figura del mensajero. Daba gusto verlo, con esa torpe ternura, esforzándose en servir de rudo soporte a su suave necesidad, y en hacer de su madurez un apoyo apropiado para la juventud en flor de la muchacha. Daba gusto ver a Tilly Slowboy, que en el fondo de la sala esperaba que le dieran al bebé, contemplando con curiosidad al grupo aunque sólo tuviera esta muchacha trece o catorce años; estaba pasmada, con la boca bien abierta, la cabeza hacia adelante, como si aspirara con avidez el aire de la sala. También daba gusto ver cómo John, el mensajero, a una señal que hiciera Dot al bebé, tomara su mano en el momento en que ella tocaba al niño, como si tuviera miedo de romperla; e inclinándose hacia adelante lo observó a mayor distancia, con una especie de orgullo inquieto, como el que sentiría un mastín amable si encontrara un día que era padre de un canario.

—¿No es hermoso, John? ¿No es precioso así, dormidito?

—Muy hermoso —dijo John—. Hermoso de verdad. Casi siempre esta dormido, ¿verdad?

—¡Oh, John! ¡No! ¡En absoluto!

—¡Vaya! —dijo, meditabundo—. Yo creía que casi siempre tenía los ojos cerrados. ¡Vaya!

—¡Dios mío, John! ¡Me desconciertas!

—No debe hacerle bien girar los ojos de ese modo —dijo el mensajero, atónito—. ¡Mira cómo guiña los dos ojos a la vez! ¡Y mira su boquita! ¡La abre y la cierra como un pececito dorado!

—No mereces ser padre, ¿sabes? —dijo Dot, con toda la dignidad de una matrona experta—. ¿Cómo puedes saber los pequeños males que afligen a los niños, John? Ni siquiera sabes sus nombres, requetetonto.

Y después de haber dado la vuelta al niño y haberlo colocado sobre el brazo izquierdo, le dio un golpecito en la espalda para que se sintiera mejor, y pellizcó la oreja de su marido, riéndose.

—No —dijo John, quitándose el abrigo—. Tienes mucha razón, Dot. De todo eso no sé casi nada. Sólo sé que esta noche he luchado a brazo partido con el viento. Soplaba del noreste, recto hacia nuestro coche, todo el camino de vuelta a casa.

—¡Pobrecito, qué mal lo has pasado! —le decía la señora Peerybingle, desplegando al instante una gran actividad—. ¡Ven, Tilly! Coge a mi tesoro querido, que tengo algunas cosas que hacer. ¡Ay! ¡Me lo comería a besos! ¡Vete ya, perrazo! ¡Vete, «Boxer»! Déjame que te haga ahora mismo un poco de té, John, y luego te ayudaré a descargar los paquetes, como una abejita laboriosa. «Como hacía la abejita...» y el resto de la canción. Supongo que la sabes, John. ¿Te enseñaron esa canción, «como hacía la abejita» en el colegio?

—Si me la enseñaron, ya no me acuerdo —contestó John—. Estuve a punto de saberla toda, pero la hubiera estropeado, esa es la verdad.

—¡Ja, ja! —reía Dot; su carcajada era la más brillante que podáis imaginar—. ¡Eres el trasto más agradable del mundo, John! ¡De verdad!

Sin despreciar en absoluto el calificativo, John salió para comprobar que el muchacho de la linterna, que había estado dando saltos ante la ventana de la casa, como un fuego fatuo, se ocupara del caballo, que era tan grueso que no lo creeríais, si os diera las medidas, y tan viejo que el día de su nacimiento se perdía en las nieblas de la antigüedad. El perro «Boxer», sintiendo que su afecto debía repartirse entre toda la familia en general, de forma imparcial, entraba y salía con una inconstancia sorprendente, bien describiendo un círculo de ladridos cortos alrededor del caballo, al que restregaban a la puerta del establo, bien intentando lanzarse ferozmente contra la señora, y astutamente deteniéndose de golpe, bien arrancando un grito de susto de Tilly Slowboy, que estaba en la sillita de niñera junto al fuego, al acercar su morro húmedo, de forma inesperada, al rostro de la niñera, bien demostrando un curioso interés por el bebé, bien dando vueltas y más vueltas en torno al hogar, y dejándose caer, rendido, como si estuviera ya dispuesto a pasar allí la noche; bien levantándose de nuevo y yéndose fuera a agitar su colita al aire, como si acabara de recordar que tenía una cita, y saliera, al trote, a cumplirla.

—¡Ahí! ¡Ahí está la tetera, lista en el fuego! —dijo Dot, tan ocupada como una niña jugando a cocinitas—. Y ahí está el jamón frío, y también la mantequilla, y ahí tienes el pan crujiente, y todo. Aquí tienes una cesta para los paquetes pequeños, John, si te hace falta. John, ¿dónde estás? ¡Tilly, que el niño no se caiga al fuego! ¡Ten cuidado!

Debemos indicar que la señorita Slowboy, a pesar de rechazar el aviso con cierta viveza, tenía un talento extraño y sorprendente para poner al niño en situaciones difíciles; varias veces ya había puesto en peligro su breve vida, de un modo muy personal. Su aspecto era de mujer alta y flaca, y en esta joven su vestido parecía estar en constante peligro de deslizarse por esa percha, sus hombros, de los que colgaban muy sueltos. Su indumentaria era notable por el desarrollo parcial en todas las ocasiones posibles de cierto vestido de franela de estructura especial, y también porque permitía ver, en la espalda, un corsé o dos trozos de corpiño verde oscuros. Como siempre se encontraba en un estado de admiración ante todas las cosas, y estaba, además, absorta en la contemplación perpetua de las perfecciones de su señora y del bebé, la señorita Slowboy, en sus errores de juicio, honraba tanto su cabeza como sus sentimientos, aunque no honraran tanto la cabeza del bebé, ya que eran los medios ocasionales de ponerla en contacto con puertas, aparadores, barandillas de las escaleras, columnas de las camas y otras sustancias extrañas, que eran los resultados honestos de la admiración constante de Tilly Slowboy al hallarse tratada con tanto cariño y al verse instalada en una casa tan acogedora. Porque el afecto materno y el paterno habían sido los dos desconocidos por la fama, y Tilly había sido educada por la caridad pública; era una expósita, palabra que no tiene ningún componente afectivo, ni se parece a ninguna palabra que lo tenga.

Resultaba divertido ver a la pequeña señora Peerybingle regresar a casa con su marido, arrastrando el cesto y realizando los mayores esfuerzos para no hacer nada (porque era él quien lo llevaba), tanto para ustedes como para él. También debió divertir al grillo, en realidad; el caso es que empezó a chirriar de nuevo, con vehemencia.

—¡Caramba! —dijo John, hablando lentamente, como solía—. Suena más alegre que nunca esta noche.

—Y, además, seguramente nos traerá suerte, John. Siempre lo ha hecho. Tener un grillo en el hogar es lo mejor que te puede ocurrir.

John la miraba como si casi, casi, hubiera captado esa idea, que ella sería entonces el grillo en jefe, y en eso estaba de acuerdo. Pero debió tratarse de otra ocasión frustrada, porque no dijo nada.

—La primera vez que oí esas notas tan alegres, John, fue aquella noche en que me trajiste a casa, cuando me trajiste a mi nuevo hogar, aquí, para hacerme señora de ella. Hace casi un año. ¿Te acuerdas, John?

John se acordaba. ¡Cómo hubiera podido olvidarlo!

—Ese chirrido fue para mí, ¡como una bienvenida! Parecía tan lleno de promesas, y de acicates. Parecía decirme que tú ibas a ser amable y cariñoso conmigo, y que no tardarías —entonces lo temía, John— en encontrar una cabeza adulta sobre los hombros de tu mujer alocada.

John, pensativo, la acarició los hombros, y luego la cabeza, como si hubiera dicho: «¡No, no!». No había tenido esas esperanzas; se había contentado con aceptar las cosas como eran. Y realmente tenía en eso razón. Las cosas habían sido muy agradables.

—Decía la verdad, John, cuando parecía hablarme, porque siempre has sido el marido más afectuoso, más cariñoso. John, este hogar ha sido muy feliz, y por eso amo profundamente al grillo.

—Pues entonces yo también le quiero —dijo el mensajero—. Yo también, Dot.

—Le quiero por las muchas veces que lo he oído y por las muchas cosas que su musiquilla me ha hecho pensar. Algunas veces, al atardecer, cuando me siento un poco sola y melancólica, John, antes de que llegara el bebé para acompañarme y llenar esta casa de alegría, cuando pienso en lo triste que te pondrías si me muriera, en lo triste que me pondría yo si supiera que me has perdido, cariño, su cri-cri-cri en el hogar parecía hablarme de otra vocecita, tan dulce y tan querida que su hermoso sonido hacía que se desvanecieran mis problemas como en un sueño. Y en aquellos tiempos en que pensaba —sí, en cierta ocasión, John, ya sabes que era muy joven— que nuestro matrimonio pudiera ir mal, porque yo en realidad era una niña y tú parecías más mi guardián que mi marido, y que tú tal vez, aunque te esforzaras mucho, no lograras llegar a quererme, aunque lo quisieras y lo rogaras, su cri-cri-cri me llenaba de nuevo de alegría y me infundía nuevo valor y nueva confianza. Esta noche estaba pensando en todo eso, cariño, mientras estaba sentada esperándote, ¡y por todo eso le quiero mucho al grillo!

—Y yo también —repitió John—. ¡Ay, Dot! ¿Dices que espero y ruego que pueda aprender a quererte? ¡Qué forma de hablar! Eso ya lo sabía, hacía mucho tiempo, antes de que te trajera aquí para que fueras la pequeña dueña del grillo, Dot.

La mujer dejó caer un momento su mano en el brazo del hombre y le miró a los ojos con rostro agitado, como si le hubiera contado algo. Un momento más tarde, ya estaba arrodillada ante la cesta, hablando con animación, y ocupada con los paquetes.

—Esta noche no hay muchos paquetes, John, pero he visto algunos de buen tamaño detrás del carro y aunque son más pesados, valen la pena por lo que pagan, así que no tenemos razón alguna para quejarnos, ¿no te parece? Además, me parece que habrás estado distribuyendo paquetes cuando venías de camino, ¿no?

John dijo que sí. Que había entregado muchos.

—Y, ¿qué es esta caja redonda? ¡Dios mío, si es un pastel de boda!

—Las mujeres lo descubrís enseguida —dijo John, con admiración—. A un hombre nunca se le hubiera ocurrido pensarlo. Y creo que si pusiérais un pastel de boda en una caja de té, o un catre de tijera o una banasta de salmones, o en cualquier otro envoltorio raro, las mujeres lo descubriríais inmediatamente. Sí, es verdad. Fui a recogerlo a la pastelería.

—Y pesa una barbaridad, ¡Dios mío!, cientos de toneladas —dijo Dot, haciendo grandes esfuerzos para levantarlo—. ¿Para quién es, John? ¿A dónde va?

—Lee la etiqueta del otro lado —dijo John.

—¡Vaya, John! ¡Dios mío, John!

—¡Ah! ¡Quién lo hubiera pensado! —contestó John.

—No puede ser —continuó Dot, sentándose en el suelo y

sacudiendo la cabeza— que vaya destinada al comerciante de juguetes Gruff y Tackleton.

John hizo una señal afirmativa con la cabeza.

La señora Peerybingle hizo la misma señal, por lo menos cincuenta veces. Pero no con intención afirmativa, sino expresando su desconcierto total; haciendo una mueca con los labios apretados, mientras tanto con mucha fuerza (aunque sus labios no estaban hechos para eso; estoy seguro) y mirando al bueno del mensajero de arriba abajo, totalmente absorta. La señorita Slowboy, en esos momentos, como tenía un poder mecánico de reproducir fragmentos de las conversaciones que oía para que el bebé se deleitara, pero quitando a las frases todo su sentido, cambiando los nombres y poniéndolos en plural, preguntó en voz alta a la criatura si eran en verdad los Gruffs y los Tackletons comerciantes de juguetes, y si encargarían pasteles de boda a los pasteleros, y si las madres conocían las cajas cuando los padres las llevaban a casa, y así sucesivamente.

—Entonces, ¿va en serio? —dijo Dot—. ¡Fíjate! Ella y yo estudiamos en la misma escuela, John.

John tal vez estaba recordándola, o casi recordándola, tal vez, cuando estaba en la escuela. La miró con un placer pensativo, pero no contestó.

—¡Pero si es un viejo! ¡Mucho más viejo que ella! ¡Claro! ¿Cuántos, cuántos años tiene más que tú ese Gruff y Tackleton, John?

—¿Cuántas más tazas de té tomaré esta noche seguidas, de las que Gruff y Tackleton haya tomado en cuatro noches? Me lo pregunto —contestó John de buen humor, acercando una silla a la mesa camilla, y empezando a comer un trozo de jamón—. En la comida como poco, pero lo poco que como, lo como a gusto, Dot.

Una frase habitual: su expresión normal a la hora de comer, una de sus desilusiones inocentes (porque su apetito siempre era voraz, y contradecía claramente su afirmación), que no despertó ninguna sonrisa en el rostro de su mujercita, aún sentada entre los paquetes, alejando de ella lentamente la caja del pastel con los pies, sin mirar ni una sola vez, aunque bajase los ojos, el lindo zapatito que normalmente tenía en tanta estima. Absorta en sus pensamientos continuaba allí sin acordarse del té ni de John (aunque él la llamara y golpeara la mesa con el cuchillo para despertarla), hasta que él tuvo que levantarse y tocarle el brazo. Entonces ella le miró un momento y se apresuró a ocupar su sitio cerca de la tetera, riéndose de su negligencia. Pero ya no reía como antes. La forma de reírse, el sonido de la risa, habían cambiado.

El grillo también había cesado su canto. De cierto modo, la habitación ya no estaba tan alegre como antes. Ni mucho menos.

—Así que todos ésos son los paquetes, John, ¿verdad? —le dijo rompiendo un largo silencio, en el cual el honrado John se había estado dedicando a ilustrar de forma práctica una parte de sus sentimientos favoritos: disfrutando a fondo lo que comía, si se pudiera aceptar que comía poco—. De forma que éstos son los paquetes, John, ¿verdad?

—Eso es todo —dijo John—. Bueno... no. Me parece que —dejó en la mesa cuchillo y tenedor y dio un respiro—. Me parece que, ¡me he olvidado totalmente del caballero anciano!

—¿Del caballero anciano?

—En el carro —dijo John—. Estaba dormido, entre la paja, la última vez que lo vi. Casi he llegado a acordarme de él dos veces desde que apareció, pero luego se me fue de la cabeza. ¡Venga! ¡Arriba! ¡Levántese! ¡Hemos llegado a mi casa!

John dijo las últimas palabras fuera de la casa hacia la cual se había precipitado con la vela en la mano.

La señorita Slowboy, consciente de alguna referencia misteriosa al viejo caballero y conectándolo en su imaginación mixtificada, con ciertas asociaciones de naturaleza religiosa en la frase, se sintió tan inquieta que, alzándose repentinamente de su sillita junto al fuego para buscar la protección de las faldas de su señora y al cruzar el umbral de la puerta entrando en contacto con un viejo extranjero, le cayó encima instintivamente, golpeándole con el único instrumento ofensivo que encontró a su alcance. Y como este instrumento era el bebé, de aquello se produjo una gran conmoción y una gran alarma, que la astucia del perro Boxer tendió a aumentar, porque, el buen perrazo, más pensativo que su dueño, había estado observando al anciano caballero, parecía ser, mientras dormía, para que no se fugase con unos plantones de chopo atados detrás del carro; y aún le vigilaba muy de cerca, mordisqueando valientemente sus pantalones e intentando comerse los botones.

—Señor, se ve que a usted le gusta dormir —dijo John cuando volvió la tranquilidad.

Mientras tanto, el caballero se había puesto en pie con la cabeza descubierta e inmóvil, y había avanzado hasta el centro de la habitación.

—Tan dormilón, que estaba a punto de preguntarle dónde están los otros seis jóvenes durmientes, claro que se trataría de una broma y tal vez la echara a perder. Pero he estado a punto —murmuró el mensajero, con una carcajada—. Casi a punto.

El extraño, que tenía pelo largo y blanco, aspecto agradable, extraordinariamente calvo y bien definido como anciano y ojos oscuros, brillantes y penetrantes, miraba alrededor, sonriendo y saludó a la esposa del mensajero inclinando gravemente la cabeza.

Vestía un traje raído y extraño, muy pasado de moda, todo él de tono marrón. Llevaba en el mano un bastón sólido, también marrón y, al golpearlo sobre el suelo, se abrió y resultó ser una silla. En ella se sentó muy cómodo.

—¡Vaya! —dijo el mensajero, dirigiéndose a su esposa. Así lo encontré, sentado junto a la carretera. Tieso como un mojón. Y casi tan sordo.

—¿Sentado en el campo, John?

—Al aire libre —contestó el mensajero— cuando anochecía. «Asiento pagado», me dijo. Y me dio dieciocho peniques. Luego subió al carro. Y aquí está.

—Me parece que se va, John.

No era verdad. Simplemente, el anciano iba a hablar.

—Si no les molesta, esperaré hasta que vengan a buscarme —dijo el extraño con suavidad—. No se preocupen por mí.

Y, después de decirlo, sacó de uno de sus enormes bolsillos un par de lentes, y un libro de otro y comenzó a leer con calma. ¡Haciendo el mismo caso del perro «Boxer» que hubiera hecho de un cordero doméstico!

El mensajero y su esposa se miraron perplejos. El extranjero alzó la cabeza, y pasando la mirada del mensajero a su esposa, le preguntó:

—¿Es su hija, buen amigo?

—Mi esposa —contestó John.

—¿Su sobrina? —dijo el extraño.

—¡Mi esposa! —gritó John.

—¿De verdad? —observó el extranjero— ¿De verdad? ¡Muy joven!

Y luego se volvió y continuó leyendo. Pero antes de que pudiera haber leído una línea, de nuevo interrumpió su lectura para preguntar:

—¿El bebé es suyo?

John le dijo que sí con la enorme cabeza, equivalente a una respuesta afirmativa que hubiera emitido una bocina.

—¿Es niña?

—¡Es niiiii-ño! —rugió John.

—También es muy joven, ¿verdad?

La señora Peerybingle intervino en la conversación en ese instante:

—¡Dos meses y tres días! ¡Vacunado hace seis semanas! ¡No tuvo reacción! ¡El médico dice que es un niño muy hermoso! ¡Está tan crecido como un niño de cinco meses! ¡Se entera de todo de un modo maravilloso! ¡Tal vez no se lo crea, pero ya se mantiene en pie!

Y entonces la joven madre, sin aliento, porque había estado gritando las frases al oído del anciano, hasta hacer ruborizar su rostro, cogió al niño y se lo enseñó al anciano como prueba insobornable y triunfal. Mientras tanto, Slowboy, con el grito melodioso de «Ketcher, Ketcher», que sonaba a palabras desconocidas, adaptadas a una forma de estornudo popular, se puso a dar cabriolas como un ternero en torno al pequeño e inconsciente inocente.

—¡Oíd! ¡Vienen a buscarlo, estoy seguro! —dijo John— Hay alguien en la puerta. Abrele, Tilly.

Pero antes de que pudiera llegar a ella, la abrieron desde fuera, porque era un tipo de puerta primitiva, con un picaporte que cualquiera podía abrir, si quería, y muchos lo querían, os lo digo; porque todo tipo de vecinos acudían con gusto a charlar un rato con el mensajero, aunque no era un hombre que tuviera aficiones oratorias. Al abrirse, dio paso a un hombrecito delgado, pensativo, preocupado, que parecía haberse hecho su sobretodo de un saco que cubriera alguna caja vieja, porque cuando se dio la vuelta para cerrar la puerta e impedir que entrara el frío en la casa, mostró en la espalda de esa prenda la inscripción G y T en grandes letras negras mayúsculas. Y también se veía la palabra VIDRIO en letras grandes.

—¡Buenas noches, John! —dijo el hombrecito— ¡Buenas noches, señora! ¡Buenas noches, Tilly! ¡Buenas noches, desconocido! ¿Cómo está el niño señora? Y «Boxer», ¿está bien?

—Todos bien, Caleb —contestó Dot—. No tiene más que mirar al niño para darse cuenta de eso.

—Y si le miro a usted pensaré también lo mismo —dijo Caleb.

Pero no la miró; su mirada errante y preocupada parecía siempre proyectarse en otras épocas y en otros lugares, dijera lo que dijera, descripción que igualmente podría aplicarse a su voz.

—O si mirara a John —dijo Caleb—. O a Tilly, también. O, naturalmente, a «Boxer».

—¿Muy ocupado, Caleb? —preguntó el mensajero.

—Sí. Muy ocupado. Muy ocupado, John —contestó, con el aire distraído de un sabio que buscase la piedra filosofal por lo menos—. Muy ocupado. Parece que todos quisieran subir al arca de Noé en estos días. Hubiera deseado mejorar un poco la familia, pero no sé cómo hacerlo a ese precio. Hubiera estado muy satisfecho de aclarar quiénes eran los semitas y quiénes los hijos de Noé y quiénes eran sus esposas. Las moscas tampoco son de la misma escala, si se las compara con los elefantes, claro. ¡Bien, bien! ¿Has traído algún paquete para mí, John?

El mensajero metió la mano en un bolsillo del chaquetón que se había quitado y sacó de él una macetita, bien conservada, envuelta en papel y musgo.

—¡Aquí la tiene! —dijo, arreglándola con mucho cuidado— No se ha estropeado ni una sola hoja. ¡Está llena de capullos!

La mirada apagada de Caleb adquirió un nuevo brillo, al recoger la plata y se lo agradeció.

—Muy amable, Caleb —dijo el mensajero—. Muy amable en esta época.

—No vale la pena. Costara lo que costara, me resultaría barata —contestó el hombrecito—. ¿Hay algo más, John?

—También una cajita —contestó el mensajero— ¡Aquí la tiene!

—Para Caleb Plummer —decía el hombrecito, descifrando la dirección—. Con dinero. ¿Con dinero, John? No creo que sea para mí.

—No dice con dinero, sino «con cuidado» —contestó el mensajero, mirando por encima del hombro. ¿Cómo ha podido leer dinero?

—¡Oh! ¡Es verdad! ¡Naturalmente! —dijo Caleb— Está bien. ¡Con cuidado! ¡Sí, sí! Es para mí. Pudiera haber traído dinero, en verdad, si mi querido hijo que marchó en busca de oro a Sudamérica estuviera vivo, John. Le querías como a un hijo, ¿verdad? No hace falta que lo digas. Lo sé, naturalmente. «Caleb Plummer. Con cuidado». Sí, sí, está muy bien. Debe ser una caja llena de ojos para las muñecas que hace mi hija. ¡Ojalá estuvieran los ojos de ella en esta cajita, John!

—Lo desearía sinceramente —dijo el mensajero.

—Muchas gracias —dijo el hombrecito—. Hablas con el corazón en la mano. ¡Pensar que nunca podrá ver las muñecas, que están mirándole a ella, fijamente, todo el día! Eso es lo que más me duele. ¿Cuánto le debo, John?

—No tiene ni que preguntar si debe —dijo John—. ¡Dot! ¡He estado a punto!

—¡Bueno, bueno! —indicó el hombrecito— Es usted muy amable. Veamos. Me parece que ya está todo.

—Me parece que no —contestó el mensajero—. Vuelva a mirar.

—Será algo para el amo, ¿no? —dijo Caleb después de meditar un poco— Naturalmente. Para eso vine, pero mi cabeza no está tan sana como para contar todos los animales del arca de Noé. No habrá venido él, ¿verdad?

—No. No ha venido —contestó el mensajero—. Está demasiado ocupado, cortejando a las damas.

—Pues ha pasado por aquí —contestó Caleb—, porque me dijo que fuese por el camino más cercano, al ir a casa y que tenía todas las posibilidades de encontrarlo. Y, por cierto, ya es hora de que me vaya. Pero antes, señora, ¿tendría la bondad de dejarme tirar a «Boxer» de la cola, sólo un momentito?

—Pero, Caleb, ¡qué cosas pregunta!

—Da lo mismo, señora —contestó el hombrecito—. Tal vez no le guste. Acabo de recibir un pequeño pedido de perros que ladren y me gustaría acercarme a la Naturaleza lo más posible, por seis peniques. Eso era todo. No se moleste, señora.

Y ocurrió, muy oportunamente, que «Boxer», sin haber recibido el estímulo propuesto, comenzó a ladrar con celo. Pero como eso indicaba que algún nuevo visitante se acercaba, Caleb posponiendo su estudio de la vida para una época más apropiada, se colocó la caja redonda sobre el hombro y se marchó apresuradamente. Pero de nada le valieron sus prisas, porque se cruzó con el nuevo visitante en el umbral.

—¡Vaya! ¡Usted aquí! Espere un momento. Le llevaré a casa. John Peerybingle, mis saludos. Más saludos a su linda esposa. ¡Cada día más linda! ¡Más bella y más hermosa! —murmuró el recién llegado, en voz baja— ¡Parece cosa del diablo!

—Me extrañarían sus cumplimientos, señor Tackleton —dijo Dot, con el aspecto más gracioso del mundo— si su nueva situación se lo permitiera.

—¿Entonces ya lo saben?

—De alguna forma me he enterado —dijo Dot.

—¿Y os ha costado creerlo, supongo?

—Me ha costado.

Tackleton, el comerciante de juguetes, conocido generalmente como Gruff y Tackleton —porque ése era el nombre de la empresa, aunque hubiera comprado la parte de Gruff hacía mucho tiempo, quien sólo había dejado su nombre y, según algunos su carácter, pues la palabra significa malhumor en inglés, en el negocio— era un hombre cuya vocación no habían entendido bien sus padres y tutores. Si le hubieran hecho un prestamista o un abogado brillante o un oficial de policía o un usurero, tal vez hubiera mostrado sus malas inclinaciones en la juventud y después de agotarse del todo con esas actividades malsanas, pudiera haberse convertido en una persona amable, tal vez simplemente por el deseo de probar algo distinto. Pero, encadenado y atrapado en la persecución pacífica de su actividad de comerciante de juguetes, se había convertido en un ogro doméstico, que vivía toda la vida a costa de los niños, pero que era su enemigo implacable. Odiaba todo tipo de juguetes; no hubiera comprado uno por todo el oro del mundo; malicioso, le encantaba insinuar expresiones horribles en las caras de campesinos de cartón que llevaban a vender al mercado sus cerdos, en las caras de los pregoneros que despertaban las conciencias de los abogados perdidos, en las viejas movibles que remendaban medias o preparaban pasteles, y en otras muestras de su negocio. En máscaras terribles, odiosos y peludos diablillos pelirrojos en cajas, cometas de vampiros, muñequitos demoníacos tentempié que no se derrumbaban nunca y perpetuamente se inclinaban hacia adelante, mirando fijamente a los niños hasta asustarlos; con todo eso su alma disfrutaba. Era su único descanso y su válvula de seguridad. Y en esos inventos era genial. Todo aquello que sugiriera una buena pesadilla le resultaba delicioso. Incluso había perdido dinero (y ese juguete sí que le gustaba) para conseguir transparencias especiales de linternas mágicas, en que aparecían los poderes de las tinieblas como una especie de crustáceos sobrenaturales de rostro humano. Al ampliar el tamaño de los gigantes tuvo que invertir todo un capital y, aunque él no fuera pintor, podía indicar a sus artistas, con un trozo de tiza, ciertas miradas furtivas destinadas a los rostros de esos monstruos que bastaban para alejar toda la paz de espíritu de cualquier caballerete de seis a once años, durante sus vacaciones de navidad o de verano.

Lo que era respecto a los juguetes, lo era también (como la mayoría de los hombres) en otras cosas. Pueden suponer fácilmente, por tanto, que bajo su enorme capa verde, que le llegaba a las pantorrillas había un cuerpo abotonado hasta la barbilla de una persona extrañamente agradable, y que era el individuo más selecto y el compañero más agradable que jamás calzara un enorme par de botas con ribetes de color caoba en la parte superior.

Y, a pesar de todo, Tackleton, el comerciante de juguetes, iba a casarse. A pesar de todo iba a casarse. Y con una muchacha joven; con una hermosa joven. No tenía el aspecto de novio, ahora, en la cocina de la casa del mensajero, con un rictus en su cara seca y un retorcimiento del cuerpo, y el sombrero estaba echado hacia delante sobre el puente de la nariz, mientras las manos se hundían en los fondos de sus bolsillos con toda su sarcástica mala naturaleza henchida asomando por un rinconcito de su ojillo, como esencia concentrada de una bandada de cuervos. Pero no había duda de que él era el novio.

—Dentro de tres días. El jueves que viene. El último día del primer mes del año. Esa es la fecha de mi boda —dijo Tackleton.

¿Había dicho que siempre mantenía un ojo bien abierto y el otro casi cerrado y que ese ojo semicerrado era el más expresivo de los dos? No, creo que no.

—¡Esa es la fecha de mi boda! —dijo Tackleton, haciendo resonar su dinero.

—¡Vaya! ¡Nosotros nos casamos en el mismo día! —dijo el mensajero.

—¡Ja, ja, ja! —añadió Tackleton riendo— ¡Qué casualidad! Y son una pareja bastante semejante a la nuestra. ¡Bastante!

La indicación de Dot ante la suposición indicada supera toda descripción. ¿Y luego qué? La imaginación del novio incluiría también la posibilidad de tener otro niño como el de ella, quizá. Estaba loco.

—¡Sí! Déjeme que le diga una cosa —murmuró Tackleton, empujando al mensajero con el hombro y apartándolo un poco de los demás—. ¿Vendrán a la boda? Los dos estamos en la misma barca, ya sabe.

—¿Cómo en la misma barca? —preguntó el mensajero.

—Cierta disparidad, ya sabe —dijo Tackleton, con un nuevo guiño—. Pero antes de la boda vengan a pasar una tarde con nosotros.

—¿Y por qué? —preguntó John, asombrado de esta repentina hospitalidad.

—¿Que por qué? —contestó el otro— ¡Es una nueva forma de aceptar una invitación! Pues para pasarlo bien: sociabilidad, ya sabe, y todo eso.

—Yo creía que usted no era muy sociable —dijo John, con la franqueza de siempre.

—¡Bah! No vale la pena decirlos las cosas a medias, ya veo —dijo Tackleton—. Bueno, la verdad es que... ofrecen ustedes eso que la gente normal llama un aspecto agradable, los dos juntos, usted y su esposa. Bien sabemos que esa no es la verdad, pero...

—¿Cómo? ¿Qué sabemos que esa no es la verdad? —contestó John— ¿De qué me habla?

—¡Bueno! Entonces sabemos que esa es la verdad —dijo Tackleton—. Sabemos que es la verdad. Como quiera: ¿qué más da? Iba a decirle que como ofrecen ese tipo de aspecto, su compañía producirá un efecto favorable ante la señora Tackleton, eso es. Y aunque no creo que su esposa me tenga mucho afecto, al respecto, tal vez acepte mi propuesta, porque siempre a su alrededor hay un aura de satisfacción y de tranquilidad que se nota, aunque el resto sea indiferente. ¿Me harán el favor de venir?

—Habíamos pensado quedarnos en casa en el aniversario de nuestra boda, lo mejor posible —dijo John—. Nos lo habíamos prometido el uno al otro hace ya seis meses. Fíjese que pensamos que, en casa...

—¡Tonterías! ¿Qué es una casa? —gritó Tackleton— ¡Cuatro paredes y un techo! A propósito, ¿por qué no matan ese grillo? ¡Yo lo hubiera matado! Lo hago siempre. Odio ese ruido que hacen. En mi casa también hay un techo y cuatro paredes. ¡Vengan!

—Así que usted mata los grillos, ¿eh? —dijo John.

—Los aplasto, señor —contestó el otro, dando un puntapié en el suelo—. Entonces, ¿qué? ¿Vienen? Le interesa a usted tanto como a mí, ya sabe, que las dos mujeres se convenzan la una a la otra que están cómodas y contentas y que no hay otro estado mejor. Sé cómo piensan. Diga lo que diga una de ellas, la otra estará determinada a mantenerlo. Hay cierto espíritu de emulación entre ellas, caballero, de tal forma que si su mujer le dice a la mía: «Soy la mujer más feliz del mundo y mi marido es el mejor del mundo y le adoro», mi mujer dirá lo mismo a la suya, o más aún, y casi si lo creerá.

—¿Quiere usted decir que no lo cree del todo? —preguntó el mensajero.

—¿Que no lo cree? —inquirió Tackleton riendo de forma breve y aguda— ¿Que no lo cree... qué?

El mensajero tenía la vaga idea de añadir «que no le adora». Pero al cruzar su mirada con el ojo semicerrado del otro, que centelleaba mirándolo a él por encima del cuello vuelto hacia arriba de la capa, y que parecía a punto de destruirle, sintió que había tan poca ocasión de merecer esa adoración en todo él, que sustituyó la frase pensada por ¿«que no lo cree»?

—¡Ah, qué bromista! ¡Está usted bromeando! —dijo Tackleton.

Pero el mensajero, aunque no acababa de entender todo lo que le había dicho, le miraba de una forma tan seria que se vio obligado el otro a explicarse un poco más.

—Tengo el buen humor —dijo Tackleton estrechando sus manos y golpeando con el dedo índice—; si, yo, Tackleton, tengo el humor de casarme con una muchacha joven, de tener una esposa bonita —y al decir esto, golpeó el meñique, que simbolizaba a la novia, y no suavemente sino con dureza, con un significado de poder—, puedo satisfacer ese buen humor y lo hago. Es mi deseo. Pero, mire un momento.

Señaló a Dot, que estaba sentada, pensativa, junto al fuego, inclinando su linda barbilla y apoyándola en la mano, observando el brillante resplandor. El mensajero la miró, y luego miró al visitante.

—Ella le honra y le obedece, sin duda alguna, ya lo sabe bien —dijo Tackleton—, lo cual, para un hombre que no tiene sentimientos, como yo, me basta. Pero, ¿cree que hay algo más?

—Creo —indicó el mensajero— que a quien dijera que no hay nada más le echaría de casa por la ventana.

—Exactamente —contestó el otro con una extraña expresión de asentimiento—. ¡Seguro del todo! Sin duda, haría usted muy bien. Estoy cierto. Buenas noches. ¡Que duerma bien!

El mensajero se quedó aturdido, incómodo e inseguro, a pesar de sus deseos íntimos de no encontrarse así. Y no podía evitar mostrar ese aturdimiento, a su propio estilo.

—¡Buenas noches, buen amigo! —dijo Tackleton, compasivo— Me voy. En realidad somos exactamente iguales, ya lo veo. ¿No querrá venir por casa mañana por la noche? ¡Bueno, bueno! El día siguiente vendrán a vernos, ya lo sé. Allí nos veremos y le presentaré a mi futura esposa. Le vendrá muy bien. ¿Es usted agradable? Muchas gracias. ¿Y eso qué es?

Había sido un grito de la esposa del mensajero: un grito fuerte, agudo, repentino, que hizo temblar la habitación, como si fuera un barquito de cristal. Se había levantado y estaba de pie, transfigurada por el terror y la sorpresa. El extraño anciano había avanzado hacia el fuego para calentarse y se había detenido a un paso de su silla. Pero seguía callado.

—¡Dot! —gritó el mensajero— ¡Mary, querida! ¿Qué te ocurre?

Todos se aproximaron a ella. Caleb, que había quedado medio dormido sobre la caja del pastel de boda, en ese primer e imperfecto momento de la recuperación de su presencia suspendida de mente, agarró a la señorita Slowboy por los cabellos; pero al momento le pidió perdón.

—¡Mary! —exclamaba el mensajero, cogiendo a su mujer en brazos—. ¿Estás enferma? ¿Qué te pasa? Dime, cariño, dime.

La única respuesta de la mujer consistió en dar palmadas y ponerse a reír como una loca. Luego, dejándose caer de los brazos de su marido al suelo, se cubrió el rostro con el delantal y se puso a llorar amargamente. Y de nuevo se puso a reír, y luego a llorar, y luego dijo que tenía mucho frío, y permitió que su marido la acercara al fuego, ante el cual se sentó, igual que estaba antes. El viejo seguía de pie, como antes, muy callado.

—Me encuentro mejor, John —dijo—. Me encuentro ya repuesta.

John estaba al otro lado de ella. ¿Por qué, entonces, volvía la mujer el rostro hacia el extraño anciano como si estuviera hablando con él? ¿Estaba aturdida?

—Ha sido sólo una alucinación, John, querido, una especie de susto, algo que se presentó repentinamente ante la vista, no sé qué. Pero ya se ha ido del todo. Ya se ha ido.

—Me alegro de que se haya ido —murmuró Tackleton, mirando con su ojo expresivo por toda la habitación— Y me pregunto a dónde habrá ido, y qué era. ¡Vaya! ¡Caleb, venga acá! ¿Quién es ese señor del pelo gris?

—No lo sé, señor —le contestó Caleb en voz baja—. Nunca le había visto. Es una buena figura para un cascanueces, un modelo nuevo. Añadiéndole una quijada que se abriera y llegara hasta el chaleco, estaría precioso.

—No es bastante feo para eso —dijo Tackleton.

—¿O para una caja de cerillas? —observó Caleb, contemplándolo profundamente—. ¡Qué buen modelo! Desatorníllese la cabeza para meter las cerillas, gire los talones para encenderlas. Y, ¡qué caja de cerillas para colocar en el estante de la chimenea de un caballero, así, tan digno como está de pie!

—No es lo bastante feo —dijo Tackleton— ¡No le va! ¡Bueno! ¡Tráigame esa caja! Señora, espero que ya se encuentre bien.

—Sí, ya se ha ido. Se ha ido del todo —dijo la mujercita, despidiéndose de él con prisas—. ¡Buenas noches!

—¡Buenas noches! —dijo Tackleton—. Buenas noches, John Peerybingle. Mucho cuidado con esa caja, Caleb. ¡Si se le cae al suelo, le asesino! Está la noche oscura como boca de lobo, y hace más frío que nunca, ¿eh? ¡Buenas noches!

Y después de recorrer inquisitivamente con la mirada toda la habitación, marchó hacia la puerta, seguido de Caleb, que llevaba sobre la cabeza la caja con el pastel de bodas.

Al mensajero le había asustado tanto su mujercita, y se había dedicado en cuerpo y alma a cuidarla y a atenderla, de modo que apenas sí se había dado cuenta de la presencia del extraño, que seguía allí de pie, el único invitado que aún no se había ido.

—No se ha ido con ellos, ya lo ves —le dijo John—. Debo insinuarle que ya es hora de irse.

—Perdone usted, amigo —dijo el anciano caballero, avanzando hacia él— y con mucha más razón porque temo que su esposa no se encontraba bien; el asistente que necesito de forma indispensable debido a mi enfermedad —y al decirlo se tocó las orejas y giró la cabeza— aún no ha llegado, y temo que se haya confundido. Esta noche tan fría, que convirtió en algo tan aceptable el cobijo de su carro tan cómodo —y que nunca encuentre uno peor— sigue aún tan fría. ¿Serían ustedes tan amables de permitirme que me quedara aquí y les pagara pensión?

—¡Sí, sí! —le gritó Dot—. ¡Naturalmente!

—¡Oh! —dijo el mensajero, sorprendido por la rapidez del consentimiento—. Bueno, no tengo nada en contra, pero no estoy seguro del todo de que...

—¡Chitón! —le interrumpió ella— ¡John!

—¡Pero si está tan sordo como una tapia! —contestó él.

—Ya lo sé, pero... Sí, señor, naturalmente. ¡Sí! ¡Naturalmente! Voy a prepararle la cama, John.

Y salió, apresurada, con tal turbación de ánimo y tal agitación de gestos que el mensajero se quedó mirándola, lleno de confusión.

—¿Sus mamás le arreglaron las camas —gritaba la señorita Slowboy al niño— y tenían el pelo castaño y rizado, cuando les quitaron el gorrito? ¿Y qué les asustaba, chiquitines, cuando estaban sentados junto al fuego?

Con esa inexplicable atracción que su mente sentía hacia las nimiedades, a veces parte de todo estado de duda y de confusión, el mensajero, recorriendo lentamente la habitación, se dio cuenta de que estaba repitiendo mentalmente esas palabras absurdas, muchas veces. Tantas veces, que se las aprendió de memoria y aún las repetía una y otra vez, como si fuera una lección, cuando Tilly, después de friccionar la cabecita sin pelos del bebé con la mano tantas veces como juzgó apropiado (según la práctica de las amas) volvió a ponerle el gorrito al niño y a atárselo.

—Les asustaba, animalitos, sentados junto al fuego. ¿Qué asustaría a Dot? No lo sé —murmuró el mensajero caminando por toda la habitación.

Volvió a analizar, desde lo más profundo de su corazón, las insinuaciones del fabricante de juguetes y sintió que le llenaban de una inquietud vaga e indefinida porque Tackleton era una persona astuta y rápida, y él se daba cuenta, penosamente, de que era hombre de percepción lenta, y que cualquier alusión le preocupaba. En realidad no había pensado en absoluto relacionar nada de lo que dijera Tackleton con la extraña conducta de su mujer, pero los dos temas de reflexión se le juntaron en la mente, y no podía separarlos.

Pronto estuvo lista la cama, y el visitante, rechazando todo tipo de refrigerios excepto una taza de té, se retiró. Luego Dot: bien del todo, según decía; muy bien. Arregló el sillón en el rincón de la chimenea, para su marido, rellenó la pipa y se la dio y volvió a ocupar su taburete habitual, junto a él, al lado del hogar.

Siempre se sentaba en aquel taburete. Creo que debía pensar, de algún modo, que era un taburete suave, halagador.

La señora Peerybingle sabía rellenar la pipa mejor que nadie en el mundo, debo decirlo. Verla poner su dedito meñique en la cazoleta, soplar luego para limpiar el tubo de la pipa, y, habiéndolo hecho, sospechar que pudiera quedar algo en el tubo y soplar diez veces más y sostenerla ante los ojos, como si se tratara de un telescopio, haciendo una mueca tan divertida con el rostro al mirarla..., todo esto era algo brillante. Respecto al tabaco, también era una gran experta, y la forma cómo encendía la pipa, con un trocito de papel, cuando el mensajero ya se la había puesto en la boca, acercándose mucho a su nariz, pero sin quemarle, era simplemente arte: una auténtica forma de arte, señores.

Y el grillo y la olla, volviendo a su concierto, ¡reconocieron el mérito de la señora! El fuego brillante, elevando de nuevo sus llamas, ¡también lo reconoció! El pequeño segador del reloj de pared, prosiguiendo su continuo trabajo. ¡También lo reconoció! El mensajero, con su tersa frente y amplio rostro, también lo reconoció: fue el primero en reconocerlo.

Y mientras él fumaba, sobrio y pensativo, chupando su vieja pipa; mientras se oía el tic-tac del reloj de pared holandés; mientras crepitaba la llama cárdena; mientras cantaba el grillo, el Genio de este hogar (que no era otro más que el grillo) se apareció, en forma misteriosa, en la habitación, e hizo recordar al mensajero muchas formas relacionadas con el hogar, Dots en todas las edades de su vida y en todas las estaturas rellenaban la habitación. Dots como niñas alegres, corriendo delante de él, recogiendo flores en los campos; Dots modestas, rechazando a medias y cediendo a medias, a las peticiones de la ruda imagen del mensajero; Dots recién casadas atravesando el umbral de la casa y tomando posesión, con contento, de las llaves de su hogar; pequeñitas Dots maternales, ayudadas por imaginarias Slow-boys, llevando sus hijos a la pila bautismal; Dots matronas, manteniéndose aún jóvenes y tiernas, vigilando a sus hijas Dots que bailaban en fiestas campestres; Dots obesas, rodeadas y acosadas por tropas de nietos sonrosados; Dots arrugadas, apoyadas en bastones, que avanzaban con paso inseguro. Aparecían también viejos perros «Boxer» a sus pies, y carros más nuevos con conductores más jóvenes («los hermanos Peerybingle» se leía en el toldo); y viejos mensajeros, cuidado por manos gentiles; y tumbas de mensajeros muertos y olvidados, en el cementerio de la iglesia. Y mientras el grillo le mostraba estas cosas —porque las veía claramente, aunque sus ojos estuvieran concentrados en el fuego— el corazón del mensajero sentía una felicidad y una ligereza y agradecía a los dioses del hogar todo lo que veía, y le importaba tanto lo que le dijera Gruff y Tackleton como le importa a usted.

Pero, ¿quién era esa figura de un hombre joven, que el mismo grillo encantado coloca tan cerca del taburete de ella, y que permanecía allí, solitario? ¿Por qué se mantenía en ese lugar, tan cerca de ella, poniendo el brazo sobre la repisa de la chimenea y repitiendo constantemente: «¡Se ha casado, pero no conmigo!»?

¡Oh, Dot! ¡Dot culpable! ¡No! ¡Para eso no hay sitio en todas las visiones de tu marido! Pero, ¿por qué esa sombra ha pasado por el hogar?

SEGUNDO CANTO DEL GRILLO

Caleb Plummer y su hija ciega vivían los dos solos, como dicen los libros de cuentos —y bendigo, al igual que supongo hará usted, los libros de cuentos, que nos cuentan algo hermoso en este mundo tan tedioso— vivían, pues, los dos solos, en una cáscara de nuez que era su casa de madera, y que en realidad no era mucho mayor que uno de los granos de la prominente nariz ·rojiza de Gruff y Tackleton. Los edificos de la empresa Gruff y Tackleton eran lo característico de aquella calle; en cambio, la vivienda de Caleb Plummer se podía hacer pedazos con uno o dos martillos y transportar las piezas en una carretilla.

Si alguien hubiera notado la desaparición de la casa de Caleb Plummer después de una tal desgracia, hubiera comentado su derribo, sin ninguna duda, como una mejora considerable. Se agarraba a la fábrica de Gruff y Tackleton como un marisco al casco de una nave, como un caracol a una puerta o una mata de setas al tronco de un árbol. Y, sin embargo, había sido la yema de donde había surgido el enorme tronco de Gruff y Tackleton; y bajo su curioso techo el antepenúltimo Gruff había fabricado a pequeña escala, juguetes para toda una generación de muchachos y muchachas de otro tiempo, que habían jugado con ellos, que los habían desmontado y los habían roto antes de ire a la cama.

Ya os he dicho que Caleb y su cieguecita vivían en esa casa; pero debiera haber dicho que Caleb vivía ahí y que su hija ciega vivía en otro sitio: en una casa encantada construida por Caleb, donde se desconocían la escasez y la pobreza y donde nunca entraba ningún problema. Caleb no era ningún mago, sino un maestro en la única magia que aún nos queda: la magia del amor laborioso, imperecedero. Había aprendido este arte de la madre Naturaleza, y de esas enseñanzas procedían todas sus maravillas.

La cieguecita nunca supo que el techo estaba descolorido, que las paredes estaban manchadas y dejaban al descubierto el yeso por todas partes, que había grietas enormes, que se ensanchaban con el paso del tiempo; que las vigas iban pudriéndose y se encorvaban. La cieguecita nunca supo que los hierros se oxidaban, que la madera se pudría, que el papel caía, que se marchitaba el mismo tamaño, la misma forma y la verdadera proporción de la vivienda. Nunca supo la cieguecita que la vasija de barro de la repisa era miserable, que el dolor y el desaliento reinaban en la casa; que los pocos pelos de la cabeza de Caleb se tornaban canosos ante su rostro apagado. La cieguecita nunca supo que dependían de un amo frío, exigente e interesado; nunca supo, a fin de cuentas, que Tackleton era Tackleton, y vivía creyendo que era un humorista excéntrico que disfrutaba gastándoles bromas, y que, aun siendo el ángel de la guarda de sus vidas, no quería oír ni una sola palabra de agradecimiento.

Y todo era obra de Caleb: ¡todo imaginado por su sencillo padre! Pero en su hogar también había un grillo, y, al escuchar tristemente su música, cuando la huerfanita ciega era aún muy pequeña, aquel espíritu le había inspirado la idea de que incluso esa carencia física de la niña podía casi transformarse en una bendición, y que podía llenar de felicidad a la niña por un procedimiento muy sencillo. Porque toda la tribu de los grillos son espíritus poderosos, aunque la gente que conversa con ellos no lo sepa (lo que ocurre con frecuencia), y en todo el mundo de lo invisible no hay voces más gentiles y más sinceras que las suyas, ni ninguna otra de la que podamos fiarnos implícitamente, ni hay otro que siempre ofrezca el consuelo más tierno que las voces con que los espíritus del fuego y del hogar se dirigen al género humano.

Caleb y su hija trabajaban juntos en su taller habitual, que también les servía de sala de estar de la casa, y que realmente era un lugar extraño. Se veían en él casitas, acabadas y a medio acabar, para albergar muñecas de todas las edades posibles. Casas modestas para muchachas de familias humildes; cocinitas y casas de una sola habitación para las muñecas de clase baja; residencias solemnes para muñecas de clase alta. Algunos de esos hogares ya estaban amueblados, según los cálculos previstos, teniendo en cuenta la comodidad de las muñecas de ingresos limitados; otros podían rellenarse a una escala elevada, en un solo momento, cogiendo de los estantes sillas, mesas, sofás, dormitorios y cortinas. La nobleza y los plebeyos, y el público en general, para quienes estaban destinadas las viviendas, se encontraban dispersos por toda la sala en cestos, mirando fijamente al techo, y, en la descripción de su gradación social, y en la asignación de cada uno a su estado respectivo (lo cual la experiencia nos demuestra que es lamentablemente difícil en la vida real) los fabricantes de muñecos habían mejorado en mucho a la misma naturaleza, con frecuencia caprichosa y perversa; porque los fabricantes, sin basarse en esas señales tan arbitrarias llamadas seda, indiana o tejidos, lo habían superado con diferencias personales tan marcadas que no ofrecían ninguna duda. Así, la muñeca que representaba a una señora distinguida tenía unas piernas de cera de simetría perfecta; y sólo tenían esa simetría ella y sus iguales; el otro grado de la escala social estaba hecho de cuero, y el siguiente, de retazos de lino. Y la gente baja se formaba con muchos fósforos en lugar de brazos y piernas, y cada uno establecido en su esfera correspondiente, ya no podía escaparse de ella.

Había otras muestras variadas de esa artesanía en la sala de Caleb Plummer, además de los muñecos. Se veían arcas de Noé, donde se encajonaban pájaros y bestias; podían verse amontonados hasta el techo utilizando todos los espacios libres. Utilizando una cierta licencia poética, la mayor parte de las arcas de Noé tenían aldabones en la puerta, apéndices inconsistentes, quizá, ya que sugerían visitas matinales como las del cartero y, sin embargo, adorno agradable en el exterior de un edificio. Había cientos de carretas melancólicas cuyas ruedas, al girar, hacían sonar una música doliente. Muchos pequeños violines, tambores y otros instrumentos de tortura; innumerables cañones, escudos, espadas, lanzas y pistolas. Había tentetiesos pequeños, con pantalones rojos, que atravesaban incesantemente obstáculos inmensos de papeles, y que caían de cabeza, al otro lado; y había innumerables caballeros ancianos de aspecto venerable o al menos respetable, volando locamente sobre clavijas horizontales que para ese fin habían sido introducidas en las propias puertas de sus casas. Había todo tipo de animales, en especial caballos de todas las razas conocidas, desde el barril con motas montado sobre cuatro palos, con una panoja en vez de crin, al caballo galopón pura sangre en alto pedestal. Hubiera resultado difícil contar las muchas figuras grotescas dispuestas a cometer todo tipo de absurdos, a vuelta de manubrio; tampoco hubiera sido tarea fácil mencionar todas las locuras, vicio y debilidades humanas que no tuvieran su réplica, inmediata o remota, en la habitación de Caleb Plummer. Y no de forma exagerada, porque las manecillas mueven a hombres y mujeres a ejecutar cosas extrañas, al igual que ocurre con los juguetes.

En medio de todos estos objetos, Caleb y su hija estaban sentados trabajando. La cieguecita estaba ocupada poniéndole pelos a las muñecas, y Caleb pintaba y barnizaba la fachada de una vivienda de una familia distinguida.

La preocupación que se notaba en las arrugas del rostro de Caleb, y su manera de trabajar absorta y soñadora, que hubiera sido muy apropiada para un alquimista o para algún estudiante de ciencias abstrusas marcaban, a primera vista, un contraste extraño con su ocupación, y la trivialidad de su trabajo. Pero las cosas triviales, inventadas y desarrolladas para ganarse la vida, se convierten en asuntos muy serios, y, además de esa consideración, yo personalmente no estoy del todo preparado para decir que si Caleb hubiera sido el Lord Chamberlain o un miembro del Parlamento, un abogado, o incluso un gran comerciante, hubiera tratado con los juguetes de una manera menos frívola, y dudo que sus juguetes hubieran sido tan inofensivos.

—¿Y estuvo ayer en la calle, bajo la lluvia, padre, con su hermosa chaqueta verde nueva? —le dijo la hija de Caleb.

—Sí, con mi hermosa chaqueta verde nueva —contestó Caleb, echando una mirada a un colgador de la habitación del que pendía para secarse el traje de saco anteriormente descrito.

—¡Qué contenta estoy de que la comprara, padre!

—Es de un buen sastre —dijo Caleb—. De un sastre que está de moda. Me viene muy bien.

La muchacha ciega dejó de trabajar un instante y se rió con contento:

—¡Muy bien, papá! ¡Me gusta que lleves cosas buenas!

—Me da un poco de vergüenza ponérmela —dijo Caleb, vigilando el efecto de lo que decía en el rostro, más animado de la niña—. Lo digo de verdad. Cuando oigo que los niños y la gente murmura al verme pasar: «¡Vaya! ¡Qué elegante!», no sé a dónde mirar. Y cuando anoche un mendigo no quería soltarme, y, cuando le dije que era una persona normal, me contestó: «Nada de eso, excelencia. ¡Por favor, excelencia, no diga eso!» Entonces me sentí muy avergonzado. Sentí como si no tuviera derecho a vestir la prenda que llevaba puesta.

¡Dichosa cieguecita! ¡Qué contenta estaba y cómo se alegraba!

—Le veo, padre —dijo, juntando las manos— tan claramente como si tuviera la vista que nunca deseo tener si está conmigo. Un abrigo azul...

—Azul brillante —dijo Caleb.

—¡Sí, sí! ¡Azul brillante! —exclamó la niña, volviendo hacia él su rostro radiante—, el color que puedo recordar del cielo bendito. Me había dicho antes que era azul. Un abrigo de color azul brillante.

—Que cae muy bien, sin apretar el cuerpo —sugirió Caleb.

—¡Sí! ¡Sin apretar el cuerpo! —gritó la cieguecita, riéndose con aire bonachón—. Y en él usted, padre querido, con su mirada alegre, su rostro sonriente, su paso decidido, y su pelo oscuro: ¡tan joven y tan hermoso!

—¡Vaya, vaya! —dijo Caleb—. ¡Voy a volverme vanidoso!

—Creo que ya lo es —dijo la cieguecita dirigiéndole una mirada maliciosa—. Le conozco bien, padre. ¡Ja, ja, ja! ¡Le he descubierto, ya lo ve!

¡Qué distinta era la imagen que ella creaba en su mente de la realidad de Caleb, sentado ahora observándola! La niña se había referido a su paso ligero. En eso tenía razón. Durante muchos años él nunca había atravesado el umbral de su casa andando con su paso lento habitual, sino con un paso falso y rápido, destinado a ilusionar su oído; y jamás había olvidado, aunque su corazón estuviera lleno de tristeza, ese paso ligero que a ella le daba tanta alegría y tanto valor.

¡Dios lo sabía! Pero creo que ese vago extravío en la forma de comportarse de Caleb podía haberse originado, en parte, por la confusión en que se había colocado a sí mismo y a todo lo que le rodeaba, a causa del amor que sentía hacia su hija ciega. Es explicable que se sintiera aturdido, después de un trabajo de tantos años para destruir su propia identidad y la de los objetos que se relacionaban con él.

—¡Bueno, ya está! —dijo Caleb, retrocediendo uno o dos pasos, para contemplar mejor el trabajo realizado— y tan parecida a la realidad como seis peniques se parecen a seis peniques. ¡Es una lástima que toda la fachada de la casa quede abierta en un segundo! ¡Me gustaría que hubiera una escalera y puertas normales para entrar en las habitaciones! Pero esto es lo malo de mi oficio, siempre me forjo ilusiones, y me engaño a mí mismo.

—Habla usted en voz muy baja. ¿No estará cansado, padre?

—¿Cansado? —repitió Caleb, pareciendo muy animado—. ¿Y por qué debía estar cansado, Berta? Ya sabes que nunca me canso. ¿Qué quieres decir?

Y para dar mayor fuerza a sus palabras se interrumpió a sí mismo en el momento en que involuntariamente imitaba dos figurillas que tenía sobre la repisa, que bostezaban estirando los brazos, representadas en un estado perpetuo de hastío de la cintura hacia arriba, y murmuró la melodía de una canción. Era una canción de bacanal, que hablaba del vino espumoso. Y la cantó asumiendo una voz de diablillo, que hizo aparecer su rostro mil veces más delgado y más pensativo que nunca.

—¡Vaya! ¡Está cantando, verdad! —dijo Tackleton, asomando la cabeza por la puerta—. ¡Siga, siga! Yo no puedo cantar.

Nadie lo hubiera dudado. No tenía un aspecto de lo que se llama un cantante en absoluto.

—No puedo perder el tiempo cantando —dijo Tackleton—. Me alegra que usted pueda. Espero que pueda dedicar su tiempo también al trabajo. Es difícil hacer las dos cosas a la vez, ¿no le parece?

—¡Si pudieras verle, Berta, cómo me guiña el ojo! —murmuró Caleb—. ¡Qué hombre tan bromista! Si no le conocieras, llegarías a creer que habla en serio, ¿no te parece?

La cieguecita sonrió, y dijo que sí con la cabeza.

—¡Oh! ¡Detén el carro, John! —dijo la señora Peerybingle —¡Por favor!
—Habrá tiempo para eso —contestó John —cuando nos hayamos olvidado
de algo. La cesta está ahí, sana y salva. (pág. 227)

—Pájaro que puede cantar y no canta, debe cantar; eso es lo que dicen —murmuró Tackleton—. ¿Y qué pasa con la lechuza que no sabe cantar y no debería cantar, y a pesar de todo canta? ¿Qué hay que hacer?

—¡Cómo guiña el ojo en estos momentos! —musitó Caleb a su hija—. ¡Oh, Dios mío!

—¡Siempre tan alegre y tan bondadoso con nosotros! —gritó Berta, sonriente.

—¡Oh! ¿Estás ahí, verdad? —contestó Tackleton—. ¡Pobre idiota!

Creía realmente que la muchacha era una idiota, y basaba esta creencia, no sé si consciente o inconscientemente, en el hecho de que ella le tenía cariño.

—¡Muy bien! ¡Aquí estoy! ¿Y cómo está usted? —dijo Tackleton, con esa forma suya de gruñir habitual.

—Muy bien , gracias, muy bien. Más feliz que lo que usted pueda desearme. Tan feliz como quisiérais hacer a todo el mundo, si de usted dependiera.

—¡Pobre idiota! —murmuró Tackleton—. Ni asomo de razón. ¡Ni asomo!

La cieguecita le tomó la mano y la besó. Durante un momento la retuvo entre sus manitas y apoyó sobre ellas su mejilla, con ternura, antes de quitarlas. En ese acto había tanto afecto inexplicable y una gratitud tan ferviente, que el mismo Tackleton se vio obligado a decir, con un gruñido más suave que de costumbre:

—¿Qué te pasa ahora?

—La tuve cerca de mí, junto a mi almohada, cuando me fui anoche a dormir, y lo recordé en sueños. Y cuando amaneció el día, y surgió ese sol rojo tan brillante... ese sol rojo, ¿verdad, padre?

—Rojo al amanecer y al aterdecer, Berta —dijo el pobre Caleb, dirigiendo una mirada de profunda tristeza a su amo.

—Cuando surgió, y entró en la habitación esa luz tan potente que temo que me vaya a dañar cuando me levanto, dirigí hacia ella el arbolito, y bendije al cielo por hacer las cosas tan hermosas, y le bendije a usted por enviármelas para que me alegren la vida.

—¡Totalmente loca! —dijo Tackleton, entre dientes—. Llegaremos a la camisa de fuerza y a las esposas muy pronto. ¡Ya vamos de camino!

Caleb, con las manos juntas, lanzaba miradas vagas a su alrededor, mientras hablaba su hija, como si ya no supiera con certeza (y creo que no lo sabía), si Tackleton habría hecho algo para merecer la gratitud de su hija, o no. Si como agente hubiera tenido la libertad total requerida en aquel momento, so pena de muerte, de echar a patadas de su casa al comerciante de juguetes o ponerse de rodillas a sus pies, según sus méritos, creo que hubiera podido darse perfectamente cualquiera de las dos situaciones. Y, sin embargo, Caleb sabía que trajo con sus propias manos el pequeño rosal a casa para dárselo a ella, con tanto cuidado; que con sus propios labios había fabricado la inocente mentirijilla que podía mantenerla alejada de pensar todas las privaciones que cada día se imponía para que su hija fuera más feliz.

—¡Berta! —dijo Tackleton, asumiendo por un momento un mínimo de cordialidad—. ¡Berta! ¡Ven aquí!

—¡Oh! Puedo llegar directamente sin necesidad de que me ayude —le contestó.

—¿Quieres que te diga un secreto, Berta?

—¡Como usted quiera! —contestó la niña ilusionada.

¡Como se iluminaba su rostro moreno! ¡Cómo adornaba la luz su cabecita que le escuchaba!

—Este es el día en que la pequeña... ¿Cómo se llama? La niña mimada, la esposa de Peerybingle, viene todas las semanas a verte, y aquí hace una merienda fantástica, ¿verdad? —dijo Tackleton, con una imponente expresión de antipatía hacia todo lo que acababa de decir.

—Sí —contestó Berta—. Viene hoy.

—¡Ya me parecía a mí! —dijo Tackleton—. Me gustaría estar aquí con vosotras.

—¿Lo ha oído, padre, lo ha oído? —gritaba la cieguecita, como en éxtasis.

—Sí, sí, lo he oído —murmuraba Caleb con la mirada fija de un sonámbulo—. Pero no me lo creo. Debe ser una de mis mentirijillas, evidentemente.

—Verá usted. Quisiera que los Peerybingles entraran en relación con May Fielding —dijo Tackleton—, porque voy a casarme con May.

—¡A casarse! —gritó la cieguecita, alejándose bruscamente de él.

—Esta idiota todo lo confunde —musitó Tackleton— y me extrañaría mucho que me comprendiera. ¡Ah, Berta! ¡Casarme! Iglesia, párroco, sacristán, pertiguero, coche de caballos, campanas, convite, pastel de boda, regalos, cintas de seda, clarinetes, y todas esas tonterías. Una boda, ya sabes, una boda. ¿No sabes lo que es una boda?

—Sí, sí —contestó la cieguecita con voz suave—. ¡Lo comprendo!

—¿Lo comprendes? —murmuró Tackleton—. Es más de lo que podía imaginarme. Por eso quiero unirme esta tarde con vosotras, y que venga May y su madre. Te enviaré un regalito antes del mediodía. Una pierna de cordero, o alguna cosilla de ese tipo. ¿Me esperarás?

—Sí —contestó ella—.

Había dejado caer la cabeza sobre el pecho, y estaba así, de pie, con las manos cruzadas, musitando, pero alejada de él.

—No creo que me esperes —murmuró Tackleton, mirándola— porque pareces haber olvidado todo. ¡Caleb!

—Me atrevería a decir que estoy aquí, señor —pensó Caleb—. ¡Sí, señor!

—Ocúpese de que no se olvide de lo que le he dicho.

—Nunca se olvida de nada —contestó Caleb—. Es de las pocas cosas que no sabe hacer.

—Todos llaman cisnes a sus gansos —observó el comerciante de juguetes, con una mueca—. ¡Pobre diablo!

Y sintiéndose descansado después de ese comentario, con infinita satisfacción, Gruff y Tackleton se fue.

Berta permanecía donde había estado, profundamente meditativa. Toda la alegría había desaparecido de su rostro, vuelto hacia el suelo, y parecía muy triste. Movió la cabeza tres o cuatro veces, como si llorase algún recuerdo o alguna pérdida, pero sus tristes reflexiones no se tradujeron en palabras.

Y hasta que Caleb no estuvo otra vez ocupado uniendo un tiro de caballos a un vagón mediante el procedimiento sencillo de clavar el arnés en la carne viva de sus cuerpos, no se le acercó al banco de trabajo y sentándose a su lado, le dijo:

—Padre, me encuentro sola en la oscuridad. Quiero mis ojos, ojos pacientes y generosos.

—Aquí están —dijo Caleb—. Siempre a punto. Son más tuyos que míos. Berta, las veinticuatro horas. ¿Qué quieres que hagan tus ojos, cariño?

—Mire por toda la habitación, padre.

—Muy bien —dijo Caleb—. Ya está hecho, Berta.

—Y ahora, cuénteme.

—Más o menos como siempre —dijo Caleb—. Hogareño, pero muy cómodo. Colorido alegre en las paredes; flores brillantes en los platos y cuencos; madera lustrosa en las vigas y paneles; una alegría y limpieza general en toda la casa la hacen muy hermosa.

En efecto: estaba alegre y aseada allí donde llegaban las manos de Berta. Pero no más allá, donde hubiera sido también posible, en el viejo portal agrietado que la fantasía de Caleb tanto había transformado.

—Debe llevar el traje de trabajo, y no estará tan elegante como cuando se pone ese abrigo tan bonito —dijo Berta, tocándole.

—No tan elegante —respondió Caleb—. Pero estoy bien.

—Padre —dijo la cieguecita, acercándose mucho a él y rodeándole el cuello con su brazo—. Cuéntame sobre May. ¿Es muy hermosa?

—Sí, de verdad —dijo Caleb, y no tenía que mentir. Era para él algo muy extraño no tener que inventar nada.

—Su cabello es oscuro —dijo Berta, pensativa—, más oscuro que los míos. Su voz es dulce y musical, ya lo sé. Siempre he tenido ganas de oírla. Su cuerpo...

—No hay ninguna muñeca en esta habitación que la iguale —dijo Caleb— ¡Y sus ojos!

Se detuvo, porque Berta le abrazaba el cuello con el brazo y del brazo que colgaba a su lado sintió una presión afectuosa que comprendía demasiado bien.

Tosió un momento, trabajó un poco con el martillo y luego recurrió a la vieja canción del vino espumoso, su recurso infalible para todas esas dificultades.

—Es nuestro amigo, padre, nuestro benefactor. Ya sabe que nunca me cansa de oírle hablar de él. ¿Os exijo demasiado? —dijo, con precipitación.

—¡No hija, no! ¡En absoluto! Y con razón —contestó Caleb.

—¡Ah! ¡Con tanta razón! —gritó la cieguecita, con tal fervor que Caleb, aunque tuviera motivos tan puros, no podía soportar encontrarse con su rostro; por eso, dejó caer la mirada, como si hubiera podido leer la niña sus mentirijillas inocentes.

—Cuénteme algo más sobre él, padre querido —dijo Berta— ¡Cuéntemelo muchas veces! Su rostro es benévolo, agradable y tierno. Honrado y sincero, estoy segura de que lo es. El corazón generoso que intenta ocultar todos sus favores bajo una capa de rudeza y de mal humor debe traicionarle en todas sus miradas.

—¡Y le da nobleza! —añadió Caleb, en su desesperación imposible.

—¡Y le da nobleza! —añadió la muchachita ciega—. Es más mayor que May, padre.

—Pues... sí —contestó Caleb, de mala gana—. Es un poco mayor que May. Pero eso no siginifica nada.

—Sí, padre, sí. Ser su compañera paciente en la enfermedad y en la vejez, ser su enfermera dulce en las molestias y su amiga constante en el sufrimiento y en la adversidad; no permitirse el cansancio si trabaja por él; vigilarlo, cuidarlo, sentarse a su lado y despertarlo por las mañanas, rogar por él cuando duerme, ¡qué privilegios más maravillosos! ¡Qué oportunidades para demostrar todo su afecto y su devoción hacia él! ¿Hará todo eso su esposa, padre mío?

—Sin ninguna duda —contestó Caleb.

—Entonces la amo, padre, la amo desde el fondo de mi corazón —exclamó la cieguecita. Y al decirlo, recostó su rostro ciego contra el hombro de Caleb y se puso a llorar y a llorar, de forma que Caleb se sintió triste y responsable de haber ocasionado esa alegría llorosa en ella.

Mientras tanto se había producido una grave alteración en casa de John Peerybingle, porque la señora Peerybingle, naturalmente, no podía pensar que pudiera ir a parte alguna sin su bebé, y preparar al bebé llevaba mucho tiempo. Y no es que el niño pesara mucho, en cuanto se refiere a pesos y medidas; pero había muchas cositas que hacer, y todo tenía que hacerse paso a paso. Por ejemplo: cuando el bebé, cuidadosamente, estaba ya a medio vestir, y podríamos haber supuesto que en uno o dos momentos estaría listo del todo, como uno de los muñecos más simpáticos de todo el mundo, hubo que ponerle de pronto un gorro de franela y llevarlo precipitadamente a la cuna, haciéndole desaparecer (por decirlo así) entre dos sábanas casi una hora. De ese estado de inacción se le despertó luego, todo brillante y gritón para despacharse un —¡bueno, lo diré así de una forma vaga!— pequeño tentempié. Y después de eso, volvió de nuevo a la cuna. La señora Peerybingle se aprovechó de esa pequeña pausa para arreglarse y quedar tan hermosa, en un momento, como nadie más que ella podía hacerlo. Durante esa misma tregua la señorita Slowboy se insinuó dentro de una chaquetilla de un diseño tan sorprendente e ingenioso que no tenía relación alguna con ella misma, ni con ninguna otra cosa del universo, sino que era una cosa estrecha, como orejas de perro, que caía de forma independiente, siguiendo su destino solitario sin la mínima consideración a nadie. En este momento, el bebé, que de nuevo había vuelto a la vida, recibió, gracias a los esfuerzos unidos de la señora Peerybingle y de la señorita Slowboy un manto de color crema sobre el cuerpo y una especie de gorrito chino en la cabeza y así a su debido tiempo, los tres llegaron a la puerta donde el viejo caballo había pagado ya de forma más que suficiente el importe de su trabajo diario recorriendo los caminos, llenando el suelo de autógrafos fruto de su impaciencia, y podía verse al perro «Boxer» allá a lo lejos, mirando hacia atrás e intentando hacer que el caballo iniciara su camino sin recibir la orden de partida.

Si pensárais que hacía falta una silla o algún utensilio para ayudar a la señora Peerybindle a subir al carro, eso indicaría que conocíais muy poco a John para pensar que una cosa así fuera necesaria. Antes de verlo agarrándola por el talle para subirla, ya estaba colocada en su asiento, fresca y sonrojada diciéndole:

—¡Pero John! ¡Cómo te atreves! Piensa en Tilly.

Si se me permitiera mencionar las piernas de una joven, de algún modo, haría el comentario, referido a las de la señorita Slowboy, que existía cierta fatalidad que las exponía constantemente a todo tipo de desgracias; y que nunca realizaba el menor ascenso o descenso sin guardar un recuerdo de ese acto con un rasguño, del mismo modo como Robinson Crusoe marcaba los días trazando rayas en su calendario de madera. Pero como este comentario tal vez no agrade a alguien, mejor será no hacerlo.

—John. ¿Has cogido ya la cesta con el pastel de jamón, las otras cosas y las botellas de cerveza? —dijo Dot—. Si no lo has cogido, deberemos dar la vuelta en este mismo instante.

—¡Eso está muy bien! —le contestó el mensajero—, que digas que vamos a volver a casa después de haberme hecho esperar todo un cuarto de hora de tiempo perdido.

—Lo siento mucho, John —dijo Dot, muy turbada—, pero, ¿cómo voy a ir a casa de Berta sin el pastel de jamón y todas esas cosas y las botellas de cerveza...? No, no iría sin ello, de ningún modo. ¡Adelante!

Esa palabra iba dirigida al caballo, que no hacía mucho caso, esa es la verdad.

—¡Oh! ¡Detén el carro, John! —dijo la señora Peerybingle— ¡Por favor!

—Habrá tiempo para eso —contestó John— cuando nos hayamos olvidado de algo. La cesta está ahí, sana y salva.

—¡Qué corazón de monstruo tienes, John, de no habérmelo dicho de una vez y haberme ahorrado todas las preocupaciones! Porque te repito que no iría a casa de Berta sin el pastel de jamón y esas cosillas y las botellas de cerveza. Ni por todo el oro del mundo. Siempre desde que nos casamos, cada quince días hemos tenido nuestra merienda. Si algo no ocurriera del mismo modo, podría pensar que nunca volveríamos a ser felices.

—Fue una buena idea tuya cuando lo hiciste la primera vez —dijo el mensajero— y por eso te quiero más, mujer.

—Querido John —contestó la mujer, ruborizándose—. No me digas esas cosas, Dios mío.

—Y a propósito —observó el mensajero—. Ese anciano caballero...

La mujer se puso inquieta y visiblemente turbada.

—Es un bicho extraño —dijo el mensajero, mirando el camino que seguían—. No puedo averiguar cómo es. Claro que parece una buena persona.

—Una buena persona. Estoy segura de que lo es.

—Sí —dijo el mensajero, sintiendo que los ojos de la mujer le atraían por la seriedad de su mirada—. Me alegro de que estés tan segura de eso, porque confirma mis ideas. Es curioso que se le haya metido en la cabeza pedirnos hospitalidad. ¿No te parece? ¡Ocurren en este mundo cosas tan extrañas!

—Pero que muy extrañas —le dijo ella en una voz tan baja que apenas si se oía.

—Sin embargo, es un anciano muy educado —dijo John— y paga regularmente como un caballero, y creo que su palabra es palabra de caballero, de la que uno se puede fiar. Esta mañana he tenido una larga conversación con él: dice que cada vez me oye mejor, al irse acostumbrando a mi voz. Me contó mucho de su vida y yo le conté muchas cosas de mí, y me preguntó todo tipo de costumbres raras. Le informé que hago dos recorridos, ya sabes, en mi trabajo: un día tomo el camino que empieza a la derecha de nuestra casa y vuelvo también por él; el día siguiente cojo el de la izquierda. Se lo digo así porque es un extraño y no conoce los nombres de los lugares por donde paso. Pues parecía muy contento. «Vaya, entonces esta noche volveré a casa —me dijo— siguiendo su camino, cuando pensaba que usted volvería por el otro recorrido. Es fundamental. Quizá le moleste pidiéndole que me lleve el carro, pero me comprometo a no quedarme tan profundamente dormido como la otra vez.» Y es cierto: en aquella ocasión se quedó dormido como un tronco. ¡Dot! ¿En qué piensas?

—¿En qué pienso, John? Te estaba escuchando.

—Bueno, muy bien —contestó el honrado mensajero—. Me asustabas, por esa mirada que tenías de distraída, que habría estado divagando tanto que estarías pensando en otra cosa distinta. Estuve a punto, ¿verdad?

Dot no le contestó y siguieron su camino en silencio, durante un trecho. Pero no era fácil mantenerse callados en el carro de John Peerybingle, porque todos aquellos con quienes se cruzaban en su camino tenían alguna palabra para ellos, aunque sólo fuera un «¿Cómo están?»

Y, en verdad, en muchas ocasiones no añadían nada más; pero había que devolver el saludo con un buen espíritu de cordialidad, no simplemente una inclinación de cabeza y una sonrisa, sino un saludable ejercicio pulmonar, como si se tratara de un largo discurso parlamentario. En ciertas ocasiones los caminantes a pie, o a caballo, se acercaban a uno y otro lado del carro, con el propósito deliberado de charlar un rato con ellos, y entonces era grande el intercambio de palabras, a uno y otro lado del camino.

232

Luego «Boxer» aprovechaba la ocasión para saludos mucho más naturales de lo que hubieran hecho media docena de cristianos. Todos los que encontraba en el camino le conocían, especialmente las gallinas y los cerdos, que, al ver que se acercaba, lanzando todo su cuerpo hacia un lado y con las orejas tiesas e inquisitivas, con la cola en forma de trompeta elevada en el aire, inmediatamente se alejaban a los patios lejanos, sin esperar tener el honor de saludarlo de cerca. El perro estaba muy ocupado, yendo de camino: corriendo para recorrer todas las encrucijadas, mirando y escrutando los pozos, entrando y saliendo, como un rayo, en todas las chozas, plantándose en el medio de las escuelitas rurales, asustando a todas las palomas, agrandando las colas de los gatos y entrando, tranquilo, en los bares como si fuera un cliente habitual. Fuera a donde fuera, alguien decía: «¡Vaya! ¡Ya tenemos aquí a "Boxer!"», y entonces ese que le había saludado salía a la calle, acompañado por dos o tres personas más, por lo menos, para saludar a John Peerybingle y a su hermosa esposa: «¡Buenos días!».

Los paquetes y encargos que llevaba en su recorrido eran numerosos, y tenía que hacer muchas paradas para recogerlos y entregarlos, lo que no era, ni mucho menos, la peor parte del recorrido. Algunos tenían tanta ilusión esperando sus encargos, y otros se admiraban tanto al ver sus paquetes, y otros daban tantas indicaciones detalladas sobre el destinatario de los paquetes y John mostraba un interés tan grande por todos ellos que todo parecía una hermosa comedia. También tenía que transportar muchos artículos, sobre los que había que hacer tratos y cerrar convenios respecto a cómo debeían colocarse y disponerse, así como consejos que incumbían al mensajero y a los remitentes: a esos acuerdos asistía normalmente «Boxer», con breves accesos de una atención fija, y con accesos de dar vueltas en torno a los sabios que discutían, ladrando hasta quedarse ronco. De todos estos pequeños incidentes del trabajo, Dot era la espectadora divertida y atónita, sentada en su asiento, en el carro. Y allí sentada, observándolo todo, parecía un hermoso retrato enmarcado por el toldo. Y por eso no faltaban los codazos y las miraditas y los cuchicheos y las envidias de los muchachos jóvenes, lo prometo. Y todo esto encantaba a John, el mensajero, sobremanera, porque estaba orgulloso de que admiraran a su joven esposa, sabiendo que a ella no le molestaba; ni mucho menos: tal vez, incluso le gustaba.

El camino estaba bastante nublado; era lógico, en el mes de enero, y era frío y desapacible. Pero, ¿a quién podían molestar esas nimiedades? A Dot, seguro que no. Tampoco a Tilly Slowboy, para quien, ir allá arriba en el carro, siempre le parecía la mayor de las alegrías humanas, el coronamiento de todas sus esperanzas terrenas. Tampoco le importaba al bebé, lo prometo, porque no puede haber en la naturaleza de un niño pequeño la posibilidad de estar más caliente, o más profundamente dormido, aunque tengan gran capacidad en los dos aspectos, que lo estaba el bendito retoño de los Peerybrindle todo el trayecto.

Con una niebla como la de aquella noche resultaba difícil mirar en la distancia, y, pese a todo, se podía ver bastante trecho, sí, bastante trecho. Es increíble lo mucho que puede verse, incluso en una niebla más espesa que la de aquella noche, si uno se molesta en mirar intensamente. Fíjense: incluso contemplar, sentado, los páramos, como territorios de hadas, y los montones de escarcha a la sombra de los matorrales y de los árboles, resultaba una ocupación agradable, y eso sin hablar de las formas inesperadas con que aparecían los árboles, surgiendo de la niebla, para hundirse en ella de nuevo. Los setos, enmarañados y desnudos, dejaban que el viento se llevara guirnaldas marchitas, pero lo hacían sin sentimiento. Era algo de contemplación agradable, porque uno se sentía más arropado junto a su cálido hogar, y la estación próxima se presentía más verde. El río estaba helado, pero seguía en movimiento, y se movía a gran velocidad, lo cual era su objetivo. El canal parecía lento y abotagado, hay que aceptarlo. Es igual. No por eso se helaría con mayor tardanza cuando llegara la helada, y cuando viniera la época de patinar sobre hielo y de deslizarse en trineos. Y las viejas barcazas, aprisionadas por las aguas heladas en algún sitio, cerca del muelle, dejarían salir el humo por sus chimeneas oxidadas durante todo el día, y se dedicarían a vagar en espera de mejor tiempo.

En cierto lugar ardía una gran pira de rastrojos. Contemplaron la fogata, tan blanca durante el día, brillante a través de la niebla, con un ligero trazo rojo en algunos lugares, hasta que, como consecuencia de la observación del humo «que se metía por las narices», la señorita Slowboy estornudó —podía hacer cualquier cosa de ese tipo, a la menor provocación— y despertó con ello al bebé, que entonces decidió ya no dormir más. Pero «Boxer», que iba a la vanguardia unos cientos de metros por delante, ya había pasado los barrios más alejados de la ciudad, y había alcanzado la esquina donde vivían Caleb y su hija; y mucho antes de que la comitiva llegara a la puerta, Caleb y la cieguecita estaban en la acera de la calle, esperando darles la bienvenida.

«Boxer», a propósito, hacía ciertas distinciones sutiles propias, en su comunicación con Berta, que me persuaden totalmente que el perro sabía que la niña era ciega. Nunca intentaba atraer su atención mirándola, como solía hacer con otras personas, sino que, invariablemente, le tocaba. No sé qué experiencias tenía de personas ciegas o de perros ciegos. Nunca había tenido un amo ciego, porque ni el anciano señor «Boxer» ni la señora «Boxer», ni ningún miembro de su respetable familia, paterna o materna, habían estado nunca ciegos; eso sí que lo puedo jurar. Tal vez lo descubriera él mismo de alguna forma peculiar, y, por tanto, sabía cómo agarrar a Berta por la falda, y tirar de ella, hasta que la señora Peerybingle, el bebé y la señorita Slowboy y la cesta, estaban todos sanos y salvos dentro de la casa.

May Fielding ya había llegado, así como su madre —una mujercita vieja y malhumorada, de rostro seco que, gracias a haber conservado una cintura tan recta como la columna de una cama, o de actuar bajo la impresión de que la tenía, suponía que tenía un aspecto muy trascendente y quien, a consecuencia de haberse encontrado en otra época en mejor situación económica, o de actuar bajo la impresión de que la tenía, si hubiera llegado algo que no llegó nunca y que parecía poco probable que hubiera llegado—. Pero todo da igual. Por todo eso era muy amable y protectora. También estaba allí Gruff y Tackleton, intentando ser amable, con la sensación evidente de sentirse en su propia casa, tan indudablemente en su propio elemento, como un salmón joven sobre la Gran Pirámide.

—¡May! ¡Querida amiga! —gritaba Dot, corriendo a saludarla—. ¡Qué alegría me da volver a verte!

Era vieja amiga suya, tan sana y tan alegre como ella; y era una imagen agradable —podéis creerme— ver cómo se abrazaban. Tackleton tenía, a pesar de todo, muy buen gusto. May era muy hermosa.

Ya saben que, en ocasiones, si uno está acostumbrado a un rostro agradable, cuando entra en contacto con otro rostro agradable y tiene que compararlo con él parece, por un momento, vulgar y marchito, y apenas merece la alta opinión que uno se había forjado de él. Pero este no era el caso, ni respecto a Dot ni respecto a May, porque el rostro de May hacía palidecer el de Dot, y el rostro de Dot, el de May, de forma tan natural y tan agradable que, como John Peerybingle estuvo a punto de decir al entrar en la habitación, debían haber sido hermanas, que era la única mejora que podría haberse sugerido.

Tackleton había llevado la pierna de cordero y, además —¡qué maravilla!— una tarta —nunca molesta un poco de despilfarro cuando se trata de nuestras novias, porque uno no se casa todos los días— y, además de esos detalles, había ternera, pastel de jamón y «cosillas», como decía la señora Peerybingle, y estas cosillas eran sobre todo, nueces, naranjas y pastelillos. Cuando se hubo colocado la merienda en la mesa, a la que se había unido la contribución personal de Caleb, consistente en un gran cuenco de madera con patatas humeantes (le habían prohibido contribuir con todo otro tipo de viandas, por pacto solemne), Tackleton situó a su futura suegra en el puesto de honor. Para adornar mejor ese puesto en este festival tan solemne, la vieja majestuosa se había adornado con un sombrerito, con el propósito de inspirar en los más indiferentes sentimientos de terror. También llevaba guantes. Pero, ¡hay que ser elegantes, o morir en el empeño!

Caleb se sentó junto a su hija; Dot y su compañera de colegio estaban la una junto a la otra; el buen mensajero ocupaba el fondo de la mesa. La señorita Slowboy quedó aislada, en aquel momento, de todos los muebles salvo de la sillita en que se sentó, para que no hubiera nada contra lo que pudiera golpear la cabeza del bebé.

Al contemplar Tilly a su alrededor las muñecas y los juguetes, todos ellos le miraron fijamente: a ella y a su compañía. Los venerables ancianos de las puertas de la calle (todos ahora muy activos) mostraban un interés especial en contemplarlos: hacían pausas ocasionales antes de saltar, como si estuvieran escuchando la conversación, y luego se echaban de cabeza alocadamente una y otra vez, sin descanso, sin hacer una pausa para recobrar el aliento, como en un estado fanático de alegría con todo lo que allí ocurría.

Ciertamente, si estuviesen dispuestos esos ancianos caballeros a encontrar un maligno placer en la contemplación de la incómoda situación de Tackleton, tendrían justificadas razones para estar satisfechos. Tackleton no podía acoplarse, y cuanto más alegre se sentía su supuesta novia en la compañía de Dot, menos le gustaba, aunque las hubiera juntado, movido de su propio deseo. Porque hay que notar que Tackleton era un perro en su perrera, y que cuando los otros reían y él no podía reírse se le metía en la cabeza, inmediatamente, que deberían estar riéndose de él.

—¡Ay, May! —dijo Dot—. ¡Querida amiga, cómo hemos cambiado! Al hablar de todos estos recuerdos de nuestros días de colegio, me siento de nuevo joven.

—¡Pero si usted no es tan vieja como dice, ni mucho menos! —dijo Tackleton.

—Mirad a mi marido tan serio, tan trabajador —contestó Dot—. Por lo menos tiene veinte años más que yo. ¿No, John?

—Cuarenta —contestó John.

—Cuántos años tendrá más que May, no tengo ni idea —dijo Dot, riéndose—. Pero no tendrá menos de un siglo en su próximo cumpleaños.

—¡Ja, ja, ja! —se reía Tackleton, con una risa hueca como un tambor; y miraba a Dot con ganas de retorcerle el cuello: como siempre.

—¡Vaya, vaya! —dijo Dot—. ¿Te acuerdas cuando solíamos hablar, en la escuela, de los maridos que nos gustaría tener? ¡El mío tenía que ser tan joven, tan guapo, tan alegre, tan divertido! ¡Y el de May! ¡Ay, buena amiga! No sé si reír o llorar cuando pienso lo tontas que éramos.

May sabía qué hacer entre esas dos posibilidades, porque su rostro se enrojeció y le surgieron las lágrimas.

—¿Y aquellos muchachos de carne y hueso, jóvenes, en quienes a veces nos fijábamos? —dijo Dot—. No teníamos ni idea de lo que nos reservaba el futuro. Yo creo que nunca me había fijado en John, de verdad; ni siquiera había pensado en él. Y si alguna vez te hubiera dicho que te casarías con el señor Tackleton, me hubieras dado una bofetada. ¿No es cierto, May?

Aunque May no dijo que sí, tampoco dijo que no, ni expresó la negativa por ningún medio.

Tackleton se reía, o mejor gritaba, porque reía muy alto. John Peerybingle también se reía, de ese modo suyo habitual y sincero, pero comparado con las risotadas de Tackleton, las suyas eran un murmullo.

—Pero a pesar de todo no habéis podido escapar. No habéis podido resistirnos, ya véis —dijo Tackleton—. ¡Y aquí estamos! ¡Aquí estamos! ¿Dónde han ido a parar vuestros jóvenes y alegres novios?

—Algunos han muerto —dijo Dot— y otros han quedado olvidados. Algunos de ellos, si pudieran presentarse aquí en este momento, no creerían que somos las mismas; no creerían que lo que vieron y oyeron era real, y que pudiéramos olvidarlos de ese modo. ¡No! ¡No se creerían ni una sola palabra!

—¿Por qué, Dot? —exclamó el mensajero— ¡Eres una jovencita!

Dot había estado hablando con tal sinceridad y tal pasión, que necesitaba que alguien la llamara al orden, sin duda alguna. La intervención de su marido fue muy correcta, porque simplemente actuaba, o así le parecía, para protegerla del viejo Tackleton; y demostró ser efectiva, porque la mujer interrumpió su conversación y no dijo nada más. En su silencio, sin embargo, había también una agitación poco común que el astuto Tackleton, que la estaba mirando con su ojo semicerrado, notó muy bien; y lo recordó para utilizarlo luego con cierto propósito, como ya verán.

May no pronunció ni una palabra, buena ni mala, sino que se quedó sentada muy calladita y no mostró ningún signo de interés por lo que había pasado. Ahora intervino la buena señora que era su madre, observando, en primer lugar, que las muchachas son muchachas y que lo pasado, pasado está, y que mientras la gente es joven e impulsiva es probable que se comporten como gente joven e impulsiva, y dos o tres comentarios más de un carácter tan sólido e indiscutible como los anteriores. Luego observó, con espíritu devoto, que daba gracias a Dios de haber encontrado siempre en su hija May una niña seria y obediente; lo cual no era mérito de ella, aunque tuviera muchos motivos para creerlo así. Y respecto al señor Tackleton dijo que, desde el punto de vista moral era un individuo indudable, y que ese era un punto de vista aceptable para un futuro yerno, cosa que nadie podía dudar (y en esto fue muy firme). Respecto a la familia en la que él iba a entrar, después de haber rogado su aceptación, creía que ya sabía el señor Tackleton que, aunque económicamente fuera de pocos medios, tenía ciertas pretensiones de nobleza; y que si ciertas circunstancias, referentes al comercio del «índigo» [1] de algún modo, pero a las que no haría mayor referencia, hubieran ocurrido de modo distinto, tal vez estuvieran ahora en muy buena posición económica. Luego observó que no quería referirse al pasado y que tampoco se referiría al hecho de que su hija en cierto tiempo rechazó la proposición del señor Tackleton; y que no diría muchas otras cosas que sí dijo, con todo detalle. Finalmente comentó que, como resultado de su observación y de su experiencia, los matrimonios en que había muy poco de eso que llaman los románticos y los locos amor, eran los más felices; y que preveía una gran cantidad de bienestar —no un bienestar alocado, sino uno sólido y seguro— en las próximas nupcias. Y acabó su parlamento informando a los invitados que mañana era el día que más había deseado y que, cuando la boda se hubiera realizado ya no deseaba más que poder disfrutar de un funeral decente.

Como a todos esos comentarios no podía presentarse ninguna respuesta, propiedad feliz de todo comentario tan general, cambiaron el tema de la conversación y dedicaron gran atención a la carne y el pastel de jamón, el cordero frío, las patatas y la tarta. Para no dejar de lado las botellas de cerveza, John Peerybingle propuso que en honor del día de mañana, el de la boda, había que hacer un brindis, antes de seguir el camino.

Porque debieran saber que John sólo se quedaba un rato,

---

[1] Indigo o añil fue la más importante de todas las materias colorantes azules. Los griegos y los romanos lo emplearon tan sólo en la pintura, porque no sabían disolverlo; pero su uso como materia tintórea era conocido en Egipto y en la India antes de la era cristiana. Introducido en el siglo XVI, fue rigurosamente prohibido su uso, bajo los más severos castigos, a fin de que no perjudicase el cultivo del pastel. En 1737 obtuvieron permiso los franceses para servirse de esta materia con entera libertad.

dejando descansar a su caballo viejo. Aún tenía que recorrer cuatro o cinco millas; y cuando regresara de su trabajo, por la tarde, recogería a Dot y descansaría otro rato, de camino a casa. Este era el programa todos los días de merienda, y así había sido desde el primero que celebraron.

Además de los futuros novio y novia había otras dos personas que honraron el brindis con cierta indiferencia. Una de ellas era Dot, demasiado turbada y descompuesta para adaptarse a los pequeños detalles del momento; la otra, Berta, que se puso en pie, precipitadamente, antes que los demás, y abandonó la mesa.

—¡Adiós a todos! —dijo John Peerybingle, poniéndose su capote de lana—. Volveré a la misma hora de siempre.

—¡Adiós, John! —le contestó Caleb.

Caleb parecía saludar de un modo rutinario, y despedirse con la mano del mismo modo inconsciente, porque estaba observando a Berta con una mirada de preocupación y de ansia, que nunca alteraba su expresión.

—¡Adiós, granuja! —dijo el alegre mensajero, inclinando su cabeza para besar a su hijo, al que Tilly Slowboy, ocupada ahora con el cuchillo y el tenedor, había dejado dormido (y aunque parezca mentira, sin daño alguno) en una cunita de los muebles de Berta— ¡Adiós! Ya vendrá el día, me parece, en que tú tengas que salir a la calle fría, amiguito, y dejar en casa a tu anciano padre para que disfrute de su pipa y de su reumatismo junto a la chimenea, ¿eh? ¿Dónde está Dot?

—¡Estoy aquí, John! —dijo, saliendo de sus cavilaciones.

—¡Ven aquí! —le dijo el mensajero, dando una palmada—. ¿Dónde está la pipa?

—John, la he olvidado.

¡Olvidarse de la pipa! ¡Era algo inconcebible! ¡Ella! ¡Olvidarse de la pipa!

—Lo... lo arreglaré enseguida. Pronto estará solucionado.

Pero no estuvo lista muy pronto. Estaba en su lugar de siempre: el bolsillo de la capota del mensajero, y allí estaba también la bolsita del tabaco, hecha por las manos de Dot, que tomaba siempre para rellenar la pipa; pero las manos de la mujer temblaban tanto que no podía sacarla del bolsillo (aunque su mano fuera tan pequeña que podía salir con facilidad) y se aturdía terriblemente. Rellenar la pipa y encenderla, esas peque-

El mensajero le miró en la cara y retrocedió unos pasos como si hubiera re-cibido un golpe. Pero avanzó hacia la ventana y vio...
¡Oh, sombra del hogar! ¡Oh, grillo juicioso! ¡Oh, mujer pérfida! (pág. 243)

ñas tareas en que antes había alabado su discreción, si recordáis bien, las realizó torpemente del principio al fin. Durante todo ese proceso, Tackleton la estaba mirando con malicia con el ojo semicerrado; y siempre que su mirada se cruzaba con la de ella —o se cruzaba casualmente, porque difícilmente puede decirse que se cruzara con otros ojos, sino más bien que ponía una trampa para cazarlos— aumentaba su confusión de forma notable.

—Pero, ¿qué te pasa? ¡Estás muy torpe esta tarde, Dot! —dijo John— ¡Creo que lo hubiera hecho mucho mejor que tú!

Y con estas palabras sinceras, se marchó, y se le oyó acompañado de «Boxer», del caballo viejo y del carro, con esa música agradable, siguiendo el camino. Durante ese tiempo el pensativo Caleb seguía observando a su hija ciega, con la misma expresión en la cara.

—¡Berta! —dijo Caleb, dulcemente—. ¿Qué te pasa? Has cambiado mucho, cariño, en unas horas, desde la mañana. ¡Estás callada y seria todo el día! ¿Qué te pasa? Cuéntamelo.

—¡Oh, padre, padre mío! —lloraba la cieguecita— ¡Oh, qué destino tan cruel, tan cruel!

Caleb se pasó la mano por los ojos antes de contestarle.

—Piensa en lo alegre y feliz que estabas, Berta. ¡Piensa en lo mucho que te quieren los demás!

—Eso me causa más dolor, padre querido. ¡Siempre tan cariñoso conmigo! ¡Siempre tan preocupado!

Caleb estaba mucho más perplejo al intentar comprenderla.

—Estar... estar ciega, Berta, querida —decía con voz trémula—, es un gran pesar, pero...

—¡Nunca he sentido ese pesar! —gritaba la cieguecita—. ¡Nunca lo he sentido del todo! ¡Nunca! En algunos momentos me hubiera gustado verle, o ver a alguien; sólo una vez, padre querido; aunque sólo fuera por un minuto; para poder saber qué es eso a lo que tanto quiero —y al decirlo, puso sus manitas en el corazón— y poderlo atesorar aquí! ¡Para estar segura de que lo tengo bien dentro! Y en otras ocasiones, cuando aún era una niña, lloraba, al rezar mis oraciones por la noche, pensando que cuando la imagen que me hacía subiera de mi corazón al cielo, tal vez no tuviera el aspecto real de las cosas. Pero esos sentimientos no me han durado mucho. Han pasado, y luego me han dejado tranquila y contenta.

—Así volverá a pasar —le dijo Caleb.

—Pero, ¡padre! ¡Oh, padre bueno y amable, compréndelo! ¡Soy tan culpable! —dijo la cieguecita— ¡No es ese el pesar que ahora me causa tanto daño!

Su padre no podía hacer otra cosa que dejar que la niña llorara: tan sincera y patética era la escena. Pero, a pesar de todo, aún no la comprendía.

—Acérquemela —dijo Berta—. No puedo mantener durante más tiempo este secreto en mi corazón. Acérquemela, padre.

Sabía que su padre dudaría, y dijo:

—¡May! ¡Que venga May!

May, al oír que la llamaban, se acercó lentamente hacia la niña, y la tocó el brazo. La cieguecita se volvió inmediatamente hacia ella, y la cogió de las manos.

—Mírame a los ojos, amiga mía, por favor —dijo Berta—. Léelos con tus ojos amables, y dime si está escrita en ellos la verdad.

—Sí, Berta, sí.

La cieguecita, levantando el rostro sin vista, que recorrían las lágrimas, se dirigió a ella con estas palabras:

—No tengo en mi corazón ni un solo deseo ni un solo pensamiento que no sea para tu bien, querida May. No conservo en mi alma un recuerdo grato más fuerte que el que almaceno de las muchas ocasiones en que, llena de vista y de belleza, has sido amable con la cieguecita Berta, incluso cuando las dos éramos niñas, o cuando Berta era tan niña como una cieguecita puede serlo. ¡Que tu camino sea agradable! ¡Te bendigo con todo mi corazón! Y también hoy —y se acercó hacia ella, estrechando sus manos—, también hoy, amiga mía, porque hoy, al saber que vas a ser su esposa, me hayáis torturado el corazón casi hasta destrozármelo. ¡Padre, May, Mary!, oh, perdonadme que me sienta así, por todo lo que él ha hecho para alegrar mi vida oscura, y por la fe que tienes en mí, cuando ruego a los cielos que sean testigos de que no podía desear que se casara con otra mujer más valiosa que usted.

Mientras hablaba había soltado las manos de May Fielding y se había cogido de su falda con una actitud que era una mezcla de súplica y de afecto. Conforme iba diciendo su extraña confesión, se agachaba más y más hasta quedar, por último, a los pies de su amiga, con su rostro ciego entre los pliegues de la falda.

—¡Dios mío! —exclamó su padre, enfrentado finalmente con la dura verdad—. La he engañado desde la cuna, y al final todo lo que he logrado es partirle el corazón.

Menos mal para todos que Dot, la radiante, útil, activa y pequeña Dot —así era, por otras faltas que tuviera, aunque tal vez más adelante lleguen a odiarla—, menos mal para todos, digo, que se encontraba allí, porque, si no, quién sabe cómo hubiera acabado esta escena. Dot, recobrando su dominio, se interpuso, antes de que May pudiera contestar o de que Caleb dijera una sola palabra.

—¡Vamos, vamos, Berta querida! ¡Ven conmigo! ¡Dale el brazo, May! ¡Así! Ya se encuentra bien de nuevo, ¿lo véis? ¡Qué buena es preocupándose por nosotras! —dijo la mujercita alegre, besándola en la frente— ¡Vamos, Berta, vamos! ¡Ven aquí! ¡Tu querido padre vendrá también! ¿Verdad, Caleb? ¡Naturalmente!

¡Bueno, bueno! Dot era una persona muy noble y sabía cómo reaccionar en estos casos y había que ser muy duro para no someterse a sus influencias. Una vez hubo separado del resto al pobre Caleb y a su hija Berta, para que pudieran ayudarse y consolarse entre sí, como sabía que ocurriría, volvió en un abrir y cerrar de ojos —la expresión popular diría «fresca como una rosa», pero yo añado «más fresca»— para montar guardia ante esa piececita importante y almidonada y evitar que hiciera nuevos descubrimientos.

—Tilly, tráeme a mi querido niño —dijo, acercando una silla al fuego—, y ahora que lo tengo en mi regazo, la señora Fielding me dirá, Tilly, cómo hay que cuidar a los niños y me dirá el abecé del cuidado infantil. ¿No es verdad, señora Fielding?

Ni siquiera el gigante de Gales que, según el cuento popular, era tan lento para realizar una operación quirúrgica fatal en sí mismo, para emular a su gran enemigo que le había gastado una broma en el desayuno, ni siquiera ese gigante cayó tan fácilmente en la trampa que se le había preparado como la anciana en este agujero fatal. El hecho de que Tackleton se hubiera marchado y, más aún, de que dos o tres personas hubieran estado hablando juntas a cierta distancia, durante dos minutos, dejándola sola para defenderse según sus propios recursos, era suficiente para haberle entregado cierta dignidad y haberle aconsejado que explicara el proceso de esa misteriosa convulsión del comercio del índigo, durante veinticuatro horas. Pero ya que ahora se pedía con deferencia que contara su experiencia como madre conocedora, esto resultaba tan irresistible que, después de pretender cierta humildad, comenzó a iluminar a Dot con la mayor gracia del mundo; y sentada erguida junto a la maliciosa Dot, durante media hora le dictó muchas más recetas y preceptos domésticos infalibles de los que (de haberse llevado a cabo) hubieran destrozado totalmente la salud del pequeño Peerybingle, aunque hubiera sido un niño tan fuerte como Sansón.

Para cambiar de tema, Dot comenzó a tejer —llevaba a todas partes los contenidos de todo un costurero en su bolsillo, aunque no sé cómo podía meterlo allí—, luego acunó un poco al niño, volvió luego a tejer un poco más y luego cuchicheó unas palabras con May, mientras la anciana echaba una cabezadita; así, a impulsos regulares, como era siempre su costumbre, pudo acabar la tarde. Entonces, al anochecer y como era parte solemne de la institución de estas meriendas que Dot realizara las tareas domésticas de Berta, se encargó del fuego, limpió el hogar y preparó el té, echó las cortinas y encendió una bujía. Luego interpretó una o dos canciones en un tipo de arpa muy sencilla que Caleb había fabricado para Berta. Lo tocó muy bien porque la naturaleza había hecho de sus oídos un lugar tan especial para la música como lo eran para los pendientes, si hubiera tenido qué ponerse. Ya se acercaba la hora acostumbrada de tomar el té y Tackleton regresó para participar en la merienda y para quedarse un rato más.

Caleb y Berta habían regresado hacía algún tiempo y Caleb se había sentado para continuar con su trabajo. Sin embargo, no pudo estar ocupado en ello, pobrecito, ya que estaba ansioso y sentía remordimientos por su hija. Era enternecedor verlo sentado, sin hacer nada, ante su banco de trabajo, mirándola con tanto interés y siempre repitiéndose: «La he engañado desde la cuna, sólo para romperle ahora el corazón».

Cuando se hizo de noche y se sirvió el té y a Dot se le había acabado el trabajo de fregar platos y tazas, en una palabra —porque tengo que decirlo, y no sirve de nada posponerlo—, cuando se acercó el momento en que podía suponerse la llegada del mensajero en cada sonido de una rueda lejana, su actitud cambió de nuevo y se puso muy inquieta. No es la misma actitud que sienten las buenas esposas ante la llegada de sus maridos. No, no, no. Era otro tipo de inquietud.

Se oyeron las ruedas. El paso de un caballo. El ladrido de un perro. Poco a poco se acercaban todos los sonidos. ¡Y la pata de «Boxer» raspando la puerta!

—¿De quién son esos pasos? —dijo Berta, poniéndose en pie.

—¿De quién? —dijo el mensajero de pie en la puerta mostrando su rostro curtido y moreno como la flor de la granada por el aire frío de la noche— ¡Míos, naturalmente!

—No, los otros pasos —dijo Berta—. Los del hombre que viene detrás de usted.

—¡No hay forma de engañarla! —observó el mensajero, riéndose— ¡Pase, señor! ¡Aquí será bien recibido, no tema nada!

Dijo aquellas palabras en un tono alto, y, al hablar, el anciano caballero sordo entró en la casa.

—No es un extraño, Caleb. Tú le has visto en otra ocasión. ¿Le dejas quedarse en tu casa hasta que nos marchemos?

—¡Oh, naturalmente, John! ¡Lo consideraré como un honor!

—Es el mejor amigo del mundo a quien confiar secretos —dijo John—. Yo tengo unos pulmones muy sanos, pero acabarán enfermos, la verdad. Siéntese, señor. Todos son amigos y se alegran de conocerle.

Después de decir esa opinión con una voz que corroboraba ampliamente lo que decía acerca de sus pulmones, añadió con su tono habitual:

—Ponedle una silla junto a la chimenea y dejadle silencioso y tranquilo; todo lo que quiere es que la gente le mire con afecto. Así se siente a gusto.

Berta había estado escuchando con mucho interés. Llamó a Caleb para que fuera a su lado y cuando puso la silla le pidió, con voz baja, que describiera al visitante. Cuando lo hubo hecho (y ahora con certeza y con una fidelidad escrupulosa), ella avanzó, por primera vez desde que llegara el anciano, suspiró y pareció no interesarse más en el caballero.

El mensajero estaba de muy buen humor, como persona sana que era, y más enamorado que nunca de su mujercita.

—Has estado muy torpe esta tarde —dijo, rodeándola con su brazo fuerte, acercándola a él y separándola del resto—. Y a pesar de todo te quiero. ¡Míralo bien, Dot!

Con el dedo indicaba al anciano. Ella lo miró. Y creo que temblaba.

—Ese señor, ¡ja, ja, ja! ¡Te tiene tanta admiración! —dijo el mensajero— No ha hablado de otra cosa, durante todo el camino. Bueno; es un buen tipo. ¡Me gusta que te admire!

—Me gustaría que tuviera otro tema mejor, John —contestó ella, mirando de modo inquieto a su alrededor, y especialmente a Tackleton.

—¡Un tema mejor! —gritaba John, jovial— ¡No hay mejor tema que ése! ¡Vamos! ¡Fuera el capote, fuera el pañuelo! ¡Fuera la pesada manta de viaje! ¡Y pasemos una media hora hogareña junto al fuego! Señora, la saludo afectuosamente. ¿Quiere que hagamos una partida de cientos, usted y yo? Ah, muy amable. Dot, saca las cartas y el tablero, Dot. ¡Y venga un vaso de cerveza, si es que aún queda, mujercita!

Había propuesto jugar a la señora Fielding, quien aceptó con una prontitud graciosa y pronto se dedicaron a jugar los dos. Al principio el mensajero miraba a su alrededor algunas veces sonriendo o llamaba a Dot para que se le asomara por el hombro y le aconsejara en algunos movimientos complicados. Pero como su contrincante defendía rígidamente la disciplina y tenía cierta debilidad ocasional de apuntarse más tantos de los que tenía derecho, el mensajero tenía que mantener tal vigilancia que no le dejaba ni ojos ni oídos que perder. Así que, poco a poco, no pudo atender a nada sino el juego de cartas y pensaba solamente en eso, hasta que una palmada en el hombro le devolvió la consciencia de notar a Tackleton.

—Siento mucho molestarle, pero quería decirle unas palabras en secreto.

—Voy a dar las cartas —contestó el mensajero—. Es un momento crítico.

—Sí, claro —dijo Tackleton— ¡Venga, hombre!

Había algo extraño en su rostro pálido que hizo que el otro se pusiera en pie inmediatamente y le preguntara con rapidez de qué se trataba el asunto.

—¡Pues...! ¡John Peerybingle! —dijo Tackleton—. Siento

mucho lo que voy a decirle. De verdad. Lo había sospechado desde el principio.

—¿De qué se trata? —preguntó el mensajero, asustado.

—¡Silencio! ¡Se lo enseñaré, si viene conmigo!

Sin decir una palabra más, el mensajero le acompañó. Atravesaron el patio —las estrellas ya brillaban— y por una puertecita lateral entraron en la propia oficina de Tackleton, donde había una ventana por la que se dominaba todo el almacén, que, como era de noche, estaba cerrado. En la oficina no había ninguna, pero en el almacén alargado y estrecho había luz y, en consecuencia, la ventana estaba brillante.

—¡Un momento! —le dijo Tackleton—. ¿Será capaz de mirar por esa ventana? ¿Lo cree usted?

—¿Por qué no? —contestó el mensajero.

—Un momento —dijo Tackleton—. No cometa ninguna violencia. No sirve de nada. Será peligroso. Usted es un hombre fuerte y podría causar un asesinato sin darse cuenta de ello.

El mensajero le miró en la cara y retrocedió unos pasos como si hubiera recibido un golpe. Pero avanzó hacia la ventana y vio...

¡Oh, sombra del hogar! ¡Oh, grillo juicioso! ¡Oh, mujer pérfida!

La vio con el anciano, ya no viejo, sino recto y galante, agarrando con la mano una peluca de cabello blanco que había llevado al llegar a su hogar desolado y miserable. Vio que ella le escuchaba, cuando él inclinaba su cabeza y le hablaba al oído, y tuvo que soportar que él la agarrara por la cintura y avanzaran lentamente a la galería cubierta de madera y por ella a la puerta por la que habían entrado. Vio que se detenían y que ella se volvía —para que ese rostro, ¡ese rostro que tanto quería se presentara ante su vista! —y vio que ella, con sus propias manos, volvía a colocarle esa mentira en la cabeza, riéndose, mientras ella lo hacía, de ese modo del falso anciano tan poco sospechoso.

Juntó su mano, cerrándola al principio como dispuesto a asestar un golpe a un león. Pero, abriéndola inmediatamente, la mostró a Tackleton (pues aún la quería, hasta en aquel momento) y, cuando la pareja se fue, cayó ante un despacho, tan débil como un niño.

Estaba embozado hasta la nariz y ocupadísimo con el caballo y con los paquetes, cuando ella entró en la habitación, dispuesta ya a ir a casa.

—¡Vámonos John, cariño! ¡Buenas noches, May! ¡Buenas noches, Berta!

¿Iba a darles la despedida besándoles? ¿Podía ser alegre y feliz en la despedida? ¿Podía atreverse a mostrarles el rostro sin ruborizarse? Sí. Tackleton la observaba con detalle y la mujer hizo todo eso.

Tilly preparaba al bebé, y pasaba por delante de Tackleton una y otra vez, repitiendo monótonamente:

—Al saber que iban a ser sus esposas, su corazón se entristeció muchísimo y sus padres le engañaron desde la cuna para romperle luego el corazón.

—¡Venga, Tilly! ¡Dame al niño! Buenas noches, señor Tackleton, ¿dónde está John, Dios mío?

—Me ha dicho que irá andando, tirando del caballo —dijo Tackleton, que la ayudó a ocupar su asiento.

—Pero, John, ¿vas a ir andando? ¿Esta noche?

La figura embozada del marido hizo una señal brusca en sentido afirmativo y el falso extraño y la criada se sentaron en sus puestos. Entonces el viejo caballo echó a andar. «Boxer», el inconsciente «Boxer», corría delante del carro, corría hacia atrás y daba vueltas al carro, ladrando de forma tan triunfal y tan alegre como siempre.

Cuando Tackleton hubo, al fin, abandonado la casa, acompañando a May y a su madre, el pobre Caleb se sentó junto al fuego, al lado de su hija, con el corazón lleno de ansiedad y de remordimientos, diciendo aún, mirándola a los ojos: «¡La he engañado desde la cuna, para por último romperle el corazón!».

Los juguetes que habían estado moviéndose para distraer al niño pequeño se habían detenido todos y estaban tirados por el suelo. En aquella penumbra y aquel silencio, las muñecas imperturbables y calladas, los caballos de vaivén agitados, de ojos y morros jadeantes, los caballeros ancianos a la puerta de las casas, casi doblándose por las rodillas y los tobillos; los cascanueces de rostro serio; los mismos animales, entrando en el arca de Noé a pares, como una escuela de párvulos en una excursión, todos podíamos haberlos imaginado detenidos, inmóviles, por una magia fantástica, impresionados de que Dot engañara a su marido, o de que Tackleton fuera amable, por una extraña combinación de circunstancias.

TERCER CANTO DEL GRILLO

El reloj de pared holandés daba las diez, en su rincón, cuando el mensajero se sentó junto al fuego. Estaba tan preocupado y tan deshecho que parecía asustar al cuco, que, después de haber recortado sus diez anuncios melodiosos, se metió de nuevo en el palacio moro, y cerró bien fuerte su puertecita, como si aquel espectáculo triste fuera demasiado para sus sentimientos.

Si el pequeño segador hubiera estado armado con una hoz bien afilada y hubiera cortado a cada paso del reloj el corazón del mensajero, aun así no le habría causado tanto daño como Dot.

Su corazón ardía en tanto amor por ella; estaba tan ligado a ella por lazos innumerables de recuerdos tiernos, tejidos en el trabajo diario de gozar todas sus cualidades fascinadoras; se había entronizado en su corazón de un modo tan suave y tan firme; un corazón tan sencillo y tan sincero en su verdad, tan fuerte en su derecho, tan débil en el mal, que al principio no pudo sentir hacia ella ni pasión ni venganza, y sólo le cabía intentar recomponer la imagen rota de su ídolo.

Pero poco a poco, conforme el mensajero iba meditando ante el hogar, ahora oscuro y frío, pensamientos más fieros, pensamientos distintos, comenzaron a surgir en su interior, como el viento frío se eleva en la noche. El extraño estaba bajo su techo ultrajado. Su habitación se encontraba a tres pasos de allí. Con

251

un golpe podía abrir la puerta. «Puedes matarlo sin darte cuenta», le había dicho Tackleton. Pero, ¿cómo podría matarlo si daba al malvado tiempo para luchar contra él, cuerpo a cuerpo? El extraño era más joven que él.

Era una idea extraña, apropiada para ese estado oscuro de su mente. Era un pensamiento sucio, que le llevaba a la venganza, y que cambiaría aquel hogar alegre en una casa endemoniada por donde los viajeros no se atreverían a pasar de noche, y donde los timoratos verían sombras luchando entre las ventanas arruinadas a la pálida luz de la luna, y oirían ruidos extraños cuando hubiera tormenta.

¡Aquel era más joven que él! Sí, sin duda. Algún enamorado que se habría ganado el corazón que él nunca había tocado. Algún enamorado de tiempo atrás, en quien ella habría pensado y habría soñado, y por quien habría sufrido en silencio, mientras que él la había creído dichosa a su lado. ¡Era una agonía pensar en eso!

La mujer había subido para acostar al bebé. Se acercó a él, que estaba pensativo junto al fuego, se sentó a su lado, sin que él se diera cuenta —preocupado por el tormento de su propio dolor, no se daba cuenta de ningún sonido— y puso su taburete a sus pies. Sólo se dio cuenta cuando sintió que la mujer ponía su mano sobre la suya y vio que le miraba a la cara.

¿Con extrañeza? No. Esta fue la primera impresión, y tuvo que volver a mirarla para asegurarse de ello. No, sin extrañeza. Con una mirada curiosa y escrutadora, pero sin extrañeza. Al principio era una mirada alarmada y seria; luego se trocó en una sonrisa extraña, salvaje, terrible, como si le leyera los pensamientos, y luego no hubo otra cosa sino sus manos cruzadas sobre la frente, su cabeza inclinada, su pelo colgando. Aun cuando John hubiera dispuesto del poder del Omnipotente en aquel momento, en su pecho había tanta propiedad divina de misericordia que no hubiera esgrimido contra ella ni el peso de una pluma. Pero no podía soportar verla allí acurrucada en el taburete en que tantas veces la había visto, con amor y con orgullo, tan inocente y tan alegre; cuando ella se levantó y marchó, llorando, se sintió aliviado al ver el taburete vacío, sin aquella presencia tan adorada. Lo cual era, en sí mismo, una angustia superior a todo, que le recordaba lo desolado que había estado, y de qué modo acababa de romperse el gran lazo de su vida.

Cuanto más lo sentía, más sabía que hubiera soportado mejor haberla visto muerta prematuramente, con el pequeñín en su pecho, y más y más crecía en su interior la rabia contra su enemigo. Miró a su alrededor buscando un arma.

De la pared colgaba una escopeta. La tomó y avanzó unos pasos hacia la puerta de la habitación del malvado extranjero. Sabía que la escopeta estaba cargada. Se apoderó de él la idea nebulosa de que iba a matar a ese hombre como si fuera un animal salvaje; la idea creció en su mente hasta que se transformó en un demonio monstruoso que le poseía, que no permitía entrar en su imperio unido ningún pensamiento más sereno.

La frase es incorrecta. No es que no permitieran ningún pensamiento más sereno, sino que los transformaban astutamente. Los cambiaba en aguijones que le servían de acicate. Cambiaba el agua en sangre, el amor en odio, la amabilidad en feroz saña. Nunca abandonó su mente la imagen de la mujer, triste, humilde, sollozante, pero apelando aún a su ternura y a su benignidad con poder irresistible. Pero, encontrándose allí de pie, se sintió impulsado hacia la puerta; se puso el arma en el hombro, tocó y agarró el gatillo con el dedo, y gritó: «¡Voy a matarlo! ¡En la cama!»

Había dado la vuelta a la escopeta para golpear con la culata la puerta; ya la levantaba en el aire; cierto sentimiento en su interior le decía que se fuera, que se fuera por la ventana...

Cuando, de pronto, el fuego brillante iluminó toda la chimenea con un destello de luz, y el grillo del hogar ¡comenzó a chirriar!

Ningún otro sonido posible, ni voz humana, ni la voz de ella siquiera, le podía haber conmovido y calmado tanto. Aquellas palabras puras con que él contara su amor hacia ese mismo grillo sonaban de nuevo, como recién pronunciadas; su actitud temblorosa y serena del momento aparecía de nuevo ante él; su voz agradable —¡oh, qué voz, que creaba una música doméstica junto al hogar de un hombre honrado!— temblaba y apasionaba su buena naturaleza, despertando a la vida y a la acción.

Dio marcha atrás, retrocediendo, como un sonámbulo al despertar de una horrible pesadilla, y dejó a un lado la escopeta.

Cubriéndose el rostro con las manos se sentó de nuevo ante el fuego, y encontró en las lágrimas su único consuelo.

El grillo del hogar entró en la habitación, y se presentó, de forma mágica ante él.

—Le quiero por las muchas veces que lo he oído —dijo la voz mágica, repitiendo lo que él recordaba tan bien—, y por las muchas cosas que su musiquilla me ha hecho pensar.

—¡Son las mismas palabras de ella! ¡Es verdad!

—Este hogar ha sido muy feliz, John, y por eso amo profundamente al grillo.

—Sí que lo ha sido, Dios lo sabe —contestó el mensajero—. Ella lo hizo feliz, siempre... hasta ahora.

—¡Tan graciosa, con tan buen carácter, tan ocupada de las tareas domésticas, tan alegre, tan activa, tan sencilla! —dijo la voz.

—Si hubiera sido de otro modo, nunca la hubiera amado tanto —contestó el mensajero.

La voz le corrigió, diciendo:

—La amas.

El mensajero repitió:

—Nunca la hubiera amado tanto.

Pero no lo dijo con seguridad. Su lengua temblorosa se resistía al control, y quería hablar por sí misma, en su nombre.

La figura, con actitud de invocación, elevó la mano y dijo:

—Por tu hogar...

—El hogar que ella ha entristecido —dijo el mensajero.

—El hogar que ella, en tantas ocasiones, ha bendecido y ha iluminado —dijo el grillo—; el hogar que, si no fuera por ella, no sería más que unas piedras, unos ladrillos y unas barras de hierro, pero que, gracias a ella, ha sido el altar de tu casa, en el que todas las noches has sacrificado las pequeñas pasiones, los egoísmos, las preocupaciones, ofreciendo el homenaje de una cabeza tranquila, de una naturaleza confiada y de un corazón generoso, para que el humo de esta chimenea ascendiera al cielo con una fragancia mejor que la del incienso más fino que arde en los templos más ricos de los grandes templos de este mundo. Por tu propio hogar, en este su santuario, rodeado de influencias y recuerdos amables, ¡óyele! ¡óyeme! ¡Oye todo lo que habla el lenguaje de tu hogar y de tu casa!

—¿Intercedes por ella? —le preguntó el mensajero.

—¡Todo lo que habla el lenguaje de tu hogar y de tu casa debe interceder por ella! —contestó el grillo—. Porque dicen la verdad.

Y mientras el mensajero, tapándose la cara con las manos, continuabla sentado, meditabundo, en su silla, la presencia continuaba ante él, sugiriéndole reflexiones, gracias a su poder, y presentándoselas ante él, como si estuvieran grabadas en un cristal o en un cuadro. Y no era una presencia solitaria. Aparecían cientos de hadas de la piedra del hogar, de la chimenea, del reloj, de la pipa, de la olla, de la cuna, del suelo, de las paredes, del techo y de las escaleras, del carro que estaba fuera, de los armarios, de los utensilios domésticos, de todas las cosas y de todos los lugares con los que ella había estado relacionada y que causaban un recuerdo en la mente triste de su marido. Y esas hadas no estaban quietas, como el grillo, sino que corrían y se agitaban entre sí. Para honrar su imagen de todas las formas posibles. Para agarrarlo del traje, y señalársela cuando aparecía. Para ponerse a su alrededor y abrazarla, y echarle flores a su paso. Para intentar coronar su bella cabeza con sus manitas. Para mostrarle que estaban orgullosos de ella y que la querían; y que no podía existir ni una sola criatura fea, malvada o acusica que la conociera, sino ellos, juguetones y aprobadores.

Los pensamientos de John se referían todos a la imagen. Siempre estaba allá.

Estaba sentada haciendo punto, ante el fuego, cantando una tonadilla. ¡Juguetona, activa, constante, pequeña Dot! Las hadas se dirigieron a él de golpe, de común acuerdo, concentrando en él la mirada, como si dijeran: ¿Esta es la mujer ligera que acusas?

En el exterior había sonidos alegres: instrumentos musicales, cháchara, risas. Un ejército de jóvenes, ansiosos de diversión, fueron llegando; entre ellos May Fielding y un grupo de muchachas hermosas. Venían a recogerla para ir todos a la fiesta; Dot era la más hermosa de todas, y tan joven como ellas. Iban a un baile. Si algún piececito ha estado especialmente diseñado para el baile, ese era el suyo. Pero ella reía, movía la cabeza señalando la comida al fuego y la mesa ya puesta: desafiándolos con un orgullo que la hacía más atractiva que nunca. Y así la pandilla se marchó: se despidió con la cabeza de sus posibles compañeros de juerga, uno a uno, conforme iban saliendo, con una especie de indiferencia cómica, que bastaría para hacerles ir a ahogarse si fueran sus admiradores; y tal vez alguno lo hubiese sido: era algo inevitable. Y, sin embargo, su carácter no era indiferente, claro que no. Porque, de pronto, apareció a la puerta cierto mensajero... y ¡qué maravillosa bienvenida le dio!

De nuevo las figuras volvieron el semblante hacia él, al unísono, como si le dijeran:

—¿Esta es la mujer que te ha engañado?

Una sombra cayó sobre el espejo, o el cuadro, llámenlo como quieran. Una gran sombra del extraño, cuando acababa de llegar a su casa; la sombra cubría la superficie y hacía desaparecer todos los demás objetos. Pero las laboriosas hadas trabajaban como abejas para aclararlo, y de nuevo apareció Dot. Aún radiante y hermosa.

Acunaba al hijito, le cantaba una nana suavemente, posaba la cabeza en un hombro que pertenecía a la figura melancólica junto a la cual estaba el grillo mágico.

La noche estaba pasando; la noche real, quiero decir, no la noche medida por relojes de hadas. Y en este momento de los pensamientos del mensajero surgió la luna iluminando con su brillo el cielo. Tal vez había surgido también cierta luz calmada y tranquila en su espíritu, y ahora podía pensar con calma lo que había ocurrido.

Aunque la sombra del extraño aparecía a intervalos en el espejo —siempre clara, enorme y perfectamente definida— nunca apareció con tanta oscuridad como la primera vez. Siempre que aparecía, las hadas irrumpían en un grito general de consternación y movían con inconcebible actividad sus bracitos y sus piernecitas, para borrarla. Y siempre que conseguían que, de nuevo, apareciera Dot y se la mostraban a él una vez más, bella y hermosa, todos se alegraban de un modo divertido.

Sólo se la mostraban de forma hermosa y brillante, porque eran espíritus del hogar para quienes la falsedad implica destrucción y, al ser así, ¿qué era Dot para ellos sino la criatura activa, radiante, agradable que había sido la luz y el sol de la casa del mensajero?

Las hadas se entusiasmaban de modo prodigioso cuando se la

mostraban con el niño, conversando entre un puñado de matronas experimentadas, intentando darse aires de matrona mayor y prudente y apoyándose con aire serio en el brazo de su marido, intentando —¡ella! ¡Una mujercita tan frágil!— representar el papel de la que ha abjurado de todas las vanidades del mundo y de la persona para la cual ser madre es algo novedoso; y, sin embargo, en la misma escena se la veía riéndose del mensajero por ser tan torpe y tirándole del cuello de la camisa para hacerle reír a él, y dando saltos por esa misma habitación para enseñarle a bailar.

Las hadas se volvieron y lo miraron fijamente cuando le mostraron a su mujer con la muchachita ciega, porque, aunque la mujer llevara a su alrededor un aura de alegría y de animación, fuera donde fuera, esas influencias las transmitía al hogar de Caleb Plummer desbordándolas. El amor que la cieguecita sentía hacia ella, la confianza y gratitud que sentía, su manera atolondrada de dejar de lado las gracias que le daba Berta, su extraña habilidad para rellenar todos los momentos de la visita haciendo algo útil para la casa y realmente trabajando en serio, aunque aparentara estar en vacaciones, su amplia provisión de esos alimentos tan buenos, la ternera y el pastel de jamón, y las botellas de cerveza, su rostro radiante al llegar a la puerta y despedirse, la maravillosa expresión de todo su ser, de la cabeza a los pies, como si fuera parte de la familia, algo totalmente necesario que no se podía omitir, todo esto encantaba a las hadas y por todo eso la amaban. Y de nuevo todas se dirigieron a él con la mirada, con un ruego, como si dijeran, mientras algunas se acurrucaban en el regazo de su vestido y la acariciaban.

—¿Es ésta la mujer que ha traicionado tu confianza?

En más de una ocasión, dos veces o tres, a lo largo de aquella noche cavilosa, se la mostraron sentada en su taburete favorito, la cabeza inclinada, las manos ante las cejas, el pelo caído. Como la había visto la última vez. Y cuando veían esa imagen, ni se giraban ni le miraban, sino que se acurrucaban en torno a ella, la consolaban y la besaban; y se esforzaban en ver quién le demostraba mayor simpatía y mayor ternura, y se olvidaban de él.

Y así pasó la noche. La luna desapareció, las estrellas palidecieron, amaneció un día frío, salió el sol. El mensajero seguía aún sentado, meditando, en el rincón de la chimenea. Había estado allí sentado, con la cabeza entre las manos, toda la noche. Durante toda la noche el grillo fiel había estado chirriando en el hogar. Durante toda la noche él había escuchado su voz. Durante toda la noche las hadas del hogar habían estado ocupadas mostrándole imágenes. Durante toda la noche ella había aparecido, amable y sin culpa, en el espejo, salvo cuando surgía aquella sombra.

Se levantó cuando ya había amanecido, se lavó y se vistió. No podía entregarse con alegría a sus ocupaciones habituales, le faltaba entusiasmo, pero eso no era muy importante, porque era el día de la boda de Tackleton y había procurado que otro le hiciera las tareas. Tenía la idea de haber ido, gozoso, a la iglesia con Dot. Pero esos planes se terminaban. También era el aniversario de su matrimonio. ¡Ah! ¡Qué poco había imaginado este final de un año más de vivir juntos!

El mensajero esperaba que Tackleton le visitaría por la mañana, pronto, y así ocurrió. Apenas empezó a pasearse de arriba abajo, delante de la puerta, cuando vio que el comerciante de juguetes aparecía por la carretera en su coche. Al acercarse más, notó que Tackleton se había vestido como un doncel para la boda y había decorado la cabeza del caballo con flores y cintas.

El caballo tenía más aspecto de novio que el propio Tackleton, cuyo ojo semicerrado era de una expresión más desagradable que nunca. Pero el mensajero apenas si se dio cuenta. Estaba ocupado pensando otras cosas.

—¡John Peerybingle! —dijo Tackleton, con tono de condolencia—. ¡Querido amigo! ¿Cómo se encuentra esta mañana?

—He pasado una mala noche, señor Tackleton —contestó el mensajero, moviendo la cabeza—, porque he estado muy aturdido. ¡Pero ya ha pasado todo! ¿Puede reservarme media hora o una hora, para hablar en privado?

—Con este objetivo he venido —contestó Tackleton, bajando—. Olvídese del caballo. Se quedará ahí con las riendas sujetas al poste; si quiere, dadle un manojo de heno.

El mensajero lo sacó del establo, lo puso ante el caballo y los dos entraron en casa.

—No se casará hasta el mediodía, ¿no es así?

—Eso es. Tenemos tiempo de sobra. Tiempo de sobra.

Al entrar a la cocina, Tilly Slowboy, llamaba a la puerta del extranjero, que sólo estaba separada de la cocina unos escalones. Tilly miraba por la cerradura con uno de sus ojos enrojecidos (porque había estado llorando toda la noche, al oír el llanto de su señora), daba golpes fuertes y parecía asustada.

—Por favor, no puedo hacer que me oiga —dijo Tilly, mirando a su alrededor—. Espero que no se haya muerto, por favor.

Ese deseo filantrópico lo resaltó la señorita Slowboy con nuevos golpes y patadas a la puerta, pero no consiguió resultado alguno.

—¿Quiere que vaya yo? —dijo Tackleton—. ¡Es curioso!

El mensajero, que había apartado la mirada de la puerta, le indicó con un gesto que podía ir, si quería.

Y de ese modo Tackleton fue para ayudar a Tilly Slowboy, y él también golpeó la puerta dando fuertes golpes, pero tampoco consiguió obtener ninguna respuesta. Entonces pensó en agarrar el picaporte, y como se abría con facilidad, se asomó, miró el interior de la habitación, entró y pronto salió corriendo.

—John Peerybingle —le dijo Tackleton al oído—. Supongo que esta noche no habrá pasado nada... nada desagradable.

El mensajero volvió la mirada hacia él.

—¡Porque se ha ido —dijo Tackleton— y ha dejado la ventana abierta! No veo ninguna huella; claro que la habitación está casi al nivel del suelo del jardín, pero temía que pudiera haber habido cierta... cierta lucha, ¿eh?

Casi cerró completamente su ojo expresivo de intensamente que le miraba. E hizo una mueca brusca con su ojo, su cara y todo su cuerpo. Como si sacara así toda la verdad de su interior.

—¡Tranquilícese! —dijo el mensajero—. Anoche entró en su habitación sin haber recibido de mí ni una palabra dura ni un solo gesto descortés, y desde entonces allí no ha entrado nadie. Si se ha ido, ha sido por su propio deseo. No me molestaría nada salir por esa puerta y mendigar la comida de puerta en puerta, si así pudiera cambiar el pasado y hacer que nunca hubiera aparecido ese hombre. Pero vino y se fue. ¡Y para mí ya se ha acabado!

—¡Oh, vaya! Creo que se ha marchado sin la menor dificultad —dijo Tackleton, sentándose.

El comentario no lo oyó el mensajero, que también se había sentado y ocultó el rostro entre las manos, cierto tiempo, antes de continuar.

—Anoche usted me mostró a mi esposa —dijo con dificultad—, mi esposa a la que tanto quiero, en secreto...

—Y con mucha ternura —insinuó Tackleton.

—Ayudando a ese hombre a ponerse su disfraz y dándole oportunidades de hablar con ella a solas. No hubiera soportado otra impresión peor. Creo que a ningún otro hombre le hubiera dejado ver esa visión.

—Confieso que siempre he tenido ciertas sospechas —dijo Tackleton— y que aquí nunca se me ha recibido muy bien, ya lo sé.

—Como usted me lo ha mostrado —continuó el mensajero, sin hacer caso de sus objeciones— y como usted la vio a ella, a mi esposa, a mi adorada esposa —su voz, sus ojos, sus manos adquirieron mayor fuerza y seguridad al repetir esa palabra, evidentemente siguiendo un propósito bien marcado—, como la vio a ella en malas circunstancias, es justo y razonable que ahora la vea también con mis ojos, que mire en mi interior y conozca lo que pienso sobre ese tema. Porque ya está todo claro —dijo el mensajero, mirándolo con atención— y tengo una idea firme que nada podrá desmontar.

Tackleton murmuró unas cuantas frases vagas de asentimiento, sobre que era necesario reivindicar una u otra cosa, pero estaba sobrecogido por la actuación de su compañero. Aunque se portara de forma vulgar y poco pulida, había en su expresión cierto aire digno y noble que sólo podía derivar de un alma generosa y honrada que impregnara a aquel hombre.

—Soy una persona clara y sencilla —continuó el mensajero— y no tengo grandes méritos. No soy un hombre instruido, como usted sabe muy bien. No soy joven. Yo quería a mi pequeña Dot porque la he visto crecer, desde que era una niña, en casa de su padre; porque sabía todo lo que valía; porque durante muchos, muchos años ha sido toda mi vida. No puedo compararme con nadie que hubiera amado tanto a mi pequeña Dot. ¿No es cierto?

Hizo una pausa, y dio una patada en el suelo antes de continuar:

—Muchas veces pensaba que aunque yo no era todo lo bueno que ella se merece, sería un buen marido, y tal vez sepa lo que ella vale más que nadie. De este modo me reconciliaba conmigo mismo y llegaba a pensar que sería posible desposarla. Y las cosas salieron bien, y nos casamos.

—¡Ja! —dijo Tckleton, agitando la cabeza de forma maliciosa.

—Yo me conocía bien, tenía bastante experiencia de la vida, sabía cuánto la amaba y lo feliz que me sentiría —decía el mensajero—. ¡Pero no había reflexionado lo suficiente y ahora lo siento profundamente, en ella.

—¡Naturalmente! —dijo Tackleton—. El aturdimiento, la frivolidad, la inconsistencia, el gusto por la admiración! ¡No pensaste en ello! ¡No lo tomaste en consideración! ¡Vaya!

—Le ruego que no me interrumpa —dijo el mensajero, con cierta dureza— hasta que comprenda mi pensamiento, y espero que lo haga. Si ayer hubiera matado a aquel hombre que se atrevió a musitar una palabra a su oído, hoy le pisaría el rostro, aunque fuera mi hermano.

El comerciante de juguetes le miró asombrado. El mensajero continuaba, con un tono menos duro:

—¿Acaso había reflexionado —dijo el mensajero— que la llevé conmigo a una edad muy temprana, con toda su belleza, apartándola de sus jóvenes compañeros y de tantas escenas de las que ella era el ornamento principal, en las que era la estrella que brillaba con mayor resplandor que ninguna otra, para encerrarla día tras día en mi casa aburrida y para que se mantuviera en el tedio de mi compañía? ¿Acaso había considerado lo poco apropiado que yo era para su humor ligero, y qué cansado debe ser un hombre tan lento y tan tedioso como yo a una mujer de su genio rápido? ¿Acaso analicé que no era ningún mérito por mi parte, ni nigún derecho, decir que la amaba, ya que todos los que la conocían la amaban? Nunca lo pensé. Me aproveché de su naturaleza bondadosa y de su alegre disposición, y me casé con ella. ¡Ojalá nunca lo hubiera hecho! ¡Lo digo por ella, no por mí!

El comerciante de juguetes le observaba sin mover un músculo. Hasta el ojo semicerrado estaba ahora abierto.

—Dios la bendiga —dijo el mensajero— por la constancia

jovial con que ha tratado de evitar que yo me enterara de eso. ¡Y Dios me ayude, porque soy un hombre tan lento que no me había dado cuenta antes! ¡Pobrecita! ¡Pobre Dot! ¡Y no lo he descubierto yo, que he visto sus ojos llenos de lágrimas cuando se hablaba de un matrimonio como el nuestro! ¡Yo, que he visto cómo sus labios temblaban en secreto cientos de veces, sin sospecharlo nunca hasta anoche! ¡Pobrecita! ¡Haber creído esperar que ella me querría! ¡Creérmelo!

—Ha representado una comedia —dijo Tackleton—. Ha representado tal comedia que, para decirle la verdad, eso fue el origen de mis sospechas.

Y entonces afirmó la superioridad de May Fielding, que no pretendía nunca demostrar que lo quería a él.

—Lo ha intentado —dijo el pobre mensajero, con mayor emoción que antes—, sí, ahora empiezo a darme cuenta de lo mucho que lo ha intentado; ha intentado ser una esposa fiel y celosa. ¡Qué buena ha sido! ¡Cuánto ha hecho! ¡Qué corazón tan bravo y tan fuerte tiene! ¡Pongo por testigos a toda la felicidad que he conocido bajo este techo! Me servirá de ayuda y de consuelo, cuando me quede aquí, solo.

—¿Aquí, solo? —dijo Tackleton— ¡Oh! ¿Entonces piensa tomar en serio todo eso?

—Quiero —continuó el mensajero— causarle el mayor acto de afecto, y repararle todo lo posible los males que le he causado. La puedo librar de la fatiga diaria de un matrimonio desigual, y de la lucha por ocultarlo. Será tan libre como yo pueda hacer.

—¿Reparar a ella? —exclamó Tackleton, llevándose una mano a las orejas y apretando el lóbulo con las manos—. Hay algún error en todo esto. No debe haber dicho esas palabras, claro.

El mensajero agarró al comerciante de juguetes por el cuello y lo levantó como una caña.

—¡Escúcheme! —le dijo— ¡Y procure oírme bien! Escuche. ¿Le hablo claramente?

—Sí, sí, muy claro —contestó Tackleton.

—¿Como si le dijera lo que pienso?

—Sí, sí, como si lo dijera.

—Anoche estuve sentado ante el fuego, toda la noche, toda

—exclamó el mensajero—, en el mismo lugar en que ella se ha sentado tantas veces a mi lado, mirándome con ese rostro tan hermoso. Recordé toda su vida, día a día; revisé todos sus aspectos queridos, en todas sus formas. Y juro que es inocente, si es que hay que juzgarla como inocente o culpable.

¡Noble grillo del hogar! ¡Leales hadas domésticas!

—Ya no siento ni pasión ni desconfianza —dijo el mensajero—, y sólo permanece en mi alma el dolor. En cierto momento triste, algún antiguo enamorado, mejor adecuado para sus gustos y para sus años que yo, desdeñado, tal vez, por mi causa y contra sus deseos, volvió a verla. En un momento desgraciado, cazada por sorpresa y necesitando tiempo para pensar en lo que hacer, aceptó representar un papel en la traición, ocultándomela. Anoche hablaron los dos, en aquella entrevista de la que fuimos testigos. Estuvo mal hecho. Pero, aparte de eso es totalmente inocente, si es que hay verdad en esta tierra.

—Si esa es su opinión... —comenzó a decir Tackleton.

—Sí, la dejo que se vaya —continuó el mensajero—. Y que se vaya con mi bendición, por las tantas horas felices que me ha dado, y con mi perdón por todos los dolores que me ha causado. Que se vaya, y que tenga esa paz de espíritu que le deseo. Nunca llegará a odiarme. Aprenderá a quererme, quizá, cuando no sea para ella una carga, y le pesarán menos las cadenas que yo le he forjado. En un día como éste la tomé, pensando tan poco en su propia felicidad, y la saqué de su casa. Hoy volverá a ella, y ya no la molestaré. Su padre y su madre tienen que venir hoy —teníamos el proyecto de celebrar juntos este día— y se la llevarán a su casa. Confío en ella, tanto si está allí como si está en otro sitio. No me ha causado remordimientos, y estoy seguro de que ella tampoco los tendrá. Si muero —y tal vez cuando muera sea aún ella joven; he perdido todas mis fuerzas en unas horas— descubrirá que siempre la he recordado y que la habré querido hasta el final. Así se acaba lo que empezó usted mostrándome aquella escena. Ahora, todo se ha acabado.

—¡Oh, no, John! ¡No se ha acabado! ¡No digas que se ha acabado! ¡Aún no se ha acabado! He oído tus nobles palabras y no puedo marcharme como si ignorara que me han afectado con una enorme gratitud. No digas que se ha acabado antes de que el reloj haya sonado otra vez.

Lo decía la mujer, que había entrado poco después que Tackleton y había permanecido escuchando. Nunca había mirado a Tackleton, sino que había permanecido con la mirada fija en su marido. Pero se había mantenido alejada de él, dejando que hubiera mucho espacio entre los dos; y aunque hablaba con el entusiasmo más apasionado, no se atrevió a acercársele. ¡Qué diferente de su actitud en otros momentos!

—No hay mano que pueda hacer que el reloj dé horas que ya han pasado —dijo el mensajero, sonriendo débilmente—. Pero si así lo quieres, que así sea. Pronto dará la hora. Poco importa lo que digamos. Intentaría complacerte haciendo cosas más difíciles que ésta.

—¡Vaya! —murmuró Tackleton—. Debo marcharme, porque cuando el reloj dé la hora deberé estar ya de camino hacia la iglesia. Buenos días, John Peerybingle. Siento tener que dejaros. ¡Siento la pérdida, y la ocasión que nos ha hecho encontrarnos!

—¿He hablado claramente? —dijo el mensajero, acompañándolo a la puerta.

—Sí, sí, muy claramente.

—¿Y recuerda lo que le he dicho?

—Pues... si me obliga a decirlo —dijo Tackleton, tomando antes la precaución de subir a su coche— debo indicar que fue algo tan inesperado que difícilmente podré olvidarlo.

—Mejor para los dos —contestó el mensajero— ¡Adiós! ¡Y enhorabuena!

—Ojalá pudiera dársela a usted —dijo Tackleton—. Y como no puedo, gracias. Entre nosotros (como le dije antes, ¿eh?) no creo que tenga menos satisfacciones en mi vida de casado, porque May no ha sido demasiado cariñosa conmigo, ni tampoco me ha demostrado mucho su afecto. ¡Cuídese!

El mensajero se quedó mirándolo hasta que su tamaño, en la distancia, era menor que el de las flores y cintas de su caballo que estaba allí fuera; luego, con hondo suspiro, avanzó como un hombre nervioso, deshecho, paseando bajo los olmos vecinos; sin ganas de regresar a casa antes de que el reloj estuviera a punto de dar la hora.

Su mujercita, sola en casa, lloraba amargamente; pero muchas veces se secaba los ojos y se controlaba, para decir eguidamente lo bueno que su marido era, lo maravilloso que era; y una o dos veces se rió, con tanta alegría, con tanta genialidad y con tanta incoherencia (riendo y llorando a la vez) que Tilly estaba totalmente horrorizada.

—¡No! ¡Por favor! ¡No lo haga! —decía Tilly— ¡Es suficiente para matar y enterrar al niño! ¡Por favor!

—Algunas veces lo traerás a ver a su padre, Tilly, ¿verdad? —le dijo su señora, secándose las lágrimas— cuando ya no viva aquí y me haya ido a casa de mis padres....

—¡No! ¡Por favor! ¡No diga eso! —gritaba Tilly, echando la cabeza hacia atrás y estallando en un sollozo; su mirada tenía un aire extrañamente parecido a la de «Boxer». ¡Oh, no, por favor! ¡Oh!, ¿qué ha pasado con todos, qué han hecho todos que están tan tristes? ¡Oh, oh, oh!

El corazón tierno de Slowboy se debilitaba en esta circunstancia transformándose en un deplorable aullido más terrible aún por su larga supresión, que si lo hubiera lanzado hubiera despertado infaliblemente al bebé y lo hubiera asustado causándole algo más grave —convulsiones, tal vez—, si no se hubiera dado cuenta de que entraba Caleb Plummer, guiando a su hija. Ese espectáculo le devolvió el uso de sus facultades y durante algunos momentos estuvo allí callada, con la boca bien abierta; luego corrió al galope hacia la cuna en que dormía el niñito, y allí bailó una extraña especie de baile de San Vito, restregando al mismo tiempo la cara y la cabeza en las mantas, aparentemente aliviándose mucho con aquellas extraordinarias acciones.

—¡Mary! —dijo Berta— ¡No has ido a la boda!

—Le dije, señora, que no asistiría —dijo Caleb a su oído—. Anoche oí demasiadas cosas. Pero le juro —dijo el hombrecito, cogiéndola con ternura de las manos— que no me importa lo que digan, que no les creo. No valgo para nada, pero este pobre hombre se haría pedazos antes que decir una sola palabra contra usted.

Rodeó a la mujer con sus brazos, y la abrazó, como una niña hubiera abrazado a sus muñecas.

—Berta no podía permanecer en casa esta mañana —decía Caleb—. Le inquietaba oír el toque de las campanas, y no podía soportar estar tan cerca de ellos el día de su boda. De modo que salimos temprano de casa, y vinimos hacia aquí. He pensado en todo lo que he hecho —dijo Caleb, después de hacer una pausa de un momento— y me he estado acusando de todo hasta que no sabía ya lo que hacer ni a quién acudir, por todo el dolor que he causado a la niña. Y he llegado a la conclusión de que, si se queda conmigo, señora, un momento, debo decirle la verdad. ¿Se quedará conmigo un ratito? —le pidió, temblando de pies a cabeza—. No sé el efecto que podrá causarle; no sé que pensará de mí; ni si después de oírme se preocupará de su pobre padre. Pero es mejor decirlo que mantenerla engañada, y debo cargar con las consecuencias de lo que yo mismo he creado.

—Mary —dijo Berta—, dame la mano. ¡Ah! ¡Ya la tengo aquí! —llevándosela a los labios, sonriente, y luego cogiéndola entre los brazos—. Anoche oí que hablaban en voz baja echándole en cara alguna falta. No tienen razón.

La esposa del mensajero permaneció callada. Caleb respondió en su nombre.

—No tienen razón —dijo.

—¡Yo lo sabía! —dijo Berta, con orgullo—. Y se lo dije a ellos. ¡No podía oír esas palabras! ¡Acusarla injustamente! —oprimió su mano entre las de la mujer, poniendo su mejilla joven contra su rostro—. ¡No! ¡No soy tan ciega como para no darme cuenta de eso!

Su padre avanzó hasta ponerse a su lado, y Dot siguió al otro, recogiéndola de la mano.

—Les conozco a todos ustedes mejor de lo que piensan —dijo Berta—. Pero a nadie conozco mejor que a usted. Ni siquiera a usted, padre. No hay nada que yo tenga más real y más auténtico que usted. Si pudiera recobrar la vista en este mismo momento, sin que se me dijera una sola palabra, la reconocería entre una multitud. ¡Hermanita!

—Berta, hija mía —dijo Caleb—. Tengo algo que hace mucho tiempo que quiero decirte, ahora que estamos los tres solos. ¡Oyeme con cariño! Tengo que confesarte algo, hija mía.

—¿Algo que confesarme, padre?

—Me he alejado de la verdad, y me he perdido, hija mía —dijo Caleb, con una expresión desgarradora que le camabiaba el rostro—. Me he alejado de la verdad, por intentar ser bueno contigo, pero he sido muy cruel.

La niña volvió el rostro asombrado hacia él, repitiendo:
—¡Cruel!

—Se acusa sin ninguna piedad, Berta —dijo Dot—. Tú misma lo notarás. Tú serás la primera en decírselo.

—¿Cruel conmigo? —gritaba Berta, con una sonrisa de incredulidad.

—¡Sin quererlo, hija mía! —dijo Caleb—. Pero lo he hecho, aunque nunca sospeché lo que hacía, hasta ayer. Querida cieguecita, escúchame y perdóname. El mundo en que vives, coranzocito, no existe tal como yo te lo he presentado. Los ojos en los que has confiado no te han dicho la verdad de todo.

La niña volvió su rostro asombrado hacia él, pero luego retrocedió y se agarró de su amiga.

—Tu camino en la vida hubiera sido muy duro, pobrecita —dijo Caleb—, y yo intenté suavizártelo. He cambiado los objetos, el carácter de las personas, he inventado muchas cosas que no existían, todo para hacerte más feliz. Te he engañado, te he ocultado muchas cosas. ¡Dios me perdone! Y te he rodeado de fantasías.

—Pero la gente viva no son fantasías —dijo, precipitadamente, poniéndose muy pálida, pero aún retirada de él—. No podemos cambiarla.

—Sí que lo he hecho, Berta —rogaba Caleb—. Hay una persona que conoces, cariño...

—¡Oh, padre mío! ¿Cómo dices que la conozco? —contestó, reprochándole sus palabras—. ¿Qué es lo que conozco? ¿A quién conozco? ¡Ya no tengo guía! ¡Soy una pobre ciega!

Dominada por su angustia, abría los brazos, como si intentara abrirse así camino; luego los estiraba y los llevó hasta su rostro con un gesto desesperado y triste.

—El matrimonio se celebra hoy —dijo Caleb— y el novio es un hombre egoísta, duro, sórdido. Un amo duro para ti y para mí, hija mía, durante muchos años. De aspecto feo y de naturaleza odiosa. Siempre frío y calculador. Todo lo contrario de lo que te he pintado cada noche, hija mía. En todo.

—¡Oh, Dios mío! —gritaba la cieguecita, torturada casi sin poderlo soportar—. ¿Por qué has hecho esto? ¿Por qué llenaste mi corazón hasta el borde para luego presentarte como la muerte y despojarme de los objetos de mi amor? ¡Oh, Dios mío! ¡Qué ciega que estoy! ¡Qué sola y qué desesperada!

Su padre, acongojado, agachaba la cabeza sin contestarle, presentando solamente su penitencia y su dolor.

Durante algún tiempo había estado sufriendo su amargura, cuando el grillo del hogar, al que sólo oía ella, comenzó a chirriar. No con tono alegre, sino de una forma lenta, triste, melancólica. Un son tan mortecino que comenzó a llorar; y cuando la presencia que había estado toda la noche junto al mensajero se le apareció, señalándole a su padre, las lágrimas cayeron en torrentes.

Ahora oía la voz del grillo con mayor claridad, y, aunque estuviera ciega, se daba cuenta de la presencia que revoloteaba sobre su padre.

—Mary —dijo la cieguecita— dime cómo es mi casa; cómo es en realidad.

—Es una casa humilde, Berta, muy pobre y muy vacía. Apenas si podrá resguardaros del frío y de la lluvia otro año más. Está tan mal abrigada para protegerte del mal tiempo como lo está la casaca de tu padre.

La cieguecita, muy agitada, se levantó y condujo a un lado a la mujer del mensajero.

—¿Esos regalos de los que tanto cuidaba, que llegaban casi cuando yo quería y que me alegraban tanto? —dijo la niña, temblando—. ¿De dónde venían? ¿Me los enviaba usted?

—No.

—¿Y entonces, quién?

Dot comprendió que la niña lo sabía; ya lo sabía y callaba. La cieguecita se restregó de nuevo los ojos con las manos. Pero ahora de otro modo muy distinto.

—Mary, querida, un momento, por favor. ¡Un momento más! Acérquese aquí. Hábleme en voz baja. Me dirá la verdad, lo sé.

—No, Berta, no.

—No, me fío de usted. Tiene buenos sentimientos hacia mí, Mary. Mire bien la habitación donde estamos, mire a mi padre, sí, tan cariñoso y tan tierno conmigo, y dígame lo que ve.

—Veo —dijo Dot, que la entendía muy bien— a un viejo sentado en una silla dejándose caer sobre el respaldo, con aspecto muy triste, con la cara entre las manos. Como si necesitase el consuelo de una hija, Berta.

—Sí, sí, le consolaré. Pero siga.

—Es un hombre viejo, gastado por el trabajo y por las preocupaciones. Lo veo destrozado, abatido, luchando consigo mismo. Pero comprende, Berta. Lo he visto así muchas veces, luchando con todas sus fuerzas por un solo objeto sagrado. Por eso bendigo sus cabellos grises, ¡le bendigo!

La cieguecita se apartó de ella, y arrojándose de rodillas ante su padre, llevó a su pecho la cabeza gris.

—¡Ya he recobrado la vista! ¡Ya veo! —gritaba la niña—. He sido ciega, pero ahora se me han abierto los ojos. ¡Nunca le he conocido bien! ¡Pensar que podía morir sin haber visto nunca a mi padre, que tanto me ha querido!

La emoción de Caleb le impedía pronunciar palabra.

—¡No hay caballero más apuesto en todo el mundo —exclamaba la niña, abrazándolo—, al que pueda querer más y atesorar más que tú! ¡Padre! ¡Nunca vuelvas a decir que soy ciega! No hay una arruga en tu semblante, ni un pelo en tu cabeza que no olvide en mis plegarias de agradecimiento al cielo!

Caleb apenas pudo decir:

—¡Berta!

—Y en mi ceguera le creía —decía la niña, acariciándole y llorando de contento— tan diferente. ¡Teniéndolo a mi lado, todos los días, tan preocupado por mí, nunca soñé en este momento!

—Tu padre tan apuesto con su abrigo azul, Berta —dijo Caleb—. ¡Ha desaparecido!

—Nada ha desaparecido —contestó—. Padre querido, no. Todo está aquí, en ti. El padre al que tanto quería, el padre al que nunca quise bastante, el benefactor hacia el que sentía reverencia y amor, porque sentía tanta simpatía hacia mí, todo está aquí. En ti. No ha muerto nada. El alma de todo lo que más quería está aquí, aquí, en este rostro arrugado, en este cabello gris. ¡Y ya no soy ciega, padre, ya no lo soy!

Toda la atención de Dot se había centrado, durante este tiempo, en el padre y su hija; pero, al fijarse ahora en el pequeño segador junto al palacio moro, se dio cuenta de que el reloj daría la hora dentro de pocos minutos; y se sintió, inmediatamente nerviosa y muy excitada.

—¡Padre! —dijo Berta, dudando—, Mary...

—Sí, hija mía —contestó Caleb—. Aquí está.

—Ella no ha cambiado, ¿verdad? Nunca me habrás contado ninguna mentira sobre ella.

—¡Debiera haberlo hecho, cariño, y ahora lo siento! —contestó Caleb—, si hubiera podido mejorarla. Pero cambiarla a ella significaría empeorarla. No puede mejorarse ni un ápice, Berta.

Aunque la cieguecita lo hubiera preguntado con la confianza de la respuesta, valía la pena contemplar su alegría y su orgullo al oír la respuesta, tras la cual abrazó de nuevo a Dot.

—Pero puede que ocurran muchos más cambios de los que imaginas, querida —dijo Dot—. Cambios que nos beneficiarán, quiero decir, cambios que alegrarán a algunos de nosotros. Que no te asombren mucho, si ocurrieran y te sintieras afectada. ¿Oís un rumor de ruedas en el camino? Tú, Berta, que tienes el oído tan fino. ¿Se oyen ruedas?

—Sí. Y vienen hacia aquí muy rápidas.

—Ya. Ya sé que tienes un buen oído —dijo Dot con la mano sobre el corazón y hablando con gran rapidez para ocultar su estado intranquilo—, porque me he dado cuenta muchas veces, y porque descubriste antes que nadie aquellos pasos extraños de anoche. Aunque no sé por qué te limitaste a decir, lo recuerdo muy bien, «¿De quién serán esos pasos?», y no hiciste ninguna otra observación notándolo distinto a otros. Pero como acabo de deciros, hay grandes cambios en el mundo, grandes cambios, y ya no podemos sorprendernos casi de nada.

Caleb se preguntaba qué querría decir, dándose cuenta de que la mujer hablaba para él tanto como para su hija. Y se quedó muy sorprendido al verla tan turbada, tan agitada que apenas si podía respirar, agarrándose a una silla para no desmayarse.

—¡Sí! ¡Son ruedas! —decía, jadeante—. ¡Y se acercan! ¡Cada vez están más cerca! ¡Muy cerca! Y ahora, escuchad cómo se detienen en la verja del jardín. ¡Ahora oyes un paso que se acerca a la puerta de la casa! ¡El mismo paso, Berta, ¿verdad?! Y ahora...

Lanzó un grito salvaje de alegría incontrolable, y, corriendo hacia Caleb le tapó los ojos con las manos al entrar en la habitación un joven que, arrojando al aire el sombrero, se acercaba a ellos.

—¿Ha terminado todo? —gritó Dot.

—¡Sí!

—¿Ha terminado todo para bien?

—¡Sí!

—¿Recuerdas esa voz, Caleb? ¿Alguna vez la habías oído antes? —gritó Dot.

—Si mi hijo que marchó a Sudamérica aún viviera... —dijo Caleb, tembloroso.

—¡Vive! —gritó Dot, quitando sus manos de los ojos del anciano y palmoteando— ¡Mírale! ¡Mírale delante de ti, joven y fuerte! ¡Tu hijo querido! ¡Tu hermano al que tanto quieres, Berta!

¡Honremos a la pequeña criatura por sus transportes de júbilo! ¡Honremos sus lágrimas y su risa cuando los tres cayeron unos en brazos de otros! ¡Honremos la efusión con que recibió al marinero de rostro tostado, de pelo rizado y oscuro, y no volvió a un lado su boquita rosada sino que dejó que le besara, libremente y que la estrechara contra su pecho!

¡Y honremos también al cuco, ¿cómo no?, que salió disparado de la puerta de su palacio moro como un intruso, y tosiendo doce veces a los reunidos parecía borracho de júbilo!

El mensajero, que entraba en casa, retrocedió, e hizo bien, porque no esperaba encontrarse en tan buena compañía.

—¡Mira, John! —dijo Caleb, orgulloso—. ¡Mira! ¡Mi hijo, que ha venido de la dorada América! ¡Mi propio hijo! ¡Aquel al que tú equipaste y enviaste tú mismo! ¡Aquel de quien eras tan buen amigo!

El mensajero avanzó, dispuesto a darle la mano, pero retrocedió, porque ciertos gestos de su cara le recordaban a aquel sordo del carro, y le dijo:

—¿Edward? ¿Eres tú?

—Ahora puedes contárselo todo —dijo Dot—. Cuéntaselo todo, Edward, y no me compadezcas, porque nada podrá hacerme ganar toda mi honradez ante sus ojos jamás.

—Yo era aquel hombre —dijo Edward.

—¿Y te escabulliste, disfrazado, en la casa de tu viejo amigo? —le dijo el mensajero—. Hace mucho tiempo yo veía en ti un muchacho leal. ¿Cuántos años hará, Caleb, desde que nos contaron que había muerto y llegaron incluso a demostrárnoslo? Un muchacho como él nunca habría obrado así.

—Hace mucho tiempo yo tenía un amigo generoso, que era

para mí un padre, más que un amigo —dijo Edward— y que nunca me habría juzgado, ni a mí, ni a ningún otro, sin antes oírlo. Por eso, tengo la certeza de que me escuchará.

El mensajero, lanzando una mirada de preocupación a Dot, que aún seguía alejada de él, contestó:

—De acuerdo. Me parece justo. Cuéntame.

—Debe saber que cuando me marché de aquí, aún era un muchacho —decía Edward— y estaba enamorado; ella me correspondía. Era una muchacha muy joven que quizá —podrá decirme— no sabía lo que hacía. Pero yo sí sabía lo que sentía y estaba apasionado por ella.

—¿Tú? —exclamó el mensajero—. ¿Tú?

—Sí, yo —contestó el otro—. Y ella me correspondía. Siempre creí que lo hacía, y ahora estoy seguro de ello.

—¡Dios me ayude! —dijo el mensajero—. Esto es peor de lo que imaginaba.

—Siempre le he sido fiel —dijo Edward— y al regresar, lleno de esperanzas, después de tantos apuros y peligros, a cumplir la parte de nuestra vieja promesa, me entero, a veinte millas de aquí, que me había sido falsa, que me había olvidado y que se había comprometido con un hombre rico. No podía reprocharle nada, pero deseaba verla y demostrarme a mí mismo, sin duda alguna, que todo era verdad. Esperaba que tal vez se hubiera visto obligada a aceptar contra sus propios deseos y sentimientos. Por lo menos sería un alivio, aunque pequeño, y así que lo pensé me dije: allá voy. Quería saber la verdad, toda la verdad, quería observar con libertad y juzgar por mí mismo, sin que nadie me molestara y sin usar mi propia influencia sobre ella, si es que aún la tenía. Por eso me disfracé ya sabe usted cómo, y esperé en el camino, ya sabe usted dónde. Usted no sospechaba de mí; ni tampoco sospechaba de ella, hasta que le hablé al oído, junto al fuego, y por poco me traiciona.

—Y cuando supo que Edward estaba vivo y que había regresado —decía Dot entre sollozos, hablando de sí misma, como había estado deseando hacerlo mientras el joven hablaba—, y cuando supo lo que quería le aconsejó que por todos los medios lo mantuviera en secreto, porque su viejo amigo John Peerybingle tenía un carácter demasiado abierto y no sabía ocultar nada, porque es un hombre llanote en general —dijo Dot, medio riendo y medio llorando—. Y cuando ella, es decir, yo, John —la mujer aún sollozaba— le contó todo, cómo su enamorada creyó que había muerto y cómo finalmente se había dejado convencer por su madre de que se casara, ya que esa unión su madre atontada la juzgaba ventajosa, y cuando ella —o sea yo, John— le contó que aún no se había casado (aunque estaban a punto de hacerlo) y que el matrimonio sería para ella un sacrificio porque por su parte no había amor; que él se puso casi loco de alegría al oírlo y que ella —es decir, yo— dijo que haría de intermediaria, como había hecho en aquellos días tan lejanos, John, y sondearía a su amada para estar segura de que lo que ella —es decir, yo, John— dijera y pensara fuera cierto. ¡Y era cierto, John! Y yo los acerqué, ¡John! ¡Y se casaron, John, hace una hora! ¡Y este es el novio! ¡Y Gruff y Tackleton se quedará para vestir santos! ¡Y yo soy una mujer muy feliz, Dios mío!

Era una mujercita irresistible, si había algo que quería conseguir; y nunca estaba más irresistible que en sus actuales transportes de alegría. No hubo nunca una enhorabuena tan sentida y tan deliciosa como la que dio al novio y a sí misma.

Entre el tumulto de las emociones de su pecho, el honrado mensajero se había mantenido, en pie, confuso. Volando ahora hacia ella, Dot estiró las manos para detenerle y se retiró como había hecho antes.

—¡No, John, no! ¡No me quieras más, John, hasta que no hayas oído todas las palabras que debo decir. Hice mal al ocultarte algo, John, y lo siento mucho. No creía que te causaba ningún mal hasta que ayer me senté en el taburete junto a ti, y cuando pude leer en tu rostro que me habías visto en la galería hablando con Edward, y sabía lo que pensabas, y me di cuenta de lo atolondrada que estuve y de la gravedad de mi error. ¡Oh, John querido! ¿Cómo has podido pensar eso?

¡Cómo lloraba la mujercita! John Peerybingle la hubiera abrazado allí mismo. Pero aún no. No quería ella.

—¡No me ames, John! ¡No durante mucho tiempo! Cuando me entristecía pensando en el matrimonio previsto, querido, lo era porque me acordaba de May y de Edward cuando eran jóvenes y se querían, y porque sabía que el corazón de May estaba muy lejos de Tackleton. Supongo que ahora lo crees, John, ¿verdad?

John iba a correr a sus brazos al oírla, pero de nuevo la mujer le detuvo.

—No, John, quédate ahí, por favor. Cuando me río de ti, como a veces ocurre, y te llamo torpe, ganso y todo tipo de cosas, es porque te quiero, John, te quiero mucho; y me encanta tu forma de ser; y no quisiera cambiarte ni lo más mínimo, ni aunque mañana te nombraran rey.

—¡Bravo! —dijo Caleb, con vigor desacostumbrado—. ¡Esa es mi opinión!

—Y cuando hablo de gente mayor y de personas maduras y pretendo que los dos hacemos mala pareja y que no nos entendemos, lo hago solamente porque soy un trasto, John, a quien a veces le gusta jugar a niñadas, y todo eso, para hacer broma.

La mujer vio que él se acercaba, pero le detuvo de nuevo. Por poco no puede.

—No, ¡no me ames antes de unos minutos, por favor, John! Lo más importante de todo lo he dejado para el final. John, mi querido, bueno y generoso John. Cuando hablábamos la otra noche acerca del grillo, estuve a punto de decirte que al principio no te quería tanto como te quiero ahora, que cuando llegué a tu casa tenía mucho miedo de que no pudiera aprender a quererte tanto como esperaba y rogaba al cielo, por que entonces era muy joven, John. Pero, querido amado, las palabras nobles que te he oído decir esta mañana me hubieran llevado a ello. Pero no puedo amarte más. Te he dado todo el afecto que tenía (y eso era mucho, John), porque te lo mereces; te lo entregué hace mucho, mucho tiempo, y ya no me queda nada. Ahora, maridito mío, ¡albérgame de nuevo en tu corazón! Esta es mi casa, John, y nunca pienses en enviarme a ninguna otra.

Nunca os alegraríais tanto de ver a una hermosa mujercita en brazos de una tercera persona como lo hubiérais hecho al ver a Dot corriendo para caer en los brazos del mensajero. Fue la más completa, la más ingenua, la más franca escena de honradez que jamás veréis en todos los días de vuestra vida.

Podéis estar seguros de que el mensajero se encontraba en un estado de éxtasis perfecto; y podéis estar seguros de que Dot se encontraba igual; y podéis estar seguros de que todos, incluyendo a la señorita Slowboy, quien gritaba de alegría, y que, deseando incluir a su joven carga en el intercambio general de parabienes, iba pasando el nino a todos, uno tras otro, como si fuera una bebida.

Pero ahora el sonido de ruidos se oyó de nuevo en el exterior, y alguien dijo que Gruff y Tackleton regresaba. Rápidamente apareció aquel digno caballero, con aspecto irritado y lleno de emoción.

—Pero, ¿pero qué diablos pasa, John Peerybingle? —dijo Tackleton— ¡Debe haber habido algún error! Quedé con la señora Tackleton de que nos encontraríamos en la iglesia, y juraría que la he visto, que pasé por su lado, en el camino, cuando venía aquí. ¡Ah, allí viene! ¡Perdón, señor, no tengo el gusto de conocerle, pero si me hace el favor de dejar pasar a esta jovencita, tiene un compromiso muy especial esta mañana.

—No puedo dejarla marchar —contestó Edward—. Ni pensarlo.

—¿Qué dice usted, vagabundo? —dijo Tackleton.

—Quiero decirle que, como comprendo que se encuentre molesto —constestó el otro, sonriendo— haré oídos sordos a vuestras palabras ásperas en esta mañana, como lo hice a sus palabras de anoche.

¡Cómo le miró Tackleton, y cómo se quedó tieso!

—Lo siento, señor —dijo Edward tomando a May de la mano izquierda, agarrando su dedo corazón con dos de los suyos—, pero esta jovencita no puede acompañaros a la iglesia, porque ya ha estado allí esta mañana. Tal vez por eso la perdone.

Tackleton miró intensamente al dedo corazón de la mujer, y sacó un trocito de papel de plata, en el que aparentemente había un anillo, del bolsillo de su chaleco.

—Señorita Slowboy —dijo Tackleton— ¿Sería usted tan amable de echar esto al fuego? Gracias.

—Se trata de un compromiso anterior, de un compromiso muy antiguo, el que hizo que mi esposa no cumpliera su compromiso con usted esta mañana, se lo aseguro —dijo Edward.

—El señor Tackleton será justo y reconocerá que yo le había contado todo, fielmente, y que le había dicho muchas veces que nunca podría olvidar a Edward —dijo May, ruborizándose.

—Sí, sí, es cierto —dijo Tackleton—. Naturalmente. ¡Oh!, todo está bien. Todo es correcto,. Entonces ya será usted la señora de Edward Plummer, ¿verdad?

—Así es —contestó el recién casado.

—No le hubiera reconocido, señor —dijo Tackleton, estudiando su rostro muy de cerca y haciendo una ligera inclinación de cabeza—. Señor, reciba mi enhorabuena.

—Muchas gracias.

—Señora Peerybingle —dijo Tackleton, volviéndose bruscamente al rincón donde estaba junto con su esposo—. Lo siento mucho. No ha sido usted muy amable conmigo, pero de verdad lo siento. Es usted mucho mejor de lo que pensaba, John Peerybingle, y lo siento. Usted me comprende, y eso me basta. Todo está correcto, señoras y caballeros, y todo está perfectamente satisfactorio. ¡Buenos días!

Con estas palabras desapareció y se fue; sólo se detuvo a la puerta, para quitar las flores y las cintas que su caballo llevaba puestas en la cabeza, y para darle al animal una patada en el espinazo, forma de informarle de que le había surgido un contratiempo.

Y, naturalmente, ya constituyó un asunto serio el celebrar el día, que a partir de entonces indicaría una gran celebración en el calendario de festivales de la familia Peerybingle. Por eso Dot se puso a trabajar para producir una velada tan grata que conmemorara el gran honor que significaba para la casa y para todos los presentes; y en muy poco tiempo hundió sus codos en la harina, y cada vez que pasaba cerca del mensajero se detenía para darle un beso, cubriendo de polvo blanco su capote. El buen hombre lavó las verduras, peló los nabos, rompió los platos, derribó en el fuego ollas enteras llenas de agua fría, y demostró ser útil de otras mil maneras, mientras que un grupo de ayudantes profesionales, que acudieron apresuradamente de algún rincón del vecindario, como si se tratara de una cuestión de vida o muerte, se atropellaban en los pasillos y en las esquinas, y todos venían a caer sobre Tilly Slowboy y sobre el bebé. Tilly no había dado hasta entonces muestras de tal actividad. Todos admiraban su capacidad de estar en todos los sitios a la vez. Se la hallaba en medio del pasillo a las dos y veinticinco; como trampa humana en la cocina exactamente a las dos y media, y como un cebo en el granero, a las tres menos veinticinco. La cabeza del niñito era, naturalmente, prueba y piedra de toque para cualquier descripción de algo, ya fuera animal, vegetal o mineral. No se utilizó nada en aquel día que no llegara, en algún momento, a conocerlo muy de cerca.

Luego se organizó una gran expedición para traer a la señora Fielding; para pedir perdón y compasión a la excelente dama, y para que viniera, a la fuerza, si era preciso, para que fuera feliz y los perdonara. Y cuando la expedición descubrió a la señora no quería aceptar ninguna razón sino que repetía, miles de veces, que agradecía haber vivido para ver este día y nada más, salvo que «ahora podéis llevarme a la tumba», lo cual parecía bastante absurdo, porque no estaba muerta ni mucho menos. Después de cierto tiempo pasó a un estado de calma sospechosa, y decía que cuando aquella desgraciada serie de circunstancias relacionadas con el comercio del índigo, había previsto que durante toda su vida estaría expuesta a sufrir todo tipo de insultos y de adversidades, y que se alegraba que ya no se preocupasen por ella, porque ella ¿quién era? ¡Oh, hijos míos, un donnadie!, y que más bien la perdonaran de estar viva, y que continuaran su vida sin hacerla caso. De ese estado de ánimo tan sarcástico pasó a un tono irritado, dando rienda suelta a la curiosa expresión de que «el gusano se vuelve cuando le pisan» después de lo cual pasó a un remordimiento tranquilo, y dijo que si hubieran confiado en ella ¡qué hubiera sugerido ella tan distinto! Aprovechándose de esta crisis sentimental, la expedición se hizo cargo de ella, y pronto estaba ya con los guantes puestos de camino al hogar de John Peerybingle en un estado de elegancia impecable, con una bolsa de papel que contenía un gorro de ceremonia, tan alto y casi tan tieso como una mitra.

De camino vieron a los padres de Dot que se dirigían a casa de sus hijos en un cochecito, y ya iban con retraso; hubo cierta inquietud y habían vigilado la calle para ver si venían. La señora Fielding siempre miraba en la dirección contraria y moralmente imposible; y cuando se lo indicaban, contestaba que tenía la libertad de mirar a donde quisiera. Por fin, llegaron: una parejita gordinflona, con paso rápido y cómodo que era característico de la familia de Dot; era encantador ver a Dot junto a su madre. ¡Se parecían tanto la una a la otra!

Y entonces la madre de Dot saludó a la madre de May como si fuera una vieja conocida, y la madre de May siempre se daba sus aires de señorona; la madre de Dot no se daba más aires que los de su propia actividad. Y el viejo Dot —por llamar así al padre de Dot, porque no recuerdo bien su nombre, aunque dé lo mismo— se tomaba ciertas libertades al principio, y no parecía dar gran importancia al gorro tan tieso y tan mezclado de engrudo y muselina, y no pareció interesarse mucho por el comercio del índigo, sino que dijo que lo pasado, pasado, y, según el resumen general de la señora Fielding, era un hombre muy bonachón, pero un tanto vulgar, claro.

No quisiera olvidarme de Dot, haciendo los honores de la casa, con su traje de novia. ¡Bendigo su rostro radiante! Tampoco quisiera olvidarme del bueno del mensajero, tan jovial y tan franco, ocupando la presidencia de la mesa. Tampoco olvidaré al marinero curtido, joven, ni a su hermosa esposa. Ni a nadie de la compañía. Haberse perdido aquella comida sería haberse perdido una comida tan alegre y tan apetitosa que todos necesitaríamos con frecuencia; y haberse perdido las copas rebosantes en que bebieron a la salud del día de boda sería el mayor error de todos.

Después de comer, Caleb cantó su canción en honor del vino espumoso. Y juro, por la vida que aún tengo, y que me durará uno o dos años: la cantó entera.

Y a propósito, ocurrió un desgraciado incidente, cuando acababa de recitar la última estrofa.

Alguien llamó a la puerta, e inmediatamente entró un hombre, sin pedir permiso, llevando algo pesado sobre la cabeza. Dejándolo en el medio de la mesa, simétricamente entre las nueces y las manzanas, les dijo:

—Con las felicitaciones del señor Tackleton. Como no sabe qué hacer con el pastel, tal vez ustedes podrán comérselo.

Y diciendo eso, se marchó.

Los invitados se sorprendieron un tanto, como bien pueden imaginar. La señora Fielding, que era una dama de gran entendimiento, sugirió que tal vez el pastel estuviera envenenado, y contó un cuentecillo sobre un pastel que había amoratado a todo un colegio de señoritas. Pero ese comentario fue eliminado por aclamación, y May cortó el pastel, con mucha ceremonia y regocijo.

Nadie había podido probarlo aún, cuando se oyó otro golpe a la puerta y apareció el mismo hombre, llevando bajo el brazo un gran paquete envuelto en papel manila.

—Con los saludos del señor Tackleton, les envía unos cuantos juguetes para el niño. Y no son nada feos.

Después de hacer la entrega, volvió a retirarse.

Todo el grupo era incapaz de expresar en palabras su admiración, por mucho tiempo que hubieran tenido para buscarlas. Pero no tuvieron tiempo, porque apenas había desaparecido el hombre, cuando volvieron a llamar a la puerta, y esta vez entró el mismo Tackleton.

—¡Señora Peerybingle! —dijo el comerciante de juguetes, con el sombrero en la mano—. Lo siento mucho. Me arrepiento de mis palabras esta mañana. He tenido tiempo de pensarlo todo. ¡John Peerybingle! Mi carácter es amargo por naturaleza, pero siempre se dulcifica un tanto cuando entra en contacto con un hombre como usted. ¡Caleb! Esta niñera inconsciente me dio ayer una pista, cuyo significado ya he encontrado. Me avergüenza pensar lo fácilmente que pudiera haberle ligado a usted y a su hija; y qué miserable yo era, al creerla idiota. Amigos, amigos todos, mi casa está muy solitaria esta noche. Ni siquiera tengo un grillo en el hogar. Todos se han asustado de mí. Tenedme compasión, ¡dejad que me una a vosotros!

Al cabo de cinco minutos ya se encontraba como en su propia casa. Teníais que haberle visto. ¿Cómo era posible que durante toda su vida nunca hubiera conocido su gran capacidad de ser dichoso? ¡Oh, qué maravilla habían logrado las hadas, cambiándolo de ese modo!

—John, espero que no me envíes esta noche a casa de mis padres, ¿eh? —le murmuró Dot al oído.

¡Había estado a punto!

Sólo faltaba un ser vivo para completar la reunión, y apareció en un abrir y cerrar de ojos: muy sediento y corriendo con toda rapidez, intentando con inútiles esfuerzos meter la cabeza en un cántaro demasiado estrecho. Había acompañado al carro en su último viaje, muy incómodo por la ausencia de su amo, y mostrando su rebeldía al sustituto. Después de haber vagado un rato por el establo, intentando en vano incitar al viejo caballo a cometer el motín de rebelarse y regresar a casa por su propia cuenta, había entrado en la taberna más próxima y se había tumbado ante el fuego. Pero, dándose cuenta de forma repentina de que el sustituto era un tonto y había que abandonarlo, se puso de nuevo en pie, movió la cola y volvió a casa.

Por la noche bailaron. Y con esa información debería terminar la historia, si no tuviera mis razones para suponer que se trataba de un baile original y muy extraño. Formaban las parejas de manera curiosa: Edward, el marinero —un tipo muy simpaticote—, les había estado contando historias maravillosas sobre loros, minas y mejicanos, y aluviones de oro, cuando se le metió en la cabeza dar un salto y proponer a todos un baile; porque allí estaba el arpa de Berta, y tocaba su instrumento tan bien como rara vez puede oírse. Dot —astuta e hipócrita cuando quería— comentó que estaba muy vieja para bailar, y creo que lo dijo porque el mensajero estaba fumando su pipa, y le encantaba sentarse a su lado. La señora Fielding no tuvo más remedio que decir, naturalmente, que estaba muy vieja para bailar, después de lo cual todos repitieron la misma frase, excepto May: May siempre estaba a punto.

De ese modo, May y Edward se pusieron en pie, en medio de un gran aplauso, y bailaron solos, mientras Berta tocaba la más alegre de sus melodías.

¡Bueno! ¡Tenéis que creerme! Apenas si llevaban cinco minutos bailando cuando, de pronto, el mensajero lanza su pipa al aire, agarra a Dot por la cintura, entra en la habitación y comienza a bailar con ella, dando saltitos y todo, de una forma maravillosa. Tan pronto como Tackleton ve lo que ocurre, se lanza sobre la señora Fielding, la agarra por la cintura, e imita a la pareja anterior. El padre de Dot, al ver lo ocurrido, se pone en pie, lleno de vitalidad, lleva a su señora al medio del baile, y demuestran ser unos expertos. Y al ver lo que ocurre, Caleb coge a Tilly Slowboy de las manos y empieza su ronda; la señorita Slowboy está convencida por completo de que las únicas reglas del baile son empujar a las demás parejas y tropezar con ellas.

¡Escuchad! ¡El grillo se une a la música con su chirrido! ¡La olla hierve!

* * *

Pero, ¿qué me ocurre? Mientras les escucho, con sumo interés, y me vuelvo a mirar a Dot para contemplar un momento esa figurita que tanto me agrada, ella y los demás se desvanecen en el aire, y me quedo solo. Un grillo canta en el hogar; un juguete infantil, roto, yace en el suelo. No queda nada más.

FIN

INDICE

INDICE